双语译林
壹力文库
113

〔英国〕内维尔·舒特 著
叶 雷 译

像爱丽丝的小镇

译林出版社

多少人爱你青春欢畅的时辰，
爱慕你的美丽，假意或真心，
只有一个人爱你那朝圣者的灵魂，
爱你衰老了的脸上痛苦的皱纹。[①]

——叶芝

① 引自叶芝的诗《当你老了》，袁可嘉译本。

目　录

译本序

一

内维尔·舒特出生于1899年，毕业于牛津大学，获得工程学学位，1923年进入伦敦的德哈维兰飞机有限公司，边工作边学习驾驶飞机，并且利用业余时间写作。为了避免航空工程师和作家两个角色的混淆，他在从事航空工作时使用原名内维尔·舒特·诺威，写作时使用内维尔·舒特一名。其后他成为R100飞艇设计和制造团队的成员。由于R101飞艇在1930年坠毁，英国决定停止飞艇研制工作，内维尔所在的团队也被解散。二战爆发后，内维尔参加了海军，战时主要在伦敦从事秘密的海军工作，最终升任至英国皇家海军志愿后备队的少校。离开海军后，他远访远东和澳大利亚，并在途中听到了八十位欧洲女士二战期间在印尼被日军俘虏，被迫徒步长途跋涉的悲惨故事。他被这个故事深深触动，怀着对幸存者的尊敬，构思了《像爱丽丝的小镇》前半部的情节，这部小说也成为了他的代表作。

内维尔·舒特的第一部长篇小说《玛拉赞》于1926年出版，讲述一个商务飞行员坠机后流落荒岛，被一个罪犯所救的故事。该罪犯实际上是因为惨遭其贩毒的哥哥陷害而蒙冤的。后来，在两人的共同努力下，该贩毒集团终于被捣毁。内维尔最著名的小说还有《彩衣风笛手》(1942)、《公路已尽》(1948)、《海滩之上》(1957)和《来自工具室的受托人》(1960)。他喜欢把航空知识和他的战时经历写进小说中。内维尔1950年移居澳大利亚，1960年猝然离世，终其一生共留下了二十三部小说，其中多部被搬上荧幕。在美国现代图书馆(Modern Library)网站由读者评选的二十世纪一百部最佳英文小说中，他有三部小说入选，《像爱丽丝的小镇》位列最高，排名十七。澳大利亚中部的爱丽丝斯普林斯（爱丽丝泉）因该书而闻名。英国汉普郡朴茨茅斯机场的诺威路和内维尔·舒特路以他的名字命名，澳大利亚东南部维多利亚州的贝里克也有以他的名字命名的舒特大街。

二

拿到这本书的时候，仲夏正炎，展眼却已秋情萧瑟，寒意渐生，正如这部小说一路写来热烈激荡，却在斯特拉坎先生那冷雾围绕的寒舍中落幕。

《像爱丽丝的小镇》于1950年出版，大获好评，再版多次，并于1956年被拍摄成电影。翻译这本名作的这六个多月，每天焦灼不安。本来翻译就像给别人带孩子，比带自己的孩子还要紧张一万倍，深恐磕着碰着，不能完整交回朋友手中，译者也最怕把书翻走了样，交到读者手里的，竟是自己的重新创作，糟蹋了作者的心血。

小说以二战结束为界，分为两部分。前半部分，从英国远赴马来亚工作的年轻姑娘，琴·佩吉特，在二战期间日本侵略马来亚的战争中被俘，被迫和其他妇女儿童一起在马来亚北部各地之间徒步跋涉。其间他们遇到了年轻的澳大利亚战俘乔·哈曼，他为了帮助战俘们渡过难关铤而走险。下半部分写琴在战争结束后回到英国，继承了一笔丰厚的遗产。为了报答战时马来亚村民对他们这群战俘的保护和照顾，她返回马来亚报恩，并偶然得到乔仍然在世的消息……

若将《像爱丽丝的小镇》比喻成一幅油画，必定属于不厌其烦的古典派。细细读来，不禁感到舒特先生简直就像在写回忆录，努力将情节安排得真实自然，把人物写得栩栩如生，让读者觉得仿佛确有其人其事，而作者只是一个忠实的记录者。通部小说出现了多个“of course”（直译则是“当然”，“自然”），并处处做了铺垫，使故事的推进顺理成章，鲜有突兀之处，不露堆砌痕迹。因此，书中叙述虽然细致繁复，似有赘言，回头看时，却发现伏笔布满，一不小心就容易走漏瞬息繁华。例如，写到诺尔送别琴的时候，作者说诺尔莫名其妙地感到琴不会回来，看似老人家的痴语，实则却为后文伏笔。当然，“无巧不成书”，主角琴和乔之间的爱情故事还是稍微落入了俗套，读者读至彼处自能体会。

作者在写这本小说的时候，已经年逾五十，历经一战和二战，也经受了职业生涯的跌宕起伏，因此笔下每一句话都功力深厚，不能等闲视之。他在书中深刻地探讨了人生和人性，正如书中结尾所说的，他写了“陌生的场景”和“勇敢的人”。这些不是一根青春烂漫的笔能写出来的。他写琴去到马来亚，和同胞们一样不知战争之险恶，也不知祸之将至，在硝烟即将弥漫之时仍然载歌载舞地忙得不可开交，却又马上写她成了战俘，陷入绝境；他写绝境中之人性，一人一个样，绝无重复，幸存下来的人，却又都一致地乐观坚强；他写战俘眼里的战争，真实地描画了在战争里隐忍求存的平民百姓，写出了军官的残暴，也写出了某些日本士兵的善良。后来，他又写琴和乔的爱情故事，写琴如何融入海湾地区的生活，如何勇于改变威尔斯镇的面貌，虽淡淡写来，却都是经验智慧之言。他写到被抛弃的黄金镇，那透骨的荒凉，却又通过写琴改变威尔斯镇的努力种下了复苏的种子，仿佛预示温暖的东风即将吹开一季繁花。这一切，时而通过琴来叙述，时而由诺尔以第一人称叙述，娓娓讲来，历历在目，不矫揉造作，不哗众取宠，真实的情感委婉动人，让读者不知不觉中跟着书中的人物一起悲伤，一起快乐，一起惆怅，一起沉迷于这个具有魔力的故事中，读着读着仿佛都变成了诺尔，忘不了米德赫斯特的牧场住宅，忘不了威尔斯镇鲜艳夺目的红色屋顶，忘不了那里朴实却令人感动的平凡居民，与他们的欢笑悲辛。

本书对于人物的描写，也委实难有其他小说出于其右。琴和乔都不是什么大人物，没有出格的个性，也不是什么悲天悯人的大救世主，这样的人物，最是难写。两个普通人，没有惊人的美貌，没有惊天动地的壮举，却凭着认真坚韧的心，度过逆境，守来幸福，遂了心愿。琴是一个活泼聪明的姑娘，文化水准中等，没有上过大学，却善解人意，真诚善良，敢作敢为，讲诚信，有义气。在马来亚的时候，敌人马上杀到眼前，她却担心霍兰太太无法带着两个孩子一起逃难，自告奋勇地去帮助她，结果跟着霍兰一家一起被俘。被迫徒步东奔西走时，她勇于转换生活方式，适应当地恶劣条件，并主动与日本看守和当地村民交流，积极化解困难，最后带领幸存的战俘们成功安顿下来，挽救了自己和他人的生命。她头脑清楚，同伴们都认为乔是神的使者，她却知道乔也是一个普通人，但她依然深爱着他。她因失去爱人而伤心欲绝，却依旧生活得认真踏实。拿到遗产后，她首先想到的不是个人享受与实现个人梦想，而是赶紧回马来亚去报答战时恩人。知道乔仍然在世，她不顾一切地赶赴澳大利亚，只为了再见他一面，自是一个有情有义的人。后来，为了乔的事业，她又决定留在偏远的海湾地区，并且积极进取地实施自己的计划，最终将乔的家园建设得温馨时尚，将勃勃生机和无限希望带到这片土地上。

而乔则是一个满腔热血的男子，有正义感，也很善良，虽然话多了些，却朴素踏实，像一座沉稳秀美的山。他看见琴和她的同伴忍饥挨饿，心有不忍，舍命偷鸡给他们吃，结果事发受刑。后来他听见琴未婚，马上从澳大利亚远赴英国，为的也只是再见琴一面，也是一个性情中人。他热爱自己的工作，对未来充满乐观，积极进取，在所有人都要离开海湾地区的时候，他却看到了繁荣的远景，对牛场的发展作了详细周密的计划。他去英国旅行，让他兴奋不已的不是华丽的著名宫殿，而是先进的育种技术。终于与琴相见后，他想为了琴而放弃自己的家园，为了心爱的人情愿委屈自己。别人偷他的牛而受伤，他也马上去救人，可见他心胸之宽广。他没有什么文化，说起话来土气扑面，但是却可亲可爱，真挚诚恳，活力四射，仿佛浑身上下都散发着温暖的阳光。

本书另一个重要人物诺尔，是一位收入丰厚的律师，年事已高，生活孤单冷清，却仿佛作者自己的化身，是一位可亲而深邃的老人家。他历经人世沧桑，晚年遇到一位年轻漂亮的姑娘，成为了她的托管人，并尽他所能帮助她实现愿望。他对她有一种无从述说的感情，正如书末所说，她是一个“迟到了四十年的姑娘”，也正是以他的口气，才能将这样一个故事讲得字字深情，千回百转。若换一个人来讲，或者换一个角度叙述，这个故事只是平淡如水。这正是作者独特的匠心与苦心，其对待写作的态度是如此认真，本身也足以令人感动。其他人物，如给唐纳德开死亡证明的医生、弗里思太太、马特·阿明、安妮等，全部个性鲜明，跃然纸上，读者阅读之时，自能玩味。

最爱结尾的那一点不甘心和遗恨，使人读到诺尔的梦境时，禁不住地悲伤，方知道这一本书，也有一点“妖”，是能使人着魔的，诺尔梦里的那些场景，倒像是自己也真实看到过的。

这样一部小说，翻译起来真是费尽思量。力求真实的故事、平凡的人物、细致的描写，以及作者每一句话里的机锋，让我这个非常欠缺生活经验的人挠破了头。这部小说时而写东半球，时而写西半球，时而是发达的伦敦，时而是落后的马来亚，时而是蓬勃发展的澳大利亚，所涉及的人物更是多如牛毛，各有各的性格，各有各的语言特点。作者在英国出生长大，后来去过马来亚旅游，五十岁时定居澳大利亚，一切细如毫发的描写可说与现实丝毫不差，翻译时绝不敢怠慢或轻松带过，几乎所有的场景和物品都要查一次，看到图片或相关介绍才能放心地翻译出来。书中说到海湾地区有许多牛场，后来我查了沈永兴老师等编著的《澳大利亚》，方知道确有其事，而且昆士兰出口的牛肉占澳大利亚一半以上，而澳大利亚又是仅次于阿根廷的世界牛肉出口大国，可知书中背景并非凭空捏造。而最难翻译的，当属人物语言。英国人说英式英语，日本人英语大多很差，马来亚人自然说的是另一种英语，而澳大利亚人则满嘴澳洲土话。有许多俚语和土话，连我们学院的外教都闻所未闻，例如“fair cow”，连澳洲外教都不知道是什么意思，后来托外教住在澳大利亚的亲戚才辗转查到了。第九和第十章的广播用语也令我左右为难。此外，作者是一个职业工程师，游历广泛，知识丰富，在书中讲述了很多有趣的知识，例如稻田种植、沙袋鼠、飞机、飞行、卡车等，这些离我的生活都很远，翻译的时候，只好硬着头皮重新看书学习。需要指出的是，书中的威尔斯镇却是作者以伯克镇和诺曼顿为原型虚构的一个小镇。通篇小说语言严密，却又以老人讲故事的口吻，平淡而絮叨地讲来，往往话里有话，翻译时必须步步留神，一不小心就会错失字里行间的隐含意义。

有鉴于此，加上这本书在国内是第一次被翻成中文，没有前人的成稿可以参考，我的译稿必然有许多错漏之处，恳请读者谅解，也恳请前辈们不吝指正。

翻译这本书，前后只有六个多月的时间，加上开学后行政工作和教学工作繁重，总怕自己力有不逮，不能将这本书翻得合乎理想。很多前辈、同事和学生都看见过我每天下班后翻译的狼狈相，给予了我许多许多帮助，我的内心，自然对他们充满了感谢。此外，书中《圣经》和《古兰经》的句子，分别使用基督教协会和马坚老师的经典译文，在此一并致谢。

经典之所以成为经典，自有其过人之处，非寻常浮光掠影般的快餐文学可比。如果各位能抽空好好品读一下这个故事，将是我极大的幸福。也许这个故事有一点长，但读罢掩卷，其袅袅余韵，一定会比其本身更加悠长。

第一章

1905 年 3 月，四十七岁的詹士 · 麦法登在德里菲尔德的一次定点越野赛马中不幸丧生。

他大部分财产由儿子道格拉斯继承。那时麦法登家和达尔豪西家都住在珀斯，达尔豪西家的佐克是道格拉斯的同学。佐克当时还很年轻，却已经是伦敦赞善里一家律师事务所——欧文、达尔豪西和彼得斯——的初级合伙人。这个律师事务所历史悠久，三位创始人都早已辞世，但我作为现任高级合伙人，从未想过要给它起一个新名字。

佐克 · 达尔豪西顺理成章地成为了道格拉斯 · 麦法登的代理律师，并一直亲自处理好友的财产事务，直到 1928 年去世。在分摊达尔豪西的工作时，麦法登先生成为了我的客户，但我却忙于应付其他事务，渐渐把他的事情抛在了脑后。

一直到 1935 年，麦法登先生从埃尔寄来一封信，我才重新想起这位客户来。信上告知，他的妹夫亚瑟 · 佩吉特在马来亚惨遭车祸，不幸罹难，因此他意欲修改遗嘱，以遗产托管的方式，将遗产转移到妹妹琴和她两个孩子的名下。作为他的代理律师，竟然对委托人孑然一身、无儿无女的情况一无所知，我不禁感到惭愧不安。信的结尾说，由于健康状况太糟糕，无法亲自到伦敦来，所以如果我们能够委派一名小职员去见他以安排相关事宜，他将不胜感激。

这与我的行程不谋而合。收到这封信的时候，我正要动身去希尔湖度假，享受为期两周的钓鱼之旅。所以我写信告诉他，将在假期结束，南下返回的时候顺道去拜访他。写好信后，我把他的档案材料塞进旅行箱底，打算在度假时找一个晚上好好做做功课。

到达埃尔后，我在车站酒店住了下来——既然信中只字未提我的食宿，我想麦法登先生也不会操这份心。我脱下灯笼裤，换上深色正装，去拜访这位素未谋面的客户。

他的生活状况完全出乎我的意料。我不知道他的遗产具体有多少，但肯定超过两万英镑，所以我想这位先生应该会住在一幢体面的房子里，由一两名仆人伺候生活起居。但是，情况全然不是这样。他住在海边一个很小的私人旅馆里，在同一层里租了一个卧室和一个起居室。他才五十出头，比我还年轻十岁，但显然已过着病榻生活，起居不便。他跟一个八十岁的老太太一样弱如风烛，脸色死灰，似乎一半身子已经躺在了坟墓里。我刚刚从空气清新的湖边湿地回来，蓦地走进这个窗户紧闭、阴暗局促的房间，觉得浑身不自在。窗户上挂着一排鸟笼，养着许多虎皮鹦鹉，散发出来的味道使得这个房间越发令人窒息。从家具布置来看，这位先生已经在这个房间里生活了许多个年头。

我们讨论遗嘱时，他谈到了他的生活。他亲切友善，对于我的亲自来访感到喜出望外。尽管他有浓重的苏格兰口音，但应该是一位知书识礼的先生。“我的生活波澜不惊，斯特拉坎先生，”他说，“健康状况不允许我出远门。天气好的时候，我会起个大早，在门前晒晒太阳。然后，玛姬——老板娘道尔太太的女儿——就会过来帮我坐上轮椅，推我出去散散心。她们对我真是照顾有加。”

谈到遗嘱，他告诉我说他只剩下妹妹琴 · 佩吉特一位近亲了。“如果不算上我父亲在澳大利亚可能还有的一到两个所谓的私生子，”他说，“我不能确定有，尽管我一个都没见过，也没有收到过他们的来信。不过有一次琴向我提起过母亲曾为此事悲痛万分。这种事情最能刺激女士的神经，而且我父亲又是个精力旺盛的风流人物，去到哪里都闲不住。”

他妹妹琴在一战期间参加了英国妇女后勤军团，并在 1917 年春天与一位佩吉特上校成婚。“有点出乎我们意料，”他和蔼地说，“要知道我妹妹在参军前没离开过苏格兰半步，后来又去了帕斯，而亚瑟 · 佩吉特却是从汉普郡南安普敦来的一位英格兰人。我对亚瑟倒是没什么意见，但我们一直都很自然地以为琴会嫁给一位苏格兰人。不过，话说回来，他们的婚姻还算美满——起码不比大部分夫妻差吧。”

战后亚瑟·佩吉特在马来亚太平镇附近一个橡胶庄园找到了工作，琴当然也跟着他去了，从此便几乎从道格拉斯·麦法登的生命中消失。她只在 1926 年和 1932 年趁休假回家探过亲。她生了两个小孩儿，儿子唐纳德出生于 1918 年，女儿小琴出生于 1921 年。1932 年的时候，琴把兄妹俩送到南安普敦的爷爷奶奶家，把他们留在那里上学，自己则回到了马来亚。我的客户与他们唯一一次见面就在那一年。

现在的情况是，亚瑟·佩吉特在怡保附近出车祸去世了——他从吉隆坡开车回家时车速太快，滑出马路，撞到了树上。可能他当时睡着了。他的遗孀琴·佩吉特事发时在英格兰。亚瑟去世前大约一年，她回家给两个小孩找了一套房子，就在南安普敦边上的巴西特，以方便他们上学。这个安排还算合理，但是麦法登先生对此多少感到有些遗憾，因为兄妹俩没能够住得离彼此更近一些。我能看出来麦法登先生对此耿耿于怀，因为他不止一次地提到这件事。

他想修改遗嘱。现在这份遗嘱只是很简单地把所有遗产都留给琴。“我还是会把遗产给她，”他说，“但是我写这份遗嘱的时候亚瑟·佩吉特还活着，而且我当时并没想到他会比我先走一步。我这身子骨一向很差，想是也活不长的，而他和琴风华正茂。我原以为他可以帮助我妹妹好好规划一下如何使用这笔钱。”

他似乎顽固地认为所有女人都不谙世事，不善理财。她们没有责任心，而且投机商能轻而易举地把她们玩弄于股掌之中。所以，尽管决定了把全部财产都留给妹妹，他还是打算要找一位托管人，以保证唐纳德能够在她去世后分文不少地得到这笔遗产。要实现这个要求当然并不困难。作为例行公事，我向他列举了这个做法的种种利弊，同时指出，他在道尔太太的房子里住了这么多年，而且很可能会一直住到离世，如果不能留出一笔小小的遗赠给她，多少有点不妥。他认同我的说法。此外，由于已经没有其他近亲在世，他想委托我作为全权托管人和遗嘱执行人。那倒是家庭律师的分内事，但是我告诉他，鉴于我年事已高，最好找一位共同托管人。他同意由我们所的初级合伙人列斯特·罗宾逊来担任此职，对我们在这些事务上的收费条款，他也没有异议。

这份遗嘱毕竟很简单，再敲定余下几个小问题就完成了。我问他，如果他和妹妹都在唐纳德未满二十一岁之前去世，我们该如何处理这笔遗产。我的建议是，在唐纳德成年时托管结束，所有遗产归他自由支配。麦法登先生同意了，我在便笺上记下来。

"假设发生另外一种情况，"我说，"唐纳德先于他母亲去世，又或者母子俩都由于某种原因先于您去世，那财产就转由小姑娘小琴继承。我是否也可以认为，托管期同样地在她成年时结束？"

"您是说，"他问，"在她满二十一岁的时候？"

我点点头。"是的，和她哥哥一样。"

他摇摇头。"我认为那太不周全了，斯特拉坎先生，请原谅我这样说。但是，没有一个二十一岁的姑娘能够管理好自己的财产。那个年纪的姑娘都很容易上男人的当，斯特拉坎先生。她们会上男人的当的。她的托管期必须要长很多，至少要到她满四十岁时才能结束。"

过去种种经历让我不禁同意他这个观点。一个二十一岁的女孩子确实还太年轻，无法驾驭这样一笔巨款，但是我又觉得四十岁太老了。我对他说，二十五岁是一个比较合适的年纪，他很勉强地让步到三十五岁。那已经是他的底线了。他开始表现出明显的疲态，并且变得有点不耐烦，所以我只好接受那作为托管的最长期限。这意味着托管期可能长达二十一年，尽管这种情况不太可能发生，因为小琴生于1921年，而当时才1935年。我们的会面就到此为止了。我与他分别，回到伦敦起草遗嘱，并寄给他签字。从此，我就再没跟他见过面。

与他失去联系是我的错。多年来，我养成了春天度假的习惯，跟妻子一道去苏格兰——通常是希尔湖——玩两周，享受钓鱼的乐趣。人常常会不自觉地以为，生活总是会一成不变地过下去。所以我想，明年此时，当我再度从北方南返时，还可以顺道拜访一下麦法登先生，看看有没有别的事情可以为他效劳。但世事无常，在1935年冬天，露茜去世了。我不愿沉溺其间，但我们是二十七年的老夫妻了——是的，那使我十分悲痛。当时两个儿子都在国外，哈利在驻中国英军基地的潜水艇上服役，马丁在巴士拉[①]的石油公司工作。我无心再赴希尔湖，并从此再未踏进苏格兰半步。我拍卖了大部分家具，并卖掉了我和妻子在温布尔登公地共同居住过的房子。人在此情此境更须振作，不应埋首于往日幸福的灰堆。

我在白金汉门[②]租了一套公寓，在皇家马厩对面，与我在蓓尔美尔街的俱乐部只隔一个公园。我用从温布尔登带来的几件家具简单布置了一下新家，请了一位保姆每天早上来做早饭和打扫卫生。在这里，我渐渐过上了和俱乐部其他会员一样的生活：在公寓吃早饭，步行穿过公园，沿河岸街走到位于赞善里的办公室，工作一整天，在办公桌上吃一顿简单的午餐，六点到俱乐部去看看杂志，闲聊一会儿，吃晚饭，打一局桥牌。从 1936 年起，我就养成了这样的生活方式，直到现在，依然如此。

上述一连串变故让我的心思离开了道格拉斯·麦法登。我将大部分精力放在处理私事上，工作上只能应付那些有急事的客户。不久，另一件事又更加吸引了我的注意。战争的硝烟开始弥漫，而俱乐部的一些会员——包括我在内——因年纪太大无法服兵役，便都积极投身空袭预防工作。长话短说，这项被称作民防的工作在接下来的八年里占据了我所有的闲暇时间。我成了一个民间防空员，负责在伦敦大轰炸期间以及其后漫长的战争岁月中在威斯敏斯特地区执勤。实际上我的下属都去服兵役了，我只能勉强独力支撑整个律师事务所的运营。那些年里，我从未休假，甚至连每晚五小时的睡眠时间也难以保证。待到战争终于在 1945 年结束，我已经白发苍苍，颤颤巍巍了。虽然接下来几年身体状况有所好转，我还是不可挽回地加入了老年人的行列。

1948 年 1 月的一个下午，我收到一封从埃尔发来的电报。上面写道：

---

① 伊拉克最大的港口城市。

② 伦敦街道名，在白金汉宫附近。

道格拉斯·麦法登先生昨夜去世深切哀悼请回复指导葬礼事宜

道尔

埃尔，巴勒莫尔旅馆

恐怕我必须努力回忆起战前发生的事情，才能想起道格拉斯·麦法登先生是谁。我不得不翻查档案和遗嘱，让它们帮助我回忆起十三年前发生的点点滴滴。我觉得很奇怪，在埃尔居然没有一个人能够帮助麦法登先生料理后事。我马上打了一个长途电话到埃尔，很快我便和道尔太太通上了话。线路很差，但我勉强听懂了她说麦法登先生的亲戚她一个都不认识。很明显，已经很久没有人去看望他了。看来我必须亲自去一趟埃尔，或者派一个人去。接下来两天我手头没有紧急事务，而这件事情又有点棘手，于是我去找列斯特·罗宾逊商量此事，他是从战场上回来的陆军准将，我现在的合伙人。很快，我就清理好办公桌，吃过晚饭便坐卧铺车到格拉斯哥。第二天早晨，我已经坐上了开往埃尔的慢车。

我到达巴勒莫尔旅馆时，看见房东夫妇穿着丧服，一脸悲伤。他们一直很喜欢这位古怪的房客，也许正是亏得他们的细心照料，麦法登先生才能这么长寿。死因并无可疑，我从医生那里了解到他身上的种种毛病。弥留之际医生就在他身边，他们的住所只隔了两扇门。死亡证明也已签妥。我简单确认了遗体并办理了各种与死亡有关的手续。一切都进行得很顺利——除了没有任何亲戚露面。

“我想他一个亲戚也没有了，”道尔先生说，“有一次他妹妹还给他写信来着，还来看了他一回。好像是在 1938 年吧。她住在南安普敦。但这两年他好像再也没有收过信了，除了几张账单之外。”

他妻子说：“他妹妹肯定已经不在了。你忘了他告诉过我们，说她妹妹在战争结束之前不久就去世了吗？”

“哦，我不记得了，”他说，“那阵子发生了太多事情。也许她确实去世了。”

不管麦法登先生还有没有亲戚，葬礼都要尽快举行。下午，安排好葬礼事宜后，我仔细地把麦法登先生桌子里的文件看了一遍。账簿上和支票簿里几个写在票根背后的数字引起了我的注意。很明显，明天早上我要做的第一件事情，就是和银行经理见面。我发现了他妹妹1941年写的一封信，是关于房屋租赁的。当然，这封信并未透露她死于何事——如果她确实已离世，但它提供了两个小孩的关键信息。他们那时候都在马来亚。儿子唐纳德那时应该已经二十三岁了，在瓜拉雪兰莪[①]附近一个橡胶农场工作。他的妹妹琴1939年冬天去投奔他，那时任职于该农场在吉隆坡的办事处。

五点左右，我站在旅馆狭窄的电话间里，给在伦敦的合伙人打了一个长途电话。“听我说，列斯特，”我说，“我告诉过你死者亲戚的问题有点棘手。很遗憾，我现在一筹莫展。我已经临时将葬礼安排好了，后天两点在圣伊诺克公墓举行。我目前所知道的唯一一个亲戚，就是在——或者曾经在南安普敦生活的妹妹亚瑟·佩吉特太太。1941年的时候，这位太太住在巴西特的圣罗南路十七号，就在南安普敦附近。那个地区还有佩吉特家的其他亲戚，比如说亚瑟·佩吉特的父母。亚瑟·佩吉特太太——她的教名是琴——是的，她就是死者的妹妹。她有两个孩子，唐纳德和琴·佩吉特，但他们1941年的时候都在马来亚。天晓得他们遇到了什么事情。我现在不会浪费太多时间在他们身上，但是能不能请你告诉哈里斯，让他尽量找到在南安普敦生活的佩吉特家人，告诉他们葬礼的事？他最好对着电话号簿逐个打给南安普敦姓佩吉特的人。应该没几个。”

第二天早上，我刚从银行回来，列斯特就给我打电话了。“诺尔，很抱歉，关于你想找的人，我没有找到任何确切消息，”他说，“但我发现了一件事：佩吉特太太已经于1942年去世，所以不用再花力气找她了。她在防空洞中死于肺炎——哈里斯从医院查到的。其他姓佩吉

① 马来亚海滨市镇。

特的人在电话号簿上有七个，我都打过电话了，可是他们跟你所提到的家庭一点关系都没有。但其中一个，尤丝缇丝·佩吉特太太，觉得你要找的应该是爱德华·佩吉特一家。他们在第一次南安普敦大轰炸后就举家搬到北威尔士去了。”

“大概在北威尔士的什么地方？”我问。

“毫无线索，”他说，“我想现在你能做的也就只有继续办葬礼了。”

“你说得对，”我回答，“但还是请你让哈里斯继续调查吧，因为除了要办葬礼，我们还必须找到继承人。我刚刚去了银行，发现那可是一笔很可观的遗产呢。要知道我们可是托管人啊。”

我利用那天余下的时间打包麦法登先生的个人物品和书信文件，以便带回事务所。那时候家具供应紧缺，我找了一个地方存放那两个房间的家具，因为继承人可能会用得上。我把衣物交给道尔太太，请她拿去施舍给埃尔的贫困居民。最后只剩下两只虎皮鹦鹉，我把它们留给了道尔太太，她似乎已经离不开它们了。第二天早上，我又跟银行经理见了一面，并打电话预订好卧铺票——我将乘坐夜班邮车回伦敦。下午，我们安葬了道格拉斯·麦法登先生。

那是一月的下午，公墓里一片愁云惨雾，寒气刺骨。送葬的只有道尔一家——父亲、母亲和女儿，和我。记得我当时在想，这个葬礼真是奇怪，我们对眼前即将被自己掩埋的人，竟几近一无所知。经过与道尔一家的短暂相处，我已经对他们产生了深深的尊敬之情。之前我告诉他们，麦法登先生给他们留了一笔小小的遗赠，把他们惊呆了，第一反应就是不愿接受。他们说，这些年麦法登先生吃住在这里，从不曾亏待他们，他们为他所做的其他一切，纯粹出于真诚友爱。在那个灰冷的一月下午，有朋友送他最后一程，墓边的风景便少了几分凄寂。

葬礼就这样结束了。我和道尔一家开车返回旅馆，和他们在厨房旁边的起居室喝茶。喝完茶后，我就起程去格拉斯哥，并于当晚坐火车回伦敦，带着两个手提箱的文件和个人物品。如果一时无法找到继承人，闲来无事之时还要细细查看，寻找线索。它们也是遗产的一部分，将来要交给继承人的。

实际上，寻找继承人的过程并没有大费周章。杨·哈里斯不到一周就找到了继承人的消息，不久我们就收到阿加莎·佩吉特小姐的一封信，她是科尔温贝[1]女子学校的校长，在马来亚车祸中丧生的亚瑟·佩吉特的姐姐。

她证实了他的妻子于1942年在南安普敦去世，同时告诉了我们一个新消息：唐纳德也已经过世了。他在马来亚战争中成为了俘虏，在被俘期间死去。然而，她的侄女琴却仍然在世，现在就住在伦敦地区。这位校长不知道琴的确切地址，因为她住在租来的房间里，搬过一两次家，住所不固定，所以写给她的信通常都寄到公司去。琴现在在帕克和利维公司里做事，地址是：伦敦西北海德区佩里维尔。

这封信夹在早班邮件里送来。我从一堆信件中翻出它，重新读了一遍，又让秘书把麦法登先生的档案拿给我，再看了一遍遗嘱、其他文件和关于遗产的笔记。最后我翻开电话号簿，找到帕克和利维公司，看看这个公司经营什么业务。

不久，我从桌子旁边站起来，在窗前站了一会儿。窗外是伦敦一月份灰蒙蒙的寒冷街道。我喜欢三思而后行，从不鲁莽行事。然后，我回身出去，走进罗宾逊的办公室。他正在口述文件，所以我先站到壁炉前暖和一下身子。他完事后，做记录的女孩离开了办公室。

“我找到麦法登的继承人了，”我开口说，“我一会儿会告诉哈里斯。”

“太好了，”他说，“你找到那个儿子了？”

“不，”我说，“我找到女儿了。儿子已经去世了。”

他笑道：“真倒霉。这就是说，在她三十五岁之前，我们要一直当这笔遗产的托管人了，是不是？”

我点点头。

“她现在多大了？”

---

① 也称科尔温湾，英国海滨小镇。

我算了一下，说："二十六七岁吧。"

"这个年纪，足够给我们添麻烦的了。"

"可不是。"

"她现在在哪里？在干什么？"

"她现在是一个文员或者打字员，在佩里维尔一个手提包厂工作，"我说，"我打算给她写一封信。"

他微笑道："你可真是她的天降贵人啊。"

"一点不假。"我答道。

我回到办公室坐下来，考虑如何写那封信。第一次给这位年轻的女士写信，似乎应该显得正式一些。最后我写道：

亲爱的太太：

我们非常悲痛地通知您，令舅道格拉斯·麦法登先生于1月21日在埃尔去世。作为其遗嘱执行人，我们一直在寻找其遗产继承人，此间遇到了一些困难。如果您是曾住在南安普敦和马来亚的琴（·妮·麦法登）和亚瑟·佩吉特的女儿，将很有可能对遗产享有继承权。

请您在方便之时与我们电话预约见面，进一步商讨相关事宜。为了前期阶段工作的顺利进行，请您届时提供身份证明，例如出生证明，身份证，或者其他有效之证件。

顺颂　近佳！

欧文、达尔豪西和彼得斯律师事务所

N.H. 斯特拉坎

第二天早上她就给我打电话了。她的声音很悦耳，听起来像一位训练有素的秘书。她说："斯特拉坎先生，我是琴·佩吉特。我收到您29日给我写的信了。请问您周六上午是否上班？我平时走不开，所以周六对我而言再合适不过了。"

我回答道："噢，是的，我们周六上午上班。你方便几点过来？"

“十点半可以吗？”

我在记事本上写下来。“没问题。你有出生证明吗？”

“有的。我还有母亲的结婚证明，那有用吗？”

我说：“有的，请一并带来。好了，佩吉特小姐，那我们周六见。报我的名字就能找到我，诺尔·斯特拉坎先生。我是高级合伙人。”

周六早上十点半，她准时出现在我的办公室。她身材中等，头发乌黑，看不出来是否已经结了婚。她恬静漂亮，有一种淡定的风度。这种风度很难确切形容，是苏格兰后裔女性身上常见的那种从容优雅。她穿着深蓝色的外套和裙子。我站起身，与她握手，请她坐在我桌子前的椅子上，再回身在我自己的椅子上坐下。我已经把文件都准备好了。

“我们开始吧，佩吉特小姐，”我说，“我通过你的姑姑找到了你——我想她是你的姑姑吧，在科尔温贝的那位？”

她点点头。“雅姬姑姑给我写信了，告诉我她收到了您的信。没错，她是我的姑姑。”

“我想，你就是曾经在南安普敦和马来亚生活过的亚瑟和琴·佩吉特的女儿？”

她点点头。“是的。我带了我和我母亲的出生证明，还有她的结婚证明。”她从包里掏出这几份文件，连同身份证一起，放在我的桌上。

我打开这些文件，仔细检查了一遍。毫无疑问，她就是我要找的人。我重新把身子靠到椅背上，摘掉眼镜。“请告诉我，佩吉特小姐，”我说，“你曾经见过你刚过世的舅舅道格拉斯·麦法登先生吗？”

她犹豫了一下。“我一直在想这件事情，”她坦率地说，“我不能发誓说我肯定见过他，但是有一次，我母亲带我去苏格兰拜访过一个人，那个人肯定就是他。那个时候我好像只有十岁吧，母亲带着我和我哥哥一起去的。我记得好像是一个老人家，住在一个闷热的房间里，用笼子养了很多鸟。我想那就是道格拉斯舅舅吧，不过我不是很确定。”

这与麦法登先生的说法相符。母子三人确实于1932年去拜访过他。这个女孩当时应该是十一岁。“能跟我说一下你的哥哥唐纳德吗，佩吉特小姐？”我问，“他是否还在世？”

她摇摇头。“他1943年去世了，在被俘期间。我们投降的时候[①]，他在新加坡被日本兵抓走，送到了铁路上。”

“铁路？”我有点疑惑不解。

她冷冷地看着我，目光中仿佛包含了一丝宽容——对战时留在英国的人所表现出来的无知。“日本兵迫使亚洲人和战俘建造的泰缅铁路。每安放一条枕木，就有一个人死去，而铁路大约有两百英里长。唐纳德就是其中一个。”

接下来我们都没有说话。“我很抱歉，”我终于打破沉默，“但恐怕我还是要问你一件事——你有没有他的死亡证明？”

她盯着我说：“我不可能会有吧。”

“噢……”我重新把身子靠到椅背上，拿起遗嘱。“这是道格拉斯·麦法登先生的遗嘱，”我说，“我给你准备了一份复印件，佩吉特小姐，但是我想最好先用普通的语言来告诉你里面写了什么。除了两份小小的遗赠之外，你舅舅把所有剩余财产都以托管方式归到你哥哥唐纳德名下。托管的条件是，托管财产的收益归你母亲所有，直到她去世。如果她在你兄长满二十一岁前去世，托管将在他成年时结束，财产就归他任意支配。而如果你的兄长在继承财产前去世，你将在你母亲去世后，继承剩余的财产。但这样的话，托管期将一直延续到1956年，你满三十五岁的时候。我想你会希望我们取得你兄长的合法死亡证明的。”

她犹豫了一下，然后说道：“斯特拉坎先生，恐怕我真是愚蠢透顶。我能够理解为什么您需要唐纳德的死亡证明。但如果您真的拿到了这份证明，是不是就意味着我可以继承道格拉斯舅舅留下来的一切？”

“基本上——是这样的，”我回答，“但在1956年之前，你只能获

① 根据历史记载，日军1942年1月攻陷吉隆坡，新加坡的英军于1942年2月向日军投降，日军从此控制马来亚全境，直至1945年9月投降。

得这笔遗产的收益。之后，财产就是你的了，你想拿来做什么都可以。”

“他留下了多少钱？”

我从面前的文件里拿起一张纸条，从上到下把数字扫了一眼，最后再检查一遍。“扣除税款和遗赠后，”我小心地说，“剩余的财产大约价值五万三千英镑——以目前的价格计算。我必须提醒你，这是按照目前的价格计算的，佩吉特小姐。不能保证到1956年的时候你就一定会继承这个数目。股市的低迷甚至会影响到信托证券。”

她直直地盯着我，说：“五万三千英镑？”

我点点头。“大概是这个数目。”

“这样一笔资本每年可以产生多少收益，斯特拉坎先生？”

我扫了一眼我面前纸条上的数字。“投资于受托公债的话，目前每年大约能有一千五百五十英镑的总收入。扣除所得税后，每年大概还能剩下九百英镑，佩吉特小姐。”

“噢……”接下来是一阵长长的沉默。她坐在那里，目光落在前方的桌子上。忽然她抬起头来看着我，莞尔一笑。“我还没回过神来，”她说，“我是说，一直以来我都是自己挣钱养活自己，斯特拉坎先生。我从未想过我还能干点什么别的，除非嫁人——但那似乎只是换一种方式工作罢了。但是从今往后我再也不用工作了——除非我乐意。”

最后一句话真是一针见血。“一点不假，”我回答，“除非你乐意。”

“如果再也不用去办公室上班了，我不知道要做什么，”她说，“我几乎没有业余活动……”

“那就应该继续去办公室上班。”我指出。

她笑道：“我想我也没有其他事情可以做了。”

我重新把身子靠到椅背上。“我已经是个老头子了，佩吉特小姐。我这一辈子犯了很多错误，并从中学会了一个道理，那就是：欲速则不达。我想你的生活会因为这份财产而变得很不一样。如果你问我的话，我会请你千万不要马上辞掉手头这份工作。现在，我先不跟你在办公室里谈遗产的事情。首先，就算是财产的收益，你也还要等几个月才能拿到。我们还没拿到你哥哥的合法死亡证明，苏格兰的遗嘱执行人也还没批准我们变卖部分证券来偿付财产税和其他税款。告诉我，你在帕克和利维公司做什么工作？”

“我是速记员，”她说，“现在是帕克先生的秘书。”

“你现在住在哪里呢，佩吉特小姐？”

她说：“我租了一个不含厨房的开间，在坎贝恩路四十三号，对面就是伊令公地。地方很方便，但自然要经常在外面吃饭了。附近就有一家里昂斯餐厅。”

我想了想，说：“你在伊令有很多朋友吗？在那儿住了多久了？”

“我认识的人不多，”她回答说，“一两家人吧，都是同事。我回国后就住在那里，有两年多了。之前我在马来亚，斯特拉坎先生。有三年半的时间，我基本上是一个战俘。回国后，我就在这家公司找到了工作。”

我在记事本上记下了这个地址。“现在，佩吉特小姐，”我说，“请让我继续把接下来要做的事情告诉你。我周一早上会咨询陆军部，希望尽快获得你哥哥的死亡证明。请告诉我他的姓名、身份证号和分队编号。”我把她提供的信息一一记下来。“我一拿到证明，就会上交遗嘱，等待认证。遗嘱被批准执行后，托管就开始，直到1956年你能任意支配财产为止。”

她抬起头来看着我。“请向我解释一下托管是怎么回事，”她问，“恐怕我对法律事务不怎么在行。”

我点点头。“这很正常。我给你的遗嘱复印件都是以法律语言写成的。关于托管一事，其实是这样的，佩吉特小姐。当你舅舅立下这份遗嘱的时候，他对女性管理自己财产的能力抱有一种非常不合理的偏见。很抱歉说了这样的话，但是我想最好是能让你知道整件事情的来龙去脉。”

她笑道：“请不必替他道歉，斯特拉坎先生。请继续。”

“开始的时候，他觉得至少要等你满四十岁，才能让你自由支配遗产，”我说，“我提出了反对意见，所以现在遗嘱上写的是三十五岁，我无法让他缩短这个期限了。现在，托管的目标是这样：立遗嘱人指定托管人——在这里是指我和我的合伙人——尽其所能保护好这份财产，在托管结束时，把它完好无损地交到继承人——也就是你——的手里。”

“我知道了。道格拉斯舅舅害怕我会一下子把这五万三千英镑花个精光。”

我点点头。“他就是这样想的。他不了解你，当然，佩吉特小姐。所以他并不是针对你个人的。他只是有一个很笼统的概念，认为年轻女性控制巨款的能力不如男性。”

她平静地说：“他可能是对的。”思考片刻后，又说，“所以，在我三十五岁之前，您将会一直帮我保管这笔钱，把它的利息给我，每年九百英镑，对吗？”

“如果你希望我们帮助你处理所得税事宜的话，就是这个数目，”我说，“你能选择一种支付方式，比如季度或者月度支票。你将每半年收到一份账目明细表。”

她好奇地问道：“你们为我做这么多事情，怎么收费呢，斯特拉坎先生？”

我微笑道：“这是一个很精明的问题，佩吉特小姐。你会在遗嘱里找到一条相关的条款，好像是第八条吧。它赋予我们因提供专业的托管服务而收费的权利。当然了，如果你遇到任何法律上的麻烦，我们会很高兴成为你的代理人，并且尽一切努力帮助你。不过那样的话，我们会按照正常标准收费。”

她出乎意料地说：“托付给您再好不过了。”她瞥了我一眼，调皮地说，“我昨天就查询过您这家公司。”

“噢……希望结果让你满意？”

“非常满意，”她说，“把事情交到您手中，我绝对放心，斯特拉坎先生。”不过她事后才告诉我，泄密者把我们描述成“牢如英格兰银行[①]，黏如糖蜜[②]”。

---

① 英国的中央银行。

② 制糖工业的副产品，非常黏稠。

我点点头。“希望如此。恐怕有时候你会觉得这个托管很烦人，佩吉特小姐，不过我会保证尽量避免发生这种情形。你会看到，立遗嘱人会在遗嘱里给予托管人一些权力，在对继承人确实有利的情况下，托管人是可以解冻一部分财产的。”

“您的意思是,如果我真的需要很多钱——做手术或者什么的——只要您同意，我就可以预支这笔钱？”

真是思维敏捷，这姑娘。“我想那是一个很好的例子。如果你生病时没有钱做手术，为了你的利益，我当然会解冻一部分遗产。”

她向我微微一笑，说：“现在我是不是还挺像受大法官监护的未成年人？”

这个比喻不知怎的触动了我。我说：“如果你愿意把我当成监护人，我将感到不胜荣幸，佩吉特小姐。这份遗嘱将无可避免地打乱你的生活，我愿意尽我所能帮助你尽快适应新情况。”我递给她遗嘱的复印件。“这就是遗嘱。我建议你带走它，找个时间安静地认真读读。我会暂时保留这些证件。等你过几天想清楚到底发生了什么事之后，肯定会生出很多问题，并且想要知道答案。到时你是否愿意再过来与我见一面？”

她说：“我当然愿意。我一定会有无数的问题，但是我现在一个都想不出来。这一切太突然了。”

我看看预约日志，道：“那——我们下周二或者周三再见一面如何？”我一边看着我的预约安排一边说，“当然了，你白天要上班。你几点下班，佩吉特小姐？”

她说：“五点。”

“周三晚上六点你方便吗？希望到时候有关你哥哥的事情会有些进展。”

她说：“嗯，可以的，斯特拉坎先生。但是对您来讲不会太晚了吗？不耽误您回家吗？”

我心不在焉地说：“我只去俱乐部。不耽误，周三六点对我来讲正合适。”我记下新的预约事项，犹豫了一下。“如果事后没有安排，你是否愿意跟我一起去俱乐部，在淑女馆餐厅吃晚饭呢？”我说，“恐怕那个地方算不上很时髦漂亮，但是菜不错。”

她微微一笑，热情地说：“太好了，斯特拉坎先生。谢谢您的邀请。”

我站起来。“很好，那么，佩吉特小姐，周三晚上六点。同时，请记住：三思而后行，欲速则不达。”

她走了。我收拾好桌子，打车去俱乐部吃午饭。饭后，我喝了杯咖啡，在壁炉前的椅子里睡了十分钟。醒来时，我想活动活动，于是戴好帽子，穿上大衣出去遛弯。我漫无目的地沿圣詹姆斯大街往北走，再顺着皮卡迪利大街走到公园。一边走，我一边想那位突发横财的女士正在干什么。她是正在向好友炫耀这份好运气呢，还是正坐在一个温暖而安静的地方，酝酿着一个计划，好让我给她预支一笔财产？又或者已经在挥金如土、肆意狂欢了？她也可能正在和一位年轻有为的男士约会——她现在已经有足够的资本，可以从众多追求者中从容选择一位如意郎君，我讽刺地想着。然后，我突然意识到，她可能已经有很多男朋友了——她正值妙龄，待字闺中。实际上，她是那么漂亮迷人、温柔可亲，要是还没结婚才奇怪呢。

那晚我在俱乐部跟一位内政部的朋友聊天，向他了解如何确认一位战俘的死亡事实。周一我打了好几个电话到陆军部和内政部咨询这个案子。不出所料，有一个例外程序可以证明战俘的死亡事实——如果战俘营里的俘虏去世时有医生在旁照料，这位医生就有权开具有效的死亡证明。在这个案子中，有一位名叫费里斯的全科医师，曾经在泰缅铁路沿线塔库南地区的第二〇六号营地当过随军医生，目下在贝肯汉姆开诊所。陆军部的官员说这位医生有权开具一份正规的死亡证明。

第二天早上，我给这位医生打电话，但不巧他出诊了。我试着让他的妻子明白我需要什么，但是那对她而言似乎太过复杂了。她建议我等夜间应诊时间结束，晚上六点半再去找他。我犹豫要不要去，因为贝肯汉姆离我的公寓非常远。但我想尽快替这位姑娘拿到这份文件，所以当天晚上就去拜访这位医生了。

他不到三十五岁，性格开朗，面色红润。他颇具幽默感，但是喜欢时不时拿死亡来开玩笑。这位乡村医生看上去健康结实，就像从未离开过英格兰一样。见到他时，他刚送走最后一位病人，正好有空与我说话。

“佩吉特中尉，”他边想边说，“噢，是的，我知道他。唐纳德·佩吉特——他是叫唐纳德吗？”我说是，他接着说：“噢，当然了，我记得很清楚。没问题，我可以给他开一份死亡证明。我很乐意为他效劳，虽然我觉得他要这份证明也没有用。”

“是给他妹妹的，”我说，“关乎她的继承权。正式手续办理得越快，对她越有利。”

他伸手去取表格。“我真想知道她是不是和她哥哥一样胆色过人。”

“他是个了不起的小伙子吗？”

他点点头。“是的。他看起来有点弱不禁风，忧郁苍白，但他是个棒小伙。我想他原来是个农场主吧——总之，他后来参加了马来亚的志愿军。他的马来语说得很好，暹罗语也说得不错。当然了，他会这两种语言，真是帮了我们大忙。我们那时常常要跟村民们做黑市买卖，跟战俘营外面的暹罗人。而且他是那种特别讨人喜欢的军官。他的去世真是让我们损失惨重。”

“他的死因是什么？”我问道。

他停下笔。“这个——你可以从十几个原因里挑一个。我当时不可能有时间做尸检。实话告诉你，我并不能确定死因，反正他就是去世了。但是他已经熬过了足以杀死十几个普通人的病痛，所以我不知道在死亡证明上写什么是否那么要紧。死因并不会影响它的法律效力，是不是？”

“啊，不会的，”我说，“有一个死亡证明就足够了。”

他沉浸在回忆中，仍然没有动笔。“我们当时正在治疗他左腿上一块面积巨大的热带溃疡，那产生的毒素毫无疑问正在向全身扩散。如果溃疡继续恶化下去，就不得不截肢了。之所以被耽误到那么严重，就因为他是那种只要还能走得动，就不会告诉别人他生了病的小伙子。

唉，当他因为溃疡住院的时候，又得了脑型疟疾。当时我们没有办法治疗那种该死的病，直到后来我们终于能腾出手来，自制奎宁溶液，给病人进行静脉注射。那是很冒险的一招，我们都很害怕，但别无选择。我们就这样帮助很多人渡过了难关，佩吉特就是其中之一。他战胜了疟疾。紧接着就爆发了霍乱。霍乱横扫了医院，势不可当。我们没有办法隔离病人，或者采取任何类似的措施。我再也不想看到那样的场面了。我们手头什么都没有，**什么都没有**！甚至连碱盐泻药都没有，更别提药物和设备了。我们只好用旧煤油罐来做便盆。佩吉特也得了霍乱。你能相信吗？他连霍乱也挺过来了。我们给他注射了一些预防药物，从日本人那里拿来的，可能起了点作用。至少，我们给他注射了那种药——不过我记不清了。当他从霍乱中康复过来之后，已经非常虚弱了。当然了，原来的溃疡并没有什么好转。大概一周后的一个晚上，他死去了。我想是心脏的原因吧。我会告诉你我将会怎么做。我会把死因写成——霍乱。好了，请收好。抱歉让你为它走了那么远的路。"

我收下证明，好奇地问："你有没有也得那些病？"

他笑道："我是幸运儿。我只得了普通的痢疾和疟疾，普通的那种疟疾，不是脑型疟疾。**我的**问题是超负荷的工作，不过其他人也一样。当时真是一团糟，没完没了的。我们把几百个病人放在地板上，或者放在棕榈树小屋的竹子吊床上——那会儿一直在下雨。没有床，没有床单，也没有设备，药物少得可怜。我们连喘口气的机会都没有，一直工作到倒头昏睡过去，醒来后又要马上继续工作，不知什么时候是个头。连松懈半个小时去抽根烟的机会都没有，去散个步也不可能，除非你把几个急需你医治的可怜蛋甩下不管。"

他稍稍停顿了一下。我默默地坐着。相形之下，我所遇到的所谓战争是多么微不足道。"就那样熬了差不多有两年，"他说，"有时候会很抑郁，因为甚至连去听个讲座的时间都没有。"

"你们还有讲座？"我问。

"啊，有的，我们营里有很多小伙子，常常给我们做各种讲座。

考克斯橙皮苹果[①]的栽种方法啦，TT 摩托车公路赛啦，好莱坞的生活之类的。这些讲座多少能开解一下大家。但我们这些医生经常没有时间去听。我的意思是，如果有病人发生抽搐，我们却在营地的另一头听别人讲考克斯橙皮苹果，似乎有点说不过去。”

我说：“那肯定是很可怕的一段经历。”

他顿了顿，回忆起当时的生活。“那里的景色太美了，”他说，“三塔边界[②]肯定是世界上最可爱的地方。河流顺着广阔的峡谷流下来，还有茂密的热带森林和大山……有时候，我们坐在河边看日落，感叹这将是一个多么神奇的度假胜地。不管一个战俘营有多可怕，如果周围有美景，总会有点不一样的。”

当琴·佩吉特周三晚上来看我的时候，我已经准备好向她报告我取得的进展。首先我大概介绍了几件在我们清理财产时发生的事情，给她看了看埃尔的家具清单。她对那些家具没有什么兴趣。“我想我应该把它们都卖掉，是不是？”她说，“我们可以拿它们去拍卖吗？”

“也许还是先等等再说吧，”我建议道，“也许将来你要买新房子或者新公寓呢？”

她蹙起鼻头，说：“即使是那样，我也不会用道格拉斯舅舅的家具来布置我的新家。”

然而，她同意先不去处理它们，等确定好将来的计划再说。然后我们就去谈别的事情。“我拿到你哥哥的死亡证明了。”我说。但是，当我正准备进一步告诉她我是如何得到它的时候，她打断了我。

“他因什么而死，斯特拉坎先生？”她问。

我迟疑了一会儿。从费里斯医生那里听来的故事是如此令人不安，我不想把它讲给一个这么年轻的女士听。“死因是霍乱。”我最后说。

她点点头。好像她等的就是这个答案。“可怜的人，”她轻声说，“不是一种很舒服的死法。”

---

① 英国培育的一种品质优良的苹果，皮色橙黄至橙红。

② 在泰缅边界上。

我感到一定要说点什么来减轻她的忧伤。“我跟照顾过他的医生聊了很久，”我告诉她，“他去世的时候很平静，在睡梦中。”

她盯着我看。“哦，如果是那样的话，就不是霍乱，”她说，“霍乱引起的死亡不是那样的。”

我本来是想帮她免除不必要的痛苦，但她一语戳穿了我的谎言，使我阵脚大乱。“他先是得了霍乱，但是好了。实际的死因可能是心脏衰竭吧，由霍乱引起的。”

她仔细想了一会儿，道：“他还有没有得其他病？”

好吧，在那种情况下，我只好老老实实将我所知道的和盘托出。我感到非常惊讶，因为她在听到这些令人不愉快的细节时，能保持一种就事论事的淡定态度，也因为她知道如何医治热带溃疡之类的疾病，直到我想起来，这位姑娘自己也曾经在马来亚当过日本人的俘虏。“真是该死，运气糟透了，溃疡扩散得快一些就好了，”她冷冷地说，“如果截了肢，他们就会让他从铁路上撤下来，那就不会得脑型疟疾或者霍乱了。”

“他肯定有一副很强健的体格，才能熬了那么久。”

“他没有，”她很肯定地说，“唐纳德总是咳嗽啊、感冒啊什么的。他**有的**是极强的幽默感。就因为这一点，我总以为他能够挺过来。不管遇到什么事情，他都能拿来开玩笑。”

我年轻的时候，姑娘们都不懂霍乱或者大面积溃疡，所以我不知道应该怎样回答她。我把话题转回到法律事务上——我这方面的知识更巩固——告诉她遗嘱认证的进展情况。不久，我带她下楼，一起坐出租车去俱乐部吃晚饭。

那是我们第一次晚上出去吃饭，我有充足的理由要好好款待一下她。很明显，接下来几年我将会经常和她打交道，加深对她的了解很有必要。实际上，当时我对她受教育的情况和人生背景一无所知，比如说，她对于热带疾病的丰富知识就让我感到很困惑。我想请她吃一顿不错的晚饭，请她喝一点酒，让她多说一些话。如果我了解她的兴趣爱好和思维方式，托管工作会变得容易很多。所以我带她到俱乐部的淑女馆餐厅，一个相当不错的地方。在那里我们可以不受音乐打扰，饭后在安静的环境中慢慢聊。普通餐厅混乱嘈杂，会使我无精打采，疲惫不堪。

我告诉她洗手间的位置。在她梳洗的时候，我给她点了一杯雪利酒。看见她向我走来，我从客厅的桌子旁边站起身，递给她一根香烟，并替她点着。“周末干什么了？”她坐下来的时候我问她，“出去庆祝了吗？”

她摇摇头。“我没做什么特别的事情。我之前约了办公室的一个女孩儿周六一起吃午饭，去可胜街看贝蒂·戴维斯的新电影。一切按计划进行。”

“有没有告诉她你的当头红运？”

她摇摇头。“谁我都没告诉。”她顿了顿，抿了一口雪利酒。她抽烟和喝酒的动作都相当娴熟。“听起来太不可思议了，”她笑着说，“我都不知道该不该相信那是真的。”

我向她微微一笑。“任何事情在发生前都不会成为现实，”我说，“你会相信这是真的，当我给你寄去第一张支票的时候。不过，在那之前，如果太把它当回事，就大错特错了。”

“我没有，”她笑道，“不过我能确定一件事。我相信你不会把时间浪费在一件毫无意义的事情上。”

“一点不假。”我顿了顿，“再过几个月，你就能拿到托管财产的收益了，每个月的税后收入是七十五英镑。你有没有想过到时要做什么？应该不会还想继续做手头这份工作了吧？”

“不了……”她盯着袅袅升起的香烟烟雾，“其实我不想停止工作。我一点也不介意在帕克和利维公司继续工作下去，就像什么都没发生过一样，如果那是一份很有意义的工作的话，”她说，“不过——唉，它不是。我们生产女装鞋子和手提包，斯特拉坎先生，还有专门用于高端贸易的精装小提箱——就是那种在邦德街的商店里卖三十基尼[①]一个的箱子，只有那些钱多得没处花的蠢女人才会买。我们还定做用

① 英国旧时金币，1基尼等于21先令。

珍稀皮革制成的小化妆包，反正净是那一类玩意儿。如果是为了谋生，在那种地方也还干得下去，了解一下那方面的贸易也很有意思。”

“当你还处在学习阶段的时候，大部分的工作都很有趣。”我说。

她转向我。“是这样的。我在那里过得挺快乐的。但是我现在有钱了，情况就不一样了。人应该做更有意义的事情，但我现在还没想到该做什么。”她又喝了一点雪利酒，“您瞧，我没有一技之长，只会速记、打字和一点簿记。我从没正儿八经上过学——我是指职业技术学校，拿一个学位什么的那种。”

我想了想。“我可以问你一个比较私人的问题吗，佩吉特小姐？”

“当然了。”

“你觉得你短期内会结婚吗？”

她微微一笑。“不，斯特拉坎先生。我觉得我甚至都不会结婚。当然了，话不能说得太绝对，但是——我觉得不会。”

我没有对此作出评论，只是点点头。“好吧，那你有没有想过要攻读一个大学学位？”

她睁大双眼。“不会的——我从没想过。我做不来，斯特拉坎先生。我不够聪明，考不上大学。”她顿了顿，“我一直成绩中等，而且连中学六年级[①]都没上过。”

“这只是我的一个想法而已，”我说，“我想知道它会不会引起你的兴趣。”

她摇摇头。“我现在没法再回去上学了。我太老了。”

我向她微微一笑。“也不至于老成那样了。”我说。

不知怎的，这个小小的奉承好像并没能令她愉快。“每次我拿自己和办公室里的姑娘们作比较，”她轻声说，不带任何开玩笑的口吻，“我就知道我已经差不多七十岁了。”

我似乎开始了解她了。不过为了使气氛变得轻松一些，我提议先吃晚饭。点好菜后，我说：“请告诉我你在战争中的遭遇。你当时在马

① 相当于我国高三年级。

来亚，是吗？”

她点点头。“我当时有一份办公室的工作，在霹雳一家种植园公司上班。我父亲原来就在那里工作，唐纳德也是那里的员工。”

“你遇到什么事情了？”我问道，“成为了战俘？”

“算是吧。”她说。

“在战俘营里？”

“没有，”她回答，“他们让我们过得挺自由的。”然后她果断地转移了话题，说道，“您呢，斯特拉坎先生？一直在伦敦吗？”

如果她不愿意提及战争经历的话，我不能够强迫她。于是我告诉她我的经历——原原本本地。不久，我发现我在跟她谈我的两个儿子，在中国军事驻地的哈利和在巴士拉的马丁，他们的战争记录、家庭和孩子。“我已经当了三次爷爷了，”我幽幽地说，“相信不久就会再当一次。”

她笑道：“那种感觉怎么样？”

“还跟以前一样，”我告诉她，“不管年纪多大，感觉都是一样的。只是，能做的事情越来越少了。”

不久我又把话题引回她身上。我向她描述了与九百英镑的年收入相符合的生活状态。我举了个例子，她可以在德文郡买一套乡村别墅和一辆小车，雇一个女仆，用剩下的钱作海外旅行。“在找到一个新的人生目标之前，我不知道应该干什么，”她说，“我一直在为某个目标努力着，一辈子都这样。”

我知道有几个慈善组织正等待着上帝的恩赐——从天而降一个不收工资的速记员，就问她要不要考虑一下，但她似乎觉得这种幻想是需要批评的。“如果一件事物有价值，自然就是有价钱的，”她说，显示出强烈的商业本能，“这个世界不需要一个白干活的秘书。”

“慈善组织喜欢把日常开支维持在低水平。”我说。

“如果一个组织连秘书都请不起的话，我不认为它能为社会做什么贡献，”她说，“我希望能够为一个真正有价值的目标而奋斗。”

我向她介绍一份医院的社工工作，她非常感兴趣。“这比较像了，斯特拉坎先生，”她说，“是那种值得为之付出时间精力的工作。但我不想和病人打交道。不知道您是否觉得自己对病人有一份天生的责任，我是不觉得的。不过这份工作值得考虑。”

“嗯，慢慢来吧，”我说，“不必着急去做任何事情。”

她向我笑道：“我相信您的座右铭就是——三思而后行。”

我微笑道：“比它糟糕的座右铭有的是。”

喝完饭后咖啡，我带她去艺术馆试探她的艺术造诣。她对音乐一窍不通，除了喜欢一边听收音机一边做女红；也不懂文学，除了爱看有着欢喜结局的小说；她喜欢看名画的复制品，她叫得出名字的那些，但从未去过皇家艺术学院；她还完全是个雕刻盲。作为一个生活在伦敦，年收入九百英镑的女士，竟然毫无艺术和社交修养，这在我看来多少有点遗憾。

“你是否愿意找个晚上去看场歌剧？”我问。

她微笑道：“我能看得懂吗？”

“噢，你会看得懂的。我去查一下最近有什么可以看的，尽量挑简单易懂的英文剧。”

她说：“您愿意邀请我真是太好了，但是我觉得，您还不如去打桥牌，那样您会快乐得多。”

“完全不是这样，”我说，“我很多年没去看过歌剧什么的了。”

她微微一笑。“好吧。我当然很乐意去，”她说，“我长这么大，还没去看过歌剧呢。我甚至都不知道歌剧是怎么演的。”

我们坐在艺术馆里闲谈这些事情，不觉一个多小时过去了，转眼已经九点半，她起身要走。回到她在郊区的房间要走三刻钟，先要去圣詹姆斯公园车站坐车。我送她去车站，因为——怎么能让这么年轻漂亮的姑娘独自一人穿过深夜的公园呢？在车站，我们站在阴暗潮湿的人行道上，车站顶棚灯火通明。她向我伸出手。

“真是太感谢您了，斯特拉坎先生。谢谢您的晚饭，还有您正在为我做的一切。”她说。

“我很荣幸，佩吉特小姐。”我回答，并不是客套话。

她迟疑了一下，然后微笑着说：“斯特拉坎先生，我们以后还要经常打交道。我的名字是琴。您要一直叫我佩吉特小姐的话，我会受不了的。”

“你无法教会老狗新把戏。”我尴尬地说。

她笑道：“您刚才还说，不管年纪多大，感觉都是一样的。请您尝试一下。”

“谨遵教诲。”我说，“你确定现在一个人回去就可以了吗？”

“当然了。晚安，斯特拉坎先生。”

“晚安，”我说，把我的帽子举起来，逃避离别的场面，“我会约你去看话剧。”

在接下来等待遗嘱公证审核的几周里，我带她去了许多地方。我们一起去阿尔伯特音乐厅看了几场周日下午上演的歌剧，还去美术馆看了几次画展。作为回报，她带我去看了几场电影。我不敢说她因此就养成了高雅的艺术欣赏水平。她喜欢绘画多于音乐会。如果一定要去欣赏音乐的话，她更愿意选择歌剧，而且越简单轻松越好。当耳朵被音乐灌满的时候，她不喜欢让眼睛也闲着。我们去了两次皇家植物园，因为春天的脚步越发近了。在此期间，她到我在白金汉门的公寓做过几次客。我告诉她厨房的位置，有几次一同外出归来后，她在那里沏茶。我从未在那所公寓里招待过任何姑娘，除了我的儿媳妇——她来伦敦办事的时候，会在空房间里住一两晚。

她的事情终于在三月份都办妥了。我给她寄去了第一张支票。她并没有马上辞去工作，而是像往常一样继续去上班。她很聪明，打算在靠这笔额外收入生活之前，先用它攒起一笔小小的资本。况且那会儿她也还没有找到新的人生目标。

四月的一个星期天，我为她安排了一次短途旅游。她将在中午的时候过来公寓吃饭，然后和我一起去南面的汉普顿宫。她从未去过汉普顿宫，但我想她一定会喜欢那里的古雅宫殿和明丽春花，我为此兴奋了好几天，对这次旅行充满期待。然后，当然——那天下雨了。

她午饭前来到了公寓，拿着一把湿淋淋的雨伞，雨水顺着深蓝色的雨衣流淌下来。我帮她脱去外套，挂在厨房里。她进空房间收拾了一下，再到起居室里来，和我一起站在窗前，看着雨打在对面的皇家马厩上，考虑当天下午可以做什么别的事情。

饭后，我们在壁炉前坐下来喝咖啡，还没做好决定下午要做什么。我提议了一两件事情，但她好像有点心不在焉。喝完咖啡后，她终于说道：

“我已经决定第一步要做什么了，斯特拉坎先生。”

“噢，”我问，“是什么？”

她犹豫了一下。“我知道您会觉得这很奇怪。您可能会觉得我很愚蠢，把钱花在这上面。但是——嗯，这就是我想做的事情。我想最好在出门之前告诉您。”

坐在壁炉前既温暖又舒适。外面天色阴沉，雨倾盆而下，拍打着湿答答的人行道。

“别这样说，琴，”我回答，“我不会觉得你愚蠢的。你想做什么呢？”

她说：“我想回马来亚，斯特拉坎先生，去挖一口井。”

第二章

如果我没有记错的话，在她说完那句话之后，我们陷入了长久的沉默。我惊呆了。当不知道可以说什么的时候，我习惯性地躲进沉默中去。我想她从我的沉默中读出了责备之意，所以她向我倾过身子，说：“我知道这件事情听起来确实有点滑稽。可不可以先让我告诉您，我为什么要这么做？”

我说：“当然了。是否跟你的战时经历有关？”

她点点头。“我从未跟您提起过。不是不想提，是想不起来。那么久远，就像是多年前发生在另一个人身上的事情一样——仿佛我并没有亲身经历过，只是书上的故事。”

“这样难道不是更好吗？”

她摇摇头。“现在不是了，因为这笔钱。”她顿了顿，“您对我太好了，”她说，“我真的很想试着让您理解我的决定。”

她说，她的人生可以分成三个部分。前两部分与余者有天壤之别，现在已经很难在她身上找到它们的影子。最开始的时候，她是一名学生，和母亲一同住在南安普敦近郊一所有三间卧室的小房子里。此前他们曾全家住在马来亚，但后来，当她长到十一岁，哥哥唐纳德十四岁时，母亲带着兄妹俩回到了英格兰。马来亚的生活对她而言，只是一些残存的模糊片段。显然，亚瑟·佩吉特去世的时候，妻小都在英格兰，他是孤身一人在马来亚。

他们的生活和普通郊区英国小孩并无二致。他们上学、放假，生活简单，节奏柔和。每年八月迎来一个激动人心的三周假期，去怀特岛[①]

① 英格兰郡名，在英吉利海峡中，为著名旅游胜地。

上的海景村或者弗雷什沃特。但有一件事情使他们跟其他家庭不太一样，就是他们都会说马来语。当然，是保姆教会孩子们说马来语的，母亲则鼓励他们在英国也一直说下去。一开始，他们只是说着好玩，当作家庭秘密语言，但后来马来语成了一件严肃的事情。亚瑟·佩吉特在怡保附近驾车一头撞到树上时，正在因公出差途中。他的遗孀根据公司计划获得了一份年金。他能力出众，是一个宝贵的人才。马来亚霹雳种植有限公司的董事们痛失英才，一面又求贤心切，便写信给这位遗孀说，等唐纳德一满十九岁就为他安排一个职位。这是一份美差，琴一家上下都很欢喜。这就意味着唐纳德长大后要去马来亚投身橡胶种植事业。马来语是帮助他顺利打开局面的重要技能，因为在去东方寻找人生第一份工作的十九岁男孩中，会说当地语言的实在是凤毛麟角。那位精明的苏格兰女士，他们的母亲，时刻谨记不能让孩子们忘了马来语。

她非常喜欢南安普敦，在那里度过了一个愉快的童年，宁静的生活在连接着家、学校、帝王影院和溜冰场的轨道上悠然往复。她记得最清楚的是溜冰场，而每当想起溜冰场，就总是仿佛能听见瓦尔特费尔的溜冰圆舞曲。“那真是一个美妙的地方，”她望着火炉，似乎那里跳动着一团温暖朦胧的回忆，“我想，它算不上气派，真的——我想它是一栋木楼，在一战时建造的，后来改作了溜冰场。记忆中，我们每周在那里大约溜两次冰，每次都非常愉快。那里的音乐，干净迅速的动作，所有的男孩和女孩。荧光灯，人群，还有滑冰道。我溜得还不赖。妈妈给我买了一套衣服——黑色的紧身衣和紧身马甲，还有一条小短裙。在冰上跳舞感觉真的很棒……”

她转向我。“您知道吗，在马来亚，在我们被疟疾和痢疾折磨得死去活来，在雨里发着烧打着冷战，没有衣服，没有食物，无处可去，因为没人想要我们的时候，我就会想起南安普敦的溜冰场。那是过去生活的象征，提醒我生活曾经如此美好——告诉我不要放弃。”她顿了顿，“一回到英国，我马上就回到了南安普敦，迫不及待地——我要去那里处理点事情，但是实际上是因为在那些年里，我曾对自己发誓，总有一天，我一定要回去，再在那里滑冰。但是它遭到了空袭，只剩下一个焦黑的、千疮百孔的外壳。现在南安普敦已经没有溜冰场了。我站在人行道上，让出租车在后面等着，拿着靴子和溜冰鞋，情不自禁地因为失望而失声大哭。不知道出租车司机怎么看我。”

她的哥哥1937年去了马来亚，那年琴十六岁。她十七岁时离开了学校，去了南安普敦的一个商学院，集中学习六个月后，拿到了速记员的文凭。然后她在镇上一个律师事务所工作了大约一年。这一年，她去马来亚工作的事情渐渐有了眉目。她的母亲一直和霹雳种植园公司的董事长保持联系，这位董事长对经理关于唐纳德的汇报非常满意。马来亚的未婚姑娘为数不多，所以当佩吉特太太跟董事长联系，请求他为琴在吉隆坡总部找一份工作的时候，公司认真地考虑了这个请求。公司上下都不想看到他们的经理跟当地女人通婚或者订婚，要想避免这个结局，一个显而易见的方法就是鼓励未婚女孩从英格兰过来工作。现在，这个女孩不仅来自他们熟悉的家庭，还会说马来语，这在从英国来的速记员中是一种罕见的本领。于是琴获得了这份工作。

这一切都准备妥当后，战争爆发了。一开始，在英国人们都认为这只是一次假战争，不会真的打起来。似乎并没有理由为了一件这么微不足道的事情阻碍了琴的大好前程。而且在佩吉特太太看来，如果战争突然在英国打起来的话，琴待在马来亚要比留在国内好得多。所以琴在1939年的冬天出发去了马来亚。

在刚到马来亚的十八个月里，她的生活妙不可言。办公室就在秘书处附近。秘书处是一栋巨楼，建得非常宽敞气派，有意宣示英国统治者的力量。它占据了所在广场的一整面，这个广场隔着板球场与俱乐部相望，另一面有一个堪称完美典范的英国乡村教堂。这里的热带气候温和舒适，每个人都过着典型的英国式生活：充足的闲暇，玩不完的游戏，开不完的派对，跳不完的舞会，有大量仆人供他们使唤，帮助他们操办这一切。刚到马来亚那几周，琴和公司的一个经理一起住，后来在都铎玫瑰旅馆找到了一个房间。那是一个英国女人开的小型私人旅馆，很多在办公室和秘书处工作的未婚姑娘都住在那里，就跟单身宿舍差不多。

“好得让人难以置信，”她说，“每个晚上都有舞会或者派对。如果你不拒绝邀请，就连写封信回家的时间都没有。”

日本南下进攻东南亚的消息传来时，她并未感到情势危急，周围一切也平静如常。1941 年 12 月 7 日，美国被迫参战，似乎也是一个好消息。在吉隆坡举行的派对并没有什么异样，除了年轻小伙儿们开始请假不上班，穿上了军装，而这本身就让人感到一种愉悦的兴奋。甚至当日本人在马来亚北部登陆时，吉隆坡的英国人也还安之若素。延绵三百英里的大山和森林本身就是一道天然屏障，能抵抗从北部而来的侵略。威尔士亲王号战列舰和反击号战列巡洋舰的沉没虽然表明事态严重，但对一个刚拒绝了生平第一次求婚的十九岁女孩来说，是不值一提的。

很快，至少在理论上，所有已婚妇女和她们的孩子都已被撤离到新加坡。当日本军队采取迅速迂回绕行的战术，穿越了那片从未被任何军队征服过的森林，向半岛南下推进的时候，人们开始意识到情况的严重性。一天，琴的主任梅里曼先生把她叫到办公室，开门见山地告诉她办事处要关门了。她必须马上收拾好行李，去火车站坐第一趟火车南下新加坡。他给了她一个公司代理人的地址，在莱佛士广场附近，让她去那里报到，要求放她通行回国。另外五个姑娘也收到了相同的命令。

那时，有报告说日本人已经逼近怡保，仅在北方大约一百英里处。

城里一片风声鹤唳。琴到银行取出她所有的积蓄，大约六百马来亚元。她没有去火车站，但即使去了也不一定能坐上南下新加坡的火车，因为那时铁路上已经挤满了开赴前线的军队和物资。她本可以从公路逃走，却错失良机，去了巴图塔斯克找霍兰太太。

巴图塔斯克距吉隆坡约二十英里。霍兰先生今年四十岁，是一个露天锡矿的经理，一家人住在锡矿边上一间舒适的平房里。他的妻子叫艾琳，三个孩子分别是七岁的弗雷迪、四岁的简和只有十个月大的罗宾。艾琳 · 霍兰是一个平易近人的慈母，三十到三十五岁。霍兰一家从不参加派对和舞会，他们不喜欢那种场面。他们总是安静地待在家里，任凭世事变迁。琴刚到马来亚的时候，他们邀请她到家里做客。琴觉得和这家人待在一起非常轻松自在，后来又去了好几次。有一次，她刚得完轻微的登革热，在他们家住了一个星期，静心休养。前一天在吉隆坡的时候，她听说霍兰先生带家人去了车站，但是没能坐上火车，又回家了。琴觉得她不能抛下霍兰一家，她必须带着那几个孩子一起走。艾琳·霍兰是一个好母亲，也是一流的家庭主妇，但现在兵荒马乱，要她独自带着三个孩子逃难，她应付不来。

没费多大力气，琴就搭上了当地一辆开往巴图塔斯克的公共汽车。她大约在午饭时间到达，发现霍兰太太单独和孩子们在一起。矿上所有卡车和轿车都被军队带走了，霍兰一家只剩下那辆破旧的奥斯丁十二，其中一只轮胎磨损严重，帆布层都露了出来，另外一只的内壁很可疑地鼓起一个大包。这是他们唯一的交通工具，要靠它撤离，但它看起来根本就无法把全家人送到新加坡去。霍兰先生黎明前出发到吉隆坡去找两个外胎，到现在还没回来，霍兰太太焦急万分、坐卧不宁。

屋子里一片混乱。保姆回家了，或者正在外出办事。满屋子都是半收拾好的手提箱，或者是收拾好又打开了的。弗雷迪一直在池塘里玩耍，浑身是泥；简坐在便壶上，在许多手提箱中间哭个不停。霍兰太太正在一边给婴儿罗宾喂奶，一边指挥仆人做午饭，同时又要顾着简，心里还惦记着丈夫。琴先帮弗雷迪擦干净身子，再去照顾简。不久他们就坐在一起吃午饭了。

比尔·霍兰差不多日落时分才回来，两手空空。吉隆坡所有的轮胎储备都被强行征募了。不过，他发现有一辆当地的公共汽车第二天早上八点会去新加坡，就给家人订了座。回程的最后五英里，他只能步行，因为实在找不到交通工具了。在热带正午的酷热中，在柏油碎石路上徒步五英里，可不是一件开玩笑的事情。他浑身上下都湿透了，渴得要命，整个人都虚脱了。

他们本应当晚就出发去吉隆坡，但是晚上军队封锁了道路，而且，开着这辆奥斯丁在黑暗中四处乱撞，神经过敏的哨兵很可能会向他们开枪。他们决定黎明动身，留出充足的时间，确保在八点前到达吉隆坡。琴当晚跟他们一起待在平房里，一夜辗转无眠。半夜时她听见比尔·霍兰起身出去走廊上。透过蚊帐，她能看见他一动不动地站着，望着星星。她从蚊帐底下爬出去，穿上晨衣——在马来亚，人们睡觉时几乎不穿衣服。她沿着门廊走到他身旁。“怎么了？”她轻声说。

“没什么，”他说，“只是好像听见了什么声音。就这样。”

“有人在院子里？”

“不，不是那样。”

“那是什么？”

“我觉得我听到了枪声，在很远的地方，”他说，“可能是幻觉吧。”他们紧张地站着，在一片蛐蛐和青蛙的叫声中，努力寻找另一种声音。“上帝，”过了一会儿他说，“让黎明快点降临吧。”

他们回去睡觉。那晚，日军先头侦察部队潜入了在美罗驻扎的英军后方，并且渗透至仕林河，离他们仅有不到五十英里远。

他们黎明前就全都起来了，趁着第一缕灰色的光线往奥斯丁上装行李。三个成年人，三个小孩，还有他们所有的行李，把奥斯丁装得满满的。霍兰先生给男仆们结清工资，就出发南下吉隆坡。但是才开出不到两英里，那个露出帆布的车胎就爆了。他们被迫停下来，紧张万分，大家七手八脚把备胎——那个内壁上鼓起来一块儿的轮胎——换上。但这个轮胎只支撑了半英里。霍兰先生绝望地继续往前开，光秃秃的钢丝轮只跑了两英里就坏了。这样奥斯丁就完全走不动了。他们那时离吉隆坡还有十五英里远，而时间已经是七点半了。

霍兰先生把他们留在车里，自己匆忙跑下马路。大约一英里开外，有一间种植园平房。但他没有在那里找到交通工具，经理前一天就离开了。他绝望而焦急地返回来，发现孩子们烦躁不安，妻子则只想回到自己的平房去。在这种情况下，似乎没有其他更好的选择了。于是，每个大人带一个小孩，背着、抱着或牵着，走了五英里回家。他们把行李锁在车里。

他们在热气刚刚开始袭来的时候到家，筋疲力尽。他们从冰箱里拿出几瓶冰镇饮料，喝完便躺下休息。一个小时后，一辆卡车停在平房前，把他们惊醒了。一个年轻军官匆忙走进来。

“你们一定要离开这里，”他说，“上车，我搭你们。你们有几个人？”

琴说：“六个，算上孩子。您可以把我们带去吉隆坡吗？我们的车子坏了。”

军官冷笑道：“不行。日本兵已经到吉宁了，或者说，在我最后一次听到他们消息的时候，他们已经在那里了。他们现在可能已经进一步南下了。”吉宁离这里只有二十英里。“我带你们去帕农吧，那里有去新加坡的船。”他拒绝开车去取他们的行李，也许他是对的。那辆卡车上已经装了好多个没能及时撤离的家庭，而奥斯丁在五英里外，敌人方向。

瓜拉是河口的意思，瓜拉帕农则是位于帕农河口的一个小镇。那里有一个常驻地区委员。到达他的办公室时，卡车上有被迫撤离的四十个男人、女人和孩子，都是在经过沿路庄园时捎上的。大部分是出身相对卑微的英国女性，锡矿工程师长或者铁路领班的妻子，没几个能意识到日军推进的迅速和危险。种植园经理、秘书处职员和其他政府职员消息更灵通，也更富有，都及时把家人转移到了新加坡。这些自己没走成，最后一刻才搭上卡车的人，都是最无能的。

卡车在地区委员的办公室前停下来，陆军中尉走了进去。地区委员不久走了出来，这位男士一脸担忧地看着这群拥挤的妇女和儿童，以及当中寥寥几个男士。“天啊。”他轻声说，知道这个新担子有多重。“这样，把他们载到那边会计办公室去，命令他们坐在门廊上等一两个小时，我去想想办法。告诉他们别到处乱跑。”他转身返回办公室。“我想我可以把他们送到渔船上，”他说，“正好有几条闲置着。这就算仁至义尽了，我没有大汽艇。”

这群人被扔在会计办公室的门廊里。他们可以在那里做做伸展运动，活动活动筋骨。办公室里有自来水，门廊阴凉清爽。琴和比尔·霍兰把艾琳留在门廊上，让她带着孩子背靠墙坐下，两人结伴进村，把能买的东西都买下来，代替丢失的行李。他们找到一个给婴儿用的奶瓶，一点奎宁，一些治疗痢疾的盐，两罐饼干和三听肉罐头。他们想买蚊帐，但蚊帐已经卖光了。琴买了一些新针线，看见一个大帆布背袋，也买了下来。随后三年里，她一直背着那个袋子。

大约在下午茶时间，他们回到门廊，向霍兰太太展示购买成果，并吃了一点肉，喝了一些柠檬水。

日落时分，河口的灯塔守卫打电话到地区委员办公室，报告说巨鹗号正在进河。巨鹗号是海关的大汽艇，负责在海岸巡逻，搜寻从苏门答腊岛出发，偷越马六甲海峡作案的走私客。她是一艘柴油内燃船，大约有一百三十英尺长，平时驻扎在槟榔屿，强而有力，可用于远洋航行。地区委员的脸放光了——这就能解决他的问题。不管巨鹗号的任务是什么，她都必须捎上这些撤离者，带着他们沿海岸线南下，脱离险境。不久他离开办公室，走到码头上，打算在她进港时上船跟船长会面。

她出现在河的转弯处。他看见她装满了军队——矮胖的小个子男人，穿着灰绿色的军装，装备着来复枪，拿着比他们还要高的刺刀。怀着沉痛的心情，他看着她沿河驶过来，知道这就是他所有努力的终点。

日本人冲上岸，马上逮捕了他，用枪指着他的后背，押着他走上防波堤，随时准备给他一枪——哪怕只是遇到最轻微的抵抗。但那里根本就没有能够抵抗的部队，就连开卡车的军官也已经把车开走了，去找他自己的分队。日本士兵们迅速散开，没费一颗子弹就占据了整个驻地。他们来到撤离者们面前，这些人乖乖地坐在门廊上，呆若木鸡。日本兵立刻举起来复枪和刺刀对准他们，命令他们交出所有自来水笔、腕表和戒指。在男同伴们的劝说下，女士们默默地照做了，避免了遭受进一步的折磨。琴失去了她的腕表。士兵们搜查她的背包，想看看有没有自来水笔，但是她把自来水笔装在了行李里。

不久，夜幕降临，一个军官走过来，用一盏防风灯检查门廊上这群人。他沿门廊走着，把灯猛地塞到他们面前，两名士兵紧随其后，拿着上好膛的来复枪和寒光闪闪的刺刀。大部分孩子都哭了。检查结束后，他用蹩脚的英语发表了一个小小的演讲。“你们现在是俘虏，”他说，“你们今晚留在这里。你们明天去战俘营，也许。你们做好事情，对命令遵守，你们会从日本军人收到食物。你们做坏事情，你们就被马上射死。所以，总是做好事情。军官来的时候，你们站起来，鞠躬，每次都要。那就是好事情。你们现在去睡觉。”

其中一个男士问道：“请问有床和蚊帐吗？”

“日本军人没有床，没有蚊帐。你们可能明天有床和蚊帐。”

另外一个说：“我们可以吃点晚饭吗？”这个需要解释一下。“食物。”

“明天你们有食物。”军官离开了，留下两个哨兵把守门廊两头。

瓜拉帕农位于一个长满红树林的沼泽地区内，在一条浑浊河流的入口，所以蚊子极多。孩子们整个晚上都在不停地呻吟，焦躁地哭泣，闹得大人们也没法睡觉。他们躺在硬邦邦的门廊地板上，长夜漫漫，令人厌烦。被囚禁、吃败仗、受蚊子折磨，重重痛苦压在身上，没有几个人能睡着。刚开始的时候，琴眯瞪了一会儿，不久便醒来，浑身僵硬疼痛，脸和手臂都被蚊子咬肿了。她听到孩子们又突然大闹起来，知道在黎明前蚊子的攻击将变得更密集、更凶猛。当天边终于绽放出第一道曙光的时候，俘虏们的状态都非常糟糕。

会计办公室后面有一个公共厕所，但是人太多不够用。他们尽量相互协调，勉强解决了如厕问题。接下来，他们无事可做，只好干坐着，听天由命。霍兰和艾琳用罐头肉和甜饼干给孩子们做了一些三明治。吃了这顿简单的早饭后，大家感觉好了一些。很多人随身带着少量食物，并分给没带食物的人。那天早上日本人什么都没给他们吃。

上午九十点钟的时候，审讯开始了。士兵把每个家庭轮流带进地区委员办公室。办公室里有一个日本陆军大尉——琴过后知道他叫阳丹，大尉身旁坐着一个陆军中尉。中尉把笔记写在一本儿童临摹练习本上。琴和霍兰一家一起进去，当大尉问她是谁的时候，她解释说她是这个家庭的朋友，和他们结伴旅行，并说她在吉隆坡工作。审讯很快就结束了。最后大尉说：“男人今天去战俘营，女人和孩子留在这里。男人下午就走，所以你们现在跟他们道别，直到下午。谢谢。”

他们一直害怕日本兵把他们分开，也在门廊上讨论过此事，但没想到会这么快。霍兰先生问：“我可以知道你们会把女人和孩子们送到哪里去吗？他们的战俘营在哪里？”

军官说：“日本皇军不会在妇女们和孩子们身上打仗。也许不去战俘营，如果他们做好事。也许他们回家。日本军人总是对女人们和孩子们好。”

他们回到门廊上，和其他家庭一起讨论目前的情况。将男人和妇女儿童分别拘留是战时通常做法，他们不可能改变这个决定，但这仍然让他们难以承受。琴觉得，霍兰一家此时此刻并不需要她，便走开去，独自坐在门廊边上。她感到饿了。年轻的活力稍稍冲淡了眼下的抑郁忧愁。她在想，前路茫茫，有什么艰难困苦在等待着她？有一件摆在眼前的事：如果他们还要在门廊上过夜，必须找到一些驱蚊膏。北边的村子里有一家药剂店，他们前一天下午曾去过那儿，在这个地区应该有驱蚊膏卖。

她尝试引起哨兵的注意。她指指身上的蚊口，又指指那个村子，然后从门廊下来到地上。他马上举起刺刀指向她，她匆忙回到门廊上。这种做法明显行不通。他怀疑地向她大吼大叫，回到岗位上。

还有一个办法。公共厕所在大楼背后，靠着一面墙。那里没有哨兵，因为有墙挡住，不能从那里走出会计办公室，要出去就必须绕过大楼走到前面。过了一会儿，她起身走出后门，在大楼的掩护下，她东张西望。有一些孩子在不远处玩耍。

她轻声用马来语叫道：“姑娘！对，就是你，姑娘，过来一下。”

那个孩子向她走来。她大概十二岁，琴问：“你叫什么名字？”

她害羞得咯咯直笑：“哈里娅。”

琴说：“你知道那个药店吗，中国人开的？”

她点点头。“陈可欢记。”

琴说：“去找陈可欢。如果你把我的消息带给他，他过来找我，我就给你十分钱。告诉他有蚊子咬夫人们，”她给小姑娘看她的蚊口，

“请他带一些药膏到门廊来，夫人们会买很多。快去，如果他带着药膏回来，我就给你十分钱。”

那个孩子点点头，跑走了。琴回到门廊等待，不久中国商人就出现了，拿着一个托盘，上面摆满了管装和罐装的药膏。他走向哨兵，向哨兵表示他想卖商品，哨兵犹豫了一下，最后还是同意了。琴买了六管防蚊膏，其他女士马上就把剩下的买走了。哈里娅拿到了十分钱。

不久一个当值的日本兵拿来两桶很稀的鱼汤和半桶米饭，脏兮兮的，让人直倒胃口。没有餐具，但他们除了尽量吃，也没有别的选择。战俘的生活方式要求严格平分所有食物，但那时他们还没习惯这种生活，所以有的人吃得比别人多很多，有的人吃得很少，还有的人根本就没吃上。不过，自带食物还没吃完，所以他们还可以靠饼干和其他私人储备来补充营养。

那天下午，男人们被迫与家人分离，被看守押走了。比尔·霍兰告别了他肥胖慈祥的妻子，眼睛湿润了。“再见，琴，”他沉重地说，“祝你好运。”又道，“请尽量不要扔下他们不管，好吗？”

琴点点头。“请放心。我们会进同一个战俘营。”

男人们站好队，一共七人，在看守的监押下离开了。

剩下的人里有十一位已婚女士，两位未婚姑娘——琴和一位死气沉沉的女孩埃伦·福布斯。埃伦一直跟其中一个家庭住在一起，她是来马来亚找结婚对象的，但不幸尚未成功。除了这些人外，还有十九个小孩，有大有小，从十四岁的女孩到仍在襁褓中的婴儿。加起来一共三十二人。大部分女人只会说英语，其中几个，包括艾琳·霍兰，可以用马来语来指挥她们的仆人，但再多的就不会了。

他们在会计办公室住了四十一天。

第二晚和第一晚很相似，但日本人把办公室的门都给打开了，把房间给他们使用。晚上，日本人送来第二顿鱼汤餐，但没有提供其他东西——没有床，没有毯子，也没有蚊帐。有些女人带着行李，所以有毯子，但数量实在是太少了，根本不够分。一个一脸严肃的女士，霍斯福尔太太，要求见军官。阳丹大尉来了，她抗议说条件太差，要求给他们提供床和蚊帐。

“没有床，没有蚊帐，”他说，“很抱歉。日本女人们睡在地板、草席上。所有日本人都睡草席。你丢掉骄傲的思想，很坏的东西。你睡在草席上，跟日本女人一样。”

“但我们是英国人，”她愤怒地说，“我们无法像动物一样睡在地面上！”

他的眼睛睁圆了。他向哨兵做了个手势，哨兵们冲进来，一人抓住霍斯福尔太太一条手臂，大尉狠狠地扇了她四巴掌。“很坏的思想。”他说，转身离开了他们。从此再没人提床的事情了。

第二天早上，阳丹来检查他们。霍斯福尔太太并没有因为昨天的事而畏首畏尾，她提出他们需要水。她指出，不仅是婴儿，他们每一个人都渴望洗澡。当天下午，有人把一个桶放进那间最小的办公室，请来一个苦力负责装水。他们把这个房间改装成浴室和洗衣间。刚开始的时候，大部分妇女还有钱，村子里的小贩效仿陈可欢把东西拿来卖给这些战俘，所以她们积攒起一些足以维持生存的生活必需品。

他们慢慢开始习惯这种艰苦的生活。孩子们很快就学会了毫无怨言地睡地板，年轻的女士们为此花的时间要多许多，三十岁以上的女士们则难得睡上半个小时而不被痛醒——但她们确实睡着了。阳丹大尉向他们解释说，要等到战役结束，获胜的日本人才有时间给女人们建一个战俘营。日本成功占领马来亚全境后，他们会搬进一个宽敞漂亮的战俘营，专门为他们在山区疗养胜地金马伦高原上修建的。那里有床和蚊帐，以及他们过惯了的舒适生活，但为了获得这一切乐趣，他们必须“做好事情”。“做好事情”意味着，每当看见他走近就要站起身鞠躬。在阳丹大尉扇了好几张脸，用军靴踢了好几次小腿后，他们都学会了“做好事情”。

日本兵提供的食物仅够勉强果腹，而且每顿都是一成不变的鱼汤和米饭，每天两顿。抱怨毫无用处，而且常常是危险的，在阳丹大尉看来，这些都是过于骄傲的思想，需要接受道德审查。然而，村子里有一间小中国餐馆可以提供饭菜。钱还没花光的时候，大部分家庭每天从那间餐馆预订一顿煮好的饭。

他们没有医生，也没有任何药物。一周后，痢疾袭击了他们。晚上一片混乱，孩子们尖叫着和母亲一起踉踉跄跄地跑进公共厕所。疟疾一直在流行，但是被他们从陈可欢记买到的奎宁控制住，尽管价钱一涨再涨。为了对付痢疾，阳丹大尉减少了汤量，增加了米饭的补给，在米饭里多放一些腐烂的干鱼——那些干鱼可能原来是用来熬汤的。另外，他往食谱里添加了一桶茶，每天下午送去，作为对英国生活习惯的一种让步。

在这段时间里，琴一直和霍兰太太分担照顾三个孩子的工作。她很虚弱，明显因饮食改变而引起的困乏也使她痛苦不堪，但她每晚都睡得很好，尽管频频醒来。艾琳·霍兰受的苦更多。她的年纪比琴大，在地板上很难入睡。她失去了大部分青春活力，迅速地消瘦了下去。

第三十五天，艾思梅·哈里森去世了。

艾思梅是一个八岁的小孩。她患了痢疾有一段时间了，变得骨瘦如柴，非常虚弱，基本不能入眠，常常哭泣。不久她发烧了，又得了疟疾，有两天烧到一百零四度[①]。霍斯福尔太太告诉阳丹大尉，必须给她找一个大夫，并送她去医院。他说很抱歉，但没有医院。他会试着去找一个医生，但医生们都在为皇军的胜利而努力战斗。当天晚上，艾思梅陷入了持续的抽搐状态，黎明前不久就去世了。

当天上午，她被埋葬在村子后面的穆斯林墓地里。她的母亲和另外一个女士被允许参加葬礼。在语言不通的日本兵和马来亚人面前，她们从祈祷书上给她读了一段祷文，葬礼就结束了。生活还像从前一样，在会计办公室继续下去。但是，死亡的阴影开始悄悄侵入孩子们的梦境了。

第六周末尾，阳丹大尉做完上午的检查后，和他们面对面站着。女人们全身湿透，精疲力竭地站在门廊的阴影中，面对着他，用手抓住自己的孩子。很多大人和大部分孩子到那时都已瘦骨嶙峋，病病

① 书中的温度单位均为华氏度。

歪歪。

他说："女士们，日本皇军已经进入新加坡，整个马来亚都自由了。现在战俘营正在被建造给男人，还有女人们和孩子们。战俘营在新加坡，你们去那里。我很伤心你们的生活不舒服，但是现在好一些了。你们明天出发去吉隆坡，不会比你们每天能走的更多。你们从吉隆坡坐火车去新加坡，我想。在新加坡，你们会很开心。多谢。"

从帕农到吉隆坡有四十七英里远。理解他的话需要一点时间，然后霍斯福尔太太说："我们怎样去吉隆坡？有卡车吗？"

他说："很抱歉，没有卡车。你们走，轻松的旅程。不会多过你们每天能走的。日本军人帮助你们。"

她说："带着这些孩子，我们没法步行。我们**必须**要有一辆卡车。"

这些是坏的思想。他的目光变得僵硬无情。"你们走。"他重复道。

"但是我们的行李怎么办？"

他说："带上你们能够带的东西。不久行李就会给你们送过去。"话毕便转身离开。

那一天余下的时间里，她们陷在一种震惊的绝望中。那些有行李的人绝望地收拾着行李，她们想将生活必需品都打包带走，但又不想让包裹变得太沉。曾任女校长的霍斯福尔太太主动承担起领导的角色，在她们之间来回走动，向她们提供帮助，出各种各样的主意。她只带着一个十岁的男孩约翰，所以她的情况比大部分人要好，因为对于一个女人来说，携带一个十岁男孩儿的必需品上路并不会很费力。有些年轻母亲带着好几个孩子，她们面临的处境要艰难得多。

琴和霍兰太太面临的问题小一些，她们丢过一次行李，所以现有的东西不多，也不必花许多心思东挑西拣。她们几乎没有可以换的衣服，仅有的几件可以轻易地放进琴的背包。她们买到了两张毯子和三个饭碗，还有三个汤匙。于是她们决定用毯子把这些小东西捆起来，然后用一条绳子捆住毯子，并利用这条绳子做背带，这样一个人就可以同时背一个背袋和一个毯子包裹。她们最大的问题是鞋，这些鞋都很时髦，但很不适合走远路。

傍晚时分，孩子们都不在身边，她们俩抱着婴儿独自坐在角落里。霍兰太太轻声说："亲爱的，我不该说泄气话，但是我想我走不了那么远。我最近身体状况很糟糕。"

琴说："会好的。"虽然在内心深处，她也知道事实并非如此。"你比我们其中一些人健壮得多，"这倒可能是真的，"我们会慢慢地走，因为孩子们。我们会走好几天。"

"我知道，亲爱的。但我们在哪里过夜？他们会给我们安排住宿吗？"

没人能回答。

黎明后不久米饭就送来了。八点钟的时候，阳丹大尉和四个士兵一起出现，这四个士兵将担任这次旅途的看守。"今天你们走去亚逸彭吉斯，"他说，"天气好，旅途很轻松。到达亚逸彭吉斯你们就有好晚饭。你们会很高兴。"

琴问霍斯福尔太太："亚逸彭吉斯离这里有多远？"

"我觉得有十二到十五英里吧。我们当中有些人还没有走过那么远的路呢。"

琴说："最好和士兵们一样，每小时休息一下，是不是？"

"如果他们允许。"

一个小时后，最后一个孩子终于上完厕所，女人们也终于做好了远行的准备。看守们蹲在那里，出发后他们就轻松多了。最后，阳丹大尉又出现了，他的眼光冷酷无情，充满愤怒。"你们现在就走，"他说，"还留下的女人们被打，打得厉害。你们做好事情才会高兴。现在就走。"

没有办法，他们只好启程了。他们三三两两一组，在烈日下沿着柏油路南行，每遇到树荫就躲进去。琴跟霍兰太太一起走，把最热也是最重的负担——毯子包裹挂在肩上，手牵着四岁的简。七岁的弗雷迪跟在母亲旁边走，霍兰太太抱着婴儿罗宾，背着背包。一个日军中士缓步走在最前面，三个士兵殿后。

妇女们走得很慢。每当一个母亲带着孩子撤进灌木丛，整个队伍就要停下来，这种情况频繁发生。根本不需要向看守提一个小时休息一次的问题，因为痢疾让它变得毫无意义。对于没有受到痢疾困扰的人来讲，旅途变得没完没了，基本上成了一个在烈日下站在路边等待的过程，因为中士不允许队伍抛下落伍的人继续前进。在他们的职责范围内，日本士兵还是很人道和很能帮忙的，他们每个人都帮忙抱着一个孩子走了很远的路。

这一天过得很慢。中士一开始就说得很清楚，在他们到达亚逸彭吉斯之前，一路上没有食物，也没有遮阴处，而且他似乎并不关心要走多久。这一天他们的时速不超过一英里半。走着走着，女士们都开始觉得脚疼，尤其是年纪大一些的女士。她们的鞋子都不适合走远路，柏油路的热气让她们的脚都肿起来了，所以不久很多人就因为脚疼而变得一瘸一拐的。有一些孩子赤着脚走，倒也走得很顺畅。琴观察了一段时间，弯下身把鞋脱掉，小心地用光脚感受陌生的路面。她开始光着脚走，把鞋子拿在手里，仔细地看着路。虽然柏油沙子还时不时刺痛她柔软的脚底，但脚已经不疼了。她觉得光着脚走更舒服，但是艾琳·霍兰拒绝尝试。

那天晚上六点钟，天马上要黑的时候，他们跌跌撞撞地来到亚逸彭吉斯。这是一个马来亚村庄，给附近橡胶庄园的工人居住的。附近就有一个乳胶加工厂，工厂旁边有一个用棕榈树做房顶的仓库，里面有很多平行的木板条，平时用来烟熏挂在上面的生橡胶片，现在是空的，女士们成群走进去。他们筋疲力尽，东倒西歪，精神恍惚。过了一会儿士兵们送进来一桶茶、一桶米饭和干鱼。他们很多人都一杯接一杯地喝茶，但是几乎没有人有胃口吃东西。

趁着最后一缕光线，琴信步走到外面，四周看看。看守们正忙着在一堆小火上做饭，她走到中士的跟前，问他今天晚上她可不可以进村子里走走。他理解了琴的意思，点头同意。离开了阳丹大尉，纪律变得很宽松。

在村子里，她找到几间卖衣服、糖果、香烟和水果的小商店。她看到有卖芒果的，就买了一打。她跟卖水果的马来女人讨价还价，因为她的现金少得可怜，要省着点花。买来后她马上吃了一个，感觉舒坦了一些。在瓜拉帕农，他们基本没吃水果。她回到仓库，发现士兵们用椰子油给他们点起了一盏小小的灯，灯芯是露在外面的。

她把芒果分给艾琳和三个孩子，又分给其他人，发现这桩买卖真是一个巨大的成功。有了从其他妇女那里拿来的钱作武装，她又去了一趟村子，买回来五十多个芒果，不久所有的妇女和儿童都在埋头吃芒果了。士兵们又送进来一桶茶，每人拿了一个芒果，作为他们辛苦付出的回报。妇女们吃了芒果后，感觉精神多了，差不多能把所有米饭都吃下去。不久，他们就在疲劳、虚弱和病痛中，昏昏睡去。

仓库里满是老鼠，整个晚上在他们身上和周围跑来跑去。早上起来他们发现有几个孩子被咬了。

他们醒来时，昨天长途跋涉所造成的新疼痛、僵硬和疲劳开始发作，使得他们无法再上路了。中士却强迫他们继续走，这次要走去一个叫作亚沙汉的地方，比昨天的行程短一些，大约十英里。至少有十英里，因为他们花了差不多相同的时间才走到那里。这次主要是被科勒德太太耽误了行程。她是一个肥胖的女人，大约四十五岁，有两个孩子，哈里和本，大约十岁和七岁。她在帕农患了疟疾兼痢疾，现在非常虚弱。每隔十分钟，她就必须停下来，其他人也不得不跟着停下来，因为中士不准他们分散。她无须背任何东西，年轻一些的女人轮流扶着她走，帮她拿行李。

到下午，大家看到她好像变了一种颜色。她本来还算红润的脸变成斑驳的蓝色。她不断抱怨胸口疼。当他们终于到达亚沙汉的时候，她实际上已经无法单独行走了。住宿的地方跟昨天一样也是一个橡胶固化仓库，她们搀科勒德太太进去，扶她靠墙坐下，因为她说躺下来会疼到无法呼吸。有位女士出去拿了点水给她洗脸，她说："谢谢，亲爱的。请给哈里和本也洗洗，亲爱的。"那个女士便带孩子出去给他们洗澡。等她回来的时候，科勒德太太已经歪在一边，失去了意识。半个小时后，她去世了。

当天晚上琴又给他们买了一些水果，芒果和香蕉，还给孩子们买了一些糖果。卖糖果的马来女人拒绝收她钱。“不，太太，”她说，“日本人这样对你们太过分了。这是我们的礼物。”琴回去之后告诉大家发生了什么事，大家听了都很感激那个女人。

在仓库外面炊火的光亮中，霍斯福尔太太和琴一起，跟中士进行了一次谈判。这个中士只会说几个英文单词，为了让他听明白，她们一边说一边打手语。“明天不能再走，”她们说，“不，不能再走。休息——睡觉——明天。明天再走，更多女人死去。明天休息。走一天，休息一天。”

她们无法知道他是否听懂了。“明天，”他说，“女人在土里。”

明天早上必须将科勒德太太下葬。这样一来就不用一大早出发了，而且也走不完十英里。她们抓住这一点作为借口。“明天埋葬女人在土里，”她们说，“明天留在这里。”

她们已经尽了力，他不理解也没有办法。他跟三个士兵一起在炊火前蹲下来。过了一会儿，他走向琴，脸上闪烁着智慧的光芒。“走一天，睡一天，”他说，“女人们就不死了。”他使劲儿点着头，又把霍斯福尔太太叫过来，三人一起，友好地微笑着，使劲儿地点头。他们都对彼此感到满意。为了庆祝这一外交胜利，她们给他一根香蕉以示尊敬。

那一整天，琴都赤着脚走来走去，虽然不慎几次踢到脚指头，踢破了脚趾甲，但在晚上她感到了久违的舒爽清新。晚上，远行的效果开始以不同形式显现在不同年龄段的人身上。大部分三十岁以下的妇女和孩子们，状态实际上都比离开帕农时要好。宽松的纪律使他们振奋，走路活动身体，有水果和糖果吃，也使他们变得更精神。老一些的女人状况却糟糕得多。对她们而言，极端的疲劳压倒了这些改善带来的好处。她们在黑暗中或躺或坐，无精打采，被淘气的孩子们折磨着，连吃东西的力气都没有。很多人都累到失眠。

第二天早上，他们埋葬了科勒德太太。附近找不到可以做墓地的地方，但当地的马来首领告诉他们，可以在院子的一角挖一个洞，在一堆橡胶的旁边。中士找来两个苦力给挖了一个浅浅的墓坑，把包裹在毯子里的科勒德太太放进去。霍斯福尔太太从祈祷书上读了一段祷文。然后她们又把毯子拿回来，因为实在是没有多余的毯子了。随后就盖上了土。琴找来一个木匠替他们钉了一个小小的十字架，但是这个木匠拒绝收费。他是一个穆斯林，或者仅仅是一个万物有灵论[①]者，但他知道老爷们是怎样办一个基督教葬礼的。他们用一根永久铅笔把“茱莉亚·科勒德”和死亡日期写在上面，希望雨水不会把字迹冲刷掉。然后她们就开始了冗长的讨论，以决定在上面写什么铭文。所有女士都兴致勃勃，热烈的讨论持续了一个半小时。出人意料地，霍兰太太建议使用《新约·罗马书》第十四章中的句子：“你是谁，竟论断别人的仆人呢。他或站住，或跌倒，自有他的主人在。”暗指那个迫使他们上路的中士。但其他的女士并不喜欢这句话，最后她们妥协成“安宁，真正的安宁，心爱的人远在他方”。那使所有人都很满意。

葬礼结束后，她们散坐在各处洗衣服。肥皂现在变得很稀有，跟钱一样。吃完米饭后，霍斯福尔太太把大家召集起来，开了一个简单的会议，核实经济状况。有一半女人已经身无分文，其他人的钱加起来总共也只有十五美元左右。她提议把钱集中起来使用，但兜里还有钱的女人们宁愿把钱留着，花在自己的孩子身上。不过，由于钱实在是太少了，没有什么讨论价值。然而，她们都同意平分日本兵每日提供的食物，此后他们吃饭的时候就更加井然有序了。

大约在中午的时候，阳丹大尉开着地区委员的轿车出现了。他停车下来，发现他们没有在路上，不禁怒火中烧。他用日语数落了中士一顿。中士僵硬地站在那里，专注地听着，完全没有为自己解释或辩护。之后大尉转向女人们。“你们为什么不走？”他愤怒地质问道，“非常坏的事情。你们不走，没有食物。”

霍斯福尔太太冲着他说：“科勒德太太昨天晚上去世了。我们今天早上才把她葬在那里。如果你强迫我们每天都这样走，我们会统统死掉。这些女人一点也不适合走远路。你知道的。”

---

① 该理论认为天下万事万物皆有灵魂，享受同等的权利。

"女人为什么死？"他询问道，"什么病？"

"她得了痢疾和疟疾，就像我们大部分人一样。昨天，我们走了那么多路，她累死了。你最好进来看看弗里思太太和茱迪·汤姆逊。她们今天都不可能上路。"

他走进仓库，站着看了看两三个无精打采地坐在昏暗中的女人。他和中士说了点什么，便回去开车。在门口，他转向霍斯福尔太太。"很伤心女人死了，"他说，"也许我找一辆卡车在吉隆坡。我会问的。"他上了车，开走了。

他的话很快就在女人们中间传开了。他要去给她们找一辆卡车！她们可以坐卡车去吉隆坡了！不用再走远路了！事情到底还不至于那么糟糕。她们将会从吉隆坡坐火车去新加坡，跟其他英国女士一样住进一个像样的战俘营。在战俘营里，她们可以安顿下来，重新组织生活，好好照顾孩子。战俘营里还有医生，也总会有地方医治病重的人。她们变得欢欣鼓舞，连最无精打采的人也恢复了，纷纷出来洗漱，把自己收拾得干净漂亮一些。那个下午她们都非常关心自己的外表，因为她们以前常常去吉隆坡购物，那里的人都认识她们。她们必须在卡车到达之前把自己打扮好。

日落前大概一个小时，阳丹大尉又来了。中士向他敬了一个礼，他又和中士说话。然后他转向女人们："你们不去吉隆坡，"他说，"你们去瑞天咸港[①]。英国人毁坏了桥，所以通向新加坡的铁路不好。你们现在去瑞天咸港，然后坐船去新加坡。"

妇女们陷入了震惊的沉默。霍斯福尔太太问道："会不会有卡车送我们去瑞天咸港？"

他说："很抱歉没有卡车。你们慢慢走，轻松的行程。两天，三天，你们走去瑞天咸港。然后船带你们去新加坡。"

从亚沙汉到瑞天咸港有大概三十英里远。她说："阳丹大尉，请你讲讲道理。我们中的很多人都不适合继续走路了。无论如何，你就不

① 马来亚第一大港。

能给我们的孩子找一些交通工具吗？”

他说：“英国女人们有骄傲的思想，总是。太骄傲了，不像日本女人们那么好。你们明天走去巴克里。”他上车走了。那是她们最后一次见到他。

巴克里大概有十一英里远，大约和瑞天咸港在同一个方向上。突如其来的变故让她们失望透顶，任人摆布的命运更是如此。霍兰太太绝望地说：“我真不懂，难道在帕农的时候，他就不知道桥都断了？他就不应该让我们去吉隆坡！我真怀疑瑞天咸港到底有没有船……”

第二天早晨他们只好又出发上路了。两个士兵被带走了，只剩下一个士兵和中士一起留下来看守他们。看守减少并不会增加他们的危险性，因为没有人想过要逃走。但现在只剩下两个看守给她们带年幼的孩子，所以母亲们的负担增加了。

那天，琴第一次抱着婴儿罗宾走路。霍兰太太走得太痛苦了，必须减轻她的负担。她仍然背着背包，照顾着弗雷迪，但是琴不仅要背毯子包裹和零碎物件，还要抱着婴儿，另一只手牵着简。她像以前一样赤脚行走。经过几番试验，她发现，像马来女人那样把婴儿背在臀上是最轻松的方式。

奇怪的是，这个婴儿在三个小孩中最省事。她们喂他米饭、鱼汤或鱼汁，效果很好。六周里面，他好像只得了一次痢疾，吃了一两次芒硝就好了。蚊子好像从来不去骚扰他，他也没发过烧。另外两个孩子就没那么幸运了。他们时不时受到痢疾的折磨，现在虽然已经好了，人却变得相当的瘦。

当天晚上他们睡在一间平房里。这间平房原来属于巴克里锡矿的经理，一个英国人。他七八周前就抛下它离开了，在此期间它被双方部队占领过，也遭受了马来人的洗劫，现在只剩下光秃秃的墙。然而，奇迹般地，肮脏不堪的洗澡间还能用。洗澡间里堆着一些切好的木头，用于生炉子烧热水。中士信守承诺，允许他们休息一天，他们便充分利用热水来洗衣服和洗澡。他们的状态稍稍好了一些，精神也恢复了。

“我想船上会有热水，”霍兰太太说，“通常都会有的，是不是？”

第二天，他们继续上路，出发去一个叫作迪里特的地方。这一天他们基本上都沿着橡胶种植园的小路行走，树荫覆盖了大部分道路，让他们感到很舒服。即使是年老一些的妇女，也发现今天的行程可以忍受。他们在探路的时候遇到了一些困难。中士基本上不会说马来语，他时不时去问路，但是听不懂那些负责收割橡胶的马来女人们在说什么。琴发现她能听懂那些女人所说的答案，也可以跟她们沟通，但她自己知道方向后，又很难让中士听得懂。时近黄昏，他们俩达成了一项协议，由她负责跟马来女人们交谈——无论如何，这些马来女人跟她聊天时没那么害羞；然后她发明了一种中士能看明白的手势语。从那时起，琴便负责为大家打探最近的路。

下午三四点钟，本·科勒德——已逝科勒德太太的儿子——光着脚在草丛中走的时候，踩到一样东西，那东西用毒牙咬了他一口，逃走了。他过后说那看起来像一只大甲虫，很可能是蝎子。霍斯福尔太太负起责来，让他平躺在地面上，从伤口中吮吸出毒液。但是他的脚迅速地肿了起来，一直肿到膝盖，看起来就很疼，使他哭个不停。她们别无他法，只好把他背起来。对于本身已经虚弱不堪的女士们来讲，要背着一个五英石[①]重的七岁男孩走路并不是一件容易的事情。霍斯福尔太太背着他走了一个小时，然后中士背着他走完剩余的路程。到达迪里特后，他的脚踝已经肿成一个大包，膝盖也僵硬了。

在迪里特没有地方住，也没有食物。那个地方是一个典型的马来村庄，房子用木制成，棕榈屋顶离地板有四英尺高，地板用柱子支撑。地板下面是空的，狗在那里睡觉，家禽在那里做巢。他们疲惫地或坐或站，等待中士与马来首领进行交涉。很快他就把琴叫过去，让她加入了三语谈判。村子里有米，可以给他们做一顿饭，但是首领提出要收钱。最后中士答应日后一定会付账，首领才勉强同意提供晚饭。关于住宿，他冷漠地说，没有，但他们可以跟狗和家禽一样睡在屋子底下。后来他同意腾出一间屋子，这样这三十个战俘就可以睡在屋顶下，

---

① 英国重量单位，1 英石相当于 14 磅。

大约十五英尺见方的地板上。

琴占了一个角落，艾琳·霍兰带着孩子和婴儿坐进去。在几英尺开外，霍斯福尔太太正在照料本·科勒德。她们有一些高锰酸盐结晶和旧剃须刀片。尽管孩子痛得尖叫，她们还是用刀片稍稍切开了伤口，放进去一些结晶，再重新包扎好伤口。随后她们用热敷。琴帮不上忙，信步走出去了。

在一个类似村子公用厨房的地方，日本士兵正在指挥村子里的女人做米饭。首领的住所就在附近。他坐在通向屋子的楼梯上，坐在脚后跟上，抽着一根长管烟。他是一名头发灰白的老人，穿着纱笼和一件褪了色的卡其斜纹粗棉布夹克。琴走到他跟前，含羞用马来语说："很抱歉，我们被迫来到这里，给你们添了这么多麻烦。"

他站起来，向夫人鞠了一躬。"不麻烦，"他说，"看到夫人们境况如此凄惨，我们感到很难过。你们是否从很远的地方来？"

她说："今天从巴克里来。"

他请她进房子里去。那里没有椅子，她和他一起坐在地板上，靠着门洞。他问他们的遭遇，琴告诉了他，他发出一声哼哼。不久他的妻子从里面出来，拿着两杯没有糖和牛奶的咖啡。琴用马来语谢谢她，她含羞一笑，又退回房子里面去。

过了一会儿，首领说："那个矮子，"他指日本中士，"他说你们明天必须待在这里。"

琴说："我们太虚弱了，无法每天走远路。日本人准许我们每走一天就休息一天。如果明天可以留在这里，对我们恢复体力将很有帮助。中士说他可以找到钱买食物。"

"矮子们从来都是白吃白喝，"首领说，"不过你们要留下来。"

她说："我不知道能说什么——除了谢谢你。"

他抬起灰白的头。"《古兰经》第四章[①]写道：'人性是贪吝所支配的。如果你们行善而且敬畏，那末，真主确是彻知你们的行为的。'"

---

① 这一章内容主要针对妇女，故首领在此时引用。

她和这位年老的男人一起坐着，直到米饭飘香，她才离开他去吃晚饭。其他女人奇怪地看着她。“我看见你和首领坐在一起闲聊，”其中一个说，“就像老朋友一样。”

琴笑道：“他请我喝了一杯咖啡。”

“真好！能用他们的语言和他们交谈，总能得到点好处，不是吗？他都说了些什么？”

琴想了想。“东拉西扯——关于我们的旅途。他聊了一下上帝。”

女人们盯着她看。“你是指他自己的上帝？不是真正的上帝？”

“他没有把两者区分开来，”琴说，“就是上帝。”

第二天，他们休息了一整天，然后步行去离瑞天咸港三到四英里远的巴生。小本·科勒德的情况虽无恶化，但也并无好转，大腿肿得厉害。他现在主要的问题是身体上的虚弱：受伤后他就再没有吃过东西，因为一吃就要吐出来。那个时候，孩子们都累得一点劲儿没有了。首领指挥村民们给他做了一个担架，把两条带枝丫的长竹竿并排扎起来，再在中间放一个用棕榈树叶织成的垫子，这样他们可以把小本放在上面，轮流抬着他。

他们当天下午就走到了巴生。那里有一个空校舍，中士把他们安置进去之后，自己就到附近的日军营地报到，汇报工作并安排日常食物供给事宜。

不久，一个带着六个护卫士兵的军官来了，对他们进行了检查。他是合欢少佐，英语说得非常好。他说：“你们是谁？来这里干什么？”

他们盯着他。霍斯福尔太太说：“我们是战俘，从帕农来。我们在去新加坡战俘营的路上。帕农的阳丹大尉派看守把我们押来这里，让我们从这里上船去新加坡。”

“这里没有船，”他说，“你们应该留在帕农。”

没有争论，她们也没有力气了。“我们被送来这里。”她机械地重复道。

“他们没有权利把你们送来这里，”他生气地说，“这里没有战俘营。”

接下来是漫长而尴尬的沉默：女人们盯着他，茫然，绝望。霍斯福尔太太再次把残存的能量集中起来。“我们可以看医生吗？”她问，“我们当中有人病得很厉害——尤其是一个孩子。另一位女士在路上去世了。”

“她死于什么？”他很快地问道，“瘟疫？”

“不是感染。她累死了。”

“我会派一个医生去给你们所有人做检查。你们今晚可以留在这里，但是必须尽快离开。我们自己的食物都不够，更别说养活战俘。”他转过身去，走回营地。

他给校舍安排了一个新看守。他们再也没有见过那个友好的中士和那个士兵了。也许他们被派回帕农了。不到一个小时，一个年轻的日本医生来了。他让他们都站起来，检查看他们有没有被感染，然后就要走，但是他们请他留下来看看小本·科勒德的大腿。他命令他们继续做热敷。当他们问是否可以请他把小本送进医院的时候，他耸耸肩，说：“我问一下。”

他们在看守的监视下一直留在校舍里，日复一日。第三天，他们又去叫医生，因为本·科勒德的情况陡然恶化。尽管很不乐意，医生还是用卡车把他送到医院去。六天后，他们听说小本去世了。

琴·佩吉特弯腰蹲在起居室壁炉边的地板上。窗外，风转了方向，把伦敦的雨吹到了窗户上。

“在战俘营度过战争岁月的人们写过很多书，写他们过得有多糟糕。”她轻声说，望着余烬，“没有在战俘营里待过的人，是不会知道那是怎么样的。”

第三章

他们在巴生待了十一天，但觉前路茫茫。食物又差又短缺，附近也没有商店——即使有也没有区别，因为实际上他们已经没钱了。第十二天，合欢少佐让他们在收到通知半小时内起程，走路去波德申[①]，并派一个下士作为看守。他说，可能那里会有一条船带他们南下新加坡，如果没有的话，他们就朝战俘营的大致方向走。

那时候大概是 1942 年 3 月中旬。巴生离波德申有大约五十英里远，但他们现在走得不如从前快了。他们一直走到月底才到达波德申。途中他们在一个村子滞留了几天，因为霍斯福尔太太患疟疾倒下了，一度烧到一百零五度。不到一周她就恢复了，可以走路了——或者说，蹒跚而行。但她再也没能恢复活力。从那时候起，领导的责任渐渐落到了琴的肩上。

他们到达波德申的时候，衣衫褴褛，惨不忍睹。妇女们没有衣服可换，因为她们已经把负担降到最低限度。琴和霍兰太太被抓时，穿的就是现在身上的薄棉连衣裙，它们都穿破、洗旧了。刚从帕农出发不久，琴就开始赤脚行走，并打算就这样一直走下去。她现在的穿衣风格又向马来女人靠近了一步。在沙拉克，她把小胸针卖给了一个印度珠宝商，换来十三美元，她用宝贵的两美元买了一件纱笼。

纱笼是一种管状的衣服，直径大概三英尺，人套进去，像毛巾一样围在腰上，让其余部分自然垂下来成褶皱状，人就可以自由移动了。睡觉的时候，可以把围着腰的部分解开，让它松软地铺在身上，不必担心滑走。它是最轻薄、最凉快的热带服饰，也最实用，穿洗都很方

① 马来亚西南部港口城市。

便。她剪掉连衣裙破烂不堪的裙摆，把余下的部分当成一件束腰外衣穿在上面。从那个时候起，她穿得比其他妇女都要轻松凉快。一开始其他女士都对这种下等的当地穿法表示强烈不满，但随着衣服越穿越破，她们中的大部分也都开始效法她。

在波德申，他们并没有碰上什么好运气，也没有船。日本人允许他们留在波德申，待在一个干椰子肉仓库中，并未进行严格监管。就这样过了大约十天。日本指挥官认定他们是令人讨厌的累赘，于是又要把他们赶往塞伦班。他解释说，显而易见地，他们又不是他的俘虏，不是他的责任，应该由那些抓住他们的人把他们送去战俘营。他的目的很明显，就是要摆脱他们。因为如果他们继续赖着不走，他就不得不向日本皇军提出申请，请求军队、食物和医疗支援了。

在波德申和塞伦班之间的西里奥，悲剧降临到霍兰一家头上——简去世了。他们走了一整天，在一个熏橡胶的小屋里休息。简在路上发起烧来。那个时候他们有两个日本看守，其中一个当天大部分时间背着她。体温计在几天前意外损坏了，所以没有办法测量疟疾病人的体温，但是她很烫。她们有一点奎宁，想给她吃，但喂不下去。后来，直到她虚弱得无法抵抗，才喂了下去，可惜为时已晚。她们说服日本中士让大家留在西里奥，不去冒险继续移动这个孩子。琴和艾琳·霍兰一直陪着她，不眠不休，在那个阴暗发臭的地方，与死神战斗，听任老鼠晚上在周围发疯似的跑来跑去，母鸡白天不断进进出出。第二天晚上，她去世了。

面对这个打击，霍兰太太表现得很坚强，远远超出了琴的想象。“这是上帝的意志，我亲爱的，”她轻轻地说，“当她爸爸听到这个消息的时候，上帝也会给他力量，使他坚强。就像上帝给我们力量，来忍受现在的审判一样。”她站在小坟墓旁边，没有流泪，帮忙制作小木头十字架，并选好写在上面的铭文：“让小孩子到我这里来。[①]”她轻轻地说：“我想她爸爸会喜欢这一句。”依然没有掉一滴眼泪。

---

① 语见《新约·路加福音》第18章。

琴那天晚上在黑暗中醒来，听到她在哭泣。

经历了这一切，婴儿罗宾却越发地健壮了。他很幸运，只吃新鲜煮熟的食物，靠米饭和汤果腹。没有人故意安排这一切，但这可能解释了他为什么没有像其他人那样闹肚子。琴每天背着他，她自己的健康也绝对比他们离开帕农时要好。她在巴生烧了五天，但有一段时间，痢疾没有找她麻烦，她胃口很好。由于一直暴露在太阳下面，她被晒得黝黑，臀上的孩子也随着晒黑了。

塞伦班在铁路沿线上，她们希望可以从那里坐火车南下新加坡。他们大约在四月中旬到达塞伦班，但那里没有他们可坐的火车。铁路被限制使用，可能不通新加坡。不久他们又被迫上路去淡边，但出发之前，他们又失去了一个成员。

失踪的人叫埃伦·福布斯，就是那个从英国出来找对象却没找着的未婚姑娘。在跟她密切接触的这几个月里，琴深刻地理解到她为什么找不着对象。埃伦空虚无聊，自由散漫，爱开玩笑，跟日本兵随意打闹，令其他女士嗤之以鼻。在塞伦班，他们住在小镇外面一个满是日本兵的校舍里。白天的时候，埃伦无缘无故消失了，他们再也没见到她。

琴和霍斯福尔太太要求见军官，并向军官汇报了这个案子，说她们有一个同伴失踪了，可能是被士兵们绑架了。军官承诺进行调查，但毫无下文。两天后，他们收到南下淡边的命令，在看守的监视下出发了。

他们在淡边停留了几天。食物太少了，实际上他们都在挨饿。在他们的迫切恳求下，当地的指挥官派人监视他们南下去了马六甲，说那里可能有船。但马六甲也没有船，那里的负责军官又把他们打发回淡边。他们拖着沉重的步子，绝望地往回走。在亚罗牙加，茱迪·汤姆逊去世了。留在淡边不可避免地意味着更多的死亡。所以他们建议，应该让他们继续南下步行去新加坡，于是指挥官派了一个下士押送他们去金马士。

五月中旬，途经亚逸古宁时，霍斯福尔太太去世了。她得过疟疾，两个月前又原因不明地发烧，实际上一直没有康复。她总是不定期地重复发低烧，琴不禁怀疑她到底是不是患了疟疾。不论得的是什么病，总之她变得十分虚弱。在亚逸古宁，她又得了痢疾，两天后就去世了。也许是心脏衰竭或者劳累过度。弗里思太太接管了庄妮·霍斯福尔所操心的事情。她是一个病得变了色的小个子女士，已经五十多岁了，一直都病恹恹的，好像总是徘徊在死亡的边缘。新的责任给她注入了活力，从那天起她越变越精神，晚上也听不到她呻吟了。

三天后，他们到达金马士。就跟以往在镇上的时候一样，他们被安置在校舍里。镇上的日本指挥官二须井大尉当天晚上去检查他们。他对他们之前的事一无所知。这些日本军官总是这样，琴已经习以为常。她解释说他们是被迫远行去新加坡战俘营的俘虏。

他说："战俘不去新加坡。严格的命令。你们从哪里来？"

"我们都走了两个多月了，"她说，在经历了无数次的失望后，她变得非常淡定，"我们必须住进战俘营，不然我们都要死掉。路上已经死了七个人。原来被俘的时候，我们有三十二个人，现在只有二十五个。我们不能一直这样走下去。我们**必须**住进新加坡的战俘营。您必须理解。"

他说："不能再有战俘去新加坡。很抱歉，但这是严格的命令。太多战俘在新加坡。"

她说："但是，二须井大尉，那不可能指女囚犯，那肯定说的是男战俘。"

"不能再有战俘去新加坡，"他说，"严格命令。"

"那好吧，那我们可以在这里留下来，给自己建一个战俘营，并请你们给我们派一个医生吗？"

他眯起眼："没有战俘留在这里。"

"但是我们要怎么做？我们可以去哪里？"

"很可怜，"他说，"明天我告诉你们去哪里。"

他走后，她回去找她的同伴。"你们都听见了，"她平静地说，"他说无论如何不会让我们去新加坡。"

这个消息对于他们而言几乎没有意义。他们已经习惯了这种单调的生活，永远与新加坡隔着千山万水。“看起来哪儿都不想要我们。”普莱斯太太沉重地说，“波比，如果再让我看到你挑逗艾米，我就像你老爸那样揍你一顿。马上，我说到做到。”

弗里思太太说：“如果他们不管我们，我们就可以去找一个小村庄，在那里生活，等这一切结束。”

琴盯着她。“他们不可能养活我们，”她慢慢地说，“我们跟着日本兵才有食物。”但这个想法萌芽后，一直留在她的脑海里。

“多么珍贵稀有的食物！”弗里思太太说，“有生之年我都不会忘记淡边这个可怕的地方。”

第二天，二须井大尉来了。“你们现在去关丹，”他说，“关丹的女士战俘营。很好。你们会高兴的。”

琴不知道关丹在哪里。她问：“关丹在哪里？远吗？”

“关丹在海边，”他说，“你们现在去那里。”

后面有人说：“有好几百英里远。在东海岸。”

“好吧，”二须井大尉说，“在东海岸。”

“我们可以坐火车去那里吗？”琴询问道。

“抱歉，没有火车。你们走，十，十五英里每天。你们很快到那里。你们会很高兴。”

她轻轻地说：“已经有七个人在这次长途跋涉中去世了，大尉。如果您强迫我们从这里走去关丹，会有更多人死去。我们可以坐卡车去那里吗？”

“对不起，没有卡车，”他说，“你们很快去到那里。”

他想让他们马上动身，但已是早上十一点了，他们誓死不从。通过耐心的谈判，琴迫使他同意第二天黎明再起程，这是她能做的最大限度的争取了。但是，她确实说服了他当天晚上给他们提供一顿丰盛的晚饭——肉炖米饭，外加每人一根香蕉。

从金马士到关丹有大约一百七十英里，没有直达的路。五月最后一周，他们离开了金马士。按照之前的速度计算，琴想，他们去到那里需要六周。此前他们从未连续走过那么远的路。之前每走五十英里就有希望可以坐上交通工具，而现在他们要连续走六周，而且还不知道到达目的地后有没有喘息的机会。没有人真的相信关丹有战俘营。

“你犯了一个错误，亲爱的，”弗里思太太说，“居然求他让我们留在这里，并给我们建个战俘营。看得出来他不喜欢这个主意。”

“他只是想甩掉我们，”琴疲倦地说，“他们不想我们在这里碍手碍脚——只是想把我们打发走。”

第二天早上，一个中士和另一个士兵看守押送他们上路。金马士是一个铁路枢纽，东海岸的铁路经过这里，连接向北走的铁路。铁路那时闲置着。有传言说日本军队将拆除这条铁路，把铁路材料运送到北方一个秘密战略目的地。女人们并不关心这种事，她们满心在想的是，她们要在一天大部分时间里走在烈日之下，没有火车捎她们一程。

他们每隔一天走上十英里。一个星期后，许多孩子都发烧了。她们永远都不知道那到底是什么病。是从小艾米·普莱斯开始的。她出了疹子，体温飙升，还流鼻涕。可能是麻疹。当时的条件不可能允许她们把孩子们隔离开来。接下来几周孩子们全部被传染了。艾米·普莱斯慢慢康复了，但等她好到能走路的时候，另外七个孩子又倒下了。她们一筹莫展，只能不断擦洗这些汗流如注的小脸庞，给疲倦的孩子们降温，并不断把衣服洗净晒干，将他们身上湿透的衣服换掉。疾病在一个叫作马口的地方达到高潮。他们住在车站里，在售票处、候车厅和月台。很不巧地，在他们到达的三天前，马口有一个日本军医，但他坐卡车朝瓜拉基亚旺的方向去了。她们请首领派人跑去追他，但没追上。没有人能帮助她们。

在马口，四个小孩去世了：哈里·科勒德，苏珊·弗莱彻，只有三岁的多丽丝·西蒙斯，还有弗雷迪·霍兰。琴自然最关心弗雷迪，但她也无能为力。在他发烧的第一天，她就猜到他会去世，那时她已经积累起许多悲伤的经验。在有些人——甚至包括幼小的孩子——对待自身所患疾病的态度里，似乎隐藏着某种信息，预示死亡即将降临。大约是一种萎靡不振的状态，仿佛在说他们已经太累，没有气力为生存作斗争。那个时候，她们已经变得很坚强，能够面对死亡的现实。她们不再深陷于悲伤和哀悼之中，明白到死亡是一个事实，必须避开它，或者和它作斗争，但是当它降临的时候——好吧，它不过是那些不得不去面对的事实之一。一个人死了以后，有一些事情要做：伸直四肢，挖坟墓，做十字架，在日记里记载死者姓名和坟墓的确切位置。也就是这样了，她们没有力量再回头细想。

琴现在更关心霍兰太太的情况。埋葬了弗雷迪之后，她尝试把婴儿交给艾琳照顾，最近几周琴一直负责给罗宾喂食，照顾他，把他背在臀上，她觉得自己离不开这个小宝贝儿了。在两个更年长的孩子去世后，琴将他交还给艾琳照料。这么做不是因为她想甩掉他，而是因为她觉得艾琳·霍兰需要一个精神寄托，她想这个孩子应该可以让她提起精神来。但这个试验并不成功。艾琳那个时候已经虚弱到无法抱着小孩走路，也无法召集起足够的力气和他玩耍了。更重要的是，比起自己母亲，这个婴儿明显更喜欢这位年轻的女士，因为他在她背上度过了如此多的光阴。

“他仿佛已经不再属于我了，”霍兰太太有一次说，“你带着他吧，亲爱的，他喜欢跟你待在一起。”从那时起，她们一起照顾他，艾琳给他喂食，琴陪他玩耍。

他们继续上路，把四个小坟墓留在马口的铁路信号房后面。她们抬着两个竹竿担架走在铁路上，把最虚弱的孩子轮流放在上面。跟从前一样，她们发现这两个日本看守也很人道，很讲道理。他们习惯粗野，完全不能理解西方人的思维方式，但他们对虚弱的女人很宽容，也为孩子们付出了很多。一连几个小时，中士步履沉重地走着，肩上扛一个孩子，手里抓住担架的一头，把来复枪放在担架上，孩子的旁边。和往常一样，他们遇到了语言不通的问题。她们那时学会了一些日本单字，但只有琴能够说流利的马来语。正是她负责向村子里的人问路，并不时为日本人做翻译。

弗里思太太使琴非常惊讶。她年过五十，是一个衰老的小个子女人，总是一副半死不活的样子。远行初期，她非常虚弱，并没完没了地作邪恶的预言，使她们非常厌烦。她们平常已经麻烦缠身，前路的艰辛，她们不愿去想。但自从弗里思太太接替了庄妮·霍斯福尔太太的角色之后，仿佛重获新生。她的健康改善了，现在她的步履和其他人一样有力。她在马来亚住了十五年左右，只能说几个马来单字，但她对于这个国度及其疾病的知识非常丰富。她很开心大家能走去关丹。"那里很不错，"她说，"比在西部健康多了，那里的人也好一些。我们一到那儿就会没事的。相信我。"

随着时间的流逝，琴越来越频繁地求助于弗里思太太，请她提出一些建议，好让他们在困境里过得舒服一些。

在亚逸克宁，霍兰太太的力气用尽了。她在路上倒下了两次，她们轮流搀扶着她走。把她放到竹轿上去是不可能的，因为即使她现在已经大大消瘦了下去，依然重八英石。那时大家都疲惫不堪，没有人可以抬着那么大的负重走远路。而且，把她放在竹轿上就意味着要把一个孩子挤下来，这个想法本身就让她无法接受。她咬着牙踉踉跄跄地走到村子里，整个人都变了颜色，就像之前的科勒德太太一样。那是一个不祥的征兆。

亚逸克宁是火车站附近的一个小村庄，没有车站大楼。经过交涉，首领把一个屋子腾出来给他们住，就像之前好几回那样。她们把霍兰太太安置在一个阴凉的角落里，给她做了一个枕头，并帮她洗脸。她们没有白兰地或者其他酒可以给她喝了。她无法躺下来休息，只好强坐着，所以她们把她留在角落里，让她靠着墙。她当天晚上喝了一点汤，但吃不下任何食物。她知道自己的生命已经到了尽头。

"我很抱歉，亲爱的，"夜深人静的时候，她轻声说，"抱歉给你添了这么多麻烦。我替比尔感到伤心。如果你再看见他，请告诉他不要苦恼。告诉他，如果他能找到一个好人，不要介意再婚。他还年轻。"

过了一两个小时，她又说："我真的觉得，你这样背着宝宝很可爱。他真幸运，不是吗？"

早上的时候，她仍然活着，但已经失去了意识。她们用尽了一切办法——当然她们也没有多少办法可以用了，但她的呼吸越来越微弱，差不多到中午的时候，她去世了。她们当晚把她葬在村子的穆斯林墓地里。

在亚逸克宁，他们进入了一路走来最不健康的地区。马来亚中部的大山目前在他们左边，也就是西边，因为他们正在往北走。他们来到彭亨河上游地区，这是一条向东流入东海岸的河流。在这里，它分成数不清的支流，如孟旷河，巴塘河，白浪鼓河，等等。这些支流流经地势平坦的农村地区，形成一个长满灌木和红树林的沼泽区，沿着他们的步行路线绵延四十英里。这是一个蛇和鳄鱼丛生的区域，蚊子多得无法想象。白天的时候，这里潮湿翳闷，热得让人窒息；晚上却笼罩在湿冷无情的浓雾中，冷得让人发抖。

进入这个地区的第二天，有几个人发起了烧。跟以往由疟疾引起的那种烧不一样，体温不会升到很高，可能是登革热。那个时候她们几乎没有办法对付它，并不是因为她们没有钱，而是因为在那种热带丛林的村了里，根本就没有药。琴咨询了中士，他建议他们加快步伐，尽快走出这个鬼地方。琴自己也发起了烧，所有东西都在她面前模糊地摇晃着。她头痛欲裂，无法集中精神看东西。她咨询了出奇健康的弗里思太太。

“他说得对，宝贝儿，”弗里思太太宣称，“不走出这个沼泽地带，你们就不会好起来。我想我们应该每天都往前走，如果你问我的话。”

琴强迫自己集中精神：“西蒙斯太太怎么办？”

“如果她的情况恶化，也许可以请士兵们背着她。——不知道，我也拿不准。这确实艰难，但我们必须走。我们最好走，走出去。这就是我的看法。我们在这个糟糕的地方逗留绝对没有什么好处。”

那之后他们不再隔天休息，而是每天上路，踉踉跄跄地，生着病，发着烧，虚弱不堪。琴背着的那个婴儿，罗宾·霍兰也发了烧，这是他第一次得病。她让门里村的首领看看他，首领的妻子用一种树皮制作了一剂热腾腾的溶液，盛在一个肮脏的椰子壳里拿给她。琴尝了尝，觉得很苦，所以她觉得那里面含有奎宁。她给婴儿喝了一点儿，自己也喝了一些，当天晚上就起效了。第二天上路之前，另外几个女士也喝了一些，这对她们的病情很有帮助。

他们花了十一天才走出沼泽地，过了淡马鲁，来到一个更高的地带。他们把西蒙斯太太和弗莱彻太太留在后面，还有小吉莲·汤姆逊。当他们进入了这个更健康的地区，终于敢停留一天稍事休息的时候，琴已经虚弱不堪，但烧总算是退了。婴儿还活着，不过明显生了病，醒着时哭个不停。

现在是弗里思太太在鼓舞着他们，就像早些时候她使大家沮丧一样。“从现在起一切都会好起来，”她告诉他们，“我们越靠近海岸，就会变得越精神。东海岸很舒服，有漂亮的沙滩，总是海风习习，而且很健康。”

他们不久来到山顶上一个隐藏在丛林深处的村庄。他们从来都不晓得它叫什么名字。它在增卡河上方。此时他们已经离开了铁路，在一条丛林小路上往东走，这条小路很可能会接上通向关丹的大路。这个村子很凉快，空气清新，村民善良好客。他们给女士们一间屋子歇息，还提供食物和新鲜水果。相同的树皮溶液也能治疗发烧。他们在那里待了六天，陶醉于新鲜清冽的微风和清爽宜人的夜晚。他们终于再次踏上行程的时候，状态比之前好多了。他们留了一个小胸针给首领，作为对村民们提供食物和照顾的报酬。它原来属于弗莱彻太太，他们想这位逝者应该不会提出反对意见。

四天后的晚上，他们来到了马兰。一条横穿马来半岛的柏油路穿过马兰，连接关丹和吉宁。这个村子可能有五十间屋子，一所学校，和几间当地商店。他们在马路上走了大概一英里半，去到村子的北边。在铁轨和丛林小路上走了五周之后，这条马路上的现代文明迹象使他们欣喜若狂。他们迈着轻快的步子走向村子。突然，他们看见前面停着两辆卡车。有两个白人男人在修理它们，日本看守在旁监视。

他们快步向卡车走去，发现那上面装满铁轨和枕木。卡车面朝关丹方向停着。其中一辆被从车上搬下来的枕木顶了起来，两个白人男人躺在车底下修理后轴。他们穿着短裤和军靴，没穿袜子，皮肤被太阳晒得黝黑，身上被后轴上的泥巴弄得脏兮兮的。但他们都是肌肉发达的健壮男士，尽管精瘦精瘦，但身体状况良好。他们都是白人，这是女人们五个月来第一次见到白人男性。

他们把卡车团团围住。他们的看守开始用断断续续的日语和卡车看守说话。其中一个白人男人面朝上躺在车轴底下，手里摆弄着螺丝扳手，瞥眼看着视野范围内的赤脚和纱笼，一边慢悠悠地说："告诉那些脏兮兮的日本人让那些脏兮兮的女人挪开一点，给我们透点光。"

一些女人笑了，弗里思太太说："不许那样跟我说话，年轻人。"

男人们从卡车底下翻出来，坐到地上，盯着女人们和孩子们看，看棕色的皮肤，纱笼和赤脚。"刚才是谁在说话？"拿着螺丝扳手的人问，"你们谁会说英语？"他慢悠悠地拉长调子说话，每两个单词之间都好像有停顿。

琴笑道："我们都是英国人。"

他盯着她看，注意到编成马尾的黑发，棕色的手臂和双脚，纱笼，以及背在臀上的棕色婴儿。她穿着脏兮兮的衬衫，开领处有一道白色的皮肤。"海峡土生白人[①]？"他冒昧地问道。

"不是，真正的英国人——我们全是，"她说，"我们是俘虏。"

他站起来。他是一个金发青年，很健壮，二十七八岁。"真的？"他说。

她听不懂他说的话[②]。"你也是战俘吗？"她问。

他慢慢地微笑了。"我们是战俘吗？"他重复了一遍，"哦，老天！"

这个男人身上有一种什么东西是她从来没有碰到过的。"你是英国人吗？"她问。

"当然不是，"他拖着那种慢条斯理的调子说，"我们是澳洲人。"

她说："你们住在这里的战俘营吗？"

---

① 原文是"straits-born"，指海峡殖民地（英国在马六甲海峡沿岸的殖民地，包括新加坡、槟榔屿、马六甲和附近小岛）出生的英国人。

② 他说的是"Dinky-die？"，澳洲口语，英国人不使用，所以琴没听懂。

他摇头。“我们从关丹来，”他说，“但我们整天都在开车，把这些东西运到海边去。”

她说：“我们要去关丹，去那里的女子战俘营。”

他盯着她看。“那一开始就是一个骗局，”他慢悠悠地说，“关丹那里没有什么女子战俘营。只有一个给我们建造的临时战俘营，因为我们是卡车司机。谁告诉你关丹有一个女子战俘营的？”

“日本人告诉我们的。他们负责把我们送去那里，”她叹了一口气，“那只是又一个谎言。”

“那些可恶的日本人信口开河，”他慢慢地微笑了，“我还以为你们是一大群土著[①]呢，”他说，“你说你们是英国人，真的？一路从英国来？”

她点点头。“是的。我们有些人已经在马来亚待了十到十五年，但我们都是英国人。”

“还有这些孩子们——他们也都是英国人？”

“全部都是。”她说。

他慢悠悠地笑了：“我从来没有想过会与一个长成你这样的英国女士说话。”

“你长得也不怎么样。”琴说。

另一个男人正在和另一群女人聊天。弗里思太太、普莱斯太太和琴在一起。他转向琴她们。“你们从哪里来？”他问道。

弗里思太太说：“我们在西海岸那头的帕农被抓住了，在等船接我们离开的时候。”

“但是，你们现在从什么地方来？”

琴说：“日本兵要送我们去关丹。”

“不是一路从帕农来？”

她立刻笑道：“我们到处去——瑞天咸港，波德申——到处走来

---

① 乔在此处用的是“boong”一词，在澳洲俚语中是“土著”的意思，但在普通英语中，“土著”一般使用“abo”一词，故下文琴问他那是什么意思。后来乔称琴作“土著太太”，用的也是“Mrs Boong”。

走去。没有人想要我们。我想我们走了差不多有五百英里了。”

“哦，老天，”他说，“那听起来像一个骗局。要是你们没待在战俘营里，上哪儿找‘塔克’？”

她没听懂。“塔克？”

“你们吃什么？”

“每天晚上我们都在村子里过夜，”她说，“我们必须找个歇脚的地方。可能就在这样一个地方，也可能是在学校里。我们从村子里找到什么就吃什么。”

“看在上帝的分上，”他说，“等我一下，我去告诉我哥们儿。”他猛地转向他的同伴。“你听到他们遇到的那个骗局了吗？”他说，“被抓后就一直被迫走来走去。从来没有进过战俘营。”

“她们跟我讲的就是这个，”另一个说，“这些可恶的日本人就是这么做事。让人作呕。”

第一个男人回身问琴：“你们生了病的话怎么办？”

她嘲讽地说：“如果生病了，要不就好起来，要不就死掉。我们过去三个月里没有见到过一个医生，我们实际上也没有药了。所以我们差不多全死了。我们被抓的时候有三十二个人，现在只剩下十七个了。”

澳洲人轻轻地说：“哦，老天！”

琴说：“你们今天晚上会在这里过夜吗？”

他说：“你们呢？”

“我们会留在这里，”她说，“我们明天也还会留在这里，除非他们让我们坐你们的卡车。我们不能让孩子们每天都走，得走一天歇一天。”

他说：“如果你们留下来，土著太太，那我们也留下来。我们可以修理修理这根可恶的轴，让它再也转不起来，如果有需要的话。”他停下来，缓慢地思索着。“你们没有药吗？”他说，“你们想要什么？”

她很快地说：“你们有芒硝吗？”

他摇摇头，说：“那就是你们想要的？”

“我们一点芒硝都没有了，”她说，“我们想要奎宁，还有可以治疗这些孩子身上所有皮肤病的药物。这里有吗？”

他慢慢地说：“我去试着找一下。你们有钱吗？”

弗里思太太哼了一声，“在跟着日本人走了六个月之后？他们拿走了我们身上所有的东西。连我们的结婚戒指也不放过。”

琴说：“我们还剩下一点珠宝，如果有人买的话，就有钱了。”

他说：“我先试试，看能做点什么。你们去找地方睡觉吧，回头见。”

“好的。”

她回去找中士，向他鞠了一躬，因为那能使他高兴，这样一来事情就会变得对他们更加有利。她说：“军曹，今晚哪里歇息？孩子们必须歇息。我们去见首领，关于歇息和食物？”

他和她一起去找到首领，交涉借用校舍来安置俘虏的事情，并且请求首领提供大米作为食物。他们没有像过去那样遭到断然拒绝，因为那时候他们有三十人，现在人数变少了，提供住宿和食物就变得容易多了。他们在校舍里安顿下来，开始处理例行琐事，洗洗刷刷，这占据了他们大部分的空余时间。在关丹没有女子战俘营的消息，虽然是他们都早就暗中预料到的，还是不免有点令人失望。但两位澳大利亚男士带来的新鲜感对此作出了补偿，因为他们一直在严格的看管下，过着一成不变的无聊生活。

澳洲小伙们又回去修理卡车。他们在后轴底下交头接耳，刚才和琴说话的金发青年说：“这么下作的骗局真是闻所未闻。我们可以怎样修理这个混账家伙，好让我们今天晚上能够留下来？我跟她们说，我要试着给她们弄点药。”

他们已经修理好刹车卡滞的问题，正是这个问题使得内侧轮毂过热，导致卡车无法前进。另外一个说：“把整个混账的轮毂卸下来瞧一眼，把传动轴从差速器里拉出来。那会弄得脏兮兮的一团糟，并意味着我们要睡在卡车里。”

“我说我要试着搞点药来。”他们又干了一会儿。

“你打算怎么办？”

“汽油，我想。那是最容易的。”

天快黑的时候，他们从后轴里把带着键槽的金属传动轴抽了出来，这个东西有四英尺长，非常沉。他们把滴着黑油的传动轴拿给负责看守他们的日本下士看，作为他们辛勤工作的证据。“今晚在这里休息。”他们说。下士心下怀疑，但还是同意了。实际上他也只能同意。他走开去给他们安排晚饭，让跟着他的士兵留下来看守他们。

金发青年借口上厕所离开了卡车，趁着夜色后撤到一座房子的后面，迅速在一排房子后溜了下去，来到大街上。他在大街上跑了几千码，去到村子另一头。这里有一个中国人，开一辆破旧的公共汽车。澳洲人定期地在这条路上开车来回跑，在多次穿过马兰的旅途中注意到了这个地方。

澳洲人用慢悠悠的语气轻声地说：“哥们儿，买不买汽油？你出多少钱？”语言不通所造成的障碍，在一个有心买的人和一个有心卖的人之间，竟然是如此的小。在谈判中，他们一度通过写字来交流，澳洲人用大写字母在一张包装纸的碎片上写道：“芒硝和奎宁和皮肤病药膏”。

他带着三个两加仑的罐子和一条橡胶管溜回房子背后，把这些东西藏在公共厕所后面。不久他就回到卡车去，招摇地扣上短裤上的纽扣。

大约十点钟，趁尚未夜深人静，他摸黑找到校舍。本应有一个日本士兵整晚值勤看管他们，但在过去五周里面，妇女们并没有在两名看守面前表现出最轻微的逃跑倾向，所以这两位看守早就放弃了晚上的监视。澳洲人弄清楚他们的确切位置，待看见那两个日本兵和卡车看守蹲到一起，他马上悄无声息地来到了学校。

门开着，他站在门口，轻声问道：“下午是哪位女士和我聊天来着？背着婴儿的那个。”

琴睡着了。她们把她摇醒，她套进纱笼，套上上衣，出来到门前。他给她带了几个小包裹。“那是奎宁，”他说，“如果你还有需要的话，我可以再去弄一些。我找不到芒硝，但中国人用这种东西治疗痢疾。上面都是中文，按他的意思，每隔四小时用三片这种叶子泡温水喝。那是一个成年人的量。如果有效，把标签留好，在其他中国药店也可以买到。还有这个青草膏是用来涂的。如果你还想要的话，还有很多。”

她感激地把药收下。“真是太棒了，”她温柔地说，“花了多少钱？”

“没关系，”他慢条斯理地说，“日本人付的账，但他们不知道。”

她又谢谢他。“你在这里干什么？”她问，“你们要开车去哪里？”

“关丹，”他说，“本来我们今晚就应该到达那里，但是本·莱格特——我哥们儿——他把卡车拆碎了，只好作罢。明天下午再去。不过，如果方便的话，我们还可以多留一天，虽然我觉得需要冒点险。”他告诉她，他们有六个人，为日本人开着六辆卡车。他们定期从关丹开去内地，跑上大约一百三十英里，到铁路沿线一个叫而连突的地方。花一天时间到达而连突后，他们拆下铁路的枕木和铁轨，装满卡车，第二天再开回关丹。在关丹，他们把铁路材料卸在码头周围，有船来把东西运到一个未知的目的地。“我想他们是要在另一个地方建一条新铁路吧。”他说。一百三十英里很远，在这种热带条件下开着满载的卡车，一天勉强能走完。如果无法在天黑之前赶到关丹，就找一个村庄过夜。关丹的日本兵不会注意到他们缺席。

他在柔佛被俘后，一直在做这项工作，大概已经有两个月了。“比待在战俘营好。”他说。通往学校的台阶有三级，她坐在最上面一级，他在她面前的地上坐下来。她觉得他的坐姿很有意思，因为他像本地人一样一条腿坐在脚后跟上，但却伸出左腿。“你是澳大利亚的卡车司机吗？”她问道。

“才不是呢，”他说，“我是个套环[①]。”

她说：“‘套环’是什么？”

“我是个牧工，”他说，“我在昆士兰出生，就在克朗克里后面，

① 套环（ringer），澳洲用语，所以琴听不懂。

我全家都是昆士兰人。我爸从伦敦来，来自一个叫作哈默斯密斯的地方。他过去是开出租的，但他很懂马，所以就出来到昆士兰，为科布马车公司[①]工作，并遇到了我妈。但我很久没回克朗克里了。我在它西边的北领地[②]工作，在一个叫作沃拉华的农场。那里大概离斯普林斯西南一百一十英里。”

她笑道：“那斯普林斯在哪里？”

“爱丽丝，”他说，“爱丽丝斯普林斯。在澳大利亚正中央，达尔文和阿德莱德中间。”

她说：“我还以为澳大利亚中部都是沙漠呢。”

她的无知引起了他的关心。“哦，老天，”他慢悠悠地说，“爱丽丝是个很棒的地方。那里水源充足，人们整晚开着水龙头，给草地浇水。就是那样，他们整晚开着水龙头。不过当然了，北领地大部分地区都很干旱，但小河边的牧草通常很茂盛。只要你找一找，就会发现河边到处都有水。虽然只有在雨季的时候河里才有水，但即使是在干涸的时候，只要你往下挖不到一英尺，就一定能找到水源。就是那样，即使是在干旱地带的中央也一样。”不知道为什么，他说话的调子又慢又平，听起来非常舒服。“你去到一个类似的地方，就能看见沙地上满是小洞，那是袋鼠和岩大袋鼠挖来找水喝的。它们知道上哪儿找水喝。内地到处都有水，但你要知道去哪里找。”

“你在这个叫作沃拉华的地方做什么？”她问道，“看羊吗？”

他摇摇头。“在爱丽丝地区，你是找不着绵羊的，”他说，“那里对它们来讲太热了。沃拉华是一个牛场。”

“你们有几头牛？”

“我离开的时候，大概有一万八千头吧，”他说，“数量上上下下的，根据湿度情况。”

“一万八千头？有多大啊？”

---

① 十九世纪末非常著名的澳大利亚马车公司，至今尚存。

② 澳大利亚有六个州和两个领地。北领地为两个领地之一，与昆士兰相邻。

“沃拉华？大概两千七百吧。”

“两千七百英亩啊，”她说，“真够大的。”

他盯着她看。“不是英亩，”他说，“是平方英里。沃拉华有两千七百平方英里大。”

她惊呆了。“但那全是一个地方吗——我是说，一个牧场？”

“是一个牛场，”他回答，“归一个人单独所有。”

“但那要多少人才能经营得了它啊？”

他满怀感情地任思绪在记忆犹新的场景中驰骋。“有杜维恩先生，汤米·杜维恩——他是经理，然后是我——我是牧工头，或者以前是。汤米说，他会留一个位置给我，等我回去的。我希望能再回到沃拉华，在未来某一天……”他沉思了一会儿。“我们还有另外三个牧工——都是白人，”他说，“然后有快乐、月光、金块儿、雪白和柏油路……”他想了想。“我们有九个土著，”他说，“就那么多了。”

“九个什么？”

“长得很黑的家伙——土著牧工。土著。”

“但那也只有十三个人。”她说。

“是的，如果你算上杜维恩先生的话就有十四个。”

“但是十四个人能看得住那么多牛吗？”她问。

“哦，当然了，”他边想边说，“从某个意义上讲，沃拉华是一个很好管理的牧场，因为它没有篱笆。天然的屏障把它围了起来。北面有帕默河和利维山；西边是沙地，牛不去那里边；南边有科诺特山和奥默罗德山，东边有孖岗山。十四个人足够管理那样一个牧场了。如果多几个白人就更容易了，但是雇不到。那些可恶的土著，他们总是动不动就要去丛林流浪[①]。”

“那是什么？”她问。

“丛林流浪？哦，土著牧工总是冷不丁地走到你面前说：‘老板，

① “walkabout”（丛林流浪）在澳洲英语里指在内地的长途旅行，在普通英语中，“walkabout”指的是要人在公共场所的巡行。

我现在去丛林流浪。'然后就离开牧场，只穿着短裤，戴着旧帽子，带着枪——要是他们有的话，要不然就拿着矛和飞标，你留不住他们。他们到处乱走，消失两到三个月。"

"但他们要去哪里？"她问道。

"就是瞎逛。他们每次都要走很远——哦，老天，"他说，"四百到五百英里。走够了就回到牧场继续工作。土著的麻烦就在于，你永远都不知道他们下周会不会来上班。"

接下来是一段短暂的沉默。在热带的夜色中，这两位背井离乡的年轻人一起安静地坐在校舍台阶上。狐蝠在他们头上的月光里飞来飞去，像皮革一样的翅膀扇出清脆的沙沙声。"一万八千头牛……"她思考着说。

"差不多吧，"他说，"水源充足的时候，会升至两万一千或者两万两千头。然后就会迎来干旱的一年，数量直线下降到一万两千或者一万三千。我想我们每年都会因为干旱而损失三千头牛。"

"但你们不能把它们带到有水的地方去吗？"

他慢慢地笑道："只靠十四个人是不够的。每年在北领地和北昆士兰死于干渴的牛足以养活整个英格兰。当然了，在沃拉华还有马，所以情况更糟糕。"

"马？"

"哦，老天，"他说，"我们有大约三千匹野马，但它们一点用都没有——它们是害虫。沃拉华几年前有一个马场，把马卖给印度军队，但现在你不能卖马了。我们会使用一些马，当然——大约一百匹，和驮马一起。你没法消灭它们，除非把它们射死，但你永远都找不到一个会去射杀马匹的牧工。它们吃掉给牛吃的牧草，并把草地给毁了。牛不喜欢在被马吃过的地方吃草。"

她问："沃拉华有多大？——多长？多宽？"

他说："哦，让我说的话，最宽的地方大概东西九十英里，南北四十五到五十英里。但它是一个很容易管理的牧场，因为牧场住宅设在中央附近，往哪个方向走都不会很远。去科诺特山是最远的，大概要走六十英里。”

“从牧场住宅去要六十英里？你就住在牧场住宅里？”

“是的。”

“其他地方还有住宅吗？”

他盯着她。“每个牧场只有一处牧场住宅。有的会有分牧场，在上面建个棚屋什么的，牧工们可以在那里放一些毯子和食物，但这种情况不多。”

“那需要多长时间才能去到最远的地方——科诺特山呢？”

“到科诺特山去？哦，好吧，来回需要花一个星期。那是骑马去，如果开越野车去的话，一天半就够了。但骑马最好，虽然有点慢。骑驮马不会比走路快，如果你爱惜它。跟电影里人们策马狂奔到处去的情景完全不一样——哦，老天。要是在北领地这样做的话，不消一会儿就会把马给骑坏了。”

他们在一起坐了超过一个小时，在校舍入口轻声交谈。最后，牧工从他奇怪的姿势中站起身来，说：“我不能再留在这儿了，不然那些日本人回来后就该气得跳来跳去了。我哥们儿也是——他会以为我出了什么事。我跟他说我去烧水来着。”

琴站起来。“你人真是太好了，给我们找来这些东西。你不知道它们对我们有多重要。请告诉我，你叫什么名字？”

“乔·哈曼，”他说，“哈曼中士——牧工哈曼，他们有人这么叫我。”他迟疑了一下，说，“对不起，我今天叫你土著太太，”他尴尬地说，“那是个很蠢的笑话。”

她说：“我叫琴·佩吉特。”

“那听起来像一个苏格兰名字。”

“是的，”她说，“我不是苏格兰人，但我母亲来自帕斯。”

“我母亲生于一个苏格兰家庭，”他说，“来自因弗内斯。”

她伸出手。“晚安，中士，”她说，“跟另外一个白人聊天真是太令人愉快了。”

他抓住她的手。他的握手强而有力，给她带来了极大的安慰。

“喂，佩吉特太太，”他说，“我会尝试说服日本人让你们坐我们的卡车往南走。如果这些小浑蛋们不同意，我们也没有办法。这样的话，在你们到达关丹之前，我们还会在路上相遇，到时我他妈的一定会给卡车做手脚。你们还想要别的什么东西？”

“肥皂，”她说，“你有可能给我们弄点肥皂吗？”

“应该可以。”他说。

“我们一点肥皂都没有了，”她说，“我们有一个小金盒，是一位过世的女士的，里面有一些头发。我看看能不能把它卖掉换点肥皂。”

“别卖，”他说，“我会帮你找到肥皂。”

“既然你已经帮我们找到了这些药，肥皂就是我们最急需的东西。”她说。

“请放心。”他迟疑了一下，然后说，“抱歉，我太唠叨了，跟你讲了那么多内地的事情，你一定觉得很无聊。只是，有时候不免情绪低落——不能让自己相信，还能再回到那个地方。”

“一点也不无聊，”她温柔地说，“晚安，中士。”

“晚安。”

早上，琴向同伴们展示她拿到的东西。“我听见你跟他谈了很久，”普莱斯太太说，“要我说，他真是个不错的小伙儿。”

“他是个有思乡病的小伙儿，”琴说，“他喜欢谈论他的牛场。”

“思乡病！”普莱斯太太说，“我们所有人都患着思乡病，不是吗？”

澳洲人当天早上和他们的看守进行了一场很聪明的辩论，但日本人断然拒绝了让女人们坐卡车南下的提议。在他们看来，这是有一定道理的，因为两辆卡车已经严重超载，再搭上十七个女人和孩子，增加的重量很可能就会最终把卡车压垮。要是卡车报废，就连看守自己都逃不过上级军官的鞭打。九十点钟的时候，哈曼和莱格特已经把后轴安装好，做好出发的准备。

乔·哈曼说：“让那个小浑蛋忙活一阵，我要把油管接头弄松。”他指那个日本看守。过了一会儿，在哈曼的带领下，他们松开油管接头，让一些汽油漏出来。看守并未注意到这一切。这样一来，卡车没油时，别人不会怀疑到他们身上来，也不会有人知道他们偷走六加仑汽油卖给了那个中国人。

从马兰到关丹有五十五英里。女人们在马兰休息了一天，第二天又开始沿着柏油路前进。当天晚上他们来到了一个叫作布湾的地方。琴一整天都在留心寻找乔·哈曼的卡车，希望能在它往回走的时候看见它。她不知道它因为汽油耗尽而在薄海滞留了一个晚上，耽误了回程。第二天，他们在布湾逗留了一天，住在一间以聂帕榈做屋顶的棚屋中。女人们轮流和琴一起到路边守候那辆卡车。他们的健康稍微有所改善。在经历了铁轨和森林小径之后，走在柏油路上感觉非常轻松，药物也已经开始起效。他们朝地势更高的地方走，环境越来越健康，想象力丰富的人已经在说他们能闻到海的味道了。和两位澳洲人的接触也明显提升了他们的士气。

乔·哈曼开卡车驶过布湾时没有遇到他们。然而，晚上有一个马来女孩给他们送去一个棕色纸的包裹，里面装着六块救生圈牌肥皂，包裹上写着佩吉特太太收，还有留言：

亲爱的女士：

现送上一些肥皂。目前我们只能找到这么多，但稍后我还会再找来一些。很抱歉没能与你见上面，但日本兵不让我们停车，所以我把这个包裹交给了马兰的中国人，他说他会转交给你。注意看我们，我会尝试在回程的时候停下来。

乔·哈曼

女人们都很高兴。“救生圈牌，”沃纳太太说，欣喜若狂地嗅着它们，“你都能闻到石炭的味道！我的乖乖，你想他们是上哪儿找来的？”

“我猜有两种可能性，”琴回答，“要不就是偷来的，要不就是用偷来的东西换来的。”实际上是后者。在薄海，澳洲人的日本看守在村子水井边洗脚时把靴子脱了下来。洗了三十秒后，他转过身来，发现靴子不见了。不可能是澳洲人干的，因为他们俩都马上出现在另外一个方向。这成了一个永久的谜。然而本·莱格特帮了大忙，当天晚上他从一个呼呼大睡的日本兵那里偷了一双靴子交给他们的看守，看守大大松了一口气，给了本一美元。

第二天，女人们走到了薄卡坡。他们进入了一个比从前好得多的地区，环境更宜人，也相对健康。那里的道路蜿蜒曲折，环绕山腰，几乎全部覆盖在树荫里。那天，他们第一次吃上了椰子。普莱斯太太有一双破旧的拖鞋，原来是霍斯福尔太太的，这几周她一直带在身上，从来没有穿过。一到薄卡坡，他们就用它换椰子，每人一个，想着椰汁里的维生素对她们有好处。在薄卡坡他们住在路边一个很大的聂帕榈顶椰子棚里。时近黄昏，两辆熟悉的卡车停在村子前，驾驶员是本·莱格特和乔·哈曼。就跟往常一样，车上装满了枕木和铁轨，目的地是海边。

琴带上几个同伴，和日本中士一起步行穿过马路去迎接他们。日本看守聚在一起说话，乔·哈曼转向琴。“我们不能在而连突及时装车，赶在今晚到达关丹了，”他说，“本找到了一头猪。”

“一头猪？”她们围住本的卡车，看见那头死猪躺在铁路材料上面。它是一头黑色的长鼻东方猪，好像受了点伤，身上盖满了苍蝇。在特卡姆河附近，本的车开在最前面，在路上发现了这头猪，就开车追着它跑了四分之一英里。坐在他身旁的日本看守用来复枪向它开了六枪，都没有打中，第七枪才终于打伤了它，本于是能够用一个前轮轧倒它。他们把车停下来，哈曼也在他们后面停车，两位澳洲人和日本看守七手八脚地把猪抬到铁路材料上面。他们在一位暴怒的中国店主面前发动卡车继续上路——那位中国店主声称那头猪是他的财产。哈曼轻声对琴说：“我们不得不让那些浑蛋日本人先吃个饱，并带走一些。交给我，我去看看能不能弄一些来给你们吃。”

当天晚上，那些女人拿到大约三十五磅煮熟的猪肉，它们被分成好几次偷偷摸摸送给他们。他们在椰子商店后面用椰子壳生火，把猪肉放进日本兵送来的米饭里炖着吃。他们吃得很省，再次出发前还可以吃三顿。吃完饭后，他们在屋里或路边闲坐。他们终于能够饱餐一顿，数月来第一次吃上了真正有营养的晚饭。不久，澳洲人过来找他们聊天。

乔·哈曼走到琴面前。“抱歉我不能再给你们送来更多的猪肉了，”他拖着慢悠悠懒洋洋的昆士兰腔调说，“都让那些混账日本人分没了。”

她说：“已经很棒了，乔。我们一直在吃，还留了很多明天吃呢。我都不记得我们上一次吃得这么好是在什么时候了。”

“我觉得这正是你们需要的，”他说，“要我说，你们身上都没有什么肉了。”

他在他们旁边的地上坐下来，坐到一只脚后跟上，用他那种特别的姿势。

“我知道我们现在很瘦，”琴说，“但已经比之前好看多了。你给我们用来代替芒硝的中药真的是很有效，它把皮肤病都治好了。”

“很好，”他说，“说不定我们可以从关丹多弄一些给你们。”

“那头猪真的是上帝赐予的礼物，”她说，“它，还有水果——我们今天买到了一些青椰子。我们一直都很幸运，没有得脚气病什么的。”

“那是因为我们有新鲜米饭，”弗里思太太出其不意地说，“在乡下，我们能一直吃上新鲜米饭。吃过时的米饭就会患脚气病。”

澳大利亚人若有所思地坐在那里，嚼着一根棍子。“对你们女士来讲，这真是一种有趣的生活，”他终于开口说道，“落到这么一个地方，吃得跟土著一样。这些日本人会遭报应的，他们作了那么多的孽，迟早有人找他们算账。”

他转向琴。“你们在马来亚都做什么？”他问道。

“我们中的大部分人都已经结婚了，”她说，“丈夫在马来亚工作。”

弗里思太太说：“我丈夫是铁路的地区工程处处长，我们曾经在加影有一间很漂亮的平房。”

哈曼说：“我想，所有的丈夫都被一起关在另一处吧？”

“对的，”普莱斯太太说，“我的亚瑟在新加坡。他在波德申时，我听到过他的消息。我想他们都在新加坡。”

“你们在这种乡下地方走来走去，他们却舒舒服服地待在战俘营里。”他说。

“是的，”弗里思太太说，“但是，不管怎样，能知道他们没事就很好。”

“在我看来，”哈曼说，“他们把你们踢来踢去，只是因为他们不知道该如何处置你们。对你们而言，在一个地方安顿下来，一直住到战争结束，应该不会很困难。比如说留在这里就很好。”

弗里思太太说：“我们一直就这么想。”

琴说：“我知道。自从弗里思太太提出这个主意，我就一直在考虑它。问题是，日本人给我们提供食物——或者说他们让村子给我们提供食物，却从来不付钱。如果我们要留在村子里，就必须挣钱养活自己，但我不知道我们要怎样才能做得到。”

哈曼说：“这只是个想法。”

过了一会儿他说：“我知道我可以上哪儿去找到几只鸡。如果找着了，后天我往北走的时候就捎给你们。”

琴说：“我们还没付你肥皂的钱呢。”

“算了，”他慢慢地说，“我也没有拿现金来买它，我用一双日本人的胶靴换来的。”他慢悠悠地告诉他们关于靴子的事情，就像在讲一个冷笑话。“你们得到肥皂，日本人得到一双新靴子，本得到一美元，”他说，“皆大欢喜。”

琴说：“你打算用同样的方法，给我们找来一只鸡吗？”

“我会给你们找来一只鸡的，总有办法的，”他说，“你们这些女士需要补充营养。”

她说：“别再冒险了。”

“你只需要管好自己的事情，土著太太，”他说，“有什么就拿什么吧。你别无选择。当你沦为战俘，只能有什么就拿什么。”

她笑道：“好吧。”事实上他叫她土著太太让她很开心，她和这个陌生男人之间，似乎有一种微妙的联系，好像他天生就该拿她的黑皮肤、她的土著穿着，还有她像马来女人那样将婴儿放在臀上的习惯开玩笑似的。“土著”这个词让她记住了澳大利亚，还有那些土著牧工。然后她想起来要问一个问题，部分是出于好奇，部分是由于她知道跟他聊他的祖国会令他愉快。“请告诉我，”她说，“在澳大利亚是不是很热？在你的家乡，是不是比这里还要热？”

“很热，”他说，“哦，老天，说热就热。沃拉华的气温可以高达一百一十八度——天热的时候。但跟这儿的热不一样。那是一种干热，不像在这儿的时候出那么多汗。”他想了想。“我有一次从马上摔了下来，”他说，“在试图给一匹野马戴上马鞍的时候。我摔断了大腿，被送往了医院。他们用一种灯照着我的大腿，他们叫它紫外线灯，说是能帮助肌肉康复之类的。你们在英国也有这样的东西吗？”

她点点头。“你们那里的热，就像被那种灯照着一样，是不是？”

“是的，”他说，“既温暖又干燥，是那种对你有好处，让你想喝冰镇啤酒的热。”

“那个国家看起来怎么样？”她问道。跟这个男人谈家乡能令他愉快。她想令他愉快，因为他对他们太好了。

“是红色的，”他说，“整个爱丽丝都是红色的，还有我的家乡也是。红色的土，红色的山。麦克唐奈，莱维斯，还有科诺特，都是红色的大山，坐落在蓝色的天空下。晚上它们会变紫，变成其他各种颜色。雨季过后，山上一片绿油油的。旱季时，它们有一部分变成银色，因为长了三齿稃。”他顿了顿，又道，“我想每个人都会喜欢自己的家园，”他轻轻地说，“爱丽丝周围的乡下地区就是我的家。人们坐甘号列车从阿德莱德和南方来。他们说爱丽丝是个差劲的地方。我只去过阿德莱德一次，我觉得它才差劲呢。斯普林斯周边的地方，对我来讲都很美。”

他陷入了沉思。“艺术家从南方过来，尝试把它画下来，”他说，“我只见过一个画得像的，他是一个土著，叫作艾伯特，住在赫曼斯堡。有一次有人给了他一把刷子和一些颜料，他就开始画，画出来比任何人都好。哦，老天，他画得真好。但他是个土著，他在画自己的家园。我想正是这个原因使他的画与众不同。”

他转向琴。“你的家乡在哪里？”他问，“你从哪里来？”

她说：“南安普敦。”

“轮船驶往的地方？”

“是的，就是那里。”她说。

“那儿是怎么样的？”他问。

她将婴儿挪到臀上，在纱笼里轻轻晃动双脚。“很安静，很凉快，很开心，”她边想边说，“不是特别美丽，尽管周围有漂亮的乡村——新森林，还有怀特岛。那里是我的家，就像你的斯普林斯。如果我能够熬过去，我就一定要回去，因为我太喜欢它了。”她顿了顿，“那里有个溜冰场，”她说，“当我还在上学的时候，常常在溜冰场上跳舞。总有一天我会回去，再去溜冰场跳舞。”

“我从来没有见过溜冰场，”从爱丽丝来的男人说，“我有见过照片，在电影里也见过。”

她说：“那实在是太有趣了……”

过了一会儿，他起身要走，她像往常一样把婴儿背在臀上，和他一起穿过马路向卡车走去。“我明天没法跟你见面了，”他说，“我们黎明就要出发。但后天我会沿路返回。”

“我想那天我们应该走在去薄海的路上。”她说。

“我会看看能不能给你找来那些鸡。”他说。

她转过身，面对着他，他站在她旁边，在被月光照得发亮的路中央，在热带夜晚的阵阵声响中。“喂，乔，”她说，“如果那意味着麻烦，我们不需要肉。你能给我们找到那些肥皂已经很了不起了。但你确实大大冒了一次险，偷了那家伙的靴子，让人后怕。”

“那没什么大不了的，”他慢悠悠地说，“只要你能找到窍门，就可以捉弄这些日本人。”

“你为我们做了很多了，”她说，“这些猪肉，还有药，还有肥皂。过去这几天我们的生活发生了极大的变化。我知道这些东西都是你冒险得来的。请一定要小心。”

“不用担心我。”他说，“我会尝试找些鸡肉，但如果我发现事情变得很危险，就会放弃。我不会把脖子伸出去让人砍的。”

“你发誓？”琴问道。

“不用担心我，”他说，“你自己已经有一堆麻烦事了，老天。只要我们活下来，就一定能熬过去。我们现在要做的就是活下去。活下去，再等两年，等战争结束。”

“你认为战争会打那么久吗？”她说。

“关于战争什么的，本比我在行，”他说，“他觉得大概要两年。”他向她微笑。“你们最好能拿到几只鸡。”

“请务必小心。”她说，“如果你被抓住，并为此付出生命的代价，我一辈子都不会原谅自己。”

“我不会有事的。”他说。他伸出手，好像要执起她的手，但又放下了。“晚安，土著太太。”他说。

她笑道：“你要是再叫我土著太太，我就用椰子打碎你的头。晚安，乔。”

“晚安。”

他们第二天早上没有看见他，不过听见了卡车开走的声音。那天他们按照习惯在薄卡坡休息，第二天继续步行去薄海。大约中午的时候，哈曼和莱格特驾驶的两辆卡车从他们身边经过，空车往北驶向而连突，两位司机都向女人们挥手致意，她们也挥手回应。坐在司机旁边的日本看守皱了皱眉头。没有鸡从卡车里掉出来，卡车也没有停下来。琴暂时松了一口气。她现在稍微摸到一点这些男人的脾气了。他们会无端把卡车停下来，不论冒多大的危险，都要获得他们认为对女人们有帮助的东西。没有鸡意味着没有麻烦，那一天余下的时间，她继续步行，踏实舒坦。

当天晚上，他们投宿于薄海的一座房子。一个马来小男孩拿着一个绿色的帆布袋去找琴，说是甘帮的一个中国人让他送来的。袋子里是五只黑色的小公鸡，全部活着，脚被绑住。在东部，家禽一般都是活着运输的。

它们的到来使琴左右为难。她找弗里思太太商量。她们不可能瞒过看守，暗地里把这些鸡杀死、拔毛并煮熟。看守发现后会问的第一个问题就是，这些公鸡是从哪里来的？如果琴知道这个问题的答案，编起谎话来就容易多了。她们认为，可以说这是用澳洲人给的钱买的，但如果中士问是从薄海什么地方买的，她们就答不上来了。不幸的是，薄海是一个不怎么友好的村子，让村子腾出一间屋子给女人们住都难上加难，而且她们并不寄希望于通过欺骗手段取得村民们的合作。最后她们决定，说她们用澳洲人给的钱买了这些鸡。在薄卡坡的时候，离马路两到三英里开外有一个叫利茂的小村庄，她们在那里付了钱，请村民把这几只小公鸡送到薄海给她们。这是一个不太经得起推敲的故事，一调查就会穿帮，但她们看不出来为什么有人要去调查它。

她们万分遗憾地做出了一个决定：分一只小公鸡给看守。牺牲一只公鸡作为礼物可以使得中士变得非常友好，同时把他拖下水，让他放弃对这些鸡的来龙去脉展开仔细认真的调查。于是，琴拿着袋子去找中士。

她向他鞠了一躬，让他的脾气变得好一点。“军曹，”她说，“今晚有好吃的。我们买了鸡。”她打开袋子，给他看躺在底部的几只小公鸡，并伸手进去拿出来一只。“给你。”她使尽浑身解数，尽量让自己看起来天真纯洁一些，微笑着向他说。

这对他来讲是一个很大的惊喜。他不知道她们这么有钱，从他监视她们那天起，她们一直除了椰子和香蕉之外什么都买不起。“你们买的？”他问。

她点点头。“从利茂。我们今晚都有很好的食物。”

“哪来的钱？”他问道。他并没有起疑心，因为她们以前从来没有欺骗过他，他只是感到好奇。

刹那间，有一个想法闪过琴的脑子：她可以说她们卖掉了一些珠宝。她突然产生了一种迅速的感觉，像直觉一样，就是不提澳洲人会更好。但她把这个想法放在了一旁。她必须坚持这个故事，因为它是她们从各个角度准备和考虑过的。“男战俘给我们钱买鸡，”她说，“他们说我们太瘦。现在我们晚上有好吃的，日本人和战俘都有。”

他举起两根手指，说：“两只。”

她怒火中烧。“一只，不是两只，军曹，”她说，“这是给你的礼物，因为你很好，一直带着孩子，而且批准我们慢慢走。只有五只，五只。”她给他看那个袋子，他仔细地数清楚了。直到那个时候，她才发现这几只公鸡大得出奇，而且浑身乌黑，在东方很少见。“一只给你，四只给我们。”

他把袋子放下，点点头，向她笑笑，把公鸡塞到腋下，往厨房走去——他正在那里做晚饭。

那天关丹简直像炸开了锅似的。当地的指挥官是一个渚蒲大尉。1943 和 1944 年期间，这位大尉在泰缅铁路沿线的三〇二战俘营做出了诸多暴行，因此于 1946 年接受了远东国际军事法庭的审判，并被处死。这个故事发生的时候，他在关丹的职责是拆除马来亚东部铁路，将铁路材料送去海边，装船运往暹罗。他住在前任地区委员的房子里，这位地区委员养了一小批来亨鸡，大约有二十只，是在 1939 年特地从英国进口的。一天早晨，渚蒲大尉醒来时发现他二十只黑来亨鸡中的五只不见了，随之消失的还有一个绿色的袋子，那原来是用来装地区委员的邮件的，现在用来装家禽饲料。

渚蒲大尉是一个极易动怒的男人。他召来军事警察，命令他们马上展开调查。澳大利亚的卡车司机马上成为嫌疑对象，因为他们在该地区有一些小偷小摸的记录。而且，他们有很多作案机会，他们的工作性质决定了他们有很多自由时间——卡车的维修和加油一般都在漆黑的晚上进行，那时很难知道每一个人的确切位置。军事警察当天就搜查了卡车司机的战俘营，以期发现泄露秘密的羽毛或者袋子，但除了司机们从军需官仓库那里偷来的罐头食物和香烟之外，军警们一无所获。

渚蒲大尉很不满意，比以往任何时候都要生气。这演变成关乎面子问题的大事，因为小偷胆敢染指指挥官的财产，这种行为明显是对这个职位，甚至是对日本皇军的侮辱。他下令对整个关丹镇进行搜查。第二天，听令于军事警察的部队搜查了每一座房子，势必要找到黑色羽毛和绿色袋子的踪迹。但也是白费工夫。

大尉日夜冥思苦想，发誓要洗刷掉泼在他制服上的奇耻大辱。他命令对他手下士兵的兵舍进行搜查，但同样毫无发现。

还有一条线索。有三辆由澳洲人开的卡车是沿着大路往北走的，或者从而连突开过来。第二天渚蒲派了一辆轻便的卡车，配备了四名军事警察，出发去搜查这些卡车，审讯司机、看守以及任何有可能知情的人。在薄海和布拉特之间，他们遇到一群女人和孩子，这群人正背着包裹沿路往南走。一个日本中士走在最前面，一边肩上挂着来复枪，另一边挂着一个绿色的袋子。卡车尖声刹车，停了下来。

在接下来的两个小时里，琴坚持说她的故事：她用澳洲人给的钱在利茂买了这些鸡。他们把她赶到路中央，对她进行刑讯逼供，连续不断地问她重复的问题：当他们觉得她走神了，就扇她耳光，踢她小腿，或者穿着军靴踩在她的光脚上。她用绝望的决心坚持讲这个故事，知道它太蹩脚，知道他们不相信她，但她不知道除此之外还可以说什么。最后，由三辆卡车组成的车队沿路开了过来。第二辆车的司机，乔·哈曼，马上被中士认了出来，并被用刺刀押着带到琴面前。军警的中士说：“是这个男人吗？”

琴绝望地说：“我一直在告诉他们你给了我们四美元，让我们拿去买鸡吃，乔，但是他们不相信我。”

军警说：“你们从大尉那里偷来这些鸡。这就是那个包。”

牧工看着那个女子血淋淋的脸和脚。“放开她，你们这些该死的浑蛋，”他用慢腾腾的昆士兰腔调愤怒地说，“是我偷了这些该死的鸡，是我把它们给了她。那又怎么样？”

黑暗渐渐笼罩住我在伦敦的起居室。那是一个风雨交加的下午，暮色提前降临。雨仍旧打在窗户上。琴坐在那里，凝视着火焰，沉浸在她悲伤的记忆中。“他们残杀了他。”她轻轻地说，“他们把我们全部带到了关丹，把他的手钉在树上，残忍地打死了他。我们被迫站在旁边，看着他们行刑。”

第四章

“天啊，”我说，“实在是太悲惨了。”

她抬起头。“不必惊讶，”她说，“战争就是这样的。那是很久之前，到现在差不多有六年了。渚蒲大尉也已经被绞死了——不是因为这件事，而是因为他在铁路上犯下的暴行。时过境迁，我几乎都想不起来了。”

关丹果然没有女子战俘营，渚蒲大尉也不喜欢让许多妇女和孩子打扰他。死刑中午时分在一个游乐场里执行，从那里可以俯瞰一片网球场。双手被钉在树上的身体鲜血淋漓，体无完肤。它一停止扭动，渚蒲大尉马上让这些女人和孩子在他面前站成一排。

“你们都是很坏的人，”他说，“没有给你们的地方。我让你们去哥打巴鲁。你们现在就走。”

他们一言不发，跌跌撞撞地上路了。他们的心被绝望笼罩，只想赶快逃离这个恐怖的地方。护送他们从金马士过来的中士仍然被派作看守，因为他恬不知耻地参与了分赃。命令他继续和他们待在一起，是对他的惩罚，因为在日本人眼里，所有这些战俘都是卑劣无耻的生物，押送他们也是一件下流丢脸的工作，只能由那些最低贱的人来干。一个光荣的日本军人宁可自杀也不会甘心被俘。也许为了强调这一点，那位普通士兵被带走了，所以从关丹开始，这个中士就是他们唯一的看守。

他们就这样再次上路，日复一日地延挨着。他们离开关丹的时候大约是七月中旬。从关丹到哥打巴鲁有大约两百英里路程，算上疾病将引致的耽搁，琴预计这一次至少要走两个月。

第一天他们走到了勿沙莱，海边的一个渔村，沙滩边缘有雪白的珊瑚沙和棕榈树。这个地方风光秀丽，但他们几近无眠，因为几乎所有孩子都因恐怖的记忆失魂丧魄，整夜哭泣，无法入寐。他们无法在如此靠近关丹的地方停留，第二天就继续上路。经过短暂的行程，他们到达巴洛，另一个海边渔村，棕榈树更为繁茂。他们在这里休息了一天。

他们渐渐意识到自己进入了一片新天地。马来亚东北部海岸漂亮宜人，也更加健康。它景色优美，海岬周围岩石满布，满是沙子的海滩绵延曲折，边缘点缀着棕榈树，海风清爽新鲜，悠悠不绝。更重要的是，所有村庄都能供应大量鲜鱼。他们离开帕农至今，第一次获得充足的蛋白质搭配米饭，健康马上好转。大部分人至少每天在温暖的海水里洗一次澡，他们罹患的某些皮肤病——尽管不是全部——也开始在这种盐水疗法中逐渐痊愈。多月来孩子们头一次有充沛的体能玩耍嬉戏。

实际上，除了中士，所有人的状态都变好了。他现在对这群女人疑心重重，几乎不帮她们抱小孩儿，也不以任何其他方式帮助她们了。他似乎对于所受的谴责耿耿于怀，而且也失去了可以交谈的同伴。他总是精神不振，晚上坐得离她们远远的，一脸阴沉。有一两次，琴忽然意识到自己正在故意尝试鼓励他振作，仿佛他倒是战俘，而她却成了看守。一路上他们很少碰到日本人，只是偶尔会看到河村或者小机场上的分队驻地。他们每次经过驻地，中士都会把自己收拾得漂漂亮亮，向主管军官作报告，军官通常会过来检查他们。但在关丹和哥打巴鲁之间几乎没有工业设施和比渔村大的小镇，也没有人认为敌人会袭击马来半岛东部。有好几次，女人们连续一周连一个日本人也没看见，除了中士之外。

他们慢慢沿着海岸往北走，妇女和孩子们的状况大为改善。六个月前，他们无助地从帕农出发，但现在这群战俘已经非同往日。死亡无情地淘汰了那些最弱的成员，把他们的数量减至原来一半左右，这样一来，村子为他们安排住宿和伙食就容易多了。他们的经验也大为增加，学会了怎样使用当地疗法对付疟疾和痢疾，并和当地人一样穿衣、洗澡和睡觉。因此，与他们之前拒向原始条件屈服，努力挣扎维持西方生活方式的时候相比，他们现在拥有的闲暇时间大为增加。每隔一天走十英里已然不再是一个沉重的负担。在休息日，女人们能抽出更多时间陪伴孩子。不久，曾任小学女校长的沃纳太太为孩子们开班授课，上课成了休息日的常规活动。

琴开始教小宝贝罗宾·霍兰走路。他恢复了健壮的体魄，并变得很沉，因为他现在已经十六个月大，琴快要背不动他了。气候炎热，她从未给他穿过任何衣服。他身无挂碍，在棕榈树和木麻黄树荫里，或在阳光下的沙滩上，像个马来婴儿一样赤身裸体地爬来爬去，并晒得跟马来婴儿差不多一样黑。

接下来几周，他们慢慢沿着海岸往北走，经过许多渔村，像乌拉、真德、卡隆、珀农乔角、甘马仕，等等。他们偶尔染病，当很多人都排汗退烧时，就随地停留几天，但再也没有人死去。关丹留给他们的死亡恐惧，是最后一次，每个人都对之讳莫如深，因为没有人想唤起其他人的可怖回忆。但是，每个人却又都暗中认为，这个惨剧恰好是他们命运的转捩点。

弗里思太太的存在大大加深了这个念头。她是一位小个子的虔诚女士，恪守时辰早晚祈祷。正是弗里思太太永远知道哪天是星期天：那天她会大声向任何听众念上一个小时祈祷书和圣经。如果碰上休息日，她会猜算时间，尽量在十一点开始这项服务，因为晨祷理应在此时进行。

弗里思太太试图为他们遇到的每一件事情寻找上帝之手。循着这种思路来冥想他们的经历，她猛然领悟到某种相似性。圣人受难的故事，她烂熟于心，现在她亲眼见证了另外一个。在她心目中，这位澳洲人有治愈疾病的力量，因为他给他们带来的药物治好了她的痢疾和庄妮·霍斯福尔[①]的皮癣。并且，毫无疑问的是，在他为他们牺牲

① 原文如此，但庄妮·霍斯福尔在乔出场之前就已经去世了（第三章）。

之后，他们每一所遇都仿佛恩受祝福。上帝把儿子[1]送到了巴勒斯坦。难道他[2]在马来亚重演了这个故事？

遭蒙持续巨大苦难的男男女女，被完全切断了和之前生活的联系，过上一种完全异样的生活，常常会形成奇怪的心理特质。弗里思太太并没有把自己的观点强加到其他人身上，然而，她开始逐渐相信的事情还是不可避免地为其他女人所知悉。大家初时心存怀疑，但都认为这件事情比其他一切更需要深刻和谨慎的思考。大部分女人过去一有机会就去教堂，几乎全属低教会派[3]，内心深处一直渴望得到上帝的帮助。随着她们的身体健康一周周改善，宗教思想能力逐步增强，时间也渐渐冲淡了关于澳大利亚人的准确记忆。这种记忆变得充满敬畏，泛着玫瑰色，脱离了现实。如果弗里思太太相信的这个奇迹有可能是真的，实际上意味着她们被置于上帝手中，没有东西可以碰她们，她们会战胜万难，熬过苦境，终将重新获得她们的家园、丈夫和西方生活方式。她们重获力量，继续前行。

琴并没有做任何事来驱散这些幻想，因为它们明显对女人们大有益处，但她自己却不为所动。她最年轻，也是唯一一个未婚姑娘，对于乔·哈曼的印象跟其他人大相径庭。她认识的他不过是一个普通人，一个普通的男人。当他回来跟她谈话的时候，她已经变得更漂亮迷人。她下意识地采取了防范措施，让他一直叫她土著太太。如果她臂上的婴儿使他误会她跟其他女人一样已为人妻，那也无妨。在那些热带村庄的炎热夜晚，他们几乎衣不蔽体。那个地方不守常规，甚至根本毫无规则可言，如果他知道她是个未婚姑娘，她敢说他们两人之间可能发生任何事情，而且可能猝不及防。她因他而起的悲伤，相比其他妇女而言更真实，也深刻得多，并且丝毫不是因为她认为他是个神圣的人。她很肯定他不是。

---

① 指耶稣。

② 指上帝。

③ 属于基督教新教会圣公会派，主要观点包括反对烦琐的宗教仪式，强调基督教徒要提高对现实世界的责任心，等等。

八月末，他们来到一条名叫瓜拉德朗的村子，大概在关丹和哥打巴鲁的半途。德朗是一条河流，短小泥泞，蜿蜒经过一片平坦的稻米种植区，流入大海，村子就坐落在河流南岸的河口沙洲内。这是一个秀美的地方，棕榈树和木麻黄树青葱茂盛，南中国海的巨浪拍打着绵长的玉白色沙滩，碎成点点银雪。村民以打鱼和种植稻米为生。河里停泊着大约十五艘用于出海捕鱼的渔船，是一种大型开放式帆船，头尾装饰着高高扁扁的奇怪雕像。村子里有一块用作广场的空地，周围聚集着用木头和棕榈叶搭建而成的当地店铺，后面有一个紧靠河岸的米仓。这个米仓当时是空的，女人们带着孩子住在里面。

中士在这里病倒了，发起烧来，很有可能是得了疟疾。关丹一事之后，他性情大变，一路上阴沉忧郁，仿佛深觉孤单寂寞。女人们越来越健壮，他却变得越来越虚弱。一开始她们都觉得很奇怪，因为他以前从未生过病。这个小个子男人怪异、丑陋又野蛮，她们看见他一蹶不振，最初都感到轻松愉快，但随着他日益身心交病，她们反而开始蒙受一种相反的感觉。他和她们共度了漫长的时光，也在职责范围内竭尽所能减轻她们的负担。在路上，他心甘情愿地抱着她们的孩子，孩子去世时，他黯然哭泣。后来他烧得很厉害，她们便轮流帮他拿着来复枪、紧身短上衣、靴子和包裹。所以当这群人到达村子时，走成了一个很奇怪的队列：一个只穿着长裤的小个子黄种男人被沃纳太太牵着，头晕目眩地踉跄而行。他光着脚走更舒服。其他女人走在他们后面，拿着他的整套装备和她们自己的行囊。

琴找到村子的首领，一个大约五十岁，名叫马特·阿明·宾·泰布的男人，向他解释情况。“我们是战俘，”她说，“要从关丹步行到哥打巴鲁，这个日本人是我们的看守。他生病发烧了，我们必须找一间阴凉的屋子让他躺下休息。他有权以日本皇军的名义开具收据，支付我们的食宿费。他康复之后就会这样做的，会给你们开一张收据。我们自己也必须找地方住宿和吃饭。”

马特·阿明说：“我没有能给白人夫人睡觉的地方。”

琴说：“我们已经不再是白人夫人了。我们是战俘，已经习惯了和你们的妇女一样生活。我们需要的只是一个屋顶和一块可以睡觉的地板，并借用锅、米、蔬菜和一点点鱼或肉。”

“我们自己吃的你们都可以吃，”他说，“但看到你们这些夫人如此落魄，真是让人感到奇怪。”

他把中士带进自己的屋子，用椰子纤维填充出一张褥子和一个枕头给他。他想把一个明显是他自己平日用的蚊帐给中士，但妇女们拒绝了，因为她们知道中士需要尽可能多的凉风。她们帮他脱掉裤子，穿上纱笼，扶他躺到床上。她们的奎宁已经用光了，但首领用自己的配方调制了一剂药。她们给中士喝了一点，就把他留给首领的妻子照顾，去找自己落脚的地方和食物。

中士整个晚上都烧得很厉害。她们第二天早上去看望他的时候，他看起来一点也不好。他仍然发着高烧，变得虚弱了很多，她们觉得他好像已经放弃了，那是一个不祥的征兆。那天，她们轮流坐在他身旁，给他洗脸、擦身子，不时跟他说话，试图引起他的兴趣，但并不怎么成功。晚上，琴坐在他身旁，他毫无生气地朝天躺着，汗流如注，她问什么都不答应。

她想找点东西来吸引他的注意，于是拉过他的紧身短上衣，在口袋里摸寻收据本。她在口袋里找到了一张照片，上面有一个日本女人和四个小孩，站在一间屋子的入口处。她说：“军曹，这是你的孩子吗？”然后递给他。他拿过去，一言不发，也没有看。然后他把照片递回给琴，示意她放回去。

她一边把夹克放回原位，一边看着他。眼泪从他的眼中流出，淌下，混入脸颊上的汗珠。她非常轻柔地把它们拭去了。

他越来越虚弱，两天后在夜里去世了。似乎没有特别的理由可以解释他的离世，但在关丹所受的侮辱可能一直重重地压在他的心上，使他失去了活下去的兴趣和愿望。她们第二天把他葬在村子外的穆斯林墓地里，几乎所有人都为他哭了一阵，把他当作一位珍贵的老朋友。

他们因为中士的死而陷入了非常尴尬的处境，成了没有看守的战俘。葬礼当天晚上，妇女们深入而详细地探讨了目前的状况。“我看不出来为什么我们不应该留在这里，原地不动，”弗里思太太说，“这是一个很不错的地方。它确实很不错，不比我们之前去过的任何一个地方差。那是他说的，我们应该找一个地方，不再奔波，安顿下来。”

琴说：“我知道。但我们必须先确定两件事情。第一，日本兵终有一天会发现我们在这里生活，这样一来首领就会因为擅自收留我们而受到惩罚。日本兵很可能会杀了他，大家都很清楚他们是什么人。”

“也许他们根本就不会发现我们呢？”普莱斯太太说。

“我不相信马特·阿明是愿意冒这种险的人，”琴说，“他也毫无冒险的理由。如果我们留下来，他会立刻去找日本兵，告诉他们我们在这里。”她顿了顿，“第二，我们不能仅仅凭着白人夫人的身份，就期望这个村子会一直无限期供养我们十七个人。他们会把我们的消息通知日本兵，只是为了甩掉我们这个包袱。”

弗里思太太精明地说：“也许我们可以自己种粮食。我们来的时候看到有一半的稻田今年尚未播种。”

琴看着她说：“非常正确——那些田现在荒着。我真想知道原因。”

“肯定是因为所有男人都去打仗了，”沃纳太太说，“作为苦力修建那条铁路什么的。”

琴慢慢地说：“大家怎么看？如果我们去告诉马特·阿明，只要他让我们留下来，我们就下地干活，你们觉得怎么样？”

普莱斯太太冷笑道：“我？以我这体型？在齐膝深的泥和水里走来走去，把秧苗插进地里，就像大家看见的马来亚女孩那样？”

琴满怀歉意地说：“那只是一个想法。”

“也是一个很好的想法，”沃纳太太说，“我不介意在稻田里劳动，只要我们能留在这里安安稳稳地生活。”

弗里思太太说：“如果我们能像你说的那样种水稻的话，说不定他们会让我们留下来——我是指日本兵。无论如何，那样我们就能做点贡献，而不用再无所事事地全国各地闲荡，就跟受鞭打的流浪狗一样。”

第二天早上，琴去找首领。她双手交叠，做出致敬的祈祷姿势，向他微笑，并用马来语说："马特·阿明，我们看到有些稻田没有播种，这是为什么呢？我们来到这里时，看见太多被完全荒置的田地了。"

他说："大部分的男人，除了渔夫，都在为军队工作。"他指日本军队。

"在铁路上？"

"不，他们在贡卡达。他们正在开路，需要铲平一条长长的陆地，在上面铺上柏油和石头，这样飞机就可以在上面降落了。"

"他们很快就会回来种地了吗？"

"那掌握在真主手中，但我认为他们还要在外度过很多个月。我听说他们在贡卡达做完这个工程之后，还要去另外一个叫作马常的地方，继续做同样的工程，完了还要去檀永麻。一旦落入了日本兵的魔掌，人们就很难逃回自己的家园。"

"那谁来栽种和收割水稻？"

"妇女们会尽其所能去做。明年稻米将很短缺——这里不会，因为我们不会卖掉自己需要吃的稻米。我们将不会有多余的稻米卖给日本人。我不知道他们明年吃什么，但应该没有稻米。"

琴说："马特·阿明，我有一件很严肃的事情想跟您商量。如果我们之中有一个男人，我会让他来跟您谈，可是没有。如果我请您跟一个代表其他女士的女人来商量正事，希望您不会感到被冒犯。"她现在已经稍稍懂得跟伊斯兰教徒打交道的正确方法。

他向她鞠了一躬，请她去他的屋子商量。那里有一个颤巍巍的小门廊，他们走上去，面对面在地板上坐下来。他两只眼睛靠得很近，头发剪得很短，小胡子修得整整齐齐，腰以上赤裸着，下身穿着纱笼。他面容坚定，但透着仁慈。他厉声吩咐屋子里的妻子把咖啡端出来。

在等咖啡端上来的时间里，琴很有礼貌地与首领寒暄。她从六个月的乡村生活经验中总结出谈判的规矩。端上来的咖啡装在两个厚厚的玻璃杯里，没放牛奶，却甜甜的，加了糖。她向他鞠一躬，举起杯子啜了一口，又把杯子放下。"我们身处困境，"她坦率地说，"看守去世了。现在我们的命运掌握在自己手中——和您的手中。您了解我们的故事。我们在帕农被俘，一路跋山涉水来到这里。没有日本指挥官愿意收留我们，让我们进战俘营，供养我们，在我们生病的时候给予照顾，因为每个指挥官都认为这是其他人的职责。所以他们派看守押送我们从这个镇走到那个镇。这是是持续了六个多月，在这期间我们一半人死在了路上。"

他点点头。

"现在我们的军曹过世了，"她说，"我们要怎么办？即使我们继续走下去，直到碰上一个日本军官，向他报告此事，他也不会收留我们。这整个国家没有人会收留我们。他们不会马上杀掉我们，就像对待男人一样。为了摆脱我们，他们会迫使我们不断走下去，走去别处，也许是沼泽满布的乡下，就像我们之前经过的那些地方。这样我们就会再次生病，一个接一个全部死去。如果我们现在就去告知日本兵，这就是我们的命运。"

他回答道："《古兰经》上写道：'凡有血气者，都要尝死的滋味。我以祸福考验你们，你们只被召归我。'[①]"

她飞速思考，迪里特村首领的话在脑海里浮现出来。她说："《古兰经》上也写道：'如果你们行善而且敬畏，那末，真主确是彻知你们的行为的。'"

他定定地看着她。"在什么地方？"

她说："第四章。"

"你也信奉伊斯兰教？"他怀疑地问道。

她摇摇头。"我不想欺骗您。我是一个基督教徒。我们都是基督教徒。路上我们遇到了一位对我们非常仁慈的村子首领，我去答谢他时，他向我说了这句话。我不懂《古兰经》。"

"你是一位非常聪明的女士，"他说，"请告诉我你的请求。"

"我希望我们能留在这里，在这个村子里，"她说，"下地劳动，种植稻米，就像你们的妇女一样。"他瞠目结舌。"这对您来讲很危

---

① 《古兰经》第21章35节。

险，”她说，“我们很清楚。如果日本军官在接到您的报告之前在这里找到我们，肯定会勃然大怒。因此，我希望您这样做。我希望您马上让几位村子里的妇女带领我们下地劳动，教会我们如何种水稻。我们会从早到晚工作，纯粹为了换取食物和栖身之处。两周后，我会自己去找日本军官，向他报告我们的情况。希望您作为村子的首领能跟我一同前往，告诉军官，如果我们被允许留下来继续种地，日本军队就有更多稻米可吃。这就是我的请求。”

“我从未听说过白人夫人在稻田里劳作。”他说。

她问道：“您是否听说过白人夫人像我们一样四处奔波、接连死去？”

他不言语。

“我们的命运掌握在您的手中，”她说，“如果您说，继续上路，到别处去，那我们就必须离开，离开就意味着死亡。到时请您向真主解释。如果您允许我们留下来耕种您的稻田，在您的护荫下平静安全地生活下去，那么当英国的老爷们获胜后重返这个国家时，您将获得巨大的荣誉，因为他们终将赢得这场战争。这些矮子们现在当权，但他们敌不过美国人和世界上所有自由民族。英国老爷们终有一天会回来的。”

他说：“那一天来临的时候，我将不胜欢喜。”

他们默默坐着，抿着咖啡。过了一会儿首领说：“这不是一件能轻易决定的事情，因为它关乎整个村子的安危。我会认真考虑，并和兄弟们详细商量。”

琴离开了。当天晚上晚祷结束后，她看见一群男人坐在首领屋子前面。他们都是老人家，因为当时在瓜拉德朗已经全然看不见年轻男子的踪影，况且，很可能无论如何年轻小伙子也是没有资格参加会议的。稍晚的时候，马特·阿明来到米仓，要求见佩吉特夫人。琴背着婴儿出来迎接他，在一盏小油灯发出的光亮中站着和他交谈。

“我们已经讨论过你提出的请求了，”他说，“让白人夫人在我们的稻田里干活实在有点不近情理。一些兄弟担心白人老爷们回来时无法理解这种情形，并且会发怒说我们违背你们的意志，强迫你们为我们劳动。”

琴说：“我们可以马上给您写一封信。如果他们那样说，您可以把信拿给他们看。”

他摇摇头。“不必如此。等老爷们回来的时候，请你告诉他们，这完全出于你们的意愿就可以了。”

她说：“我们会的。”

她们第二天就开始下地干活。当时他们的队伍有六个已婚女士、琴和十个孩子，包括琴的婴儿。首领把他们带到田里，和名叫法缇玛·宾蒂·妲露丝和蕾哈娜·宾蒂·哈珊的两个马来女孩儿一起工作。作为开端，他让她们耕种七小块杂草丛生的土地。以她们的力气，耕种这几块地游刃有余。旁边有一个带屋顶的平台供她们纳凉休息，大家一起劳动的时候，最小的孩子们就待在那里。

七位女士都非常健壮。艰苦的旅途淘汰了无法承担农活的成员，剩下来的女人都坚定勇敢，士气高昂，风趣幽默。一旦她们适应了在脚踝深的泥土和水里工作的新鲜感，就发现这种劳动并不吃力。她们很快就变得雄心勃勃，想要向村民们证明白人夫人也能干和马来女人一样多的活，甚至更多。

人们把稻米种在小块田地里，田地周围环绕着像矮墙一样的泥垄，以便把溪水引入田中，形成小池塘。把水排干后，稻田底部全是柔软的淤泥，就可以用手拔掉杂草，犁地，准备插秧。人们把稻种撒在类似苗圃的地方，等种子发芽后把秧苗移植到泥土松软的田里插成排，然后重新往田里灌水，让幼苗在水里露出头来，在大太阳底下暴晒几天，之后水被再次排空，好让太阳晒到稻苗根部。在热带气候下，这样的水旱交替能使作物迅速生长，等它们长到差不多跟小麦一样高时，稻秆顶端就开始抽穗，就像长出来毛茸茸的小耳朵一样。收割时，用小刀把耳朵割下，装进袋子拿进村子去糠，把稻秆留在地里。水牛这时就被放进田里吃掉稻秆，使土地更肥沃，并把土地踩个遍。这样这些土地就适于来年重新播种，重复上述循环。这些稻田每年大约能收两造，并且不需要轮作。

习惯之后，在这些田里劳作并无令人不愉快之处。在一个炎热逼人的国家里，戴上一顶用棕榈叶编成的大圆锥形太阳帽，脱掉大部分衣裳，在泥和水里嬉戏，筑起小水坝，把潺潺小溪引流入田，比起从事其他许多工作来要惬意得多。最初两周快要结束的时候，女士们都已经安下心来踏实干活，并且喜欢上了这份工作，而所有的孩子打从一开始就乐此不疲。在那期间，并没有日本兵靠近村子。

第十六天，琴和首领马特·阿明带着中士的来复枪、装备、制服和收据本，一起出发去寻找日本军队。他们去的地方叫作瓜拉拉吉特，大约二十七英里远，有一个日本分队驻扎在那里。

他们花了两天时间步行去瓜拉拉吉特，中途在一个叫作武吉特帕拉的地方过了一个晚上，当地首领接待了他们，琴和村子的妇女一起睡在村子后面的屋子里。他们第二天继续上路，晚上到达瓜拉拉吉特。那是一条很大的村庄，或者说是一个小镇。马特·阿明带琴去当地一个马来政府官员登库·本塔拉·拉雅家中与他见面。登库·本塔拉是一个瘦小的马来人，英语说得非常好。他由衷关心从马特·阿明和琴那里听来的故事。

“真是非常，非常抱歉，”他最后说，“我无法给予你们直接的帮助，因为日本兵控制了我们的一切行为。你们不得不耕种稻田，这实在是太糟糕了。”

“一点儿也不糟糕，”琴说，“实际上我们非常喜欢这份工作。我们想和马特·阿明一起留在那里。如果日本军队在本地有一个女子战俘营，我想他们会把我们送进去，但如果没有的话，我们不想继续步行环游马来亚。在途中我们已经失去了一半成员。”

“请你们今晚务必留下，”他说，“明天我将和这里的日本行政长官谈一谈。总之这里是没有女子战俘营的。”

当天晚上，琴近七个月来第一次睡在床上。她并没有因此觉得很高兴。习惯了在地板上睡觉后，她觉得睡在褥子上反而没那么凉快。她并没有真的下床睡到地板上，不过她差一点就那样做了。然而，泡在浴缸里，拿一个灌满水的葫芦往头上淋浴，倒是件乐事。她洗了很久很久。

早上，登库·本塔拉和马特·阿明带她一起去见日本行政长官，她又讲了一遍她的故事。行政长官曾在加利福尼亚州立大学留学，说一口一流的美式英语。他深感同情，但宣称战俘归军队负责，与他毫不相干。不过，他带他们一起去见军事指挥官，一个松坂大佐。琴对着松坂又讲了一遍她的故事。

松坂大佐显然认为女战俘是令人讨厌的累赘，丝毫不愿意抽调自己的任何兵力来押送他们。如果让他自行裁决，他很可能会让他们继续上路，但是碍着登库·本塔拉和行政长官的情面，又了解到女人们的悲惨遭遇，他没法这样做。最后，他干脆洗手不管，让行政长官作出自认为最妥当的安排。行政长官告诉本塔拉，女人们可以暂时留在原地，琴便和马特·阿明一起出发回瓜拉德朗。

他们一留便是三年。

“那是遗失的三年，被生生从我们的生命中割离开来。”她说。她抬起头来看着我，迟疑着。“至少——我认为是那样。我懂得很多关于马来人的知识，但它们在英国没有多少价值。”

“直到生命结束那一刻，你才能确定那是否是一段毫无意义的时间，”我说，“也许到时你就觉得不是了。”

她点点头。“我想您是对的。”她拿起拨火棍，开始刮掉壁炉铁栏上的灰。“他们对我们太好了，”她说，“用他们拥有的一切，以他们的方式尽可能善待我们。法缇玛，那位最初几周告诉我们如何在田里工作的姑娘——她简直是个完美的宝贝儿。实际上到后来我们情同姐妹。”

“那就是你想回去的地方？”我问道。

她点点头。“现在我继承了这笔钱，想回去为他们做点事情。我们和他们一起生活了三年，他们倾囊相助。如果他们没有收留我们，可能我们都活不到战争结束。现在我这么富有，而他们却如此，如此穷困……”

“别忘了你还未能支配全部遗产，”我说，“马来亚之旅将所费不菲。”

她微微一笑。“我知道。我想为他们做的事情花不了这么多钱——不会超过五十英镑。住在那个村子的时候，我们必须去打水，那是女人的职责，也是一个可怕的任务。是这样，流经村子的河流随海潮涨落，所以河水是咸的，人们可以用它来洗澡或者洗衣服，但如果要喝水，就必须走大约一英里，把泉水打回来。我们一般用葫芦打水，每只手拿两个，中间穿一条棍子提着，早晚一次——去程一英里，回程一英里——一天走四英里。法缇玛和其他姑娘并不觉得有任何不妥，因为村子一直以来都是那样做的，世代因循。”

“那就是你想要去挖一口井的原因？”

她点点头。“那是我能为他们做的事情，为妇女们——可以让她们活得更轻松，就像她们让我们活得更轻松一样。我想在村子正中央挖一个井，离每间屋子都不到一百码。她们早就应该有这么一个井。我敢肯定至多只需要挖十英尺深，因为那里遍地是水源。地下水位不会深于十英尺，至多十五英尺。我想如果我回去雇用一个挖井队替他们做这项工作，应该能把井挖成。做完这件事之后，我就可以清清白白地安心享用这笔钱。”她再次抬起头来看我。“您会不会觉得我很傻？”

“不会，”我说，“我不觉得。但有一点，我希望你不用去那么远的地方。往返马来亚的旅程会花掉一年大部分收入。”

“我知道，”她说，“如果我把钱花光了，我会在新加坡或者其他地方找一份工作，干几个月活，存一点钱。”

“我很想知道，”我说，“为什么你不干脆留在那里找一份工作呢？你对那个国家很熟悉。”

她说：“我当时对那里有点厌倦了——1945年的时候。我们都渴望回家。他们从哥打巴鲁派了三辆卡车来接我们，把我们送到机场。我们坐空中列车飞往新加坡，机组人员都是澳大利亚人。在飞机上我遇到了比尔·霍兰。我必须告诉他关于艾琳、弗雷迪和简的事情。”她的声音低沉了下去。“我必须告诉他所有家庭成员的遭遇，除了罗宾。他那时已经四岁了，是一个很健壮的小家伙。他们让我跟比尔和罗宾一起回家，帮忙照顾罗宾。他很自然地把我当成妈妈了。”

她微微一笑。“比尔想我做他的妻子，”她说，“我做不到。我不可能成为他想要的那种妻子。”

我一言不发。

“我们降落的时候，英国是那么地绿意逼人，那么美丽，”她说，“我想忘却战争，忘却东方，做回一个普通人。我在帕克和利维公司找到了现在这份工作，在那里干了两年了——用于奢侈品贸易的女士手提包和公文包跟战争、疾病和死亡一点关系都没有。总的来说，我在那里过得还算愉快。”

她重返家园时茕茕孑立。她一到新加坡就给母亲发了电报。过了很久，科尔温贝的阿加莎姑姑才通过电报作出回复，向她透露她母亲已经去世的消息。她离开新加坡之前已经听说哥哥唐纳德死在泰缅铁路上。当她重获自由，却发现亲人尽失，肯定深感孤寂。在我看来，她确实展现出了极其坚强的精神，才在彼时彼境拒绝了求婚。她在利物浦着陆，去科尔温贝和阿加莎姑姑待了几周，就南下伦敦找工作。

我问她为什么不和舅舅联系，去找那位住在埃尔的老人家。“老实说，”她说，“我把他忘得一干二净。即使我想起他来，也只会认为他已经去世了。我只见过他一面，那个时候我才十一岁，他看起来就好像行将就木了。我从来没想过他还活着。母亲的财产全部毁于一旦。她的私人文件也几乎全部丢失了，因为遭受轰炸时，它们都放在南安普敦的佩吉特家里。即使我能想起道格拉斯舅舅来，也不知道他住在哪里……”

外面依然下着倾盆大雨。我们决定放弃当天下午外出的主意，干脆留在公寓喝茶。她到我的小厨房烧水沏茶，我则忙于摆桌子，切面包和奶油。当她拿着托盘进来的时候，我说：“那你打算什么时候回马来亚？”

她说："我想，我会订五月底的票，继续在帕克和利维公司工作到那个时候。"又说，"离现在大概还有六周时间。那个时候我就能存起足够的钱来支付来回路费，我还有从过去两年的工资里省下来的六十英镑。"她开始认真思考这次旅途的费用，并在一艘中等大小的货船上订到一张票，这艘货船会顺路带上十来位乘客到新加坡去，收费比较便宜。"我将不得不从新加坡坐飞机到哥打巴鲁，"她说，"马来航空有经停关丹去哥打巴鲁的飞机。我不知道要怎样从哥打巴鲁去瓜拉德朗，不过我想总会有办法的。"

我想，她从哥打巴鲁走路去瓜拉德朗应该也没有问题。步行穿过马来亚腹地现在对她来讲应该是小菜一碟。她给我讲战时遭遇时，我把地图集拿了出来，看看她说的地方都在哪里。现在我又在看地图。"你可以在关丹下飞机，"我说，"从那里走近一些。"

"我知道，"她说，语气透着悲伤，"我知道那样近一些。但如果让我回到那里，我会发疯。"

为了缓和气氛，我岔开话题道："我肯定要花很多年才能记住这些马来名字。"

"懂得它们的含义后就简单多了，"她说，"就跟英语名字一样。'巴鲁'是'新'的意思，'哥打'是'要塞'的意思。就像英语里的纽卡斯尔[①]。"

她继续她在佩里维尔的工作，我也继续我在赞善里的工作，但她的故事在我脑海里挥之不去。我俱乐部里有一位叫怀特的男士，曾经在马来警察局工作，日据期间成为了日本军队的战俘，我想他被关进了樟宜监狱[②]。一个晚上，我坐在他身旁吃饭，无法抑制向他探听此事的冲动。"前几天我的客户告诉我一个关于马来亚的离奇故事，"我说，"日本兵拒绝让一批女人进入战俘营，她是其中一人。"

他放下刀子。"您不是说在帕农被俘后，被迫步行横穿马来亚的

---

① 纽卡斯尔的英语是 Newcastle，new 是"新"的意思，castle 是"城堡"的意思。

② 在新加坡。

那批女士吧？”

“正是她们，”我说，“你知道她们的故事，是不是？”

“哦，是的，”他说，“那真是一件再离奇不过的事了，正如你所说的那样。日本指挥官让她们东奔西走，直到最后她们被允许在东海岸某个村子里安顿下来，在那里一直生活到战争结束。她们的首领是一位非常可敬的姑娘，马来语说得非常流利。她不是什么名人，曾经在吉隆坡一个办事处当打字员，战时却表现出色，堪称楷模。”

我点点头。“她就是我的客户。”

“是吗！我总想知道她后来怎么样了。她现在在干什么？”

我干巴巴地说：“她又当回打字员了，在佩里维尔一个手提包厂工作。”

“真的？”他吃了几口饭，又说，“我总是觉得应该给她颁个奖章什么的。不幸的是，你无法给予那样的人任何奖赏。但如果没有她，那些女士和她们的孩子可能都会死掉。在那批战俘里，其他人都没有她那样的才干。”

“我知道那批战俘有一半去世了。”我说。

他点点头。“我相信那是真的。最后她帮助他们安顿下来，在稻田里劳作，那之后他们都平安无事。”

在琴离开英国之前的六周里，我不时与她见面。她订好了 6 月 2 日从伦敦出发去新加坡的船票，并通知了她的公司，她将于五月底离职。她告诉我，他们听到这个消息后非常沮丧，并且马上提出给她十先令的提薪。有鉴于此，她向帕克先生提及遗产的事情，他只好接受了这件不可避免的事情。

我做好安排，给她在渣打银行开了一个账户，使她能在新加坡收到七到九月的收入。随着她的出发时间日益临近，我开始为她担忧，不是怕她大手大脚花钱，而是怕实际花销超出预算，使她陷入困境。在现在这种时世，每年九百英镑对于一个去东方旅行的人来讲有点捉襟见肘。

大约在她出发前一周，我向她提及我的忧虑。“别忘记你现在是一个相当富有的女士了，”我说，“量入而出很正确，实际上我也必须防止你铺张浪费，但是别忘了，根据你舅舅的遗嘱，我对这笔遗产有相当大的酌情权。一旦你陷入任何困难，或者真的急需用钱，请立刻给我发电报。比如说，万一你生病了。”

她莞尔一笑。“您真的是太体贴了，”她说，“不过，老实说，我想我会没问题的。如果我的钱都花光了，我可以指望找一份工作来挣钱。毕竟，我并不需要在一个指定日期之前回英国，也没有什么别的事情迫使我按期回国。”

我说：“别在外逗留太长时间。”

她微微一笑。“我不会的，斯特拉坎先生，”她说，“一旦我完成此事，就没有不得不走的理由。”

既然要出门长期远行，她退掉了伊令公地的房间。她问是否可以把一个大箱子和一个手提箱放在我公寓的储物室里，请我在她回国前替她妥为保管。她出发前一天将两个箱子拿过来，还有一双带冰刀的溜冰鞋，她塞不进箱子。她告诉我她只带一只手提箱做行李。

“你的热带工具包呢？”我问，“把它托运了吗？”

她微微一笑。“我把它放进了我的手提包，”她说，“五十片百乐君，一百片磺胺嘧啶片，一些防蚊膏，还有我的旧纱笼。我不是去马来亚当淑女的。”

除我之外没有人到码头送她。她在世上非常孤单，有可能愿意来送她的朋友也都要上班，没法请假。我叫了一辆出租车送她去码头。她当然很重视这次旅行，但在我看来，我那个时代的姑娘们去一趟奇斯尔赫斯特过周末所做的准备都要比她周全，而她可是要跨越半个地球。轮船是崭新的，一切都洁净光鲜。当乘务员替她打开舱门时，她不胜讶异地后撤了一步，因为他为这个小小的房间饰满了鲜花，里面一片花海。“瞧瞧这些花儿！”她转向乘务员，“它们是从哪儿来的？不是我公司送的吧？”

“昨天晚上放在三个大箱子里送过来的，”他回答，“它们把房间装饰得很漂亮，是不是，小姐？”

她转过身来看着我。“我相信是您送的。”然后她说，“您怎么能这么可爱！”

“这些都是英国的花朵，”我说，“只是想提醒你尽快回家。”甚至在她还没有出发的时候，我肯定就已经预感到她永远都不会回来了。

等我回过神来，她已经把一只手臂环在我的肩上，轻吻了我的嘴唇。“这是多谢你送的这些花朵，诺尔，”她温柔地说，“这些花朵，还有你为我所做的一切。”我实在是太心慌意乱、不知所措了，能说出口的只有这么一句话：“等你回来的时候，我会再送你一次那些花。”

不等开船我就走了，因为离别会让人变得愚蠢，所以最好尽早结束。我回到出租车上，独自返回公寓。我记得自己在公寓的窗前站了很久，看着对面马厩的雕花墙壁，想着她那艘漂亮的蒸汽轮船沿河而下，经过格雷夫德森、蒂尔伯里、舒伯里和北福兰角，带她离开。然后我让自己从想象中醒来，去把她的箱子和手提箱挪到储物室一角，跟其他物品分开存放。我站在那里，手里拿着她的靴子和溜冰刀，她的私人物品，考虑应该安放于何处。最后我把它们拿进卧室，放在我衣橱的最下面，因为如果它们不幸被盗，我将永远无法原谅自己。她正是那种让人很想认作女儿的人，而我们自己又偏偏没有女儿。

她坐这艘不定期货船穿越大半个地球，几乎从每一个停靠的港口城市给我写信，从马赛和那不勒斯，从亚历山大和亚丁[①]，从科伦坡[②]，从仰光[③]，从槟城[④]。怀特总是对她怀有浓厚的兴趣，因为他知道她在马来亚的事迹。我习惯于捎上她写给我的信去告诉他她的行程和近况。他有一个好朋友是哥打巴鲁酋长的英国顾问，一位威尔逊－海斯先生。我让他写航空邮件给威尔逊－海斯先生，告诉这位先生琴·佩吉特的计划，并请这位先生尽量给予她帮助。他告诉我那非常

① 也门首都。

② 斯里兰卡首都。

③ 缅甸首都。

④ 马来亚港口城市。

有必要，因为在哥打巴鲁，女士只能跟当地的英国人住在一起。我从威尔逊－海斯先生那里收到了一封非常友好的回信，告诉我他期待她的光临。我给她寄去一封航空快信，在信上告知我们为她所做的一切，她应该能在渣打银行收到它。

她只在新加坡逗留了一个晚上，就坐次日早上的航班去哥打巴鲁。空中列车在马来亚到处飞来飞去，经停许多地方。午后不久飞机就载着她停泊在哥打巴鲁的小机场上。她下了飞机，穿着离开伦敦时穿的浅灰色外套和裙子，威尔逊－海斯已经亲自和妻子一起在那里等候了。

一年后，我在联合大学俱乐部见到了正在度假的威尔逊－海斯。他又高又黑，很安静，脸很长。他说她发现他亲自来到机场迎接她时有一点窘迫。她似乎没有意识到她在当地这么有名。尽管早在我给他写信之前，威尔逊－海斯理所当然地就已经知道了她所有事情，但战争结束后他就没有听说过她的任何消息。他收到我们的信，知道琴会回来探望瓜拉德朗的村民之后，就捎了个口信给马特·阿明，并安排好把他的吉普车连司机一起借给她，送她走一百多英里去瓜拉德朗。我想他这么做真的是非常周到，向他表达了我的感谢。他说，战争结束后，英国人在瓜拉德朗地区的声望之所以能高于战前，主要归功于这位姑娘和他们这批战俘，他想，让这辆吉普车替她服务几天，也是应分的。

她在官邸住了两个晚上，从当地商店买了一些简单的小物品。第三天早上坐吉普车离开的时候，她换上了当地衣服。她把手提箱和大部分物品留给威尔逊－海斯太太看管，只随身带着当地体面妇女日常携带的物品。她穿着一条褪了色的旧蓝白方格纱笼，一件白色紧身短上衣。但柔嫩的双脚让她被迫妥协，穿上了拖鞋。她带了一把朴素的茶色中国伞遮阳，按当地样式把头发盘到头顶上，中间插了一个大大的梳子。她拿着一个小小的棕榈叶篮子，但威尔逊－海斯太太告诉她丈夫说里面其实没有什么东西。她带了牙刷，但没带牙膏，带了一条毛巾和一块抗菌肥皂，还有几样药品。她带了一套换洗的衣服：一条新纱笼和一件用来配它的碎花棉上衣；还有三个小小的伍尔沃思胸针和两只戒指，作为送给朋友的小礼物，但没带任何化妆品。那大概就是她的全部行装。

"我想她的做法非常聪明，"威尔逊－海斯说，"如果她把自己打扮成一个英国淑女，见面时会让村民们很尴尬。有些英国居民听到她穿着当地服饰去瓜拉德朗时感到很难过——她也是接受过正规教育的，怎么能穿得如此暴露，全是那一类的话。我必须说，看到她出发时的模样，我觉得她的选择非常正确。"他顿了顿，"毕竟，在战争期间她一直穿成那样，当时也没有人说过她穿着暴露。"

坐吉普车从哥打巴鲁到瓜拉德朗需要一天时间，漫长而痛苦。路面情况很糟糕，而且途中要跨越四条河流的干流，必须把吉普车开到渡轮上过河。除此之外还要经过很多浅滩。她花了十四个小时才走完这一百多英里路，到达瓜拉德朗时天已经黑了。吉普车驶进夜色朦胧的村子时，惹起一阵激动的嘈杂声。村民们一边系上纱笼一边从屋子里走出来。那是一个月圆之夜，月亮的清辉足以帮助司机看清道路。车子停在首领屋子前面，她下了车，稍带倦容，举起双手做出祈祷的姿势向首领走去，用马来语说："我回来了，马特·阿明，唯恐您误以为，当白人夫人不再需要你们时，就把你们抛诸脑后。"

他说："你们离开之后，我们一直念念不忘，时常谈起你们。"随后人们过来聚集在他们周围。她看见法缇玛走过来，抱着一个婴儿，一个学步的小童紧紧抓住她的纱笼。琴从人群中挤过去，牵着她的手，说："时间过得太快了。"然后她看见蕾哈娜，萨菲娅·宾蒂·雅各布和萨菲娅·宾蒂·泰布；还有那个总是眯着眼睛看她的小不点儿易卜拉欣，他现在已经长成了一个年轻小伙儿；还有他的哥哥萨马特，还有老祖贝达、梅里亚姆和很多其他人。其中有一些是她不认识的，因为她离开马来亚后不久，男人们就结束苦役回来了，现在这里有很多新面孔。

法缇玛和一个叫作德拉曼·宾·伊斯梅尔的年轻小伙儿结了婚。她把他带上前介绍给白人夫人。琴向他鞠躬，心想要是她带了一块头巾来遮住脸就好了，这样被介绍给陌生男士时才显得知书识礼。她把手举起来挡住脸，说："请原谅我没戴面纱。"他向她鞠躬，说："请别介意。"然后法缇玛插进来说："他知道的，所有人都知道白人夫人和我们住在一起的时候从来不戴面纱。因为不同民族有不同规矩。迪恩[①]啊，你能回来真是太让人高兴了。"

琴和马特·阿明一起为司机安排好住宿，然后和法缇玛到她丈夫屋子里去。他们问琴是否已经吃过饭，琴说没有，他们就给琴做了一顿虾酱米饭。虾酱是用极辣的生鱼虾肉糊做成的，马来人把它们保存在倒立起来的混凝土排水管里。不久，精疲力竭的琴用她的棕榈叶袋子做了一个枕头，就像过去上千次那样躺到一个垫子上，把围在腰上的纱笼松开，进入了梦乡。说她在过了三年有床可睡的生活之后，在地板上睡得很安稳并不完全准确。她一晚上醒来了很多次，听着晚上各种声响，看着洒满屋子的月光，满心高兴。

次日早上，她跟法缇玛、梅里亚姆和老祖贝达围坐在房子后面的锅旁聊天，以免受到男士们打扰。"我离开后每天都想起这个地方。"她说，这并非绝对真实，但也八九不离十。"我工作和生活的时候，就想起你们所有人的工作和生活。我在英国工作，在办公室做案头工作，就跟我们国家其他不得不工作的女士一样。因为，正如你们所知，我很贫穷，必须一辈子工作来养活自己，直到找到一位如意郎君，而我又那么挑肥拣瘦。"女人们笑了，老祖贝达说："女人要以那种方式自己养活自己还真是件怪事。"

梅里亚姆说："我们民族有一个女人在瓜拉拉吉特的银行工作。我从窗户里看见过她。她正在用手指头敲一个机器，机器发出像钟一样的踢踏踢踏声。"

琴点点头。"我在我的国家就是这样挣钱的，用类似那样的机器替我的老爷打印信函。但最近我的舅舅去世了。他住得离我很远，只与我见过一次面，但他没有其他亲戚了，我继承了他的遗产。所以现

---

① "琴"的音误。

在我不需要工作了，除非我乐意。”女人们发出一阵赞羡的低语声。此时又有几个人加入了谈话的圈子，她们的队伍越发壮大了。“现在，我人生头一回有了这么多钱，我比以前任何时候都更加想念在瓜拉德朗的你们，想念我们身为战俘住在这里时，你们给予我们的恩惠。我意识到我必须报恩。我将以一个女人的身份送给瓜拉德朗的女人一件礼物，这件礼物跟男士们毫无关系。”

在她周围的女人之间爆发出一阵愉快兴奋的低语声。老祖贝达说：“这倒是真的，男人们什么都不缺。”有几个女人听到这个异端邪说，震惊得目瞪口呆。

“我考虑了很多遍，”琴说，“认为这个地方应该有一口井，这样你们就不需要早晚去泉边打水，而只需走出房子，最多走个五十步就有一口井，井里有新鲜水，旁边放着水桶，每当你们需要凉快的新鲜水时，都可以随时出来打。”又是一阵赞赏的低语声。“井的周围应该有光滑的石头，在年轻小伙子们替你们用桶打水的时候，你们可以坐在石头上聊天。我会在井边修建一个用聂帕榈做顶的屋子给你们用来洗衣服，里面有光滑的长条石板，或者混凝土板，那样你们就可以面对面洗衣服，边洗边聊。屋子四面用聂帕榈墙围起来，那样男人们就看不见你们在做什么了。”低语声变成一阵兴奋的喧闹声。“这就是我想做的事情，作为我对你们恩惠的回报。我会请一个挖井队过来挖井，并付钱给泥瓦匠，让他们弄好井旁的石头，还会请木匠过来修建洗衣房。但我想请几位经验丰富的女士给我提提建议，告诉我应该如何进行室内布置——关于洗衣板的高度，混凝土水池或者水渠，等等。这是女人送给女人的礼物，在这件事情上，男人要对女人唯命是从。”

接下来是一阵长时间的热烈讨论。一些女人怀疑男人们会不会允许这么一件事物的存在，有一些则怀疑，她们的祖母和母亲都对目前的打水方式相当满意，希望改变它是不是会有不虔诚的嫌疑。但如果这一革新有可能成为现实，几乎所有女人都对它充满渴望。一旦她们不再对这个主意大惊小怪，就开始反反复复地思考它，检查每一个细节，讨论井、洗衣间、混凝土水池和水渠的最佳位置。两个多小时后，她们都全心全意接受了这个主意。琴满心欢喜，因为它将使她们真正受惠，也是她们目前最想要的礼物。

那天晚上，她和马特·阿明面对面坐在他屋子前面的小门廊上，就像以前无数次一样。她要跟他谈谈与女人们切身相关的事情。她抿了一口咖啡。“我要来和您谈一谈，”她说，“因为我想回报此地对我们的恩惠，好让人们记住，白人夫人曾经来过这里，你们对她们非常仁慈。”

他说：“今天一整天我妻子净在和其他女人一起谈这件事情。她们说你想挖一口井。”

琴说：“是真的。这是一份送给瓜拉德朗的感恩之礼，来自所有英国夫人。但因为我们是女人，所以这份礼物送给此地女性比较合适。当我们住在这里的时候，打水任务非常繁重，我们早晚都要去泉边打水。在英国的时候，每次想起她们我都觉得非常难过。这就是我打算在村子中央挖一口井，作为感恩之礼的原因。”

他说：“对于她们之前的母亲和祖母而言，能够喝上泉水就已经心满意足了。如果她们有一口井，难免会生出很多与其地位不相配的念头。”

她耐心地说：“那样一来，她们将会有更多精力来尽忠尽责地伺候您，脾气也会变得更加温柔，马特·阿明。您还记得蕾哈娜·宾蒂·伊斯梅尔吗？她去打水的时候失去了肚子里三个月大的孩子。”她能说出这件事情来，使他倍感震惊，但英国夫人一向口无遮拦。“后来她病了整整一年，我不认为她以后还会对丈夫好声好气的。如果当时她们有这个作为感恩礼物献给您的井，悲剧就不会发生了。”

他说：“真主安排女人的命运，就像他安排男人的命运一样。”

她温柔地笑了。“我需要提醒您吗，马特·阿明？《古兰经》上写道：‘人性是贪吝所支配的。如果你们行善而且敬畏，那末，真主确是彻知你们的行为的。’”

他用手拍打大腿，大笑道：“你住在这里时，每次想管我要点什么，就过来向我唠叨这句话。但你走了之后我就再也没听到过它了。”

“让女人们拥有她们的井，确是行善的。”她说。

他仍然笑着，回答道：“我这样跟你说吧，琴小姐。当女人们像渴望这口井一样渴望一样东西时，她们一般都会得到它。但这是关乎整个村子的大事，我必须和兄弟们商量。”

第二天早上，男人们聚集在聂帕榈棚屋市场的阴凉处开会，全都坐在脚跟上。不久他们把琴叫过来。琴在他们身旁坐下，稍稍别过身子去，女士这样坐是很得体的。他们问她打算把井挖在哪里，以及聂帕榈洗衣房的位置。她说一切都掌握在他们手中，不过如果在蔡山的店铺前面那块空地上挖井，并把聂帕榈洗衣房建在井的西面，对着阿罕默德的屋子，对于女人们来讲会很方便。他们都站起来去视察地形，从所有角度展开了讨论。村子里所有女人都站着围观，见证她们的主人做出这个重要的决定。而迪恩则加入了他们的讨论，好像她也是他们当中平等的一员。

她并没有催促他们匆忙下决定。她在这个村子里住了三年，知道他们思考过程非常缓慢，也知道他们在面临任何革新的时候有多么小心翼翼。他们花了两天时间，最终决定拥有一口井是好事，如果他们着手挖井，真主的愤怒不会落到他们头上。

挖井是一件技术性很强的差事，沿海一带只有一个家庭可堪重任。他们住在离关丹大约五英里远的地方。马特·阿明口授了一封信给当地的阿訇，请他写成爪哇文，然后村民们把信带到瓜拉拉吉特寄出去。琴托人从哥打巴鲁送来五袋水泥，并在瓜拉德朗安顿下来，打算工程进行期间在村子里住几天。

她常常跟渔夫们一起出海，要不然就坐在沙滩上和孩子们一起玩耍。她教他们堆沙堡，用手指在沙地上画出方格玩画圈打叉游戏。她常常在海里洗澡和游泳，水稻收割时节在稻田里劳动了一周。她和这里的人一起生活了很久，所以也很耐心地悠然度日。况且，既然已经没有必要继续上班，她也需要利用这段时间来思考新的人生目标。她闲居了三周，一点儿也不觉得无聊。

挖井队和水泥大约同时到达，工程开始了。挖井队是一家人，灰胡子的父亲叫苏莱曼，两个儿子叫雅各布和侯赛因。他们花了一天时间勘察土地，所有关于在哪里挖井的争论又重演了一遍，好让这些专家满意。后来终于可以开始动工了，工程进行得又快又好。挖井队从黎明一直忙活到黄昏，一个人在洞底，另外两个人在上面将挖出来的土堆在洞外。他们一边挖一边从上往下铺砖，用插入洞壁的木桩支撑砖墙。

那位父亲老苏莱曼对村子而言是一座信息的宝矿，因为他在马来亚东海岸走南闯北，修建和维修水井，不时走遍大部分村庄。瓜拉德朗的男男女女都习惯坐在周围，一边看他们挖井，一边和老人家扯些闲话，打听沿岸熟人和亲属的信息。一天下午，琴坐在一旁，向他说道："您是从关丹来的吗？"

"从巴图沙瓦，"那位老人家说，"从关丹步行需要两个小时。我们的家在那里，但我们总是在旅行。"

琴沉默了一会儿，然后问道："您还记得战争第一年主管关丹军事的那位日本军官，渚蒲大尉吗？"

"当然记得，"那位老人家回答说，"他是一个很坏的人，他离任时我们都很高兴。接替他的市野大尉要好一些。"

他似乎不知道渚蒲大尉已经死了，琴感到很惊讶。她以为战争犯罪委员会会去关丹调查取证。她告诉他："渚蒲大尉现在已经死了。他后来被派往负责修建泰缅铁路，在那里滥施暴行，还谋杀了很多人。但同盟国战后逮捕了他，他以谋杀罪名接受审判，在槟城被处决了。"

"这个消息真是大快人心，"老人家回答，"我要告诉我儿子。"他向井里大声说出这个新闻，几位男士进行了简短的讨论后便继续工作。

琴问："他在关丹做了很多邪恶的事情吗？"其中一件仍然留在她脑海里，记忆犹新，但她不想听见自己把它说出来。

苏莱曼说："很多人被折磨死了。"

她点点头。"我自己就看见过一次。"话已经藏不住了，而且她在这位不相干的老人家面前无须顾忌。"那时我们都在挨着饿，生着病，一个被俘的士兵向我们伸出了援手。日本人抓住了他，对他施以酷刑，把他的手钉在树上打死了他。”

“我记得那件事，”老人家说，“那个人就在关丹的医院里。”

琴睁大双眼看着他说：“老人家，他什么时候在医院里？他死了。”

“也许是两个人吧。”他向井里的雅各布喊道，“那个战争第一年在关丹被施以酷刑，被打伤的英国士兵，这位英国夫人认识他。告诉我们，那个英国人死了吗？”

侯赛因插进来说：“被打的是个澳大利亚人，不是英国人。他是因为偷鸡被打的。”

“确实如此，”那位老人家说，“就是因为偷了黑公鸡。但他死了还是没死？”

雅各布从井底往上喊道：“那天晚上渚蒲大尉把他放了下来，他们把钉子从他手里拔掉。他没死。”

第五章

1942年7月那个晚上，在关丹，一位中士到地区委员住宅找渚蒲大尉，向他报告说那个澳大利亚人还活着。渚蒲大尉觉得既好奇又有趣，既然还有半个小时才吃晚饭，他就信步到游乐场去看看情况。

犯人的身体仍然被双手吊着，面朝大树。背部已经变成惨不忍睹的污黑一片，血顺着大腿流下来，在地上形成一个黑色的池，已被烈日晒干并氧化。无数苍蝇覆满了身体和血池，但那个男人毫无疑问仍然活着。当渚蒲大尉走近那张脸时，乔睁开双眼看着他，仿佛在跟他打招呼一样。

西方人很可能从来不曾完全明白日本人的思维方式。当渚蒲大尉看到这个澳大利亚人在死亡边缘向他打招呼的时候，对着这个残破不堪的躯体毕恭毕敬地鞠了一躬，至真至诚地说："请问在您去世之前，我有什么可以为您效劳的呢？"

牧工字字清晰地说："你这个残忍的浑蛋。我要吃你一只黑色小公鸡，再来一瓶啤酒。"

渚蒲大尉站在那里，看着这个被钉在树上的男人，看着他血肉模糊的身躯，脸上毫无表情。过了一会儿他转身回屋，走进阴凉处时唤来勤务兵，命令勤务兵去给他拿一瓶啤酒和一个玻璃杯，但啤酒不要打开。

勤务兵坚持说没有啤酒。渚蒲大尉其实对此心知肚明，但还是命令他到镇里去找遍所有中国小吃店，看看能不能在关丹任何地方找到一瓶啤酒。他一个小时后回来时，渚蒲大尉的坐姿仍然和他出发去找啤酒时完全相同。他诚惶诚恐地向上级报告说，全关丹找不出一瓶啤酒来。渚蒲大尉便把他打发走，他高高兴兴地离开了。

对渚蒲大尉来讲，死亡是一种宗教仪式。他走近澳大利亚人这一举动带着几分神圣的意味。既然他已经当着下属的面，主动要求帮助他的受害者实现临终愿望，就必须亲眼看到它成为现实。如果能找到一瓶啤酒，他会牺牲一只幸存的黑色小公鸡，把煮好的肉和啤酒一起送到树上这个已经奄奄一息的人面前。他甚至可能亲手端托盘。这样做能为他麾下的部队树立起一种骑士精神和武士道的榜样。不幸的是，他已经没有办法赐予他这瓶啤酒，既然缺少了这瓶啤酒，这位士兵的临终愿望也无法完全实现，那就没有理由牺牲掉一只幸存的黑色小公鸡。他也无法实现自己在这个仪式中的角色，没有办法通过恩赐这个临终愿望来发扬武士道精神。因此，他不能允许这位澳大利亚人死去，要不然他自己就会因此受辱。

他又唤来他的中士，命令中士带一队士兵抬着担架去娱乐场。他们的任务是，在不给澳大利人造成二次伤害的前提下，拔掉他手上的钉子，把他从树上放下来，脸朝下放在担架上送去医院。

对琴而言，这位澳大利亚人仍然活着的消息，仿佛给她的生命开启了一扇门。她偷偷溜开去，在一棵木麻黄树的绿荫里坐下来，在沙滩边上细细咀嚼这个令人难以置信的事实。阳光打碎在浪花上如烁烁熔金，沙滩白得耀眼夺目，大海蓝得勾魂摄魄，简直是一片极乐狂欢的景象。过去六年，她仿佛一直走在一条黑洞洞的隧道里，而现在，她猛然扎进了光明之中。她尝试祈祷，但她从来不信教，所以不知道怎样把感情灌注进祈祷中。她能做到的，也就只是回想起她在学校跟着大家一起做祈祷时，间或会念到的那些祈祷词。“哦，主啊，请照亮我们的黑暗，求主怜悯……”她就只能想起来这么多。那一整个下午，她对自己一遍又一遍地重复这句话。她的黑暗，已经被挖井队照亮了。

她那天晚上回到村子后又和苏莱曼谈起那件事情，但他和两个儿子都无法提供更多信息。澳大利亚人在关丹的医院里待了很长时间，但他们不知道具体是多长。雅各布说他在那里待了一年，但她很快就发现，他这么说只是想表达时间很长的意思。侯赛因说是三个月。苏莱曼虽然不知道他住了多久，但说他后来被送上南下新加坡的船，进了战俘营，并说他那个时候是拄着双拐去的。从他们的话里，她无法推断出那是哪一年。

于是她只好作罢，继续留在瓜拉德朗，等待挖井和修建洗衣房的工程结束。经过与年长妇女的一番长时间商讨之后，她已经让木匠着手装修洗衣房，目前的具体工作是安装百叶窗和晾干油漆。井底终于开始冒水那天，木匠着手为聂帕榈顶洗衣房打桩，最终井和洗衣房几乎同时完工。村民们花了两天把井里的泥水舀出来，井水终于变得清澈透明。然后他们举行了启用仪式——琴用井水洗她的纱笼，村子全体妇女一起笑着涌进洗衣房。男人们远远地站成一个圆圈，宽容地看着她们，暗暗思忖着，允许一样能让女人们乐成这样的事物存在，是否一个明智之举。

第二天，她请送信人给瓜拉拉吉特的威尔逊－海斯发去一份电报，请他派吉普车来接她回去。几天后车就来了。她在一片混乱腼腆的祝福声中红着眼睛离开了瓜拉德朗。她要回到自己的祖国，回到她的同胞中去，但她也在挥别生命中难以忘怀的三年，那从来都不是一件容易的事。

她深夜时分才回到哥打巴鲁的官邸，因为太劳累而吃不下任何食物。威尔逊－海斯太太给她的房间送去一杯茶和一些水果。她洗了一个很长时间的热水澡，最后一次脱去了当地衣服。她躺在蚊帐中休息，房间既宽敞又凉快，她渐渐有了睡意。她满脑子想的都是牧工哈曼，他口中那些环绕着爱丽丝斯普林斯的红色郊区，还有岩大袋鼠和野马。

第二天早上吃完早餐后，她和威尔逊－海斯趁着早晨空气凉爽，在官邸的花园散步。她告诉他她在瓜拉德朗所做的事情，他问她修建洗衣房的主意是从哪儿来的。“她们显然需要一间洗衣房，”她说，“女人都不喜欢在众目睽睽下洗衣服，尤其是穆斯林女人。”

他思考了一下这个问题。“你很可能开了某种风气，”他最终评论道，“现在每个村子都会想要拥有一个洗衣房了。是谁帮你们设计的——告诉你们如何布置洗衣槽之类？”

“我们自己想出来的，”她说，“她们很清楚自己的需求。”

他们沿着河边漫步。这条流入大海的河宽半英里，棕色的河水浑浊不堪。她一边走，一边告诉他那位澳大利亚人的故事，因为她现在可以安心自如地谈论这个话题了。她告诉他事情的经过。“他的名字叫乔·哈曼，”她说，“来自爱丽丝斯普林斯附近某地。我希望能再次联系上他。您认为我有可能在新加坡发现关于他的任何消息吗？”

他摇摇头。“我认为没有。既然东南亚司令部已经解散了，我想现在无法在新加坡找到任何战俘记录。”

“那要怎样才能找到他的消息？”

“你说他是一个澳大利亚人？”

她点点头。

“我想你必须写信到堪培拉，”他说，“那里应该有所有战俘的记录。我猜你并没有碰巧知道他的分队编号？”

她摇摇头。“恐怕没有。”

“嗯，当然了，这会让事情变得很困难——可能会有好几个乔·哈曼。我先写信给陆军部长——他们就这么称呼他，陆军部的头儿。收件人就写陆军部长，堪培拉，澳大利亚，可能会找到一点线索。我想，你是想要一个他能收到信的地址？”

琴凝视着河对岸的橡胶树和椰子树。“我想是的。事实上，我大概知道这个地址。他战前在一个名叫沃拉华的牛场工作，在爱丽丝斯普林斯附近。他说那里会为他保留职位。”

“既然如此，”他说，“我应该写信去那儿。比起堪培拉，写信去沃拉华找到他的机会更大。”

“我觉得那样做比较好，”她慢慢地说，“我很想再见到他。您也知道，全是因为我们，他才会身受重创……”

她本打算回新加坡等一艘回国的船。如果要等很久才能有便宜的船票，她打算在新加坡找工作，干上几周或者几个月。马来航空第二天会经停哥打巴鲁，它的空中列车将经停关丹飞往新加坡。当天晚上，她饭后又去找威尔逊－海斯谈话，听取他的建议。

“如果我在关丹逗留一天，您认为我能找到酒店之类的吗？”她问。

他慈祥地看着她。“你想回关丹？”他问。

“我想是的，”她说，“我想去关丹的医院，试试看能不能从医院员工的口里问出一点线索。”

他说：“你最好住在大卫和乔伊丝·包文夫妇家里。包文是地区委员，他会很乐意为你安排住宿的。”

“我不想打扰别人，”她说，“我不能住在那里的招待所什么的吗？毕竟我对这个国家很熟悉。”

“那正是包文将会很乐意接待你的原因，”他说，“你一定要意识到你在这个地区是非常出名的人。如果你住招待所的话，他会非常失望的。”

她惊讶地望着他：“人们真的这样看我吗？我只是做了任何一个人都会做的事情。”

“也许是那样的，”他说，“但关键是，你确实这么做了。”

她第二天坐飞机南下关丹。肯定有人把她的故事告诉了机组成员，因为起飞后半小时，马来空姐走到她跟前对她说：“佩古特小姐，我们马上要飞经瓜拉德朗，菲尔比机长想知道您是否愿意到驾驶舱来看一眼。”于是她走向机头，穿过驾驶舱门，站在飞行员中间。他们把空中列车下降到大约七百英尺高，在村子上空盘旋。她能看到那口井和洗衣房的新聂帕榈屋顶，也能看到人们站在那里仰头盯着这架飞机看，法缇玛、祖贝达和马特·阿明。然后飞机直线上升，继续沿着海岸南下，瓜拉德朗被抛在了后面。

包文夫妇在位于关丹市外十英里的机场迎接她。威尔逊－海斯当天上午通过无线电通知了他们琴的造访。他们是一对友好朴素的夫妇。她和他们坐在地区委员住宅里聊天，那正是渚蒲大尉从前常常坐着喝咖啡的地方。她毫无困难地向他们简述了那位澳洲士兵惨遭折磨的故事。他们说现在医院由弗罗斯特护士长负责，但他们怀疑现在是否还有 1942 年就已经在那里工作的老员工。他们喝完茶后就开车去找弗罗斯特护士长。

弗罗斯特护士长在护士长室接待了他们。护士长室卫生清洁，弥漫着一股强烈的消毒水味儿。她是一个年纪四十上下的英国女人。“这里没有那个时候的老员工，”她说，“护士在这样的地方——她们总是为了结婚而离职。我们从来没有办法把她们留在这里超过两年。我不知道可以给你们提供什么线索。”

包文说：“菲利斯·威廉姆斯呢？她从前是这里的护士吧？”

“哦，她，”护士长轻蔑地说，“战争爆发的时候她在这里工作，直到她嫁给那个男人。她可能会知道点儿什么。”

他们离开医院，开车去找菲利斯·威廉姆斯。途中包文太太告诉琴这个人的身世。“她是一个欧亚混血儿，”她说，“很黑，差不多就跟马来人一样黑。她和一个叫林本泰的中国人结了婚，那人是开电影院的。那就是人们所谓的异族通婚，不过他们好像相处得不错。当然了，她是天主教徒。”琴终其一生都没能搞懂这个“当然了”是什么意思。

林本泰夫妇住在山上一栋摇摇晃晃的木房子里，从那里可以俯瞰海港。他们无法把车开到房子跟前，就把它留在路中间，沿着一条遍地垃圾的短路走上去。菲利斯·威廉姆斯太太在家接待了他们。她是一个满脸喜悦的棕色皮肤女人，带着四个小孩儿，很明显第五个也快要出世了。她看见他们很高兴，把他们带进一间简陋的会客室，那里主要的装饰品是一套锡镴啤酒杯和一幅石印油画，上面画着长袍加身的国王和女王。

她的英语说得非常好。“噢，是的，我记得那个可怜的家伙，”她说，“乔·哈曼，他是叫这个名字。我看护了他有三到四个月——他进来时**确实**伤得很严重。我们没有人以为他能活下来，但他挺过来了。他之前肯定非常健壮，因为他肌肉的恢复情况好得惊人。他说他就像一条狗。他康复得太好了。”

她转向琴。“您就是那位带领那群来自帕农的妇女和孩子渡过难关的女士？”她问，“我猜肯定是。真想不到您又回来了！他一直惦记着您和您的同伴，希望有人能告诉他你们后来去哪儿了。当然了，**我们**不知道，而且渚蒲大尉对这件事情又那么敏感，哪有人敢四周围打探你们的消息？”

她转向琴。“我忘记您的名字了。”

“佩吉特。琴·佩吉特。”

这位欧亚混血儿一脸困惑。“不是这个名字。难道他提到的是另一个人？我记不起来他是怎样称呼她的了，但不是这个名字。我原来还以为他说的是您呢。”

“弗里思太太？”

她摇摇头。“过一会儿我就会想起来了。”

她所知道的比琴多不了多少。澳大利亚人刚刚康复到能够旅行，就被送往南方新加坡的战俘营。她们从此再也没有听到过他的消息。她们想他最后肯定完全康复了，虽然，即使最终他背上的肌肉能恢复力量，也要等上好几年。她知道的也就这么多了。

他们不久就告辞了，顺着那条满是垃圾的小道往下走去开车。差不多走到山脚的时候，那个女人从阳台叫住了他们。“我刚想起来那个名字。土著太太。那就是他从不离口的名字，土著太太。那是你们中的　员吗？”

琴笑着向她喊回去：“他过去就是那样叫我的！”

那个女人感到很满意。“我就说他总挂在嘴边的人肯定就是您。”

在开车回地区委员住宅的路上，他们经过那个游乐场。网球场上的网不知道什么时候安好了，几对夫妇正在打网球，还有一个年轻的白人小伙儿在和一个棕色皮肤的女孩儿一起打。琴又看见那棵俯视网球场的树，树下有两个马来妇女坐在那块曾经浸满了鲜血的地上。在她们头顶上方，就是那个男人曾经的受难处。她们在闲话家常，孩子在周围嬉戏。在晚上柔和的灯光下，一切都显得那么宁静安详。

琴当天晚上住在包文家中，第二天继续坐空中列车前往新加坡。按照威尔逊－海斯的建议，她就住在大教堂对面的阿德尔菲旅馆。

几天后她从那里给我写信。那封信很长，大约有八页，用钢笔写成。在那个潮湿的地方，她写信时手上出的汗弄污了一些字迹。她首先告诉我在瓜拉德朗发生的事情，挖井队的故事和乔·哈曼仍然活着的消息。然后她继续写道：

我正苦恼于不知道怎样才能跟他再次联系上。您也知道，他遭到毒打完全是因为我们的缘故。他为我们去偷鸡时，肯定知道渚蒲大尉是个什么样的人，也知道自己在冒着多么可怕的危险。我一定要弄清楚他现在住在什么地方，是否安好。我无法相信他在受了那么严重的伤之后，还能做骑马放牧的工作。我想，如果他健康无事，就总能福星高照，逢凶化吉。但我无法承受他也许还躺在医院里的想法，并且他也许，甚至很可能因为受伤太重而要在那里度过余生。

我确实有想过写信给他，寄到他跟我提到过的沃拉华，他工作的牛场，在爱丽丝斯普林斯附近。但仔细想想，如果他丧失了劳动能力，为什么还要回去那里呢？我永远都不会从那样一个地方收到回信，反正短时间内不会。我想过写信到堪培拉去，尝试找到一点线索，但也应该不会得到更理想的结果。正因为如此，我做了一个决定，这也是我给你写这封信的初衷，诺尔。我希望这个决定不会使你太震惊：我要从这里去澳大利亚。

请不要因此认为我彻头彻尾地疯了。从这里坐星宿号到达尔文需要花六十英镑。从达尔文可以坐公共汽车到爱丽丝斯普林斯，大概要花两到三天时间，不过比坐飞机便宜很多。结完这里酒店的账后，我还剩下大约一百零七英镑，不包括下个月的收入。我想我可以从爱丽丝斯普林斯去这个叫沃拉华的地方，找到一些关于他的消息。那个地区肯定有人知道他的遭遇和行踪。

我在这里认识了一些海上贸易官员，都是非常友好的年轻男士。他们告诉我，我应该能在澳大利亚东海岸昆士兰的汤斯维尔找到一艘商船回英国。如果汤斯维尔没有船，到布里斯班就一定有。我跟莱佛士坊渣打银行的一位先生谈过，他非常热心，我请他将我下个月的钱汇入爱丽丝斯普林斯的新南威尔士银行，这样我就有钱横跨澳大利亚去汤斯维尔或者布里斯班了。请你费心为我写一封信到爱丽丝斯普林斯的新南威尔士银行，因为我抵达那里时将深感故乡迢递。

我将会在本周四坐星宿号离开此地，所以当你收到这封信时，我大约已经到达澳大利亚某地。我感觉我对你来讲肯定是个绝顶可恶的麻烦鬼，诺尔，但我回家后有一大堆话要跟你说。我想从汤斯维尔或者布里斯班回家的旅程顶多不会超过三个月，所以我无论如何都能赶得上回英国过圣诞。

我坐在那里反复读这封信，感到深深的失望。我想我一直在计划着等她回来后带她到处玩——实际上我都计划好了。上了年纪的人，过着一种多少有点空虚无聊的生活，在那种事情上面常常会变得非常愚蠢。在我第三次读这封信的时候，列斯特·罗宾逊拿着一捆文件走进我办公室。“我的佩吉特姑娘，”我说，“你知道——她继承的就是麦法登先生托管给我们的那笔遗产。她完全不打算回家，而要从马来亚继续去澳大利亚。”

他扫了我一眼。我想我的眼光流露出失望之情，因为他温和地说：“我告诉过你，她的年龄大得足以给我们制造一大堆麻烦。”我迅速抬起头来望着他，想知道他说那句话的意思，但他开始谈论科尔切斯特的一条私家路，那一刻就这么晃过去了。

我继续工作，但糟糕的情绪一直萦绕不去，直至晚上去到俱乐部时依然没有好转。晚饭后，我安静地坐在图书馆里读一卷贺拉斯[①]，因为我想，读拉丁文所需的大脑活动可以把烦心事从脑子中清除出去，让心情变好。但是，我想我已经忘记了我的贺拉斯，因为那几行诗，过去四十年里不曾读过也不曾想起过的，现在仿佛从书页上凝视着我，把我弄得晕头转向：

① 古罗马诗人。

在那里

我将爱上我的莱拉姬

她柔声细语，笑容甜美[①]

这几行诗曾经是我青春的一部分，我想对于许多谈过恋爱的年轻男士来说，它们同样地刻骨铭心。读完它们之后我无法忍受继续读贺拉斯，我坐在那里，想着我的莱拉姬，她的柔声细语和甜美笑容。她此刻正坐在长途公共汽车里，在去爱丽丝斯普林斯的路上，直到我猛然打破这种病态的幻想，起身把书放回书架上。

肯定过了有一个星期之后，有一天，我刚送走一个客户，德里克·哈里斯就走进我的房间。德里克是我们事务所两个学徒办事员之一，是个一脸稚气的小伙子，很讨人喜欢，我希望有一天能把他提拔为合伙人。他说："先生，请问您能抽出几分钟来见一位陌生人吗？"

"怎样的陌生人？"我问。

他说："一个叫作哈曼的人。他大约一个小时之前到达，请求见您，但没有预约。冈宁律师问，既然您没有空，我是否可以替您见见他，我就和他聊了一会儿，但他想见的是您。我了解到那跟佩吉特小姐的事情有关系。"

我现在想起来从前在什么地方听到过这个名字了，但那真是难以置信。我问："是一位怎样的男士？"

他咧开嘴笑道："我想是个殖民地居民吧，很可能是澳大利亚人。总之看起来像是在户外工作的。"

"他是个通情达理的人吗？"

"哦，我想是的，先生。我想他大概是个乡下人。"

开始对得上号了。但是，一个澳大利亚牧工居然能找到我在赞善里的办公室来，还是令人非常难以置信。"他是碰巧叫作约瑟夫[②]吗？"

---

① 莱拉姬是贺拉斯诗集中的人物，贺拉斯在诗中向她表达了纯洁的爱慕之情。原文为拉丁文。

② "乔"是"约瑟夫"的昵称。

我问道。

“您认识他，是不是，先生？乔·哈曼。我要叫他上来吗？”

我点点头。“我现在就见他。”哈里斯下楼去接他，我走到窗前看着外面灰色的街道，一边思考这个拜访意味着什么，将如何改变这一切的走向，以及我可以把我客户的多少信息透露给他。

哈里斯把他带进来，我转身迎接他。

他是一个金发男人，大约五英尺十英寸高，身材矮壮，但不胖。我猜他三十到三十五岁。他的脸被晒成深棕色，但皮肤光滑，有一双湛蓝的眼睛。他谈不上英俊，脸太方正了些，但看上去却单纯温厚。他以一种古怪的僵硬步姿走向我。

我和他握手。“哈曼先生？”我说，“我是斯特拉坎。您想见我吗？”说话的时候，我无法抑制冲动，低头看他的手。在他手背上有一个巨大的疤痕。

他有点笨拙地说：“我不想占用您太多时间。”他局促不安，一脸窘迫。

“没关系，”我说，“请坐，哈曼先生。请告诉我有什么可以为您效劳的。”我请他坐在桌子前面的客户椅里，给他一根香烟。他从口袋里摸出一个装着蜡梗火柴的铁盒，那种风格对我而言非常陌生。他娴熟地用拇指指甲划燃一根，也没有烧到自己。他穿着一套很新的成衣西服，花里胡哨的领带在伦敦显得相当扎眼。

“我想问问您，能不能请您告诉我关于琴·佩吉特小姐的一些消息，”他说，“她住在哪里之类的。”

我微微一笑。“佩吉特小姐是我的客户，哈曼先生，”我说，“您显然知道。但客户信息是绝对保密的。您是她的朋友吗？”

这个问题似乎使他更加窘迫了。“差不多吧，”他回答说，“我们在战争时期见过一次面，在马来亚。哦，对了，我想我应该先做自我介绍。我是昆士兰人，在海湾地区经营一个牛场，大约离威尔斯镇二十英里远。”他说起话来慢悠悠懒洋洋的，似乎平时就这样说话，非因窘迫。“我的意思是，我的牧场住宅离威尔斯镇有二十英里远，但牛场的地界沿着小溪向南延伸，距离威尔斯镇只有五英里。我的牛场名叫米德赫斯特，地址是威尔斯镇米德赫斯特。”

我在便笺上记下来，再次向他微笑。“哈曼先生，您可是不远万里来到这里呢。”我说。

“太对了，”他回答，“我在英国没有认识的人，除了佩吉特小姐和一个在战俘营认识的哥们儿，他住在英格兰北部一个叫作盖茨黑德的地方。您可以说我是来这里度假的，我想佩吉特小姐听到我在英国大概也会很高兴，但我不知道她的地址。”

“来这里度假是不是太远了一些啊？”我说。

他有点不好意思地笑了。“我中奖了。中了‘珍宝盒’。”

“珍宝盒？”

“黄金珍宝盒。这里没有吗？”

我摇摇头。“恐怕我没有听过。”

“哦，老天，”他说，“在昆士兰，没有珍宝盒我们就活不下去。那是州彩票，筹集到的资金用来修建医院。”

“原来如此，”我说，“您中了彩票？”

“哦，老天，”他重复道，“我中了彩票？我赢了一千镑——当然不是英镑，但那也是我们的一千镑[①]。我总是像其他人一样每期都买，因为即使你赢不了奖，你也会有一个医院，有些时候那可能更有用。您一定要去看看珍宝盒在威尔斯镇修建的那家医院，有三个病房，每个病房里有两张床，还有两个护士室和一个给医生用的独立屋子。只是我们现在还请不到医生，因为威尔斯镇有一点偏僻。我们有一台X光机，还有无线电，这样护士就可以呼叫‘凯恩斯救护车’——那架飞机。我们没有珍宝盒真不行。”

我不得不说我对此有点感兴趣了。“飞机也是珍宝盒花钱买的吗？”

他摇摇头。“每个家庭每年付七磅十分给‘凯恩斯救护车’，如果生病了，必须到凯恩斯去，护士就会用无线电呼叫在凯恩斯的工作人

① 澳大利亚1966年开始使用澳元，之前使用澳大利亚镑。

员，飞机就过来把你送去凯恩斯的医院。那是免费的，但你必须每年交七磅十分。”

“你们离凯恩斯有多远？”

“大约三百英里。”

我把话题转回手头事务上。“请告诉我，哈曼先生，”我说，“您怎么知道我是佩吉特小姐的律师？”

“我们在马来亚认识的时候，她告诉我她住在南安普敦，”他说，“我不知道任何地址，所以去了南安普顿，住在旅馆里，因为我想如果她知道我在英国，她会感到高兴的。我以前从未见过曾被轰炸的城市——哦，老天。嗯，然后我查询电话号簿，问了很多人，但我找不到任何她的消息，除了她有一位住在威尔士的姑姑，在一个叫作科尔温贝的地方。于是我就去了科尔温贝。”

“您直接去的科尔温贝？”

他点点头。“我想她的姑姑认为我是个骗子，”他坦白地说，“不肯告诉我地址或者任何其他消息，只说您是她的托管人。我也不知道那是什么意思。于是我就来到这里。”

“您什么时候到的英国？”我问。

“上周四。五天前。”

“您在南安普顿上的岸？”

他摇摇头。“我从澳大利亚坐澳航的飞机来的。您瞧，我找到一个很好的牧工替我照料米德赫斯特，但离开太久的话我也受不了。吉姆·伦农可以看一段时间，但我不想离开米德赫斯特超过三个月。您瞧，现在在海湾地区是闲季。我们今年等到合适的季节，三月集合，四月把牲口赶到南边的朱利亚克利克——在铁轨末端。我有大约一千四百头牲口要送到罗克汉普顿去育肥。嗯，把它们送上火车后，我就要回到米德赫斯特，因为我请了一个施工队在那里钻孔。我让斯皮尔斯太太——她是米德赫斯特的业主——我让她同意我们在杨柳河放下一个钻头，大概离牧场住宅东南二十英里，这样旱季的时候就可以从河里抽水了。我们有一个很棒的钻头，我们真的有。大概每天能抽三万加仑，能大大改善我们的供水。嗯，三周前我才把钻孔的工程安排好。我必须最晚十月底回到米德赫斯特收回那些牲口，赶在圣诞节的雨季开始之前。所以我想，要趁这个假期过来的话，最好坐飞机。”

我想，坐飞机来英国肯定花掉了他大部分奖金。“这么说，您是在伦敦下的飞机，然后直接南下去了南安普敦？”

“没错。”他说。

“然后您又北上北威尔士，再从北威尔士回伦敦？”

“没错。”

我看着他的眼睛，微微一笑。“您肯定非常想见佩吉特小姐。”

他迎着我的目光。“我是很想见她。”

我靠回椅子上。“恐怕我要告诉您一个令人失望的消息，哈曼先生。佩吉特小姐出国了。”

他低头盯着他的帽子。过了一会儿，他抬起头来。“她去了很远的地方吗？”他问，“我的意思是，如果她去了法国之类的，我可以去找她。”

我摇摇头。“她正在东方旅行。”

他轻轻地说：“我知道了……”

我对这位男士的喜爱和尊敬之情油然而生。毫无疑问，为了找琴·佩吉特，他走了大约一万两千英里，却扑了个空。一般人遇到这种情况，至少会抱怨一下运气不佳，但他却安然接受。我觉得自己需要一点时间来考虑这件事情。

“我能帮您的，”我说，“顶多就是把您的信转交给她。如果您希望给她写一封信，我可以通过航空邮件寄给她。但恐怕您要等大约一个月才能收到回信。”

他喜笑颜开。“那太好了。我想都没想过，走了这么远的路来到这里，却发现她去‘丛林流浪’了。”

他想了一会儿。“我应该在信上写什么地址？”

“我不能把客户的地址给您，哈曼先生，”我说，“我建议您给她写一封信，明天早上带过来给我。我会附上一个简短的说明，告诉她我是怎样得到这封信的。如果她想见您，就会亲自跟您联系。”

“您认为她会不想见我吗？”他沉重地说。

我微微一笑。“我没有那样说，哈曼先生。我敢肯定，如果她听说您到英国来找她，她会给您写信的。我要说的是，我需要考虑她的利益，不管是谁来到这个办公室并希望得到她的地址，都不会如愿。”我顿了顿，“有一件事情您最好知道，”我说，“佩吉特小姐是一位非常富有的女士。身家丰厚的女士们往往容易被骗子缠上。我不是说您是骗子，或者您在追逐她的金钱，我说的是您必须先给她写信，让她决定是否愿意见您。如果您是她的朋友，您会发现这样做合情合理。”

他睁大眼睛看着我。“我从来没听说过她有钱。她告诉我她只是在办公室工作的打字员。”

“是这样没错，”我说，“但她最近继承了一笔钱。”

他陷入了沉默。

“明天早上我会在这里等您，哈曼先生。”我说，扫了一眼我的预约日志，“明天上午十二点如何？请您给她写信，畅所欲言，并把信带过来。明天晚上我就会把信转寄给她。”

“好的。”他说。他站起来，我也随着起身。“您晚上住在哪里呢，哈曼先生？”我问。

“金域皇宫酒店。”

“好的，哈曼先生，”我说，“明天上午十二点见。”

那晚我几乎整晚都在想，拒绝把地址告诉乔·哈曼是不是做对了。我满心后悔地想，琴如果知道我这么做肯定会勃然大怒，尤其是当她正满澳大利亚找他的时候。同时我又想道，我的所作所为并不会耽误他的信送到她手上的时间，而且也没有理由现在就把她所有的底细和盘托出。一件使我有点困惑的事情是，为什么他突然在六年后想起来要再见琴一面呢？似乎有必要问他几个问题以弄清楚此事。我准备等他带着信来见我的时候，对他进行一次小小的审讯。

第二天上午十二点的时候，他并没有出现。一直等到一点钟，他还没来，我就去吃午饭了。

三点的时候我有一点着急了。主动权落到了他手里。如果他人间蒸发，再也不来见我，琴·佩吉特将理直气壮地对我大发雷霆。在等待客户的间歇，我打电话去金域皇宫酒店，请求和乔·哈曼先生通话。酒店答复说哈曼先生早饭后就外出了，并未在前台留下任何口信。我给他留了一条信息，请他回到酒店后马上与我电话联系。

他一整天都没有打电话给我。

那天晚上十点半的时候，我再次打电话去酒店，但酒店说哈曼先生不在。

第二天早上八点，我再次致电酒店。酒店说哈曼先生没有退房，行李还在房间里，但他昨天晚上也没有回去睡觉。

我一进办公室，马上叫来德里克·哈里斯。“哈里斯，”我说，“我想请你试着找一下那个叫哈曼的男人。他是一个澳大利亚人。”我向他简要说明了情况。“我会再尝试给酒店打电话，如果你扑了空，请给附近各个治安法庭打电话。”

三刻钟后他回来了。“您太有先见之明了，”他说，“他今天早上将因醉酒闹事在弓街接受审讯，昨晚他被关在监狱里。”

“他是佩吉特小姐的朋友。”我说，“哈里斯，赶紧去弓街，告诉他你是谁。他在哪个治安法庭接受审讯？”

“奥莱法官那里。”

我看了一眼手表。“现在马上去。陪着他，如果他没有钱，你就替他付罚款。完事后给我打个电话。如果没有其他意外情况，带他坐出租车到我公寓来，我在那里等你们。”

那天我桌上并没有不能推迟处理或者由列斯特帮我处理的文件。我及时赶回公寓，趁保姆还没走，让她把空房间的床铺好。我告诉她我需要在公寓里吃三四顿饭，并给她钱让她去买任何能找到的非配给粮食[①]。

半小时后哈里斯和哈曼一起回来了。澳大利亚人的衣服邋里邋遢

---

① 战后初期英国国内粮食紧缺，政府实施粮食配给政策。

的。在监狱里待了一个晚上后，他精神很好，也很清醒，但他丢了一只鞋、一个纽扣和帽子。我到大堂去迎接他。“早安，哈曼先生，”我说，“我想也许您更愿意先来这里把自己收拾干净。您最好不要以这副尊容回酒店。”

他看着我的眼睛。“我一直在喝格罗格酒[1]。”他说。

“看出来了。如果您想洗澡的话，水已经烧好。浴室里还有一个剃须刀。”我带他熟悉了房子的布局。“您可以用这个房间。”我上下打量他，笑道，“我会给您找一件干净的衬衣。您可以试穿我的鞋，如果它们太小，我就让人送一双大点的过来。”

他摇摇头。“我不知道您为什么要这么照顾我。我会没事儿的。”

“如果您洗个澡，好好刮刮胡子，那样会更好。”我说，“如果我让佩吉特小姐的朋友就这样邋里邋遢地在大街上招摇过市，她是不会原谅我的。”

他好奇地望着我，但我离开他回到起居室。哈里斯正在那里等我。“谢谢，德里克，”我说，“罚了一笔钱吧？”

“五十先令，”他说，“我先垫付了。”

我把钱给他。“他是不是已经身无分文了？”

“他有四英镑四便士半，”他回答，“他想他还有七十英镑，但不确定。”

“他好像并不担心钱的事情。”我说。

他笑道：“我也这么觉得。他好像对自己的财产状况非常乐观。”

我让哈里斯先回办公室。哈曼洗澡的时候，我在桌子前坐下来写了几封信。不久他走进起居室，看起来有点害羞，我又一次注意到他那奇怪僵硬的步姿。“我不知道可以说什么，”他拖着慢悠悠的腔调说，“和我一起的家伙把我身上所有钱都拿走了，所以哈里斯先生不得不帮我交罚款。但我还有一点钱。我有一个叫作信用证的东西，是布里斯班的银行开给我的。我可以凭信用证取钱还给他。”

---

① 一种掺水烈酒。

“没关系的。”我说，“你吃早饭了吗？”

“没有。”

“想不想吃一点？”

“嗯，我不知道。也许我可以回酒店找点东西吃。”

“不必这样，”我说，“我的保姆还没走，她可以给你做点早饭。”我出去吩咐保姆做早饭，回来时发现他站在窗前。

“你没有带着信回办公室找我。”我说。

“我改变主意了，”他说，“我决定作罢。”

“作罢？”

“没错，”他说，“我什么信都不会写。”

“那似乎太遗憾了。”我轻轻地说。

“也许吧。我很仔细地考虑过了，我什么信都不会写。我决定了。那就是我没如约回去的原因。”

“随你所愿。”我说，“也许等你吃完早饭后，会愿意跟我更详细地谈谈你的决定。”

我打发他去吃早饭，然后继续写我的信。保姆把早饭带到饭厅，他就在那里吃。一刻钟后，他回起居室找我。

“我最好现在就走。”他窘迫地说，“我可不可以今天晚些时候再回来，把鞋子还给保姆？”

我站起来，给他一根香烟。“在你离开之前，能不能让我更好地了解一下你呢？”我问，“是这样的，我过一两天就会给佩吉特小姐写信，她肯定想知道关于你的一切。”

他拿着香烟看着我。“您要写信告诉她我来过这里？”

“当然了。”

他默默站了一会儿，然后用他慢悠悠的昆士兰腔调说：“您最好把这件事给忘了吧，斯特拉坎先生。别跟她提起我。”

我划了一根火柴，替他点着香烟。“是不是因为我跟你提到的那笔遗产？”

“您是指，因为她变富有了？”

“是的。”

他咧嘴一笑。“我不会介意她富有，就像任何其他男人一样。不是因为这个，是因为威尔斯镇。”

当然了，这句话对我而言比希腊文还要难懂。我说：“乔，坐几分钟，跟我说几句话，对你而言又没有什么损失。”我叫他乔，因为我想那也许可以使他放松下来。

“我不知道有什么可以跟您说的。”他不好意思地说。

“无论如何，请先坐下。”我想了一会儿，然后说，“如果我没记错的话，你和佩吉特小姐的第一次见面是在战争期间？”

“没错。”他说。

“那是在马来亚，你们都是战俘的时候？”

“没错。”

“1942 年的某个时候？”

“没错。”

“从此之后，你就再也没有见过她，也没有给她写过信？”

“没错。”

“嗯，我弄不明白的就是这个，”我说，“为什么你现在突然这么渴望见她？毕竟你最后一次跟她见面已经是六年前了。为什么现在突然这么着急要想跟她取得联系呢？”我的脑海中仍然有个模糊的想法：他可能偶尔听到她现在很有钱。

他抬起头来看着我，咧嘴笑道：“我之前以为她已经结婚了。”

我盯着他看。“我知道了……你什么时候发现她单身的？”

“我今年五月才刚知道的。我在朱利亚克里克碰见一个飞行员，当时正是他开飞机送她从马来亚一个叫作哥打巴鲁的地方离开。”

他在吉姆·伦农和两个土著骑马放牧人的帮助下，赶着他的一千四百头牛从米德赫斯特牛场南下到朱利亚克里克。取道诺曼河、萨克斯比河和弗林德斯河的话，从米德赫斯特到朱利亚克里克大概要走三百英里。他们三月底离开米德赫斯特，每天赶着牛群走大约十英里，5 月 3 日到达朱利亚克里克的火车始发站。牲口被关进火车站的畜栏，他们花了差不多三天时间把它们赶上火车。

在此期间，吉姆和乔住在朱利亚克里克的邮局旅店。当时天气酷热，他们每天工作十四个小时，把牛赶上火车。他们一休息就站在旅店的酒吧里海喝冰镇澳大利亚淡啤酒——人们因干重体力活而挥汗如雨时，喝这种啤酒对身体没有坏处。一天晚上，他们站着喝啤酒时，两位制服笔挺的男士走进酒吧，叫了好几巡啤酒。他们是跨澳大利亚航空公司空中列车的飞行员，那天晚上因为飞机右舷漏油，停宿在朱利亚克里克。

哈曼恰好坐在机长旁边。他头戴原本属于美国军队的一顶绿色麻太阳帽，穿一件棉汗衫和一条脏兮兮的卡其短裤，光脚穿着靴子。他的外表和这位整洁的飞行员形成奇怪的对比，但飞行员对内地风气早已见怪不怪。他们开始谈论战争的话题，很快就发现大家都曾经在马来亚服役。乔让飞行员看他的伤疤，飞行员饶有兴味地察看一番。他告诉他们自己曾经被钉起来毒打，他们给他叫了一瓶格罗格酒。

“在我所见所闻中最有趣的，”不久机长说，“就是一群女人和孩子，他们从未进入战俘营。他们战争期间大部分时间都在一个马来村庄的稻田里劳作。”

乔很快地说：“在马来亚什么地方？我认识那群人。”

飞行员说：“在关丹和哥打巴鲁中间某个地方。我们回去的时候，他们已经被卡车送到哥打巴鲁，我开飞机把他们送到新加坡。他们都是英国人，但看起来就跟马来人一模一样。所有女人都穿着当地衣服，晒得跟周围的人一样黑。”

乔说：“那群人里面有没有一个佩吉特太太？”对他而言，顶重要的是知道琴是否在战争中幸存了下来。

飞行员说：“有一位佩吉特**小姐**。她真是一个好女孩儿，是他们的首领。”

乔说：“太太。一个黑头发少妇，带着一个婴儿。”

飞行员说：“是的——一个黑头发女孩。她带着一个四岁左右的小男孩儿，但不是她的孩子。那孩子的母亲去世了，也是她的同伴。

我知道这一点，因为她是唯一一个未婚姑娘，是他们的首领。战前她只是在吉隆坡工作的打字员。琴·佩吉特小姐。”

乔睁大眼睛看着他：“我以为她已经嫁人了。”

“她没有结婚。我知道她没有，因为日本人把结婚戒指都没收了，所以她们把自己分得很清楚。她们都被叫作这个太太那个太太的，除了这个姑娘之外，她是琴·佩吉特小姐。”

“那就对了，”牧工慢慢地说，“她是叫琴。”

过了一会儿，他从酒吧出来到门廊上，站着仰望星空。不久他离开酒吧漫步走向畜栏，找到一扇门倚着，在夜色中站了很久，把所有和琴有关的事情细细思考了一遍。那天早上在我伦敦的公寓里，他向我透露了一点他思考的内容。

“她是个了不起的姑娘，”他坦白地说，“我要结婚的话就找她那样的。”

我微微一笑。“我明白了。”我说，“那就是你来英国的原因？”

“没错。”他坦率地说。他跟吉姆和土著木工一起骑马回米德赫斯特，牵着走成一队的十五匹驮马，花了大约十天时间。自从他们二月在牛场集合，已经差不多在马鞍上连续度过了三个月。“我还要回去处理钻头的事，”他说，“我原来跟斯皮尔斯太太强调过，在钻头完工之前我走不了，但我食言了，找个周三去了凯恩斯，和约翰·达菲一起坐‘勤务机’去的，”——后来我知道了那是指每周一次的空中列车航空邮件服务——“并从那里南下布里斯班，然后从布里斯班来这儿。”

“那黄金珍宝盒呢？”我问。

他有点不好意思地说：“我没有跟您说实话。我**确实**赢了一次珍宝盒，但不是今年。那是1946年的事情，我回到昆士兰的第二年。正如我之前说的，我当时赢了一千镑。”

“原来如此，”我说，“你没把奖金花掉？”

他摇摇头。“我把它存起来了，也许有一天我要买一个自己的牛场，或者做牛的买卖，或者别的什么。”

“你觉得现在你还剩下多少钱？”

他说："信用证上还有五百澳大利亚镑，我想那就是我全副身家了，大概有四百英镑吧。当然了，我当经理的工资每个月都会打入威尔斯镇的银行里。"

我坐着默默抽了会儿烟。我无法不为这个男人感到心疼。自从他六年前遇见琴之后，就一直把她放在心里，希望找到一个带着她一点影子的人。当他听说她还没结婚的时候，就把所有那么一点储蓄全部取出，不惜代价急急忙忙飞越半个世界到英国来，希望能找到她，并发现她仍是单身。那是一个赌徒的行为，但他整个人生很可能都是由赌博构成的，在内地很难不是如此。显然，如果他的钱能够为他换来一个和琴·佩吉特结婚的机会，他是完全不会在意这点钱的。

想到她此时此刻正在他的国家四处奔走寻找他的踪迹，真是让人觉得很讽刺。我觉得我还未准备好把这个消息告诉他。

"我仍然不能理解，为什么你放弃了给佩吉特小姐写信的念头。"我最后说，"你好像提到了威尔斯镇。"

"是的。"他顿了顿，然后拖着他那种慢腾腾的腔调说，"我跟您告别后，想了很多，斯特拉坎先生。也许我真应该先把这件事情考虑清楚再离开米德赫斯特。我告诉过您，我从来没有过不跟有钱姑娘结婚的夸张想法。如果是合适的姑娘，她要有钱的话，我会像其他男人一样高兴得要死。但还有比这重要得多的事情。"

他又停顿了一下。"我来自内地，"他慢慢地说，"只会经营牛场，内地的牛场就是我的归宿。我无法在像布里斯班或者悉尼那样的大城市里生活。我甚至都没有办法在凯恩斯生活很久。而且，城市里也没有我可以干的工作。我从小就住在牛场上，没有念过多少书。我不是说我挣不了钱，在经营牛场方面，我可以比大部分牧工干得好，似乎在卖牛方面我也做得不赖。我希望有一天能拥有自己的牛场，很多牛场主都能挣到五万镑身家。但如果我想取得如此成绩，就必须留在内地做我拿手的事情。斯特拉坎先生，我想告诉您，内地对于女人来讲实在是糟糕透顶。"

"怎么讲？"我轻轻问道。我们真的在开始认真考虑某些问题了。

他有点挖苦地笑了。“拿威尔斯镇做例子吧。那里收不到任何广播电台，只有发自布里斯班的短波，还老被静电干扰。没有卖新鲜蔬菜和水果的商店，护士说这就是很多老人家患上糙皮病的原因；也没有新鲜牛奶和成衣店。女人可以逛的地方只有卖干豆子、杰伊斯液之类的比尔·邓肯商店。在威尔斯镇吃不到冰淇淋，没有可以让女人买到报纸、杂志或者书的地方，也没有医生，因为没有医生愿意到威尔斯镇来。没有电话。没有游泳池让女孩们穿得漂漂亮亮地坐在边上嬉戏，虽然那里很热，哦，老天。也没有其他年轻女士。我相信那个地区十七到四十岁之间的女士不超过五个人。她们一旦到了能离家的年纪，就背井离乡到城市去。你可以坐飞机去凯恩斯买点东西，但机票很贵，要不然就开四天吉普车去，完了你会发现吉普车的轮子全部都要换掉。”他顿了顿，“对男士来讲，那是一个生活和工作的好地方，能赚很多钱，但对女士来说那里实在是糟糕透顶。”

“我明白了，”我说，“是不是所有的内地小镇都那样？”

“大部分都是，”他说，“有一些镇会大一点，像克朗克里。当然了，它们好一些。但是，卡穆威尔、诺曼顿、伯克敦、克罗伊登和乔治敦——它们都跟威尔斯镇差不多。”他停下来思考了一会儿。“只有一个地方适合女人生活，”他说，“爱丽丝斯普林斯。爱丽丝是一个很棒的地方，哦，老天。一个女孩可以在爱丽丝找到她任何想要的东西——两间电影院，卖各种商品的店铺，水果，冰淇淋，新鲜牛奶，埃迪·麦克莱恩的游泳池，那个地方有很多未婚姑娘和年轻的已婚少妇，还有漂亮的房子。爱丽丝是一个很棒的地方，”他说，“但它是独一无二的。”

“为什么呢？”我问，“是什么使得爱丽丝与众不同？”

他挠挠头。“我不知道，”他说，“我想只是因为它比其他地方大一些吧。”

我把这个问题抛开了。“你的意思是，即使你能令佩吉特小姐同意嫁给你，她也无法在威尔斯镇过上快乐的生活？”

他点点头。“是的，”他说，流露出痛苦的眼神，“好像一切都跟我在马来亚遇见她时不一样了。那时她是个一无所有的战俘，我也同样一无所有，所以我们还挺般配的。我一知道她有可能还是单身，就匆忙赶到这里，完全没有先停下来想想内地的情况。也许我有想过，但下意识地把她当成了一个一无所有的人，那样她在威尔斯镇也过得下去。您明白我的意思了吗？”他哀求地看着我，“但来到英国后，我看到南安普敦，即使它已经遭受过轰炸和洗劫，那儿人们的生活方式还是与内地有天壤之别。我还来了伦敦，去过科尔温贝。当您告诉我她变得很富有时，我开始想象她的生活状态，她习以为常的那一类事情，就知道她不会适应威尔斯镇的生活。然后我就觉得自己行事太草率了。我从没听过有哪个从英国直接去内地的姑娘能适应的。对于一个有钱的姑娘来说，那只有更糟糕。”他顿了顿，向我咧嘴一笑，“所以我去喝格罗格酒了。”

现在，我觉得他去喝格罗格酒一事绝对无可厚非，但很遗憾这让他付出了七十英镑的代价。“是这样，乔，”我说，“我们需要再好好考虑一下这件事。我想我会写信告诉佩吉特小姐，我见过你。她以为你已经死了。”

他睁大眼睛。“那您知道我？”

“知道得不多。”我说，“我知道你为她偷过鸡，日本人把你钉起来毒打。她以为你死了。”

“我真是差不多死了。”他咧嘴笑着说，“她告诉您了，是不是？”

我点点头。“她为此事悲伤不已，”我轻轻地说，“你也不想让她继续悲伤下去吧？她认为那都是她的过错。”

“完全不是她的错，”他拖着那种慢悠悠的腔调说，“她告诉我不要自己把脖子伸出去让别人砍。我却不听劝阻，并为此付出了代价。完全不是她的错。”

“我想你应该写信给她。”我重复道。

接下来很长一段时间，我们都没有说话。

“给她写信的话，我不知道到底可以说些什么。”他嘟囔道。

继续为这个问题伤脑筋是没有意义的，我放弃了。“是这样，乔，”

我说，“花点时间好好想想。你必须最晚什么时候回到澳大利亚？”

“我如果不能在十月底之前回到牛场，斯皮尔斯太太就会谴责我。”他说，“我要遵守诺言。”

“这么说你还有两个半月的时间。”我说，“你的来程机票花了多少钱？”

“三百二十五磅。”他说。

“这么说你的信用证上还剩下五百镑？”

“没错。”

“你是想坐飞机回去呢，还是更愿意走海路？如果你想走海路，我可以帮你买到船票。我估计坐一艘不定期货船回去要花大概八十镑，但你必须尽快离开——大约两周之内。”

“我留在这里好像也没有什么意义了。”他有点疲倦地说，“她会不会在十月底前回到英国？”

“恐怕不会。”

“我最好坐船回去，把剩下的钱省下来。”

“我认为那很明智。”我说，“我会派下属替你买船票。在回国之前，你为什么不搬来这里住？欢迎你使用我的空房间，那会比你住酒店便宜一些。”

“我不会妨碍您吗？”

“一点儿也不。”我说，“我一天有大部分时间都在外面，而且如果你喜欢住在这里的话，我会感到很高兴。”

他同意了。我问他，在伦敦短暂停留期间最想去看什么地方。他说想去看看哈默斯密斯区的金合欢路十九号，那是他父亲出生的地方。然后他想去看一次《缠人沼泽地》的现场演出。这个节目每次播出的时候，只要静电干扰不严重，他都会通过布里斯班的短波广播收听。（“爱丽丝有一个超棒的电台，”他充满渴望地说，“一个当地电台，就在镇上。”）他还想尽可能多见识良种马和良种牛。他对马具很感兴趣，但他不认为我们在这方面有什么可以教他的。

去哈默斯密斯的事情当然没有什么困难。我当天下午送他上了一辆公共汽车，然后去办公室处理昨天被我忽略的工作。除了来访客户之外，我还有很多事情要考虑。琴·佩吉特见到这位男士时，是否会选择和他结婚，完全是她的私事，但很可能她会这么做。不管别人认为这样一对夫妇般配与否，都无法否认乔·哈曼具有一些非常可靠的优点。他似乎吃苦耐劳，也很节俭——如果不计他为寻找心爱的姑娘花费巨资飞越半个世界一事，并且很可能创造成功的人生。可以肯定的是，他的善良会使他成为一个好丈夫。

这件事情还有另外一面值得调查。无论她本人知情与否，琴·佩吉特是有澳大利亚血统的。她从未向我提及祖父詹士·麦法登，她很可能根本不会想起他。然而，正是因为他，她才有这么一大笔遗产可以继承，并且显然这笔钱是在他回家参加约克郡的定点越野赛马，并摔断脖子之前，在澳大利亚挣来的。稍微增加一点对詹士·麦法登的了解将会相当有趣。他的丰厚身家是否也是通过经营内地的牛场赚来的？他是不是恰好就是另外一个乔·哈曼？

那天下午，我让秘书给我找来麦法登的档案盒，在送走了最后一个客户后，我坐下来浏览了一遍里面的契据和遗嘱。我能找到的唯一线索就是詹士·麦法登在1903年9月18日立下的遗嘱，开头写道："本人，詹士·尼尔森·麦法登，约克郡郊区柯比摩尔赛德镇罗德尔庄园，以及西澳大利亚霍尔斯克里克之主人，在此撤销此前一切遗嘱……"我当时对霍尔斯克里克一无所知，就先把这个名字记下来，用于进一步调查。当天的调查到此为止。

接下来我给马库斯·费尔尼打电话。他正在英国广播公司的办公室里，我向他要一张《缠人沼泽地》的票。为了得到这张票，我不得不把乔·哈曼的事迹告诉他，因为它们似乎非常抢手。他马上回复要求乔·哈曼接受《城中一夜》节目的采访，我说我会见到乔并转告此消息，他便答应把票送过来。然后我继续打电话给老丹尼斯·弗兰普顿，他在汤顿附近有自己的牛场，养殖赫里福种食用纯种牛。我把乔·哈曼的愿望告诉他，他非常和蔼地邀请乔去他那里住几个晚上。

我大约七点回到公寓时，乔已经在那儿了。我之前安排好在公寓吃晚饭。他去过银行和旅馆，并把手提箱拿来了，放在空房间里。我问他是否找到了他父亲在哈默斯密斯的房子。

“我找到它了，”他说，“哦，老天。我找着了。”

“很糟糕吗？”

他咧嘴一笑。“‘糟糕’一词不足以形容它。我们在澳大利亚也有一些贫民窟，但没见过那么破陋的。老爸离开那里，千里迢迢跑到昆士兰，实在是再正确不过的选择了。”

我问他要不要喝一杯雪利酒，但他想喝啤酒。我去给他找来一瓶。“你父亲是什么时候离开这个国家的？”我问道。

“1904 年，”他说，“他去了克朗克里的科布马车公司。那公司在汽车引进之前是经营公共马车的。他那时候肯定有十五岁了。一战时他和澳洲人在加利波利打仗。”

“他已经去世了，是不是？”

“是，”他说，“他是 1940 年过世的，在我参军后不久。”他顿了顿，“我妈还在。她和我姐姐艾米 起住在克朗克里。”

“请告诉我，”我说，“你知道一个叫作霍尔斯克里克的地方吗？”

“产黄金的地方？在西澳大利亚的温德姆那边？”

“就是那里。”我说，“那里有金矿，是不是？”

“我想人们现在不去那里淘金了。”他说，“十九世纪时那里遍地都是黄金，就像海湾地区的昆士兰一样。我从来没有去过霍尔斯克里克，但我总觉得它有点像克洛伊登。克洛伊登有很多黄金，哦，老天。淘金热持续了大概十年，后来他们就必须挖下去很深才能找到金子，那样就无利可图了。听他们说克洛伊登一度有三万居民。现在只有两百人。在诺曼顿和伯克敦也一样——威尔斯镇也一样。它们都曾是黄金城。”

“你从未听说过有叫麦法登的人住在霍尔斯克里克吧？”

他摇摇头。“我没有听过这个名字。”

我告诉他，我拿到一张今晚《缠人沼泽地》的票，以及电台想请他周六晚上接受现场采访。他犹豫一番后同意了去录节目。我按时收听了这期节目，觉得他表现得出奇地好。主持人很有技巧地引导他说话，他说了大约六七分钟，内容关于米德赫斯特牛场，还有卡奔塔利亚湾南面的乡下地区，他把它叫作海湾地区。马库斯·费尔尼第二天亲自费心给我打来电话，告诉我这期节目实在是太成功了。“我现在真希望能找到更多像他这样的小伙子，时不时请他们上节目，”他说，“他们录节目的风格跟大人物完全不一样。”

周日，我送他上火车，南下汤顿见识丹尼斯·弗兰普顿先生饲养的牛。他留在英国的时间不多了，因为肖·萨维尔公司有一趟下周五早晨离港去新西兰和澳大利亚的航班，我设法为他预订了一个便宜的舱位。他周三回来时，满口都是在汤顿看到的新鲜事物。“他那里的牛太棒了，哦，老天，”他说，“在那里的两天，我所学到的牲口质量改良技术，比我在海湾地区十年学到的还要多。当然了，他的做法在米德赫斯特那样的牛场无法实现，但确实有很多值得思考的地方。”

“你是指育种吗？”

“在海湾地区，我们压根不研究品种改良，”他说，“不像在英国。我们只是四处走，看到矮小的牛就射死，留下最好的种牛繁殖后代。我很希望能在海湾地区看到一个纯种牛群，像他的牛群那样的。那么好的牲口，我只在电视上见到过。”

晚饭后，我跟他谈起佩吉特小姐。“我将会在一到两天后写信给她，告诉她你的地址，”我说，“我知道她会因为错失与你见面的机会而倍感惋惜。相信等你回到米德赫斯特时，就会发现她写给你的信已经寄到了。实际上，我很确定那时信已寄到，因为我将会寄航空邮件，她肯定也会给你寄航空邮件。”

想到能收到她的信，他喜不自胜。“我想我不会从这里给她写信。”他说，“如果您要给她写信，我会耐心等待，等我收到她的信后再写回信。在某种意义上，我很高兴没有在这里见到她。很可能这就是上天的安排，到最后一切都会圆满收场。”

我几乎脱口而出她身在澳大利亚的消息，但还是忍住了。乔·哈曼找来我办公室的前一天，我写了一封信到爱丽丝斯普林斯给她，现在每天都在等回信，因为她习惯每周给我写一封信，非常有规律。如果有必要的话，我可以给她打电报，把他的地址告诉她，这样她就不会一无所获地离开澳大利亚，但也没有理由在这个阶段就把她所有事情都告诉他。

两天后，我到码头送别他，就像几个月前送别琴一样。当我转身要走下舷梯的时候，他语气生硬地对我说："谢谢您为我做了这么多事情，斯特拉坎先生。我会在米德赫斯特给您写信。"他和我握手。那紧紧的一握，瞬间让我想起他所受过的种种伤害，使我不寒而栗。

我转身走下舷梯。"不要客气，乔。你到家时就会收到佩吉特小姐的信。甚至可能会有更大的收获。"

我最后那句话并非无中生有，因为在我口袋里有一封她写来的信，是昨天寄到的，上面盖着威尔斯镇的邮戳。

第六章

当琴·佩吉特走下星宿号的舷梯，双脚踏上达尔文机场的时候，心里荡漾着阵阵难以名状的狂喜。我想，事实上直至彼时她才真正走出了战争的阴影。归国后，她来到英格兰，在帕克和利维公司工作了两年，高质高效，但在为人处世上，她一直把自己当成一个五十岁的人。她活着，但如槁木死灰一般。关丹的悲剧一再在她脑海深处重演，慢慢绞杀着她的青春。只有那一次，当她告诉我，她觉得自己已经七十岁时，才流露出了真情实感。

她于八点十五落地，夜幕已降临。下飞机的时候，澳航已经帮她在达尔文酒店预订了一个房间。她踏上混凝土地面，有人给她指路去位于飞机库内的海关。三位年轻小伙儿在舷梯脚下仔细打量她。那时她以为他们是机场官员，后来才知道是澳大利亚各家报社的记者。他们毫无疑问摊上了所有新闻工作中最糟糕的差事：在达尔文机场迎接每架飞机降落，希望从飞机上下来一位首相，或是长了两个脑袋的女人。

她一过关，其中一个记者就走向她。这班飞机的乘客平淡无奇，很难从他们身上挤出故事来。然而，一个满脸洋溢着快乐的姑娘却可能暗藏玄机。他说："请问是佩吉特小姐吗？听机组成员说您在这里下飞机，并且要住进达尔文酒店。您是否愿意搭我的便车进城？我的名字是斯图尔特·霍普金森，这儿《悉尼监督报》的代表。"

她说："您真是太好了，霍普金森先生。但我不想让您为了我而兜远路。"

他说："我自己就住在那里。"他有一辆小型沃克斯豪尔，泊在飞机库外面。他帮她拿手提箱，把它放在后座上，然后两人上了车，一边闲聊星宿号和这次飞行。不久，当他们驶过维斯提屠宰场时，他说："您是英国人吧，佩吉特小姐？"她说是。"请问您能否告诉我您来澳大利亚的原因？"

她笑道："恐怕不太方便，霍普金森先生。只是一些私事——编不成一个有趣的新闻故事。我是不是从这里下车自己走？"

"不用，"他说，"我只是随便问问。我已经有一个星期交不出稿了。"

"我要是说我就是觉得达尔文很棒，对您会有帮助吗？'伦敦打字员对达尔文赞赏有加'？"

"我们不能嘲讽伦敦，在《悉尼监督报》上不行。您是一个打字员吗？"

她点点头。

"出来找对象结婚？"

"我不认为是这样。"

他叹口气。"恐怕您对我的新闻不会有什么贡献。"

"请告诉我，霍普金森先生，"她说，"从这里怎么坐公共汽车去爱丽丝斯普林斯？我想去那里，但手头并不宽裕，所以我想还是坐公共汽车吧。有去那里的公共汽车吗？"

"当然了，"他说，"今天早上就有一班车。您要等到周一，周末不发车。"

"要坐多久？"

"两天。您周一出发，当天晚上到达戴利沃特斯，周二晚上到达爱丽丝。一路上不会太辛苦，但热得很。"

他把她送到旅馆，帮她把包拿进走廊。她居然能在那样一个人满为患的地方订到一个单人房，而且房间还带有可以俯览海港美景的阳台，实在是太幸运了。达尔文很热，是一种让人恹恹缩缩的湿热，即便是最轻微的动作也会令她汗流不断。这对她而言并非什么新鲜事，因为她对热带天气已经习以为常。她把门锁好，脱掉衣服，洗了一个淋浴，在洗手盆里洗刷一番，几乎一丝不挂地睡下了。

第二天她一早醒来。黎明的空气凉爽清新，她继续躺了一会儿，思考自己的处境。现在的头等大事是找到乔·哈曼并和他好好谈谈。然而，和霍普金森先生碰过面后，她也警惕到未来可能会遇到的困难。不管这些年轻人看起来有多么友善，他们的任务是为报纸探寻新闻。她一点儿也不希望自己的名字出现在报纸头条，但她来澳的目的一旦被发现，这将无可避免。“英国姑娘飞越重洋，追寻为己受刑之士兵……”如果她是男人的话，就没有这些烦恼了。

然而她不是。她开始给自己编造一个故事：她去阿德莱德找姐姐，后者嫁给了在当地邮局工作的霍姆斯先生。这个故事似乎很稳妥。她取道达尔文和爱丽丝斯普林斯，是因为她有一个叫作乔·哈曼的远房表兄应该是在那里工作，但已经有九年没有写信回家，她的舅舅想知道他是不是还活着。她将从爱丽丝坐火车南下阿德莱德。

这不太能解释她坐星宿号去达尔文的原因，不过她可以说，想去达尔文别无他径。她躺在床上，反复推敲这个故事，觉得它似乎滴水不漏。当她起床下楼吃早饭的时候，决定要在斯图尔特先生身上试验一下这个故事的效果。他当天早上告诉她怎么去公共汽车订票处时，她找到了机会。在超过半小时的谈话中，她把它分成风趣的小片段讲了出来，《悉尼监督报》的记者对之深信不疑，她都感到有点羞愧了。

他带她去一个牛奶吧，给她点了一杯可口可乐。“乔·哈曼……”他说，“九年前他在爱丽丝干什么？”

她吮着吸管。“他是牛场上的牛仔。”她故作天真地说，希望自己的表演并未过火。

“牧工？你还记得那个牛场的名字吗？”

“沃拉华，”她说，“那个牛场叫作沃拉华。在爱丽丝斯普林斯附近，是不是？”

“不知道，”他说，“我给你问问。”

午饭后，他回去找她，和《阿德莱德先驱报》的哈尔·波特一起。“沃拉华离爱丽丝斯普林斯远着呢，”波特先生说，“那儿的牧场住宅离爱丽丝肯定有一百二十英里远。您是说汤米·杜维恩的牛场吧？”

“我想是的，”她说，“有没有从爱丽丝斯普林斯去那里的公共汽车？”

“没有公共汽车，也没有其他办法，除了开卡车或者越野车去。”

霍普金森说：“艾迪·麦克莱恩会在那里停站吧，是不是？”

“你这么说我想起来了。”波特转向琴，“麦克莱恩航空公司每周都会飞一遍那些牛场派送邮件，”他说，“你应该可以坐飞机去那儿。那是最轻松的方式了。”

她受到电影的影响，对记者怀有一种成见。但她惊讶地发现，在现实生活中，他们彬彬有礼、善良友好、乐于助人。她由衷地向他们表达了感激之情。他们带她在达尔文四处兜风。她看到仙境一般的雪白沙滩和碧蓝的大海，高兴得大喊大叫，建议举行一个游泳派对。

“有几样东西会破坏这个派对，”波特先生说，“其中之一是鲨鱼。如果你走进齐膝深的水里，它们就会把你拖走。另外一样是短吻鳄。然后还有石头鱼——它不声不响地躺在沙滩上，看起来跟石头一模一样。如果你不小心踩到它，它就会向你喷出一品脱的毒液。僧帽水母也不怎么友好。但真正让我望而却步的是珊瑚耳朵。”

“那是什么？”

“一种长在脑里的肿瘤，由于这些幼细的珊瑚沙进入耳朵而引起的。”

琴得出了结论，也许她还是不要在达尔文游泳了。

但她后来还是去游了一次。周日的时候，他们开车带她顺着一条马路往南走了大约四十英里，到达一个叫作贝里斯普林斯的地方。那是某条河流上的一个深水池塘，非常适合游泳。当她换上两件套泳衣来到两位记者面前的时候，他们都非常好奇地看着她，因为她在瓜拉德朗那几年一直穿当地衣服，身上被晒黑的地方跟普通人很不一样。这是她犯的第一个错误，他们的脑海里头一次掠过一丝怀疑：只要他们能套出她的话来，这个姑娘身上一定藏有一段曲折离奇的故事。

“乔·哈曼……”哈尔·波特若有所思地对斯图亚特·霍普金森说，“我敢肯定之前在哪儿听过这个名字，但想不起来了。”

游完泳后开车往回走时，记者们向她介绍达尔文的情况。他们描画的图片暗淡阴沉。“这里发生的一切都没有好下场，”哈尔·波特说，

“屠宰场关门好几年了，因为劳资纠纷——员工罢工太频繁，后来不得不关门大吉。铁路本打算往南修到爱丽丝，连接上从爱丽丝去阿德莱德的铁路——贯穿大陆南北。如果这个工程能够完成，可能会带来一些好处，但后来只修到伯德姆就断了。天晓得现在修得怎么样了。这条马路修好后，差不多把铁路的生意都抢光了——之前做过的所有生意。以前这里有一家冰工厂，但也倒闭了。”他顿了顿，“你在这里每经过一个地方，都能看见许多废墟，都是某些人尝试过却失败了的事业。”

“为什么呢？”琴问，“这个地方还挺不错的，有一个很好的港口。”

“你说得不错。这个地方应当是一个了不起的大港——像新加坡那样。这是北方沿岸唯一一个颇具规模的城市。我不知道。我在这里待的时间实在是太长了，它使我心生畏惧。”

斯图尔特·霍普金森嘲讽地说：“这里有内地症。”他向琴微微一笑，“这在澳大利亚很常见，尤其是在北方。”

她问：“爱丽丝斯普林斯也这样吗？”六年前乔·哈曼向她倾诉的回忆繁华艳丽，与他们对内地的描述非常不一样。

“嗯，”霍普金森说，“爱丽丝不太一样。爱丽丝很好。”

“为什么不一样？”她问。

“我也说不清楚。当然了，它是铁路起点，人们将牛从那里运送至南面的阿德莱德——那是其中一个原因。但它是一个方兴未艾的城市，那里的一切都欣欣向荣。我向上帝许愿，希望《先驱报》会派我去那儿，而不是到这个鬼地方来。”

那天晚上，她和两位朋友告别。第二天黎明，她坐上公共汽车，出发去爱丽丝斯普林斯。这是一辆大型现代贝德福德，流线型的车身沉重厚实，拉着用于装货物和行李的拖车。车上虽然没有空调，但也相当舒适。它沿着宽敞空旷的柏油路往南走，马不停蹄，车速每小时五十英里左右，司机是一位前海军船员。

车子一直开到凯瑟琳才停下，大家下车吃午饭。这是一个郊区，长着非常茂密的桉树。这些桉树非常矮小，琴发现人们把它们叫作胶树。树丛之间是开阔的野草地，没有放过牧，未被开发，荒无人烟。她有一个旅伴是银行检查员，要去藤南特克里克。两人一起讨论这个郊区的情况，他告诉她这一带沿海地区都无法用于农耕，出于某种她无法理解的原因。过了凯瑟琳，土地渐渐变得更荒芜，树木也更稀少干枯。傍晚，他们已经进入了一个沙漠附近的郊区。

薄暮时分，他们停在一个叫作戴利沃特斯的地方过夜。她发现，戴利沃特斯除了一个旅馆、一个邮局和一个大型飞机场之外，就没别的任何东西了。旅馆其实就是许多分散的单层小木屋和男女宿舍，对琴而言非常陌生，但也相当舒服。她晚饭前漫步走出门外，在暮色中东张西望。旅馆前面有三个年轻小伙儿坐在地上。他们一条腿坐在脚跟上，另一条腿伸着，跟乔·哈曼的坐姿一式一样。他们穿着一种骑马裤，脚蹬一种用松紧带扎边的薄底靴子，专心致志地在地面上打扑克。她意识到这是她头一次在这里看到牧工。

她饶有兴味地仔细观察他们。乔·哈曼在参军前就跟他们一样打扮。她真想上前去问其中一人是否认识乔，但这种行为实在有些荒唐，她最终还是抑制住自己。

公共汽车第二天黎明就启程了，继续沿柏油路一直往南开，经过米尔纳潟湖、纽卡斯尔沃特斯、玛奇蒂波，到达藤南特克里克。沿路植被越来越稀疏，太阳也越来越热，他们在藤南特克里克停车吃饭和休息的时候，已经置身于一片纯粹的沙漠中。一个小时后，他们重新出发，沿着酷热的马路南下，时速五十到五十五英里，途经只有两三间房子的小地方。这些地方寂寂无闻，却都取了名字来自抬身价：沃科普、巴罗克里克和艾勒朗。时近傍晚，他们发现自己马上要经过麦克唐纳山脉。在淡蓝的天空下，荒瘠的红色山坡绵延不尽。薄暮时分，他们缓缓进入了爱丽丝斯普林斯，下榻塔尔伯特兵器旅馆。

琴走进旅馆，开了一个面朝阳台的房间。旅馆是单层平房，跟爱丽丝斯普林斯所有其他房子一样。他们一到达旅馆就吃晚饭。她已经知道，在澳大利亚乡村旅馆，如果不准时去吃饭，就什么都吃不上。饭后，她换了一身衣服，走到镇上。她沿着郊区宽阔的道路不紧不慢地散步，仔细观察这个小镇。

她发现这个地方确实就如乔·哈曼所描述的一样，是一个令人愉快的地方，有很多年轻人，朝气蓬勃。尽管地处热带，房子都是平房，但爱丽丝斯普林斯隐约间透着一丝英国郊区的影子，恍惚间有一种家乡的熟悉感。这里也有带花园的独栋房子，花园四周有栅栏或者树篱，围出一片片小天地。街道修得像英国一样，路边种有行道树。如果不去看麦克唐纳山脉，就仿佛回到了儿时的巴西特。大家都说爱丽丝很棒，她现在理解他们的意思了。她知道，她可以在这里为自己营造出快乐的人生，住在其中一栋郊外房子里，也许还有两三个孩子。

她寻路回到主街道，去看沿街的商店。此地名不虚传，任何一个正常的女孩都能在这里找到她想要的一切——美发沙龙、几间好服装店、两间电影院……九点左右，她走进牛奶吧，点了一杯冰淇淋苏打。她想，如果内地都像这里一样，也胜过很多地方。

第二天早晨吃完早饭后，她去旅馆办公室找老板娘，一位德赖弗太太。她说："我想试着跟一个远房表哥取得联系，他有十年没写信回家了。"她告诉德赖弗太太，自己从伦敦来，要去阿德莱德见姐姐，途经爱丽丝。"我告诉舅舅，我会路过爱丽丝斯普林斯，可以试试看能不能打探到乔的消息。"

德赖弗太太非常感兴趣。"他叫什么名字？"

"乔·哈曼。"

"乔·哈曼！在沃拉华工作的乔？"

"没错，"琴说，"他现在还在那里吗？"

那个女人摇摇头。"战争刚结束时他常常来我的旅馆，但只在这里住了六个月左右。我是战争期间才来到这里的，不太了解之前的情况。他是日本兵的战俘，没错。他们折磨他。他回来时手上有伤疤，他们用钉子刺穿了他的手，还毒打他。"

琴装出一副惊讶和恐惧的样子。"您知道他现在在哪里吗？"

"我肯定不知道。可能其中一个牧工会知道。"

在爱丽丝住了三十年的杂工总管老阿特·福斯特说："乔·哈曼？

他回昆士兰了，那是他的故乡。战后他在沃拉华住了六个月左右，后来找到一份牧场经理的工作，好像在海湾地区附近。”

琴问：“您不知道他的地址？”

“不。沃拉华的汤米·杜维恩应该知道。”

“他常常到镇里来吗？”

“是的，他周五在镇里。每隔三到四周就过来一次。”

琴故作天真地问：“我想乔·哈曼去昆士兰时，是举家过去的吧？他们不会还住在这儿吧？”

老人家盯着她说：“我从未听说过乔·哈曼成家的事。他没结婚，至少就我所知没有。”

她自我解嘲说：“我在英国的舅舅以为他已经成家了。”

“我从未听说过他有一个妻子。”老人家说。

琴想了一会儿，然后和德赖弗太太说：“在沃拉华有电话吗？我是说，如果杜维恩先生知道他的地址，我很想给杜维恩先生打电话要这个地址。”

“那里一个电话也没有，”她说，“当然了，在沃拉华，人们通过收音机每天早晚收发消息。”这个地区有一个巨大的电台网络，由医院的航空出诊服务部门经营，医院的接线生每天早晚坐在广播站里，把四五十个牛场都呼叫一遍，通过广播互通消息，传递新闻，并大致确认一切安好。牛场的主妇们在另一头操作。“杜维恩太太今天晚上肯定会收听广播，因为她姐姐艾米正住院待产，伊蒂丝肯定想知道孩子是否已经生了下来。如果你写一份电报，拿给医院的泰勒先生，他今晚就会把消息转达给他们。”

琴回到房间，写了一份得体的电报，拿去医院给泰勒先生，他同意帮忙转交至沃拉华。“八点左右再回来吧。如果他们手头有这个地址，可能到时就已经给我回复了。如果他们一时找不着，可能会明早通过广播把地址告诉我。”这样一来，她那天余下的时间都空闲无事。她回到牛奶吧，又点了一份冰淇淋。

她在牛奶吧交到一个朋友，一个名叫露丝·索耶的姑娘，大约十八岁，牵着一条苏格兰粗毛猎狗。索耶小姐每天下午在服装店上班。她听说琴来自英国，对琴产生了很大兴趣，两人谈论了一段时间英国的情况。“你觉得爱丽丝怎么样？”她过了一会儿问道，语气中透出一丝习惯性的轻蔑。

“我喜欢它，”琴直率地说，“我见过很多不如它的地方。我相信你在这里过得挺愉快的。”

那姑娘说：“嗯，我觉得它还不错。以前我们在纽卡斯尔生活，后来我爸要来这里当银行经理。我们都以为这个地方很糟糕。我所有朋友都说这些内地地方糟糕透顶。我原以为自己在这里住不了多久，但现在已经是第十五个月了，我觉得还行。”

“爱丽丝比内地大部分地方要好，是不是？”

“他们是这么说的——我还没去过别的地方。当然了，这一切都只是在不久前建起来的。他们说战前还没有这些商店。”

琴了解到这个镇的一些历史，其发展之迅速令她非常惊讶。1928年的时候它只有三间房子和一个酒吧，就是铁路从乌德纳达塔修到这里那年。1930年，航空出诊服务系统开始运营，政府在爱丽丝周边地区修建了一些小医院。护士们眨眼间全部嫁出去了。琴了解到，当地绝大部分老住户的女主人是当年的护士。1939年，爱丽丝的人口大约有三百。战争爆发时，这个小镇成为军事物资中转站。战后，人口在1945年增加到大约七百五十，琴在那里的时候大约有一千两百。“战后，所有这些新房子和商店都拔地而起，”索耶小姐说，“现在人们似乎不停涌入这里。”

她建议琴下午晚些时候过来游泳。“麦克莱恩太太有一个很漂亮的游泳池，就在飞机场外面。”她说，“我会打电话给她，问能否带上你。”

她那天下午五点钟去接琴，琴参加了在游泳池举行的游泳派对。坐在黄昏的太阳底下悠然陶醉，远远望着风刀霜剑在厄特瓦山上刻出的线条，她渐渐融入了爱丽丝斯普林斯的社交生活。大部分姑娘和已婚妇女都不到三十岁，她发现她们善良好客，知书达理。她们热切关注英国的消息，有些人很自然地把英国叫作“家”，尽管她们都不曾去过英国。每个人都怀着一个理想，希望有一天能够回“家”旅行。到了晚上，琴满心惭愧，因为这些讨人喜欢的人对她的国家是如此了解，而她却对她们的国家知之甚少。

饭后，她在清凉的夜色中信步走到医院。杜维恩太太一时未能找到乔 · 哈曼的地址，但她证实了他在海湾地区某处经营着一个牛场。她会请丈夫在次日早晨的通话时间告知乔的地址。

那天晚上，琴仔细考虑拿到地址之后应该做什么。她想了很多。毫无疑问，她刚开始的担忧是多余的。乔 · 哈曼康复情况良好，能够继续在内地工作。他竟然能够康复至此等程度，她深感惊讶，这个男人太顽强了。虽然现在与他相见已不再是紧迫之事，但她觉得不能不再见他一面就离开澳大利亚。他们两人一别多年，时过境迁，人物皆非。她不害怕再见到他时心生尴尬，她感到自己可以坦诚相告，说她听说他没有死，就过来找他，希望看到他幸福安稳。如果那之后会发生点什么，好吧，那只是那些无可避免的事情之 。

她不知不觉睡着了，嘴边挂着一丝微笑。

第二天早上广播时间结束后，她去到医院，了解到乔 · 哈曼是米德赫斯特牛场的经理。这个牛场在威尔斯镇附近，她以前从来没有听说过它。泰勒先生非常亲切地拿出一份澳大利亚地图。这份地图经过专门设计，清楚标示出内地牛场各种广播设施和频道频率。他指出威尔斯镇给她看，就在卡奔塔利亚湾吉尔伯特河河口。

“那个地方怎么样？”她问他，“跟这里像吗？”

他笑道：“那儿可是个鬼地方。”他研究了一下地图。“但有一个机场。我不认为它还有点别的什么。我从没去过那儿，也从未听说有谁去过。”

“我要去那里。”她说，“我走了这么远的路，一定要见到乔·哈曼。”

“那儿的生活似乎很艰苦，”他说，“哦，老天。”

“那里会有旅馆吗？”

“哦，那儿会有旅馆的。他们需要一个喝格罗格酒的地方。”

她离开医院，一边想一边走到牛奶吧。她点了一杯冰淇淋苏打，不知为何，她觉得上一次喝它已经是很久以前的事了。喝完后，她沿着大街走了一小段路，拐进一间书店，买了一份澳大利亚地图、一份公共汽车时刻表和一份飞机时刻表。然后她回到牛奶吧，又点了一杯冰淇淋苏打，边喝边研究这几份印刷品。

不久露丝·索耶牵着小狗走了进来。琴说："我知道乔·哈曼住在什么地方了。现在我要弄清楚怎样去那里。好像没有去那里的公共汽车。"

她们一起研究时刻表。"坐飞机去是最容易的，"露丝说，"现在所有人都那样做。那是贵一些，但不用花那么多时间，因为如果走陆路的话，你要在路上吃很多顿饭，还要住在旅馆里。我下周一会坐麦克莱恩的航班去克朗克里。"

这意味着要在爱丽丝斯普林斯多停留几天，但似乎是最佳选择了。"你可以来跟我们住在一起，"露丝说，"爸妈肯定很欢迎来自英国的人。住旅馆不太舒服，对不对？不过当然了，我从来没住过。"

"那里的人有点醉醺醺的。"琴说。她已经意识到，在澳大利亚有一条严格的规矩：女人决不能踏进酒吧半步。"我很愿意去你家住，如果那肯定不会给你造成很大麻烦的话。"

"我们很欢迎你来。在这里，几乎不可能找到另一个来自英国的人一起谈话。"她们绕路回索耶家，路上遇到了年轻的麦克莱恩太太，一头金发，推着婴儿车。她们停下脚步，琴说："我必须到海湾地区的威尔斯镇去见乔·哈曼。我可不可以在您的飞机上预订一个周一去克朗克里的座位？"

"我想应该没问题。我正要去办公室，我会让他们把你加入周一的旅客名单。我要不要请他们给你安排从克朗克里继续到威尔斯镇的行程？我想你能直接从克里去威尔斯镇。但如果你想那样做的话，他们要先查一下，看能不能订到机票。"

"您实在是太好了，"琴说，"有劳他们费心了。"

"没问题。今晚来不来游泳池？"

“好的，麻烦了。”

她们继续走到索耶家。那是一间坐落在小花园中的平房，非常漂亮，蔷薇花爬满屋顶，花园里种满了英国花朵，一个洒水器在草地上浇着水。索耶太太头发灰白，是一个很实在的人，对琴的款待热情周到。她带着所有澳大利亚女人对旅馆的厌恶说：“你跟我们一起住比住在那个鬼地方好多了。你来了真好，佩吉特小姐。露丝昨天把你的事情告诉了我们。见到同乡真让人高兴。”

琴回旅馆收拾手提箱，半路在邮局停下。她要写一份电报给乔·哈曼，告诉他她打算去找他。她花了三刻钟吮吸铅笔头，斟酌措辞。最后她写道：

> 近闻你从关丹酷刑中恢复倍感高兴。我兹在澳大利亚并计划下周去威尔斯镇见你。
>
> 琴·佩吉特

她带着手提箱坐出租车去索耶家安顿下来。她和这些友善的人一起待了四天。第三天，她实在不忍心继续向她们隐瞒自己的秘密了，告诉了露丝和露丝的妈妈在马来亚发生的一切，以及她寻找乔·哈曼的原因。她深恐此事被登上报纸，求她们不要告诉其他人。她们同意了，但请她等索耶先生下班后，把她的故事再讲一次给他听。

那天晚上，索耶先生有很多使她感兴趣的话要说。“乔·哈曼可能了解到那儿的潜力。”他说，“海湾地区现在还很荒僻，但他是一个年轻人。在澳大利亚，一切都可能发展神速。二十年前这个镇还什么也没有，但看看现在！海湾地区有一个优势，就是雨水。我们这儿每年有六到七英寸的雨——大概是伦敦的四分之一。乔·哈曼那儿可能有三十英寸——比英国还要多。从长远来看，那肯定是一个巨大的优势。”

他吮着吸管。“提醒你注意，”他说，“那些雨目前对他们来说并未产生什么实际利益，因为它们全部集中在两个月的时间里，并且直接流入海中，并不像你们在英国那样，雨水是分散在全年的。但我去年遇到一个从家乡来的小伙儿，他说要不是每条河上每隔三英里左右就有一个堰，你们英国大部分的雨水也一样直接流入大海。那是澳大利亚人还未能抽出时间来做的事情——保护牧场水源。他们在这方面做了一些工作，但并不很多。”

住在索耶家的那几天里，琴不可避免地听说了露丝·索耶的爱情生活。它有失严肃，主要围绕一个比利·韦克林先生展开。这位先生有路修的时候就去修路。“他在战争中的表现太出色了，”她告诉琴，“二十三岁就当了上尉，但他跟你的乔·哈曼没法比，他还不曾为我受过酷刑……”

“我并没有和乔·哈曼谈恋爱，”琴颇带尊严地说，“我只是想知道他现在平安无事。”

露丝仍在四处寻找适合她的工作。

“我喜欢商店，”她说，“我不可能去学习速记，像你那样。我觉得商店就很好了，但我不知道在服装店工作有那么多意想不到的困难。衣服不上身，我就永远不知道它适合什么人穿。所以我想我永远成不了一个服装设计师。我想经营一个牛奶吧，那是我的理想。我想，开个牛奶吧一定会很有趣……”

琴去银行拜访索耶先生，他以专业人员的身份接待了她。她请他帮忙，等她离开后，把任何到达她账户的收入都汇至威尔斯镇。她周一上午依依不舍地离开了爱丽丝斯普林斯，索耶一家和麦克莱恩一家也满心不舍。

她乘坐一架蜻蜓号飞机飞了一整天，深受启发。飞机并没有直接飞往克朗克里，而是迂回穿梭于澳大利亚中部的荒地，在各个牛场收取小包邮件，顺带捎上牧工和旅行者，飞行一百或者一百五十英里后又放下他们。在当天的行程中，飞机降落了八到十次，在阿马鲁、哈切特河、库伦地、罗克汉普顿山丘和很多其他牛场。每到一处，他们都会下机喝一杯茶，和牛场经理或者主人闲聊，然后再上机继续行程。那天快要结束的时候，琴·佩吉特已经确切知道了牧场住宅的模样，并渐渐对里面发生的一切了如指掌。

薄暮时分，他们到达克朗克里。克朗克里是一个相当大的镇子，坐落在铁路沿线上，该铁路向东直抵汤斯维尔海边。这里属于昆士兰地区，她一听到当地慢悠悠懒洋洋的昆士兰腔调，乔·哈曼的音容笑貌马上扑进了她的脑海。她坐一辆非常旧的敞篷车到达邮局旅馆，要了一个房间。但饭点已过，她只好走到宽阔的中心大街上，在一片尘土飞扬中找餐馆吃晚饭。她发现，爱丽丝斯普林斯那种干净的魅力，在克朗克里连半点也找不到。这里满镇都是牛的气味，街道宽阔，有很多旅馆和几间商店，人们沿着街道将牛群赶进牲畜栏中。所有房子都是木制的，屋顶是漆成红色的瓦楞铁。旅馆都是两层的，但其他房子几乎都只是平房。

她不得不在那里逗留一天，因为去诺曼顿和威尔斯镇的飞机每周只在周三有一班。早饭后，她趁着空气仍然凉爽，走出旅馆，沿着巨大的中央街道走了半英里，来到镇中心一端，再走四分之一英里就到了另一端。然后她去看了一眼火车站。再看完机场后，就几乎把克朗克里看遍了。她顺路到一个卖玩具和报纸的商店转了一圈，但所有读物都卖光了，只剩下几本女装裁缝杂志。气温开始升高的时候，她回到旅馆，设法从旅馆老板娘那里借到了一本澳大利亚的《女士周刊》，拿回房间。她脱剩勉强能遮羞的衣服，躺到床上，在炎热的白天里，任涔涔热汗兀自流淌。克朗克里大部分其他市民似乎都在做着同样的事情。

饭前不久她就恢复了精神。她洗了个澡，去咖啡店点了一杯冰淇淋苏打。昆士兰人称作“茶”的晚饭，竟是油腻腻的烤牛肉和葡萄干布丁，真让她吃不消。黄昏的门廊暮色阴沉，她在帆布躺椅里坐了一会儿，晚上八点又爬上床睡觉。

她黎明前就被叫醒了，在晨光熹微中赶赴机场。这次的飞机是一架复古龙号，跟上一架一样流连于各个牛场之间，像卡农比、温杜拉和米尔加拉。大约中午的时候，经过四五次降落，他们飞经海边，一片荒寂的沼泽地海岸，之后很快就在诺曼顿降落了。半小时后他们重新起飞，飞往康斯坦茨山丘牛场。他们在那里喝了一杯茶，和经理的妻子聊了会儿天，再次起飞，飞往最后一站——威尔斯镇。

他们下午两三点钟抵达威尔斯镇，琴在飞机降落前盘旋的时候得以鸟瞰这个地方。这个郊区桉树茂密，青翠欲滴，吉尔伯特河奔流入小镇脚下大约三英里处的大海。威尔斯镇及其周边地区肯定深涵地下水，因为她可以看到一个木制码头，吉尔伯特河一直延伸至内陆，以她的目力根本望不到头，远蔽在水汽迷蒙的热霾中。然而，所有其他水道都仿佛干涸了。

这个小镇本身由大约三十栋楼房构成，它们非常稀疏地分散在两条巨大的交叉街道边沿——或者说分布在两条土地的边缘，因为街道尚未铺设好。只有一栋是两层的，她后来知道那是旅馆。有许多泥路从镇中心通往各个方向的郊区。那是在威尔斯镇可以看见的一切，此外还有一个华丽的机场，战争期间出于防御目的而修建，有三条巨大的柏油路跑道，每条长一英里。

他们降落在其中一条跑道上，向一辆停在跑道交会处的卡车滑行。这辆卡车载有两桶汽油和一个用于加油的半回转泵。飞行员从驾驶舱下来时向琴说："佩吉特小姐，您要在这里下吗？有人接您吗？"

她摇摇头。"我想见一个住在这个地区的人，他在其中一个牛场工作。我想我不得不去旅馆了。"

"您要见谁？阿尔·伯恩斯，那边卡车上的壳牌代理商，他认识这儿每一个人。"

她说："太好了。我想见乔·哈曼先生。他是米德赫斯特牛场的经理。"

他们一起下了飞机。"早，阿尔，"飞行员说，"她[1]需要加大约四十加仑。我马上就看看你的油。乔·哈曼在镇上吗？"

"乔·哈曼？"卡车里的人说，他身材瘦削，黑头发，年约四十。"乔·哈曼在英国。去度假了。"

---

① 指飞机。

琴眨眨眼睛，努力定定神。她已经准备好要听到哈曼在自己的牛场上，甚至去了凯恩斯或者汤斯维尔，但做梦也没想到会听到他在英国。她有一会儿头脑混乱得说不出话来，然后又想笑。她意识到两位男士正好奇地盯着她。“我给他发了一封电报，告诉他我马上来找他。”她愚蠢地说，“我想他没有收到吧。”

“不可能收到。”阿尔·伯恩斯慢慢地说，“什么时候发的？”

“大约四五天前吧，从爱丽丝斯普林斯。”

“哦，不，他不可能收到。可能发到了米德赫斯特牛场的吉姆·伦农那儿。”

“那是真的吗？”飞行员问道，“他去了英国？”

“大约一个月前去的。”那个男人说，“吉姆·伦农前几天晚上说的，十月底之前回来。”

飞行员转向琴：“您要怎么办，佩吉特小姐？您现在想留在这儿吗？这个地方可不怎么样。”

她紧咬嘴唇，思考着。“你们什么时候起飞？”她问，“回克朗克里吗？”

“没错，”他回答，“我们今晚回诺曼顿，在那里过夜，明天早上回克里。趁阿尔给她加油，我先去镇里一趟。大约半个小时后起飞。”

克朗克里是她最不想回的地方。“我需要考虑一下，”她说，“我要留在澳大利亚，直至见到乔·哈曼。待在凯恩斯还不错，是不是？”

“哦，凯恩斯是一个很棒的镇，”他说，“汤斯维尔也是。如果您一定要等六到八周，您不会想留在这儿的，佩吉特小姐。”

“我要怎样去凯恩斯？”她问。

“这个嘛，”他说，“您可以和我一起回克朗克里，然后坐火车到汤斯维尔，再往北坐到凯恩斯。我不太清楚坐火车需要花多长时间——肯定有六百到七百英里的路程。或者您可以在这儿等到下周三，下周的今天，坐空中列车直接到凯恩斯，行程大概两个半小时。”

“从克朗克里坐火车到凯恩斯要花多长时间？”

“哦，那我不知道。我想他们不会每天都从汤斯维尔发车去凯恩斯，但我不是很确定。您就按三天一班作计划吧。”他顿了顿，“当然了，最好的方法就是从克朗克里飞去汤斯维尔，再飞去凯恩斯。”

“我知道，”她对这些长途飞行的花费变得非常敏感，但不坐飞机就只能坐火车，而在内地的火车上度过三个星期简直要热死人，“如果留在这里等下周坐空中列车的话，会便宜很多，是不是？”

飞行员说：“哦，便宜很多。从这儿飞到凯恩斯要花十镑十五先令，飞回克朗克里再飞去汤斯维尔和凯恩斯要花大概三十镑。”

“我想这里的旅馆还挺便宜的？”

“我想大约每天十二先令六便士吧，”他转向正在忙着加油的壳牌代理商，“阿尔，康纳太太那里多少钱一晚上？”

“十先令六便士。”

琴飞快地进行了心算，留在这个地方，花一周时间等空中列车，她会省下十六镑。“我想还是留在这里吧，”她说，“那样比跟你回去便宜很多。我会留下来见吉姆·伦农，并等待下周的空中列车。”

“您知道这儿的旅馆是怎么样的吗，佩吉特小姐？”

“就跟克朗克里的邮局旅馆一样？”

“比那个更简陋一些。人们就在后院方便。”

她笑道：“我是不是应该把自己锁在房间里，在床头放一把左轮手枪？”

他有点被震惊到了。“哦，您会发现这旅馆还挺体面的。但是，嗯，您会发现它有一点简陋。”

“我想我能活下来。”

那时另一辆载着几个人的卡车出现了。车里的人好奇地盯着琴看。飞行员帮她拿手提箱，放在后座上，司机帮她坐上驾驶室，让她坐在自己旁边。逃离炫目的太阳，再次进入阴凉的地方，令人觉得轻松多了。

司机说：“留在威尔斯镇？”

“我想见乔·哈曼，但他们说他出门了。如果康纳太太那里有空房间给我住的话，我会在这里待到下周，再坐空中列车去凯恩斯。”

他好奇地看着她：“乔·哈曼去英国了。您是英国人吧？”

卡车沿着宽广的柏油跑道开起来。“没错。”她回答。

他满面笑容地向她道：“我父母都来自英国。我爸，他在刘易舍姆区出生，我想是伦敦的一个区吧，我妈来自赫尔。”他顿了顿，“我叫斯莫尔，”他说，“森·斯莫尔，就像那个扛着火枪的小伙子一样[①]。”

卡车开离跑道，开始跌跌撞撞、摇摇摆摆地走在通往小镇的土路上。驾驶室里尘土飞扬，引擎轰鸣，蓝色的烟气把他们包裹得严严实实。卡车每一个部分都在嘎吱嘎吱地尖叫。“乔·哈曼为什么要去英国？”她扯着嗓子喊道，以期盖过阵阵喧闹声，“他去那里做什么？”

“我想就是一时心血来潮吧，”斯莫尔先生回答，“他几年前赢了珍宝盒。”这在她听来像希腊文。“这个季节在牛场也没多少活儿。”

她喊道：“你知道旅馆有没有空房间吗？”

“哦，有的，您能开到一个房间的。您刚从英国出来？”

“是的。”

“现在家那边的配给制[②]怎么样？”

她大喊着回答他。她一边说，卡车一边颠簸摇摆着前行，穿过沿路片片风光。他们路过一座修在道路旁边的小木棚屋，五十码后又路过左边的一座，往前一点再路过一座，然后就开上了主街道。他们停在一栋两层楼房前，底层门廊上有一个褪了色的招牌，上面写着：“澳大利亚旅馆”。“就是这里了，”斯莫尔先生说，“进来吧，我去找康纳太太。”

澳大利亚旅馆是一座很大的楼房，有大约十个门朝顶层门廊的小房间。地板和门是木的，其余整栋房子都以木作框架，以瓦楞铁做面。那时琴已经习惯了无处不在的瓦楞铁屋顶，但睡房的瓦楞铁墙对她而言还是件新鲜事物。

---

① 可能是指英国西汉姆联队的足球队员 Sam Small（1912—1993）。

② 特殊时期（如战争时期或经济危机时期）对某些稀缺资源和商品实行的分配制度，由政府控制配给数量。当时战争刚结束，英国资源紧缺，所以澳大利亚人有此一问。

斯莫尔先生去找康纳太太时，琴在顶层门廊等待。门廊上有几张床。老板娘睡眼惺忪地来到她跟前。老板娘身材高挑，头发灰白，五十岁左右，看起来是个雷厉风行的人。

琴说："下午好。我叫琴·佩吉特。我不得不在威尔斯镇住到下周。请问您这里有房间吗？"

那个女人上下打量着她。"嗯，我真的说不好。你是单独旅行吗？"

"是的。其实我是来见乔·哈曼的，但他们告诉我他出门了。我要去凯恩斯。"

"你刚刚错过了去凯恩斯的飞机。"

"我知道。他们说我要等一个星期才能坐上下一班。"

"没错。"女人四处张望，"嗯，我说不好。你瞧，男人们通常睡在这个阳台上。那对你来说不太好。"

森·斯莫尔说："那两间后屋呢，老妈？"

"对了，她可以住那儿。"她转向琴。"在背面的阳台上，能看到后院。你会看到牧工们都去后院上厕所，但我拦不住他们。"

琴说："我想我能挺住的。"

"你以前在内地的镇子住过？"

她摇摇头。"我刚刚从英国出来。"

"是嘛！英国现在怎么样了？你们吃得饱吗？"

琴又回答一遍。

"我有一个姐姐嫁给了一个英国人，"那个女人说，"住在一个叫作古尔的地方。我每个月都给她家寄去一个包裹。"

她带琴去看房间。房间很干净，有一个相当不错的蚊帐。房间小小的，但向过道开的门正对着向阳台开的双层落地窗，穿堂风很凉快。"没有人走这边的阳台，除了安娜——她是女仆。她睡另一间，如果你晚上听到任何动静，希望你会告诉我。我盯着那个姑娘。"她把话题转向通风，"你把门打开一条小缝，用你的箱子顶着它，那样就没有人能走错门闯进来了。再开着窗，穿堂风就飕飕的了。我在这个地方一直睡得很好。"

她往下扫了一眼琴的手，说："你还没结婚？"

"没有。"

"嗯，这个地区的每一个牧工都会到镇里来看看你的。你最好有心理准备。"

琴笑道："我会的。"

"那——你是乔·哈曼的朋友？"

"我俩是战时认识的，"琴说，"在新加坡等船回国的时候。"至少这比她上一个谎言更接近事实。"后来我来了澳大利亚，就给他发了一份电报，说我想来见见他。我没有收到回复，所以就不管三七二十一先过来了。但他却去'丛林流浪'了。"

那女人笑道："看来你学会了一些澳洲土话。"

"乔·哈曼教我的，我俩在战争期间认识的时候。"

森·斯莫尔把琴的手提箱拿了上来，她向他道谢，他窘迫地转身走开了。她走进房间，脱下湿答答的衣服，去浴室洗了一个淋浴，换上干爽的衣服。六点半，铃声响遍整座瓦楞铁楼房，她已经准备好吃晚饭了。

她找到下楼去餐厅的路。那里已经坐着三四个人，他们好奇地望着她。一个发育良好的十六岁女孩儿让她单独坐一张已经摆好的小桌子，后来她知道这女孩儿叫作安妮。"烤牛肉，烤羊肉，烤猪肉，烤火鸡，"她说，"茶还是咖啡？"

天气仍然闷热难耐。餐厅里到处都是苍蝇，扑在琴的脸、嘴唇和手上。"烤火鸡。"她说。了解清楚此处食物的供应情况后，明天尽可以优哉游哉地吃一顿清淡的。"茶。"

安妮端上来一个堆满了肉和蔬菜的盘子，热气腾腾，异常油腻，马上招来了一大堆苍蝇。一会儿茶也来了，里面加了罐头牛奶。土豆看起来很新鲜，但胡萝卜和甘蓝明显是罐头蔬菜。她镇静地想道，这些苍蝇很可能以痢疾收场，但她有应对办法。她有充足的磺胺嘧啶帮她挺过这周。她吃了这份巨大盘餐的四分之一左右，喝了两杯茶，就吃撑了。

她马上跑到外面的新鲜空气中去，逃离苍蝇的攻击。底层门廊大约距离地面三英尺高，上面有两三张帆布躺椅，就放在离酒吧入口不远处。她已经深知澳大利亚规矩不允许女人靠近酒吧，但在旅馆里又找不到其他可以坐的地方，只好在其中一张躺椅上坐下来，一边担心着这样做是否会违反当地礼节。

她点燃一根香烟，边抽边看风景。已是黄昏时分，但太阳仍然猛烈，一大片作为街道使用的土地沙尘滚滚，淹没在一片金色的浮光里。街道另一边，一百码开外，有一坐很大的单层楼房，仿佛经过多次加建，挂着一个牌子——威廉·邓肯杂货店。没有任何迹象表明镇里还有其他商店。邓肯先生的商店外面，有三个非白人牧工在一起聊天，其中一个拿着一个马鞍。他们都是人高马大的年轻人，身材健壮，外表很像黑人，同时也像黑人一样，似乎有许多可以嘲笑的事物。

沿着大街另一边更远处，有一条六英寸长的管子，垂直从地上伸出来，高出地面大约八英尺。水从这条管子的顶端喷出，形成一个小喷泉。水仿佛烧得很热，因为有一团水蒸气围绕着小喷泉。水落在地上形成的小溪流一直流向远处，也全程冒着腾腾热气。四分之一英里开外有一座横跨小溪流修建的小屋，这样水可以流进小屋里，从另一面流出，但琴还没有发现这座建筑物的用途。

一阵低语声从酒吧内传进她的耳朵，不时地就有一个男人经过她身旁，走进开着的门。她在这个地方一个女人也没见着。

不久，一个年轻人路过时向她笑道：“晚上好。”她也向他笑道：“晚上好。”

他马上停下脚步，她知道麻烦来了。“我今天下午看见你和森·斯莫尔一起来的。是坐飞机来的吧？”

他是一个外貌整洁的青年庄稼汉，走起路来摇摇摆摆的，一副典型的牧工相。他穿着绿色骑马裤和绑边靴子，一看见它们就知道他的职业。尝试冷语相向是不明智的。“没错，”她说，“我从克朗克里来的。请告诉我，那是天然水资源吗？”

他朝她指的方向看。“天然？那是个钻头。从来没有见过吗？”

她摇摇头。“我刚刚从英国来。”

“从英国来？哦，老天，”他拖着内地那种慢悠悠的腔调说，“英国怎么样？你们吃得饱吗？”

她又回答了一遍。“我老爸来自英国，”他说，“一个叫作伍尔弗汉普顿的地方。离你住的地方近吗？”

“大约两百英里吧。”她回答。

“哦，挺近的。那你应该知道这个家庭。姓氏是弗莱彻。我是彼特·弗莱彻。”

她向彼特解释说英国人还挺多的，又重新回到钻头的话题上。“你们从钻孔钻上来的水是不是都那么热？”

“太对了，”他说，“而且是矿泉水——你不能喝那些水。还有气一起喷上来。我去点着它，如果你想看的话。”他解释说那会喷出大约五六英尺高的火焰。“等天黑一点时我再点给你看。”

她说他人真是太好了，他看起来一脸窘迫。阿尔·伯恩斯，那个壳牌代理人和卡车修理工开车路过，停下来加入他们的谈话。“安顿下来啦，佩吉特小姐？”

“是的，谢谢您。我会在这里待到周三，然后继续去凯恩斯。”

“很好，我们在威尔斯镇很少看到陌生面孔。”

“我正在这里问彼特关于钻孔的事情。彼特，牛喝这些水吗？”

那牧工笑了。“如果它们找不到比它更甜的水就喝。你会发现它们在雨季是不喝这些水的，但旱季时它们喝得挺好。”

“有一些钻头它们是不碰的。”阿尔说，他正在给自己卷烟，“人们在因弗高登放下去一个钻孔，那是这儿和诺曼顿之间的一个牛场——往南一些。人们要往下钻差不多三千英尺才能找到水，真是费了好大力气，哦，老天。钻孔队在那儿干了差不多三个月。后来当他们钻到水的时候，那些水散发着矿物质的恶臭，牛连碰都不碰一下，即使旱季时也不。更可怕的是，那些水连草都种不活。”

又有两个男人过来加入躺椅旁边的小聚会。“请告诉我，”她说，“为什么这个镇的房屋这么分散？为什么不修建得密集一些？”

其中一个四十来岁的新来者说："过去这儿沿街有很多房子。我有一张这儿的照片，拍于1905年。明天拿来你看。"她后来知道他叫作蒂姆·惠兰，是一个木匠。

"那时这里的居民比现在多吗？"

阿尔·伯恩斯说："哦，老天。这就是其中一个淘金镇，佩吉特小姐。也许你不知道，但这儿一度有三万人呢。"

另一个新来者说："八千人。我在一本书上读到的。"

阿尔·伯恩斯固执地说："我老爸总是说他刚来的时候这儿有三万人。"

这明显是一个古老的辩题。琴问道："现在有多少人？"

"哦，不知道。"阿尔转向其他人："你说现在有多少人，蒂姆？"他对一旁的琴说："他是做棺材的，问他就对了。"

"一百五十人。"惠兰先生说。

森·斯莫尔加入了门廊上的谈话。"目前在威尔斯镇住的还不到一百五十人呢。不会多于一百二十人。"他顿了顿，"当然是指住在镇里的人，不包括牛场的居民。就住在镇上这儿的，不算土著。"

谈话演变成一场小小的争论，所以他们开始坐下来数人数。黄昏的光亮渐渐褪去，琴坐在那里看他们做统计，心想这群人真有趣。最终结果是一百四十六人。数据终于被确认时，她已经听到了镇上大部分人的名字和职业。

"这里以前有金矿吗？"她问。

"没错，"斯莫尔先生说，"他们曾扬言说有一百个呢，都在这些小河沿岸，哦，老天。这儿曾经有十七家旅馆。十七家。"

另一个人说："那时候轮船从布里斯班驶来这儿——绕过约克角半岛，沿着吉尔伯特河一直往内陆走，去到栈桥那儿。我从未亲眼见到过，都是听我家老头儿说的。"

琴问："后来发生了什么事？是不是金子都淘光了？"

"是的。他们从河里和礁石表面就能淘出金子，太容易了。后来他们要挖得很深，使用很多机器，那就不值当了。这些镇都一样。克罗伊登是，诺曼顿也是。”

“他们说要在克罗伊登开一个矿——再开一个。”某人说。

“从我记事起他们就老那么说。”

琴问：“但那些房子呢？人们都离开了吗？”

“房子后来就塌了，或者被拆掉，材料用来修补其他房子。”阿尔告诉她，“人们挖光了金子，就不再留在这儿了——他们待不下去。现在这里只剩下牛场了。”

男人们越聊越起劲，琴偶尔插进一两句话或者几个问题。“鬼城，”有人说，“有一次我在书上读到的，他们就这么叫这些海湾小镇。鬼城。那是因为它们都成了鬼魂，只有在过去有金子的时候才是活着的。”

“那并没有持续很长时间，”有人说，“这儿1893年首次发现了金子，到1905年就没多少人了。”

男人们谈话的时候，琴坐着，努力想象这个被抛弃的小城曾经有何等繁盛。那时，它有八千或三万居民，街道交错密布，沿街挤满了十七家旅馆和众多楼房。该镇的设计者，不论是谁，肯定做过一个伟大的梦。当他看见人们源源不断地涌入该镇追求事业，没几天人口就翻一番，自然有理由心生憧憬，要把这里发展成卡奔塔利亚湾的纽约。现在，残留下来的只有许多长方形的泥路，相互交织像一张破烂的网，再也不能称之为街道，其上也不复再见那些木制的楼房。只剩下模样古怪的楼房孤零零地挂在这张网上，仿佛过去梦想的残片。

夜幕降临后，彼特和阿尔出去为琴点燃钻头。他们划了半打火柴来点它，一片火焰猛地向上蹿起，照亮了整个小镇，在水和蒸汽间跳跃闪烁，直到最后被喷上来的一片水浇灭了。他们再次点着了它，琴饱览了该景象。很明显，这是该镇能提供的最佳娱乐节目，他们使尽浑身解数，以博她一笑。“太漂亮了，”她说，“我在英国从未见过类似的景象。”

他们都非常谦虚。“这儿周边大部分小镇都有这么一个可以点燃的钻头。”他们说。

那天的飞行使她非常劳累，九点钟，她向他们告辞，他们都祝她晚安。她走之前把阿尔·伯恩斯稍稍拉到一边。“阿尔，”她说，“我想见吉姆·伦农——他在米德赫斯特工作，是不是？我想在周三出发前见他一面。他会到镇里来吗？”

“他周六会来，”阿尔说，“我敢说他会在这儿过周六，喝格罗格酒。如果我听到任何人去那边，我会托人捎话给他，说你在镇上并且想见他。”

“米德赫斯特的居民会通过广播收发消息吗？”

他摇摇头。“那儿离镇里太近了，不需要那么费事。如果有人生病或者遭遇事故，他们可以带他进城，一个小时左右就到了。护士在医院有收音机。”他顿了顿，“大概明天就有人去那边。如果没有，或者如果吉姆·伦农周六不来，我就周日开卡车送你过去。”

“那真是太好了，”她说，“我不想太麻烦你。”

“不麻烦，”他说，“只是稍稍改变计划而已。”

她上楼睡觉。旅馆用电灯照明，后院有一个油引擎和发电机组，在她房间外面持续地工作着发电。她十点时听到酒吧关门，十点五分引擎停止工作，所有灯都熄灭了。威尔斯镇沉沉睡去。

她第二天在晨光中醒来，房间外面传来人们起床和洗漱的声音。她躺着打盹，聆听早晨的声音。早餐要七点半才开始供应，她起来洗了一个淋浴，准时出现在餐厅。她发现威尔斯镇的标准早餐是半磅牛排，上面盖两个煎蛋。她点了一个煎蛋，不要牛排，这让安妮非常惊讶。“早餐是牛排和鸡蛋。”安妮很耐心地向这位英国女士解释。

“我知道是这样，”琴说，“但我不想吃牛排。”

“好吧，你可以不吃它。”那个姑娘明显感到非常困惑。

“我可不可以只要一个煎鸡蛋，而不要牛排？”琴问。

“你的意思是，只在盘子里放一个煎鸡蛋？”

“没错。”

就食物的问题展开对话在威尔斯镇明显是一种新理念。“我去问问康纳太太。”安妮说，过了一会儿她从厨房回来，端着一个装着一块牛排和盖着两个煎鸡蛋的盘子。“我们只有一种早餐。”她解释道。琴放弃挣扎。

早饭后，她冒险走去大楼外面的厨房，找到康纳太太。“我有一些东西要洗，”她说，“请问我可以用您的洗衣盆吗？还有——您有熨斗吗？”

“安妮会替你做的，”康纳太太说，“把衣服给她吧。”

琴并不打算把衣服托付给安妮。“她有很多活要干，”她说，“而我无所事事。如果我能借用洗衣盆的话，我可以自己洗。”

“那好吧。”

琴整个早上都在底层背面门廊洗熨衣服，就在厨房门口。在那个干燥灼热的地方，把衣服挂在外面的晾衣绳上，十分钟就干了。厨房里的温度肯定接近一百二十度。琴匆忙走进去，从炉子上取走她的熨斗，心想，女人们每天都在这种条件下做三顿热饭，实在是坚毅得令人惊讶。不久安妮走过来，在门廊上东站站西站站，在琴洗衣服的时候偷偷地观察她。

安妮拿起一个装肥皂片的纸板箱。“你放多少这个进水里？”

琴说：“我想每加仑水放一盎司吧，是不是？据我所知就是这样。我就放一点儿。包装上有说明。”

那个女孩儿把包装转过来，细细察看。“在‘使用说明’里写着。”琴说。

康纳太太的声音从她身后的门口传来：“安妮不太认字。”

那个姑娘说：“我能看懂。”

“哦，你会吗？好吧，那你给我们念一念，看包装上写了什么？”

那个姑娘把箱子放下。“我最近练习得太少了。我在学校的时候念得可好了。”

为了缓和气氛，琴说：“你需要做的只是不断把肥皂片放进去，直到水适当起泡。各种水放的量不一样，因为硬度不一样。”

“我用普通肥皂，”安妮说，“我不太会用这种。”

过了一会儿那个姑娘说：“你是护士吗？”

琴摇摇头。“我是个打字员。”

“哦，我还以为你可能是个护士呢。差不多所有来威尔斯镇的女人都是护士。她们在这里都留不长。六个月，然后就受够了。”

大家都不说话。“如果你曾经当过护士，”过了一会儿，那姑娘说，“我想请你开一些药。我最近一起床就觉得很不舒服。今天早上还吐了。”

“那可真糟糕。”琴小心地说。似乎也没别的可说。

“我想我要去医院，”安妮说，“找道格拉斯护士开点药。”

“换我也会这么做。”

当天白天她见到了威尔斯镇大部分有头脸的人物。她穿过马路到杂货店去，尝试买点香烟，但只买到一听烟丝和一包卷烟纸。她在杂货店里和比尔·邓肯聊天，他拿出一块石英石给她看，说里面含有金子。她仔细端详这块石头的时候，学校教师肯莱小姐进来了。半小时后，琴过马路回旅馆，阿尔·伯恩斯来找她，想把她介绍给该郡的文书卡特先生。

下午大部分时间，她和威尔斯镇的其他人一样躺在床上睡觉。白天的热气消散后，她下楼到门廊上，跟昨晚一样坐在帆布躺椅里。牧工们很快就发现了她。他们一个接一个走过来，扭扭捏捏地，在这个英国姑娘面前毫无自信，但又无法抗拒她的吸引力。不久，他们都坐在了门廊上，在她周围形成一个小圈子。

她让他们谈谈他们自己的事情，那好像是让他们放松的最佳办法。“这儿挺好的，”其中一个说，“是一个很不错的牧牛区。这儿的雨水比往南一些的牧场更充足。但我明年就要离开了。我的兄弟在罗克汉普顿的铁路上工作，他说如果我去投奔他，他会让我跟着他们干。”

琴问：“那里的薪水是不是要高一些？”

“嗯，不。我不认为那儿给的薪水很高。我在这儿有五镑十七先令六——当然，那是包食宿和日用的。这是普通骑马放牧人的薪水。”

她感到很惊讶。“那很不错，是不是？对于一个单身男人来讲？”

彼特·弗莱彻说：“这儿的薪水还可以。问题是这个地方实在是太无聊了。”

“你们这里有过电影院吗？”

“有一个小伙子每隔两个星期过来一趟，在郡政厅里放电影——就是那边那栋房子。”她看到一座矮矮的木结构建筑物，像谷仓一样。“他有一个月没来了，但卡特先生说他下周会来。”

“舞会呢？”琴问。

这个问题引起了一阵讽刺的笑声。“他们有时试着举办，但在这个地方很难办起来。姑娘太少了。”

彼特·弗莱彻说：“我们这些来威尔斯镇的牧工大约有五十个，佩吉特小姐，但可以跟我们一起跳舞的未婚姑娘只有两个，多丽丝·纳什和苏西·安德森。我是说年龄在十七到二十二岁之间的姑娘，不包括孩子和已婚女士。”

其中一个牧工坏笑道：“苏西已经不只二十二了。”

琴问道：“但这里的姑娘们都怎么了？这附近肯定还有其他姑娘吧？”

“她们都去市里找工作了，”某人说，“威尔斯镇没有适合女孩儿干的工作。她们去汤斯维尔或者罗克汉普顿——还有布里斯班。”

彼特·弗莱彻说：“那正好是我要去的地方，布里斯班。”

琴说：“这么说，你们不喜欢在牛场上工作？”她想起乔·哈曼和他对于内地的满腔热爱。

“哦，牛场挺好的。”彼特说。他迟疑了一下，不确定该如何准确地向这个英国女士表达他的感受，同时避免一时大意说出脏字。“我的意思是，”他说，“一个小伙子有权利找一个女朋友结婚，就像任何其他人一样。”

她盯着他看：“真是这样吗？”

“这儿是个鬼地方，”有人说，“这儿真是个鬼地方。不是开玩笑，女士。五十个单身汉争夺两个未婚姑娘。老爷们儿在这儿讨不到媳妇儿。”

另一个人向她解释道：“您瞧，佩吉特小姐，如果一个姑娘是正常的，脑子没坏——比如说，就像您这样——就不会留在这儿。一旦到了可以离家的年纪，你就会离开这儿，去一个能找着工作的地方，自己养活自己。老天，你会的。留在威尔斯镇的姑娘都有点笨，在其他地方混不下去，要不就是想留下来照顾老人。”

另一个人说：“那样想的姑娘会带老人一起进城。像埃尔西·弗里曼。”

琴笑道：“你是说，如果你留在威尔斯镇，最终只能娶一个不怎么抢手的姑娘了。”

他们尴尬地面面相觑。“嗯，小伙子都想周游四方……”

“如果你们都进城，周游四方的话，谁来经营这些牛场呢？”琴说。

“让经理为此而头疼吧，”彼特说，“我自己的事儿就够我头疼的了。”

那晚饭后不久，一辆破旧的老雪佛兰越野车开来旅馆。它的车头是一个驾驶室，车身则像卡车一样是敞篷的。司机是一个瘦削的男人，五十来岁，看起来弱不禁风。他旁边坐着一个棕色皮肤的女孩儿，二十到二十五岁，皮肤光滑，面容安详。她不是纯本地人，但很可能只有四分之一白人血统。她穿一条鲜艳的红色连衣裙，抱着一只小猫咪，它显然是她的一大乐趣。他们穿过门廊进入旅馆，男人拿着手提包。他们显然要在旅馆过夜。饭点时，琴看见他们和男人们一起坐在另一张桌子旁边，但几乎不跟别人说话。

饭后琴问康纳太太他们是谁。“那是埃迪·佩吉，”她说，“是卡莱尔牛场的经理，那牛场大约在一百英里开外。那个土著女人是他太太，他们过来购物。”

“明媒正娶的妻子？”琴问。

“哦，是的，他和她是合法结婚的。布什修士会的科普兰修士去年正好在那儿，为他们主持了婚礼。他们时不时来我这儿住。我必须说，她从未惹过任何麻烦。当然了，她是文盲，话也不多，总是带着一只小猫咪或者小狗。她就喜欢小猫小狗什么的。”

琴想起那个男人脆弱却睿智的脸，觉得这对夫妻很不般配。“我真想知道他为什么要这么做。”

康纳太太耸耸肩。“我想是寂寞的缘故吧。”

那晚琴上楼回卧室的时候，看见一个人站在俯瞰后院的阳台上，倚在扶手旁。阳台上只有两个睡房，她的和安妮的。在微弱的光线中，她走向双层落地窗时说：“晚安，安妮。”

那个女孩向琴走来。“我一直感觉很糟糕，”她嘟囔道，“介意我问你件事情吗，佩吉特小姐？”

琴停下脚步。“当然不介意，安妮。什么事？”

“你知道怎样打掉婴儿吗，佩吉特小姐？”

琴在早上的对话后，对这句话早有心理准备。一阵对孩子的深切惋惜涌上心头。“我很抱歉，安妮，但我不知道。我不认为你应该那样做。”

“我去找道格拉斯护士了，她告诉我我的问题。老爸知道了肯定会狠狠揍我一顿。”

琴执起她的手，把她拉进卧室。“进来，告诉我是怎么回事。”

安妮说：“我知道有一些办法，比如吃点什么药，或者去骑马，或者类似的事情。我想也许你以前也被迫这么做过，应该知道办法。”

“我从不需要这么做，安妮。我不知道，为什么你不让他娶你，名正言顺地把孩子生下来？”

那个姑娘说：“我不知道孩子是谁的。他们都会赖账的，不是吗？”

这是一个琴从来不需要面对的问题。“我想他们会的。”

“我想去问问我的姐姐贝西。她应该知道。她结婚前就有俩小孩儿了。”

看来贝西在这方面的知识对她不会有什么用。“护士难道不会帮助你吗？”

“她只说我是个荡妇。那没什么帮助。就算我是个荡妇吧。在这个鬼地方也没别的事情可做。”

琴尽她所能好言相慰，但话语对安妮毫无用处。她关心的不是道德问题，而是现实问题。“老爸知道后，肯定会大发雷霆，”她忧心忡忡地说，“他会打死我的。”

琴无能为力，不久她们各自上床睡觉。琴久久不能入寐，苦苦思索人类遭受的各种痛苦。

她继续在威尔斯镇待了两天，坐在门廊上和牧工们聊天，参观镇上各座建筑物。肯莱小姐带她去学校，道格拉斯护士带她去医院，卡特先生带她去郡政厅——那里的公共图书馆只有少得可怜的几册书。沃特金斯先生带她去苍蝇横飞的银行，海恩斯警察长带她去警察局。周末时，她对威尔斯镇已经非常熟悉了。

吉姆·伦农跟预想一样，周六进镇买格罗格酒。他开着一辆国际越野车，比普通汽车大一号，前座后面拖着一个像卡车那样的车身，装备着七十加仑的油箱和五十加仑的水箱。琴知道那是乔·哈曼的财产。伦农先生身材瘦削，皮肤棕黄，沉默寡言。

“我昨天收到了一封航空邮件，”他拖着那种懒洋洋的昆士兰调子说，“乔已经坐上轮船，启程从英国回来。他说预计十月中旬到达。”

“我知道了。”琴说，“我想在回英国之前见他一面。我已经计划好周三飞去凯恩斯，在那里等他。”

“好的。我觉得你要在这儿等他的话也太无聊了。我想邀请你去米德赫斯特，但那儿更无聊。”

“乔在英国都做了些什么，伦农先生？他告诉您他去那里干什么了吗？”

牧工笑道：“我连他要去英国都不知道。我只知道他要去布里斯班，后来我收到信说他去英国了。我不知道他为什么去。他确实在昨天给我的信里说，他见到了一群属于一位丹尼斯·弗兰普顿先生的赫尔福特牛，那群牛棒极了。也许他把牛运到国外去育种了吧。他什么也没跟我说。”

她告诉他，她的地址就是凯恩斯的海滨旅馆，请他收到乔到达的准确消息后通知她。

那晚，她照常坐在门廊的躺椅上，阿尔·伯恩斯带了一位蓄着胡须的老人家来见她。这位老人家非常腼腆，阿尔费了不少力气才把他从酒吧里拽了出来。他拿着一个袋子。“佩吉特小姐，”阿尔说，“这是杰夫·波科克。”琴站起来和他握手。“我想你会很乐意认识杰夫的，”阿尔兴奋地说，“他是全昆士兰最好的短吻鳄猎人。是不是，杰夫？”

老人家摇摇脑袋。“我从很小的时候就开始捕猎短吻鳄了，”他说，“我想现在还算是个内行吧。”

阿尔说：“他有一张鳄鱼皮要给你看，佩吉特小姐。”他又向老人家说：“把你的鳄鱼皮给她看一下，杰夫。我打赌她从未在英国见过那样的皮。”

杰夫·波科克拿起袋子打开，拿出一小张卷起来的鳄鱼皮。“当然了，”他说，“我已经自己把它洗干净、裁剪好并晒干了。我一般只是用盐腌起来卖给制革厂。”他在她面前的地板上摊开鳄鱼皮，“斑纹很漂亮吧？我敢打赌您在英国没见过这样的鳄鱼皮。”

它惹起了琴的乡愁。她想起了佩里维尔西大道上红彤彤的公共汽车，帕克和利维公司，一排排姑娘们坐在工作台边制作鳄鱼皮鞋、手提包和化妆盒。她笑了。“我在英国见过成百张这样的鳄鱼皮，”她回答道，“这是我真正了解的一样东西。我曾经在一个手提包和化妆箱工厂工作，原材料就是这种皮革。”她拿起鳄鱼皮，轻轻抚摸着，“我想我们用的皮比这张硬。你把它加工得非常好，杰夫。”

又有两三个人过来了。他们添油加醋地流传她的故事。她告诉他们关于帕克和利维公司的一切。他们对此很感兴趣，没有人知道这些皮革被卖出海湾地区后的下落。“我知道他们拿它做鞋子，”杰夫说，“但我一双也没见过。”

琴在脑海里形成了一个模糊的主意。“像这样的皮，你们每年能找到多少张？”她问。

“去年我卖出去八十二张，”那位老人说，“不算很多。几乎都是三十到三十六英寸宽的皮。一条大概十一英尺长的短吻鳄。”

“杰夫，你能把这张卖给我吗？”

“你要来做什么？”

她笑道：“我想用它来给自己做一双鞋子。”她顿了顿，说，“如果蒂姆·惠兰可以给我做一双鞋楦的话。”

他一脸窘迫。“不要钱，”他生硬地说，“我把它送给你吧。”

她和他争论了一小会儿，然后感激地收下了。“我们要找一点小牛皮做鞋底，”她说，“以及更厚一些的材料来做鞋跟。”

她在手里抚弄着这张鳄鱼皮。“真柔软啊，”她说，“让我告诉你们它的用途。”

第七章

那双鞋是琴在卧室的化妆台上做出来的。更准确地说，她失败了两次，才最终成功做出一双能给自己穿的鞋来。

这项工作从蒂姆·惠兰开始。蒂姆时不时为各个鞋匠制作鞋楦，内地的木匠必须十八般武艺俱全。琴把自己的一只鞋借给他，让他在他的木工车间里测量她的脚。他花了几天时间，用围篱树的木头给她做了一双鞋楦。她请彼特·弗莱彻帮忙寻找制作鞋底和鞋跟的皮料，他提供了几张晒干的牛皮，厚度大约适于做鞋底，还有一张用来做鞋跟的公牛皮。最初，衬里是主要的难题，直到有人提议使用幼年沙袋鼠的皮。彼特·弗莱彻出去射杀了一只沙袋鼠，剥下它的皮。由彼特·弗莱彻、阿尔·伯恩斯和当·邓肯组成的委员会负责在比尔·邓肯店子背后将其晒干。这项做鞋工作在威尔斯镇的生活中变得如此重要，琴推迟了去凯恩斯的旅程，一周又一周。

用作衬里的沙袋鼠皮还未完工，所以琴用一块从小商店买来的白缎子做了第一双鞋的衬里。从一个旁观者和办公室职员的角度，她非常熟悉做鞋的每一个步骤，但她毫无实践经验，所以做出来的第一双鞋糟糕透顶。它们看起来是一双鞋，但脚尖部分太紧，箍疼了她的脚趾，鞋跟也宽了四分之一英寸。它们还弄疼了她的脚背。缎子衬里很不成功，顺着手指流下来的汗把整件工作弄得一团糟。但无论如何，它们总算是一双鞋，只要有人的脚恰好是这个形状，还是可以穿上它走路的。

那么丢脸的一双鞋，她是不能拿下楼去给男人们看的。她开始做第二双。她让蒂姆帮忙改一下鞋楦，从小商店买来另一把刀子和一块小研磨石，再次开工。固化剂方面，她使用小管装的德克斯牌，也是从小商店买的。

安妮对整个工作过程都表现出了浓厚的兴趣。在琴修边、打磨鞋底或者小心地把湿鳄鱼皮放到鞋楦上的时候，她常常过来坐在一旁仔细观察。“我觉得你真是太聪明了，居然会做鞋。”她说，“它们差不多就跟你能在商店里买到的那些一样好。”

第二双有所进步。琴穿起来非常合脚，但袋鼠皮衬里不平整，还起块儿。整件工作也还是一团糟，鞋子沾满了汗渍和指纹。她不屈不挠地开始做第三双。既然无法裁剪沙袋鼠皮，这一次她把厚度均匀的小块皮革拼凑在一起做衬里。她大清早起来完成了最后的组装步骤，因为那时双手出汗最少。最终成果是一双水平相当高的鞋子。五颜六色的衬里非常丑陋，不过她可以穿着这双鞋去任何地方。

她拿着三双鞋子下楼，把它们拿给门廊上的阿尔·伯恩斯看。阿尔招呼了另外两三个人过来，康纳太太也来瞧了一眼。“在英国，鳄鱼皮就是这么用的，”琴说，“人们把它们制成这样的鞋子。很漂亮，是不是？”

其中一个男人说：“你自己做的吗，佩吉特小姐？”

她笑道：“去问康纳太太。她知道我把房间搞得有多混乱。”

那个男人把鞋子拿在手里翻来覆去地看。“哦，老天，”他慢慢地说，“就跟在商店里能买到的一样好。”

琴摇摇头。“没有，”她说，“其实没那么好。”她向他指出鞋子的瑕疵。“我没有合适的曲头钉和固化剂。整体也很邋遢。我把它们做出来，只是想让你们看看他们都如何使用从杰夫那里买来的鳄鱼皮。”

“我打赌你可以把它们拿去凯恩斯卖。”那个男人固执地说，“哦，老天，你绝对可以。”

森·斯莫尔说：“这样一双鞋在英国卖多少钱？”

“在商店里吗？”她想了一会儿，“我想大约四镑十五先令吧。我知道有四十五先令是制造商的利润，但还要算上消费品零售税和零售商佣金。”她顿了顿，“当然了，一双真正的好鞋子可能比这贵得多。人们说在有些商店里要卖十镑呢。”

“十镑？那样一双鞋？哦，老天。”

杰夫当时正在镇外沿河检查他布下的陷阱，所以她那天没有办法把鞋子拿给他看。她把鞋子留给男人们拿进酒吧去评头论足，自己去洗澡。那时她已经发现了在威尔斯镇洗澡的最佳去处，是安妮告诉她的。澳大利亚旅馆有女士专用的冷水淋浴，但水通常都很热，因为水箱曝晒于太阳底下。如果想泡个热水浴，完全有另一个办法。

从那个钻头流出来的水形成一条小小的热溪，一座小木屋跨溪而建，与钻头的距离不远不近，屋内水温正好适合洗澡。人们在屋子里修建了一个粗糙的混凝土池子，大得足以并排坐进去两个人。拿着毛巾和肥皂进屋，把自己锁起来，就可以在流经池子的水里舒服地洗一个澡。温暖的流水饱含盐分，清爽非凡。

琴躺在温暖的水中，独自一人锁在小木屋里。阳光从木缝儿里透进来，在水面跳跃嬉戏。自从她看到杰夫·波科克的鳄鱼皮，脑海里就产生了生产皮鞋的念头。从第一次见我并知道自己继承了这么大一笔财产开始，她一直深感困惑，有时甚至很苦恼，不知道该如何确定新的人生目标。她的教育背景或成长环境无法使她从容不迫地过上一种优雅的生活。她是一个有商业头脑的姑娘，习惯勤恳度日。现在她每年有九百英镑收入，放弃在帕克和利维公司的工作再自然不过，但她尚未找到一份新寄托，来填补生命中因此出现的空白。过去六个月中，她一直在下意识地苦苦探寻，希望能找到值得追求的目标。她唯一真正懂行的工作，是关于高级皮具的——用鳄鱼皮制成的鞋、手袋和化妆箱。她确实懂得一点制作和销售那类皮具的知识。

她躺在这池药浴般的温水中，深陷沉思。假设这里有一个小工厂，里面有五个姑娘在工作，工厂外有一个小小的制革厂。她将需要两台手动印刷机和一台旋转抛光机，那意味着需要供电。她可以置办一个小小的发电机组，除非可以从旅馆买电。还要有一台空调来保持工厂凉快，避免姑娘们工作时满手是汗。做出来的鞋子一定要崭新干净，那是至关重要的。

这样一个工厂能挣钱吗？她边躺着洗澡边默默计算。她发现杰夫·波科夫平均每张鳄鱼皮卖七十先令左右。那是未经加工的皮，她知道帕克和利维要为每张加工好的皮付一百八十先令。据她所知，修剪和晒干一张鳄鱼皮至多需要二十先令的成本，并且是以澳大利亚货币计算的。皮革应该会比在英国便宜很多。劳动力也应该更便宜。威尔斯镇的女性劳动力可能会比佩里维尔的便宜。但还要算上把鞋子运往英国的运费和销售商的代理费。

她想知道帕克和利维公司会不会替她销售皮鞋。她知道帕克先生很早就对制鞋业务兴趣冷淡。他们确实也卖其他人的产品——那些由法国公司生产的手提袋，杜克霍·弗夏尔牌。尽管帕克和利维公司自己生产手提包，但也卖别人的……

她想主要的问题不在于工厂本身。在威尔斯镇，劳动力和材料都很便宜，工厂应该是可以开起来的。但她能否将威尔斯镇的姑娘们训练成才，生产出品质过硬的一流产品，足以放在邦德街的商店出售呢？那才是真正的问题。

她躺在这池药浴般的温水中，深陷沉思。

当天晚上，她照常坐在门廊上的帆布躺椅里，森·斯莫尔向她走来。“佩吉特小姐，”他说，“有时间和我谈谈吗？”

“当然了，森。”她说。

“我一直在想你做的那双鞋子，”他说，“我想知道你能否教教我们的茱迪。”

“茱迪多大了，森？”

“十五岁，”他说，“明年十一月满十六岁。”

“你想让她学做鞋吗？”

他说：“我在想，不管是谁，只要能够做出一双真正的女式皮鞋，都可以把鞋子拿到凯恩斯的商店出售。茱迪马上就到找工作的年纪了。这儿没有任何可以让女孩儿糊口的工作。她将被迫像其他姑娘一样进城。嗯，对她母亲来说，那实在是太糟糕了，佩吉特小姐。我们就这么一个女儿——我们有三个男孩儿，一个女孩儿。如果她像其他姑娘一样去布里斯班，她母亲肯定要发疯的。我想，嗯，也许做鞋这件工作她可以留在家里做。无论如何，看来我们能找到你做鞋所需要的一切材料，就在威尔斯镇这儿。”

“不包括皮带扣，”琴思考着说，“我们要设法找到一些皮带扣。”她一半是在自言自语。

她想了一会儿。“森，那是行不通的。”她说，“你认为那双鞋很棒，但它们并不好。它们拿不出手。在英国，那样的鞋子是卖不出去的，高档皮鞋的消费群体是不会买它们的。我不认为你可以在任何一间一流的商店里出售它们，即使是在凯恩斯。”

“我看着挺好。”他固执地说。

她摇摇头。“它们不行。我以前是干这行的，森——我知道一双符合标准的鞋看起来应该是怎么样的。我不是说我们不能在威尔斯镇制造出一双像样的鞋子，我很想尝试一下。但要把这件工作做好，我需要机器、合适的工作台和手工工具，还有合适的材料。我能理解你关于茱迪的想法，也很想看到她在威尔斯镇工作。但如果要她独自应付这件事情的话，恐怕力所不及。”

他敏锐地看着她：“你是在计划一间工厂之类的吗？”

“我不知道。假如有人在这里开设一间类似的工厂，你们有多少姑娘可以上下午全职上班——如果每周给五镑的话？”

“在威尔斯镇这儿？”

“没错。”

“要满多少岁你才收？”

她想了想。“我想，等她们从学校毕业吧。那是十四岁，对不对？”

“你不会付给一个十四岁的小姑娘每周五英镑吧？”

“不。等她们受过充足的训练，成为熟练工之后。”

他仔细算了算。“我想你能找到六七个十六七岁的姑娘，佩吉特小姐。之后还会有更多毕业生。”

她把话题转向设厂的另一方面。“森，修建一个工厂要花多少钱？”

“多大的？”

她四处张望。“大约从这里到门廊尽头那么长，差不多一半宽。”

“那是三十英尺长，十五英尺宽。你是指修建一座木屋，就像临时军用仓那样的，有一个铁屋顶，还有一圈窗户？”

“就是那样。”

他在头脑里慢慢计算。“大约两百镑。”

“我想我要修一个双层屋顶和一个门廊，就像海恩斯警察长住的那间屋子一样。一定要凉快。”

“啊，那会增加成本的。那样一间屋子，还要有四周环绕的门廊，要花差不多四百英镑。”

“要花多长时间才能建好？”

“哦，我不知道。要从诺曼顿买木材。我想蒂姆·惠兰和他的牧工需要用几个月时间把工厂建好。”

还需另建楼房用于晒染皮革。“请告诉我，森，”她说，“这里的人会不会欢迎这么一间工厂？还是会觉得这个念头有点愚蠢？”

“你是说，如果能让这儿的姑娘们留下来挣钱？”

“没错。”

“哦，老天，”他说，“他们会不会欢迎？只要能让姑娘们高高兴兴地留下来并且有活可干，不管是什么事情，这儿的人都会欢迎的。”他顿了顿，陷入沉思，“姑娘们背井离乡，在这个乡下地区很反常。”他慢慢地说，“我和老妈[1]前几晚还谈论过这件事。很反常。”

他们默默地坐了一会儿。“这事还要好好考虑一下，森。”她最后说。

她乘坐下周三的空中列车离开了威尔斯镇，启程去凯恩斯。她花了两天时间才到达，因为空中列车向来就是那么不紧不慢的。飞机下午离开威尔斯镇，经停多个牛场，收发邮件，并把函授课程递送给在凯恩斯、邓巴、米兰达和万鲁克上学的学生。在最后一抹余晖中，他们于诺曼顿降落，开卡车进镇过夜。

---

① 指康纳太太。

诺曼顿的旅馆跟威尔斯镇的很相似，但要大许多。琴和一位叫作麦肯齐的男飞行员一起吃饭。饭后两人一起坐在门廊里。她问诺曼顿是否有制鞋商。“我想没有。”他说。他向一位熟人喊道：“泰德，这里有人做鞋吗？”

泰德摇摇头。“都是从伯恩斯·菲尔浦公司[①]买的，”他说，“是不是想修鞋？”

琴说：“不是——我只是好奇。这里的鞋子都是从城里进货的？”

“没错，”泰德给自己卷了一根香烟，“我小姨在罗克汉普顿一家鞋厂工作。那儿是很多鞋子的产地。厂名叫万宁·库帕，在罗克汉普顿。伯恩斯·菲尔浦公司就是从他们那儿买鞋的。”

琴问：“您小姨是在这附近出生的吗？”

“克罗伊登，”他说，“她们父亲以前是在克罗伊登开旅馆的，但后来关掉了。那儿一家旅馆尽够了。现在就剩下布莱森太太那家。”

“她没结婚吗？”

“谁？埃尔西·彼得斯？”

“就是在万宁·库帕工作的那位？”

“她未婚。现在肯定是个负责人了，手底下有很多姑娘。”

他离开后，琴问飞行员：“他是谁？”

“他？泰德·霍纳。他在这里经营修车厂。”她记下这个名字，以供将来参考。

他们第二天一大早重新出发，飞往凯恩斯。她坐车进镇，去海滨旅馆。她发现凯恩斯是一个繁荣的小镇，大约有两万人，坐落在入海口处，非常漂亮。那里有好几条挤满店铺的商业街，宽阔的马路中央设有花坛。整个小镇清一色的木楼房，几乎都是铁屋顶。凯恩斯很像她在电影上看到的美国南方腹地市镇，门廊覆盖着宽阔的人行道，人们可以站在阴凉之中欣赏商店的橱窗，但它那泼辣明亮的风格几乎与英国无异。她第一眼就喜欢上了凯恩斯。

---

① 澳大利亚主要的航运和贸易公司。

她从那里给我写信。她在汤斯维尔给我写了两封信。在海滨旅馆，她收到了我给她写的信。我想那封信在那里放了有一段时间了，因为她在威尔斯镇耽搁了一些日子。她写道：

北昆士兰
凯恩斯
海滨旅馆

我亲爱的诺尔：

我昨天到达此地时，收到你二十四日的信，我想我从威尔斯镇写给你的两封信你也已经收到了。真希望我有一台打字机，因为这将是一封长信。我想我要买一台便携打字机，以便将信件副本保存下来——不是说那些写给你的信，但我开始考虑要在这里做生意了。

首先，非常感谢你告诉我你为乔·哈曼所做的一切。你显然对他非常友好，如你所知，对他友好即对我友好。你说他花了那么多钱匆忙跑到英国去，只是为了再见我一面，我到现在还觉得难以置信。但我想这里的人都是那样做事的。我现在可以告诉你澳大利亚人有多么粗鲁，但我也可以说：我在内地遇到的人全都像乔·哈曼一样，很简单，很诚恳，很真实。

好，然后让我谈一下威尔斯镇。我不知道当乔·哈曼再次见到我时，是否会依然如此渴望和我结婚。六年是一段漫长的时间，而人是会变的。我不知道我是否也依然渴望嫁给他。但如果我们到时不改初衷，他向你描述的威尔斯镇绝对是真实的。

那里真的是糟糕透顶，诺尔。内地有些地方可以让人生活得充实愉快，像爱丽丝斯普林斯就是一个很不错的小镇。但威尔斯镇不是其中之一。诺尔，它绝对是最差的。那里没有任何女士用品，除了一个洗衣盆。我知道一个人没有某些东西也能生活下去，例如广播、唇膏、冰淇淋和漂亮的衣服。我就**能**过得很好——我在马来亚时就是这样过的，但如果连新鲜牛奶和蔬果都没有，那就有点困难了。我想乔告诉您的一切都是绝对真实的。我不认为任何直接从英国过来的姑娘能在威尔斯镇生活得开心。我不认为我可以。

而且，诺尔，我不希望看到乔尝试改变他的生活方式。他是一流的牛场经理，日后也会做得很好。我向各种各样的人询问米德赫斯特的经营情况，所有人都赞赏有加。当然，如果他能广为游历，学习其他饲养员的技术，会做得更好，但跟海湾地区的其他牛场相比，米德赫斯特已经相当不错了，而且每年都在进步。上一个经理把它搞砸了，他们是这么跟我说的，但乔在那里工作的两年期间表现出色。我所不愿意看见的是，乔只是因为跟一个不能，或者不愿在他工作所在地威尔斯镇生活的富小姐结了婚，就尝试去其他任何地方谋生。

当然了，你很可能会说，他可以在一个好一点的镇附近找一个牛场，也许就在爱丽丝附近。我不确定那是否是一件容易的事情，关于这点我想了很多。但即使那是有可能实现的，我也不会太喜欢这个想法。米德赫斯特是一个很好的地区，雨水比英国更充沛。作为终身事业，我似乎觉得海湾地区比爱丽丝附近任何一个地方都更有发展前途。如果他只是因为我而弃优择劣，我不会感到高兴。那对于一个农场经理的妻子来说，并不是一个好开端。

诺尔，你觉得我可以预支五千镑遗产吗？你总是试图强迫我接受的那个忠告，三思而后行，我将恪守它。如果我见到乔·哈曼，而我们仍旧想跟对方结婚的话，我会先等待一段时间，要是我能使他同意。我想先在威尔斯镇独立工作几年左右，再决定是否把自己的人生永远交付给它。我想看看，自己是否有希望适应那个地方。我想亲身试验一下。我希望看到，即使我是在英国长大的，也能够在海湾地区生活得很好，因为那里的居民都是如此正直。

我想尝试经营一间小型工厂，用鳄鱼皮制作鞋子和手提包。我在上一封信里曾经告知。我了解这件工作，在海湾地区也能轻易找到除了金属配件以外的所有材料。我今早写了一封长信给帕克先生，问他如果鞋子质量过关的话，他是否愿意替我在英国出售它们，并请他告诉我，鞋子运抵佩里维尔后，他能为其开出的最高价格。此外，我还请求他给我列一张单子，写明我开办一间雇用多达十位姑娘的工厂可能会需要的东西，以及它们的成本，像打包机、带钻头抛光机和奈顿六号的缝纫机，等等。

缝纫机是用于加工皮革的重型机器，是最昂贵的单项。我估计一切项目，包括修建工厂大楼所需的四百英镑在内，总共要花两千英镑左右。但恐怕我的计划并不仅限于此。如果我要给姑娘们开一间工厂，她们必须有地方消费。我想再开一间卖女士用品的店铺。

不是大商店，只是一间小店铺。我想把它办成一间冰淇淋吧，有镀铬的椅子和玻璃面的桌子。我想在那里卖新鲜蔬果，如果实在无法从附近进货，就从凯恩斯空运过来。在内地，人们很愿意为新鲜蔬果花钱。我还想卖新鲜牛奶。乔将需要养几头奶牛。我想卖糖果，还有像唇膏、粉底、面霜和杂志那样的小东西。

当然了，在此地设店的一笔巨大花销是冰箱和空调。我想这部分预算至少需要五百镑，再加上店面和店内陈设——总共需要大约一千两百英镑。那会形成大约两千五百英镑的资本支出。如果我能预支五千英镑遗产，就能够解决店铺和工厂的库存问题，雇用五六个姑娘，并且头一年无须出售任何产品。我想一年后就有盈利了。如果那失败了，好吧，那就实在是太糟糕了，我所有钱都赔进去了。

> 我想做这件事情，诺尔。不仅仅是为了乔·哈曼和我，威尔斯镇的居民都善良正直，但他们的生活太贫瘠了。我想在那里工作几年，就当作自我磨炼，好让我在如此富有的条件下，不至于丧失谋生技能。我想，即使没有乔·哈曼，我也会想做它，但在我和他见面交谈之前，我还不能下定决心，并采取任何实际步骤。
>
> 所以我想要的是五千英镑。拜托了，诺尔。如果我想继续实行我的计划，我能够得到这笔钱吗？
>
> 琴

五天后，我通过航空邮件收到了这封信。我把包含预算的段落用红色铅笔标注出来，在顶上做了一点笔记，然后把它送到列斯特办公室请他看。当天晚一点的时候，我走进他办公室。“你看过那位佩吉特姑娘写的信了吗？”我问道。

他从面前的桌子上拿起它。“是的，我一直在看遗嘱。这个自由裁量条款是你自己起草的吗？”

“是我起草的。”

他微笑道：“我想它真是一个杰作。你完全可以在它的保护下解冻这笔钱。”

“那大约占了遗产的百分之九，”我说，“用作商业投资，她打算亲自全职打理它。”

“立遗嘱人并不了解她，是不是？”

我摇摇头。

“她二十七岁？”

“是的。”

“我想我们可以让她拿到这笔钱，”他说，“不然的话，扣留这笔钱的做法太极端了。在你起草的自由裁量条款下，我们完全有权力解冻这笔钱。她似乎是一个很负责任的人。”

“我想花一天左右好好考虑清楚。”我说，“在我看来，对于她的计划而言，这笔资本好像太小了。”

我把她的信放在一旁，晾了几天，因为我从不喜欢匆忙行事。经过细致的回忆，我似乎觉得，如果能尽我之力避免琴·佩吉特在这笔投资上亏损，已故的道格拉斯·麦法登先生就不会怪责我。我拿起电话，打给帕克和利维公司的帕克先生。

我说："帕克先生，这是欧文、达尔豪西和彼得斯律师事务所的斯特拉坎。我相信您收到了琴·佩吉特小姐的来信，她是我的客户。"

"是的，没错，"他说，"您是她的律师，是不是？她的遗产托管人？"

"是的，"我说，"我也收到了她的信。我在想，也许您愿意与我见面详谈信中所写事项，帕克先生。"

"嗯，正合我意。"他回复道，"她问我要一张单子，列上她开这个小工厂所需要的东西。我已经把单子写好了，但还没有拿到所有的离岸价。"

我和他约好下周五见面，按计划，他那时会在伦敦处理其他事务。到了约定的时间，他来到我办公室见我。他身材矮胖，精神焕发，是一个典型的工厂经理，手里拿着一个棕色包裹。

"在我们开始谈之前，"他说，"请先看看这个。今天早上送到的。"他在我的桌子上打开包裹，里面是一双鳄鱼皮鞋。我好奇地拿起一只来看。

"这是什么？"我问。

"这是她给自己做的皮鞋，在这个叫作威尔斯镇的地方，"他说，"她告诉您做鞋的事儿了吗？"

我摇摇头，兴趣盎然地细看它们，感觉很新鲜。"她自己做的？亲手做的？"

"在旅馆房间里亲手做的，她是这么说的。"他回答。

我把鞋子翻过来。"做得好吗？"

"取决于你如何看它们。"他说，"如果以能否用于贸易为标准，它们糟糕透顶。看这里，这里和这里。"他指出众多不规则和粗糙之处，"这两只鞋甚至都不对称。但她知道这个问题。不过，一个从未做过鞋的打字员，能够在没有任何设备的情况下，在自己床上做出这样一双鞋，嗯，已经很了不起了。”

我把鞋放下，递给他一根香烟。“她告诉您她的计划了吗？”

他把从她那里听到的消息告诉我，我告诉他一些她写信告知我的内容，我们谈了四十五分钟。谈话快要结束的时候，我问他：“您实际上怎样看待她的计划，帕克先生？”

“我不认为她能成功，”他直截了当地说，“实际情况跟她想的不一样。我认为她对制鞋行业了解得还不够，很难获得成功。”

我必须说我很失望，但总算知道了真相。“我知道了。”我轻声说。

“您瞧，”他解释道，“她没有经验。她是一个好女孩儿，斯特拉坎先生，而且很有商业头脑，但她没有制鞋出售的经验，也缺乏管理经验，管不住这些姑娘，无法迫使她们为了拿到薪水而卖命工作。她甚至要面对和英国不同的局面。对她来说，这些澳大利亚乡下姑娘们就像一大群外国人一样。她们也许愿意给她干活，但她们从来没有见过一个工厂——她们对工厂完全没有概念。她必须一边自己学习这件新工作，一边教会其他人。嗯，她做不来。”

“我知道了。”我重复道。

“我愿意帮助她，”小个子男人说，“但她要稍微改变一下想法。她再好好想想，就会发现她拥有很多有利条件。我必须说，读到她在信上说她花七十先令买到了一张未经修剪的鳄鱼皮，我惊讶得目瞪口呆。而且还是澳大利亚先令——也就是五十六英国先令吧。这儿每张未经修剪的鳄鱼皮要花我一百七十到八十先令，这些年一直是这么贵，我还以为自己捡了便宜！我跟利维先生说，我说，我们就是两个大傻瓜。”

“您有什么好建议呢？”我问。

“我是这么想的，”他说，“如果她能聘请一个女工头，并支付来回路费，我会让我手下的一个姑娘过去，在她开厂的头一年替她工作。我有一个干得不耐烦的姑娘——嗯，她至少有三十五岁了。她已经结婚了，但不和丈夫住在一起——分居很久了。她是战时国土辅助自卫队[①]的中士，有一段时间在埃及服役，所以很了解热带国家。她叫阿姬·托普。让阿姬·托普负责的话，就永远不会有女孩儿胆敢在店里调皮捣蛋。”

“佩吉特小姐认识她吗？”我询问道。

“哦，是的，琴认识阿姬。阿姬也认识琴。事实上，阿姬昨天来递交辞职信。我把信还给她，好言相劝了很久。她每几个月就闹一次辞职，就像我说的那样，干得不耐烦了。后来我问她，去澳大利亚跟着佩吉特小姐工作一年怎么样，她说她愿意去任何地方，只要不用再排队领取那该死的口粮。如果琴需要她，她会出去一年的。她们都很喜欢琴。”

我说：“你能放她走吗？”

“反正她也留不长。”他说，“我不想失去她，也许我不会。如果她能去澳大利亚旅行，看见其他地方还不如英国好，可能就会回来，在我们公司重新安顿下来，并打消辞职的念头。”

我们就此事谈论了一段时间。这位女士赴澳期间的路费和薪资总计大概三百英镑，但在我看来，如果它能帮助这笔投资成功度过开始的几年，倒也不算贵。帕克先生认为琴对其余部分的估价偏低，但也算不上离谱。“在高级皮鞋贸易中，你无法维持高度机械化生产的成本。”他说，“你必须不断更新款式。”

关于皮鞋款式，他的建议是，他们可以时不时地通过航空邮件寄送样本到威尔斯镇，让琴的工厂依图生产。他非常愿意替她售卖鞋子。“注意，以我们的价位，我不知道她做不做得来。”他说，“我会告诉她我们的进货价，卖不卖由她自己决定。但我必须说，我想尝试一下跟她合作。因为有管制，在这个国家生产皮鞋已经变得非常困难。而且，人总是希望尝试点新鲜事物。”

我诚恳地向他表达了谢意，他离开了。我把全部谈话内容写在信

---

① 简称ATS，二战时期英国军队的妇女分队。在本书中，琴的母亲曾在一战时参加妇女辅助军团（WAAC），该辅助军团就是ATS的前身。

中，通过航空邮件寄给琴·佩吉特。我相信帕克先生也会以同样方式给她寄信。这两封信寄到后，她并没有立刻收到，因为她已经南下罗克汉普顿，寻找供职于制鞋厂的埃尔西·彼得斯。她非常节约地选择了火车，大约七百英里的旅程缓慢酷热。直到那时，她才意识到昆士兰是一个多么地广人稀的地区。飞机压缩了这个地区，去罗克汉普顿的五十一个小时把它重又延展开来。

她找到了埃尔西·彼得斯。这次只持续了十分钟的会面是一次彻底的惨败。她们在鞋厂附近一个咖啡厅见面，琴一提出在海湾地区工作的话题，埃尔西马上告诉她不必白费口舌了。埃尔西很不情愿地承认，在海湾地区开办事业可能是件好事，但那与她无关。开弓没有回头箭，她是不会回去的。

琴走出咖啡厅，在某种意义上，她感觉轻松了一些，但也深感沮丧。她不会雇用怀有那种心情的人，但她在这位陌生女士身上寄托了许多希望。她很清楚自己缺乏管理经验。组建工厂的想法萌芽时，困难还没有那么明显，但在筹备期间，它们开始接踵而至。她在旅馆非常沮丧地过了一晚，次日飞回凯恩斯，仿佛要报复那漫长的火车旅途。她发现飞机票价格几乎与火车票持平。

她回到海滨旅馆后，发现我们的信都已经在那里等着她。她的精神也恢复了。她清楚地记得那个憔悴而严厉的阿姬，如果阿姬已经准备好要来昆士兰一年，对实现她的计划将大有帮助。我想，她在凯恩斯等待乔·哈曼期间，置身于如此多陌生人之中，渐渐开始感到孤独无助。

她拖延了一段时间才给我们回信，因为在见到哈曼之前，她无法做出任何决定。她过后告诉我们，从罗克汉普顿回来后，住在凯恩斯海滨旅馆那三周，是她一生中最难过的时光。每个早晨，她在黎明寒冷的光线中起床，确信她在大大地愚弄着自己，确信自己永远都无法在这个古怪的国家安顿下来，她和哈曼没有任何共同点，可能她根本就不应该来见他。聪明的做法是坐下一班飞机飞往悉尼，买一张便宜的船票回英国，那里才是她的归属。到中午的时候，女侍者和老板娘那种粗朴的澳大利亚式友好，却又在她那反复无常的决心里播下怀疑的种子，整个下午像野草一样疯长。到晚上，她知道如果自己离开那个国家和那个地方，就会终身错失某些非常值得拥有的珍贵事物。所以她重新下定决心，一定要耐心等候。第二天早上，整个循环又重新开始。

当然，从我的信中，她知道了哈曼坐的是哪艘船，很轻易地就打探到了它在布里斯班靠岸的日期。经过谨慎细致的咨询，她获悉他必须取道凯恩斯去威尔斯镇，并确知在船靠岸之后，她还要在凯恩斯等几天，因为他乘坐的船周一在布里斯班靠岸，而飞往海湾地区的飞机每周只有一班，在周二黎明起飞，两者永远接不上。她在威尔斯镇的时候知道了他会住在凯恩斯的海滨旅馆，所以她留在原地等他。

她给他写信，请布里斯班的航运公司转交给他。这封信，她写得很艰难。最后她写道：

亲爱的乔：

斯特拉坎先生寄给我一封信，信上说你在英国的时候去拜访了他，并说你因为错失与我见面的机会而深感沮丧。可巧的是，我也在澳大利亚度过了几个礼拜。我会留在凯恩斯等你，希望在你回威尔斯镇之前可以见上一面。

见面时请不要谈论太多马来亚的事情。我们都知道发生了什么事，让我们尝试把它们忘了吧。

你会让我知道你的动向吗——你什么时候来凯恩斯？我真的很想再见你一面。

祝安！

琴·佩吉特

她周二早上收到一封电报，上面说他将会留在布里斯班见米德赫斯特的主人斯皮尔斯太太，并于周四飞往凯恩斯。她到飞机场接他，感觉自己像个第一次赴约的十七岁女孩一样。这种感受真是荒唐透顶。

我想，当空中列车飞近凯恩斯的时候，乔·哈曼肯定觉得忐忑不安。这六年间，他一直把这个姑娘的形象珍藏于心，但他根本说不出她在现实中的模样。他记忆中的姑娘有一头长长的黑发，扎成马尾，垂在背上，末端用小绳子扎起来，就像一个中国女人。她被晒得很黑，差不多和马来姑娘一样黑。她的上衣褪了色，破旧不堪，像一件衬衣，下面穿一条廉价棉纱笼。她赤着脚走路，一双很黑的脚，还经常脏兮兮的。她总是把一个婴儿背在臀上。实际上，他并不认为她在凯恩斯的模样还跟那时一样。想到自己很可能认不出她来，他感到既苦恼又担忧。不幸的是，她内心的人格光辉，那种令他对她仰慕不已的个性，凭肉眼是看不见的。

他面临的困难对琴来说是显而易见的。她也一直在想，她为了他在房间里把自己打扮得如此花枝招展，不知道他是否能认出自己。她的结论是：他不能。她倒不担心自己认不出他来，因为他的改变肯定比她小。不管怎样，他手上有“圣痕”，那是错不了的。当空中列车在烈日下滑行的时候，她亭亭玉立地站在柏油路跑道的白色围栏旁，等候他的到来。

他一走出飞机，她马上就认出了他的金发蓝眼和宽肩膀。他焦虑地东张西望，目光落在她身上，停留了一会儿，又滑走了。她盯着他，心想她是否看起来人老珠黄。她看见他用那种奇怪僵硬的姿势开始走向航空公司的办公室，心里划过一丝刺痛——关丹那件事在他身上留下了永难磨灭的印记。以她的智慧，她早料到会这样，但第一次见到这种步姿时，她还是觉得万箭穿心。

她离开栏杆，快步穿过柏油路向他走去，喊道：“乔！”他停下脚步，难以置信地盯着她看。他在寻找一个陌生人，然而眼前这个姑娘，身披轻快的连衣裙，时髦漂亮，怎么可能会是她要找的人？最后一次看见她的时候，她站在马来亚的马路上，一脸悲伤，衣衫褴褛，黝黑肮脏，惨遭日本士兵欺负，脸上挨打的地方鲜血淋漓，脚上也血糊糊的。怎么会是同一个人？然后他看见她那个性鲜明的转头动作，回忆蓦地涌上心头——那又是土著太太了，是他这些年来一直记在心里的土著太太。

他无法表达此刻的心情。他有点害羞地咧嘴而笑，说："你好，佩吉特小姐。"

她饱含深情地握着他的手，说道："哦，乔！"他用手覆着她的手，俯视她的双眸，然后说："你住在哪儿？在这里等了多久了？"

她说："海滨旅馆。"

"真的？我也住在那儿，"他说，"我总是去那儿。"

"我知道，"她说，"斯迈思太太告诉我的。"

这里头有很多他不理解的东西，但他必须先挑要紧的事情做。"我去拿行李，等着我，"他说，"我们可以一起坐车进镇。"

"我叫了一辆出租车，"她说，"别坐公共汽车去。"

他们坐出租车进镇时，她问他："斯特拉坎先生怎么样，乔？"

"他很好。"他说，"我和他一起住了挺长一段时间，在他的公寓里。"

"是嘛！"她不知道那部分，因为我没有告诉她。我告诉她的只是最关键的少量信息，因为很明显他们要见面的。"你在英国待了多久，乔？"

"大约三周。"

她没有问他去英国的原因，因为她已经知道了答案，而且在出租车司机身后深入谈论它也不太合适。他的问题也阻止了她发问："你来澳大利亚做什么，佩吉特小姐？"

她没有正面回答。"你不知道我在这里吗？"

他摇摇头。"我只知道斯特拉坎先生告诉我的事情，他说你在东方旅游。如果我在布里斯班收到你的信，我会惊讶得目瞪口呆的。哦，老天，真的。请告诉我，你在凯恩斯做什么？"

一丝微笑滑过她的嘴边。"那你在英国做什么？"

他沉默不语，不知该如何回答。他没有任何现成的谎话。他们穿过镇子的郊区，路过教堂。"我们有很多事情要向对方解释，乔。"她说，"等你到旅馆安顿下来，我们再找个地方好好谈谈。"

他们默默地坐着，一路到旅馆也没有说话。琴有一个朝门廊开的房间，可以俯瞰大海，远眺格莱弗顿海角后面覆满森林的荒山。他们约好，等他洗完澡后在门廊见面。她那时已经知道澳大利亚的一些习惯。“要不要来点啤酒？”她说。

他咧嘴而笑。“好啊。”

她请女侍应多丽丝拿来四瓶啤酒，三瓶给乔，一瓶给自己。大量的冷饮在那个炎热干燥的地方不可或缺。她感到，必须在四瓶啤酒的帮助下，他们才能敞开心扉对话，第一次在对方面前流露出真感情。这是澳大利亚的一个独特之处。

她把两张帆布躺椅拖进她房间外面的阴凉处，啤酒和乔大约同时到达。女侍应离开后，就剩下他们单独相处了，她轻轻地说：“让我好好看看你，乔。”

他站在她面前，细细欣赏她的美貌。他之前在马来亚见到她的时候，做梦都没有想到她是这样一个女孩儿。“你一点儿也没变。”她说，“背伤要不要紧？”

“不怎么要紧，”他说，“不妨碍我骑马，谢天谢地，但我不能抬重物。医院的人告诉我，我永远都不能够再抬重物了，我最好别试。”

她点点头，把他的一只手放到自己手上看。她把他的手翻过来，温柔地捧着，细看掌心和手背的巨大伤疤。他就站在她身旁。“这些呢，乔？”

“它们没事儿，”他说，“我可以抓住任何东西——可以发动卡车，或者做任何事情。”

她转向桌子。“喝点啤酒，”她递给他一个杯子，“你肯定渴了吧。这三瓶是给你的。”

“好啊。”他拿起一杯，喝掉一半。他们一起坐到帆布躺椅上。“请告诉我你们后来怎么样了。”他问，“我知道你说过不要谈关于马来亚的事情，那真是一个鬼地方。我不想再记起它，但我真的很想知道你们后来怎么样了——离开关丹之后。”

她抿着啤酒。“我们继续走，”她说，“渚蒲大尉当天就打发我们继续上路了，在——在那之后。我们继续沿着东海岸北上，只剩下中士一人做看守。我很替中士难过，乔，因为那件事情使他饱受侮辱。他一直对那件事情耿耿于怀，后来他发起了烧，并失去了生存的勇气。他在一个叫作瓜拉德朗的地方去世了，大约在关丹和哥打巴鲁中间的一个地方。那是在大概一个月后。”

“那时他是唯一一个日本看守吗？”他问道。

她点点头。

“嗯，那之后你们怎么办？”

她抬起头。“此后直到战争结束，他们让我们留在原地，”她说，“我们就住在村子里，在稻田里劳动，直到战争结束。”

“你是说，在水里赤着脚踩来踩去，种稻米，像马来亚人一样？”

“没错。”她说。

“哦，老天。”他吸了一口气。

她说：“那种生活并不糟糕。我想，比起战俘营，我更情愿待在那里——一旦我们安顿了下来。战争结束时，我们都非常健康。我们开了一间小学校，教孩子们知识。我们还教了一些马来小孩儿呢。”

“我确实听到过一些类似的传言，”他思考着说，“在南方的朱利亚克里克听到一个飞行员说的。”

她盯着他看：“他怎么知道我们的事情？”

“他是1945年时驾驶飞机把你们带离马来亚的飞行员。”他回答道，“他说，你们被卡车送到哥打巴鲁，他负责开飞机把你们从哥打巴鲁送到新加坡。他现在在跨澳大利亚航空公司[①]工作，飞汤斯维尔到芒特艾萨的航线。那条航线经过朱利亚克里克。我去年五月份在那儿见到他，那时我正在那儿将牲口装上火车。”

“我记起来了，”她慢慢地说，“是一架澳大利亚空中列车带我们离开的。是一个瘦瘦的金发青年吗？”

“应该是他。”

---

① 于1992年并入澳洲航空公司（Qantas Airways）。

她想了想。“他跟你说什么了，乔？”

“就是我跟你说的这些。他说他把你们送到南边的新加坡。”

“提到我的时候，他怎么说的？”她看着他，眼里泛着笑意。

他害羞地咧嘴而笑，什么也没说。

“告诉我吧，乔。”她说，“再喝一瓶啤酒，然后有话直说。”

“好吧。”他说，拿起一个杯子，但没喝，“他说你是一个单身的女士，土著太太。我一直以为你们所有人都是已婚的。”

“她们都是，除了我以外。那就是你匆忙赶去英国的原因吗？”

他和她四目相投。“没错。”

“哦，乔！那真是浪费钱，你瞧，结果我们还是要在这里见面！”

他跟着她一起笑，喝了一大口啤酒。“好吧，我怎么知道你会在凯恩斯出现呢？”他想了一会儿，“那你到底在这儿干什么呢？”他问，“你还没有告诉我。”

现在轮到她害羞了。“我继承了一笔钱。”她说，“我想诺尔·斯特拉坎告诉过你。”

“没错。”他和善地说。

“那时我不知道自己接下来要做什么，”她说，“我不想继续在伦敦郊区当打字员。后来我想到一个主意，我要为收留了我们三年的瓜拉德朗做点什么。我想给他们挖口井。”

“一口井？”

她手里拿着一杯啤酒，坐在那里给他讲瓜拉德朗的故事，她在那里交到的朋友，还有洗衣房和那口井。接下来就不那么好讲了。“挖井队从关丹来，”她说，“那时我以为你已经死了，乔。我们都是那样想的。”

他咧嘴而笑。“我也差不多死了。”

“挖井队告诉我你没死，”她说，“他们说你被送往了医院，后来康复了。”

“没错，”他说，“我尝试让医院的人告诉我你们后来的遭遇，但他们说不知道。或者即使他们知道也不会说。我想他们都被那个渚蒲吓坏了。”

她点点头。“我去了关丹。那里现在非常平静。人们在网球场上打网球，在那棵可怕的大树下坐着聊天。在医院，他们告诉我你曾经问起我们，”她笑道，“你叫我土著太太。”

他咧嘴而笑。“但你是从那儿来的澳大利亚吗？”

她点点头。“是的。”

“为了什么？”

“嗯，”她尴尬地说，“我想来看看你是否安好。我想也许你还躺在医院里之类的。”

“是真的吗？”他问道，“你是因为我才来的澳大利亚？”

“某种意义上是的，”她说，“不要想多了。”他咧嘴而笑。“即使你是个土著我也会那样做的。”

“嗯，让你来说我浪费钱真是再合适不过了。”他说，“如果你留在英国的话，我们就会顺顺利利地见上面了。”

她生气地说：“哼，我又怎么知道你会跑到英国去，还健康得像只跳蚤一样？”

他们坐着喝了一会儿啤酒。“你是怎样来这儿的？”他问，“你先去的哪儿？”

她说：“我知道你以前在沃拉华工作，我想那里的人应该会认识你。所以我从新加坡飞过来，去到达尔文，然后坐公共汽车南下爱丽丝。”

“哦，老天。你去了爱丽丝斯普林斯？你去郊区沃拉华见汤米·杜维恩了吗？”

她摇摇头。“我在爱丽丝住了一周左右，后来通过医院的广播站从杜维恩先生那里拿到你在米德赫斯特的地址。所以我飞去威尔斯镇——我在米德赫斯特给你寄了一封电报，告诉你我正要来找你。但是，当然，那里的人告诉我你在英国。”

他盯着她看。“那是真的吗？你去过威尔斯镇？”

她点点头。“在那里住了三周左右。”

“三周！”他盯着她看，“你住在哪儿？”

“在旅馆里，和康纳太太一起。”

“但为什么是三周？对于大多数人来说，三个小时就够受的了。”

“我必须找个地方待着。”她说，“如果你跑到英国去了，想见你的人就必须找个落脚处。你回去后，很可能会发现澳大利亚旅馆里满是这样的人。”

他咧嘴而笑。“哦，老天，我会的。你在那儿都做了些什么？”

“闲坐着，跟阿尔·伯恩斯、彼特·弗莱彻、森·斯莫尔和其他所有人聊天。”

“你肯定引起了轰动。”他顿了顿，深深地思考这个新情况，“你去米德赫斯特了吗？”

她摇摇头。“我一直留在威尔斯镇。不过我见到了吉姆·伦农。”

楼下响起了晚饭的铃声。“我们最好下楼，乔。”她说，“如果你迟到了，他们会不高兴的。”

“我知道。”他拿起杯子，一饮而尽。但他拿着空杯子坐着，一动不动。最后他说：“你觉得威尔斯镇怎么样，佩吉特小姐？”

她笑道：“瞧，乔，把佩吉特小姐忘了吧。你可以叫我土著太太或者琴，但如果你还叫我佩吉特小姐，我明天就回家。”

他微微一笑。“好吧，土著太太。你觉得威尔斯镇怎么样？”

“乔，如果我们开始谈这个话题，就会错过饭点的。”

“告诉我。”他说。

她看着他，眼里含着笑意。“我觉得那真是个糟糕的地方，乔，”她轻轻地说，“我真不明白为什么有人能够忍受在那里生活。”她把手放到他小臂上，“我想和你谈谈它，但现在我们必须下楼吃饭。”

他从椅子上站起来，放下杯子。“太对了，”他沉重地说，“那个地方对于女人来说真是糟糕透了。”

他们下楼喝茶，同坐一张桌子。乔陷入了深深的忧郁之中。点完菜后，琴说：“乔，你还可以留多久？必须什么时候回米德赫斯特？”

他抬起头，咧嘴一笑。“当我准备好要回去的时候。”他说，“我离开了这么久，再多待几天也不会有什么差别。”他顿了顿，说，“你呢？”

“我只是过来看看你是否平安健康，乔。”她说，“我想我会南下布里斯班，下周就找船回家。”

他们的饭来了，乔点了烤牛肉，琴要了冷火腿片和沙拉。“你来到凯恩斯之后，都做了些什么？”他不久问道，“去看大堡礁了吗？”

她摇摇头。“我去了趟罗克汉普顿，还跟一个白人旅游团去了阿瑟顿高原，在那里过了一晚。我没去其他地方。”

“哦，老天，”他说，“你一定要看过大堡礁再回家。”他顿了顿，然后说，“你想去格林岛过周末吗？”

她瞟着他说：“格林岛是什么样的？”

“就是一个礁石上面的珊瑚岛，”他解释道，“一个小小的圆形岛屿，大约半英里宽。岛上有一个餐馆，树丛中间有一些供人住宿的小木屋。如果你喜欢游泳，那是一个很棒的小地方。可以整天穿着泳衣。”

琴想，她要好好考虑一下，树丛中间的小木屋是不是暗藏玄机，但这个提议自有其醉翁之意。他们对彼此几乎一无所知，有太多地方需要了解，太多话需要谈。她穿着泳衣和乔·哈曼在一个珊瑚岛上过周末，不管可能会发生什么事情，可以肯定的是，相比在气氛拘谨的凯恩斯，他们在那里能更深入地了解彼此。

“我很乐意，乔，”她说，“我们要怎样去那里？”

他满心欢喜地微笑了，她替他高兴。“吃完饭后，我出去找厄尼，”他说，“他很可能在海兹的酒吧里。他有一条船，我让他明早开船送我们去那儿。路上需要花三个小时左右，我们最好八点左右出发，趁太阳还不是很猛。我会请他下周一左右帮忙出来接我们。”

“好的。”她同意了，“但是，乔——我们实行荷兰制[①]。”他没听懂这个词。“我的意思是，你付一程的船，我付另一程，我们各埋各的单。”他强烈反对。“如果不那样，乔，我就不去了，”她说，“我会疑心你要对我图谋不轨。”

---

① 即AA制。

他咧嘴笑了。“太对了。”然后说，“好吧，土著太太，我们各付各的钱。”

他饭后离开，半小时后回到门廊找她。他找到了厄尼，预订好来回的船，还买了一大篮水果带去。黄昏稍纵即逝，夜幕很快就降临了。他们一起坐了几小时，谈论除了威尔斯镇以外的一切。她了解到很多信息，关于他早年在各个牛场的生活，他在克朗克里及周围的亲戚，他的军役，以及米德赫斯特。“上个雨季，我们有三十四英寸的雨。在南方的爱丽丝，有十英寸就算得上是一个好年头了。我一直想让斯皮尔斯太太同意在河流的源头修两个水坝来蓄水——一个在袋鼠溪上游，一个在干树胶河上游。”

“她同意了吗？”

“她同意出钱。”他说，“当然了，问题是很难找到人来修。你请不到小伙子过来内地工作。那是个鬼地方。”

“为什么呢？”她问。她自己就很清楚，但她想听听他的意见。

“我不知道，”他说，“他们全都想到镇上工作。”

她没有纠缠这个话题，以后有的是谈论它的时间。他们谈起令人愉快的闲事，她发现他非常焦急地想回到米德赫斯特去见他的马和狗。“我有一条叫莉莉的小母狗，”他说，“它母亲是一条蓝牧牛犬，和一头野狗交配了，所以莉莉有一半野狗血统。它真是一条很棒的狗。嗯，我出发去英国前，让它和另一条蓝牧牛犬交配，现在应该已经生小狗了，这样它们都有四分之一野狗血统。野狗和牧牛犬杂交的话，能生出很出色的小狗，但必须减弱野狗的血统，不然生出的小狗就很野。战前在沃拉华的时候，我有一条狗就是有四分之一野狗血统的，它可好了。”

他告诉她，他的牛场有大约六十匹驯马和驮马，但它们与他的关系远没有狗那么亲近。“狗会到牧场住宅里来，坐在你身旁，陪你度过晚上的时间。”他说。她可以想象那个画面，那些漫长而孤寂的夜晚，那就是他平常所过的生活。“在内地，如果没有狗，日子都不知道怎么熬下去。”

十点钟，他们各自上床睡觉，准备次日一早出发。他们在她房门前的黑暗中一起站了一会儿。“我是不是变了很多，乔？”她问。

他咧嘴而笑。“我完全认不出你来了。”

“我想也是。六年真的很长。”

“实际上你一点也没变，”他说，“你的内心还跟从前一样。”

“我想你说得对，”她慢慢地说，“战后我觉得自己就像一个老太太，乔。经过了关丹那件事情后，我以为我再也不会因为什么事情而快乐起来了。”她笑道，“比如说去格林岛过周末。”

“在那儿没什么可做，”他说，“游游泳，坐玻璃底的船出海看珊瑚和鱼。”

“我知道。那肯定会很有趣。”

他们第二天早晨坐上厄尼的渔船出发了，那是一艘带顶棚的汽艇。他们在一片光滑的海面上嘎嚓嘎嚓地前进了两个小时。他们在船后拖了一条钓鱼绳，钓到两条颜色鲜艳的大马鲛鱼。一个小时后，他们看到了格林岛，海平线上出现了椰子树的树顶；再驶近一些，就能看见小小的圆形岛屿，白色的珊瑚沙沙滩把它完全包围起来。一条长长的栈桥，一直修到珊瑚礁的浅水之上。他们下了船，一起走上这栈桥，停下来看猩红色和蓝色的鱼儿在下面的珊瑚丘周围嬉戏。

岛上没有其他过夜的游客，他们要了两间绿树掩映的小木屋。这些小木屋两端通透，微风习习，有用于保护隐私的简易窗户。他们约好马上在沙滩见面，一起游泳。琴穿上一套新的两件式泳衣，乔一看见就赞赏不已。“就像画儿一样漂亮，”他说，“哦，老天。”

她笑道：“布太少了，都不够填满一个画框的。”

“太对了，”他说，“但这儿周围又没有老古板。”

“我要小心点，别被晒伤。”她说，“我敢打赌，在这里游过泳的女人之中，我是最白的。”

“你的肤色不均匀。”他说。他站着盯着她看，简直没有办法把目光从她的美貌上移开。“不过你曾在烈日下曝晒。”

她的肩膀和双臂都晒黑了，乳房上有一条明显的分界线，上面是棕色的，下面是白的。“我在马来亚时把纱笼拉到这里，”她说，“在他们挖井的时候。住在村子时，我们常常把纱笼穿得高高的，拉到手臂底下。那样穿真的非常凉快，还可以保护身体大部分地方不被晒伤。而且也相当得体。”

“你带纱笼来了吗？”他问。

她点点头：“我打算一会儿穿。”

他们转身走进海水时，她第一次看到他的背部，上面布满了一道道巨大的疤痕。疤痕扭曲了整个背部，使它看起来皱巴巴的。看到这一景象，她的内心涌上一阵深深的怜悯。这个男人已经为她受足了伤害，她绝对不能再伤害他了。他回头看她，说：“我们到齐膝深的地方就好了，最好不要往深里走。这附近有很多鲨鱼。”然后他仔细地看着她，说，“怎么了？”

她马上笑道：“是太阳，”她说，“晒得我都流眼泪了。我真该戴上太阳镜。”

“我去给你拿。放在哪儿了？”

“我不想戴了，真的。”她说，一下子向前猛扎进沙上的浅水处，下到大约两英尺深的水里，然后翻了一个身，背朝下，甩掉脸上的水。“太美妙了！”她说。他也往前一扑，打了几个滚，坐在她身旁。珊瑚沙上的海水温暖宜人。“请告诉我，乔，”她说，“鲨鱼当真会游到这么近的地方来吗？”

“它们会把你扯进刚齐腰深的水里，”他说，“哦，老天，它们会的。我不知道这会儿这儿有没有鲨鱼。问题是，你永远都不会知道。马来亚没有鲨鱼吗？”

“我想有吧。”她说，“村民从不走进深过膝盖的海水，所以我们也没试过。河里还有鳄鱼呢。”她笑道，“总之，在热带国家，还是在游泳池游泳最好。”

他们在蔚蓝清澈的海水里嬉戏，阳光穿过海面的涟漪，闪闪烁烁地，在他们周围的珊瑚沙上淌成银白色的流光。“我从未在游泳池里游过泳。”他说，“他们把游泳池的一头修得很浅，是吗？可以让人像这样坐上去？”

“当然了，一头浅一头深，深的那头有跳水板。在澳大利亚这里不也有游泳池吗？”

“哦，老天。在南方有，像悉尼和墨尔本那样的地方。我听说过有些牛场主在他们的土地上修建了游泳池，但像凯恩斯、汤斯维尔和麦基，它们就在海边上，所以不需要游泳池。”

“麦克莱恩太太在爱丽丝斯普林斯有一个游泳池。”她说。

“我知道，他们一两年前才修的。我还从来没有见过呢。”

她翻了一个身，背朝上躺着，注视着一只海鸥从小岛飞到海上，在热气中翱翔。“你们可以在威尔斯镇修一个游泳池，”她说，“就这样任凭从钻孔喷出来的水在镇中心白白流淌，实在是太浪费了。你们可以在旅馆对面修一个漂亮的游泳池。”

“那些水并没有被浪费掉，”他说，“哦，老天。旱季的时候牛就喝它。”

“即使我们先把水借来灌满游泳池，也不会对牛造成任何伤害，”她说，“而且它们喝起来会更甜。”

“如果是你在池里游泳的话，喝起来会更甜一些，”他同意，“但如果是我在里面游，那就不知道了。”

他最多只让她在水里泡三刻钟。“你会晒伤的，”他说，“像这样的大毒日头，在海里就跟在陆地上一样容易晒伤。你的皮肤那么白，要特别注意。”他们从沙滩上起身，走到树荫中，坐着抽了会儿烟，然后回到小木屋添些衣服去吃午饭。她发现，在澳大利亚的旅馆吃饭必须非常注意着装。在凯恩斯，即使是在夏天最热的时候，男士去餐厅时要是不穿上外套并系好领带，就没有人愿意接待他，女士也不会穿着休闲裤去吃饭。

哈曼给她点了一顿清淡的午饭，冷火腿片和水果。他为了能让她度过一个愉快的周末费尽了心思，令她非常感动。她问道：“乔，为什么像威尔斯镇那样的地方没有新鲜水果？水果在那儿不长吗？”她一边说一边努力想以一种优雅的方式吃掉一个芒果。

“芒果长得挺好的，”他说，“我们在米德赫斯特有三四棵芒果树。镇上没有吗？我还以为肯定有呢。”

“我相信没有。我从未在旅馆里见过水果，其他地方也没有卖的。”

“哦，好吧，也许你是见不到水果的。人们似乎并不拿它当回事。在有些地方，所有的行道树都是芒果树。如果你在初夏的时候开车经过库克镇，就会看到沿路种满了芒果树。”

“人们不喜欢新鲜水果和蔬菜吗？我是说，如果不吃它们的话，就会得各种各样的皮肤病。”

“对于老人家来说，在园子里干活太热了，就像在其他地方一样，”他说，“乡下没有足够的人手来种那样的东西。我们甚至都请不到人到牛场做牧工——我们不得不用三分之二的土著牧工，甚至更多。那里就是人手不够。他们都不愿意来内地。”

她思考着说：“爱丽丝斯普林斯有大量新鲜蔬菜。”

“啊，是的，”他回答，“爱丽丝是不一样的。爱丽丝是一个很棒的小镇。”

饭后热浪来袭的时候，他们各自上床睡觉，晚饭前再去游泳。晚间凉风送爽，他们走到码头边钓鱼。他们抓到一些青嘴龙占，还有三四条红蓝相间的鱼——这些闪闪发光的鱼有毒，不能吃，还会蜇人，必须戴上手套来对付它们。厌倦了这项无利可图的运动后，他们收起钓鱼线，一起坐着，看太阳从地平线上的阿瑟顿高原背后落下。“这真是一件很有趣的事情，”琴说，“去到一个新国家，原本希望一切都是新鲜的，却发现有很多东西并不陌生。在英国，遇到晴朗的夏日黄昏，也能看见跟这里一模一样的日落。”

“你能在这儿看到很多和英国相似的景象吗？”他问。

她微微一笑。“在格林岛上不能。在威尔斯镇也看不到多少。但在凯恩斯——很多。停在大街上的沃克斯豪尔和奥斯丁汽车，告诉人们买英国货的政治家，大英北方保险公司[①]，塔特沙尔花格毛料，旅

---

① 英国一家保险公司，总部设在爱丁堡。

馆里收听《又是那个家伙》[1]的银行职员。就连街上的报童——'快来看报纸！'闭起眼睛听着他们的声音，就像身在英国。我住在伊令公地的时候，他们天天那样喊，喊声一模一样。"

"伊令是你上班时住的地方吧？在伦敦附近，是不是？"

"没错。其实它是伦敦的一部分——伦敦的一个郊区。"

"你回国后还会回那儿住吗？"

"不知道，"她慢慢地说，"我不知道接下来要做什么，乔。"

黄昏的光线斜斜地照下来，风平浪静，他们一起坐在码头，看着海那边的日落。她希望他能够循着她的话追问下去，但他没有，她深感失望。除此之外，她对他还怀有更多期望，但并无一个得以实现，她开始觉得心烦意乱。她原本还期望自己整个周末都要刻意防范着他，譬如说，像抵御入侵者一样，但到目前为止，事态仿佛完全在朝另一个方向发展。乔·哈曼对她的行为无可指责，他并没有试图吻她，甚至不曾制造与她发生身体接触的机会。如果不是他确实去过英国，不为别的只为去找她，她很可能会认为他对她根本毫无兴趣。那天结束的时候，他的坐怀不乱令她深为担忧。他已经为她遭受了太多痛苦。

他们回屋睡觉的时候，事情并无任何好转。她情愿被吻，在安静的夜色中，在婆娑的棕榈树树影下，但乔没有这么做。他们用最循规蹈矩的方式互道晚安，甚至连手都没有握一下，然后各自回屋，就像那些恪守礼节的老古板一样。琴醒着躺了一会儿，焦躁不安，苦恼不已。她想当然地认为他们会在格林岛上取得某种感情上的进展，但如果事情就这样发展下去，他们下周一就会一无所获地离开。那样的话，她就不得不南下布里斯班坐船回家。没有任何借口去做任何其他事情。这个想法简直让她无法忍受。

她知道她的英式做派对他来讲很陌生，他不可能知道她有多么愿意让自己融入他的昆士兰式生活。另外，也许她的钱成为了两人之间

---

① "It's That Man Again"的简称，BBC的一个喜剧节目，1939—1949年播出，对战时英国人民的抗侵略斗争产生了很大影响。

的障碍。她不认为一个男人会真诚或诚恳到在娶一个有钱的女士时犹豫不决，但这笔钱也可能使他对她望而却步。她有一种感觉，她这个陌生的英国贵小姐，和一个来自凯恩斯的澳大利亚姑娘有着天壤之别。如果乔 · 哈曼对一个来自凯恩斯的姑娘如此感兴趣，这个姑娘早就已经和他同床共枕了。然而他甚至都还未曾吻过她。

她躺了很久，难以入寐。

第二天也并无任何进展。早晨空气凉爽，他们在清澈得不可思议的海里游泳。退潮时，他们走到礁石上，去看色彩缤纷的珊瑚。他们坐在一艘用玻璃做底的船上，划着它四处转悠，观赏五颜六色的鱼儿，两人中间一直隔着足足有六英寸的距离。吃饭的时候，他们都发现自己已经谈够了无关痛痒的话题。克制变成一种负担，当他们两人似乎都无话可说的时候，那漫长的沉默显得相当尴尬。

傍晚的光线柔和温暖，他们决定到环岛的沙滩上散步。她把他留在她的小屋门前，说："给我几分钟时间，乔。我不想穿着这条连衣裙在沙滩上散步。"她把其中一块窗帘拉起来，把自己遮住。换衣服时，她想他们就剩一天时间了，有那么多需要解决的问题，但他们甚至还没开始进入正题。不入虎穴，焉得虎子，如果是为了乔，冒点险还是值得的。

她在昏暗的光线中走出小屋的时候，他转过身来。他仿佛回到了六年前的马来亚。她又穿着那条褪了色的旧棉布纱笼，或者是一条很相似的纱笼，拉得很高，在手臂下打一个结。她棕色的肩膀和棕色的手臂露在外面。她光着脚，头发垂下来扎成长长的辫子，尾部用一条小绳子扎起来，就像在马来亚的时候一样。她不再是那个陌生的英国贵小姐，她又变回了土著太太，这些年来他一直记在心里的那位土著太太。她很羞涩地走向他，把双手放到他的肩膀上，说："这样是不是好一点，乔？"

她永远无法非常清楚地记得接下来五分钟发生的事情。她站着，被他的手臂紧紧拥抱着，他发狂地吻她的脸、她的脖子和双肩，一边用手抚摸她的身体。在横扫全身的激动和兴奋中，她知道，从未有任何人比这个男人更想得到她。她站在他的双臂中，并没有抵抗，她从没想过要挣扎或者逃走。但是过了一会儿，当她得以喘口气说话时，她说："哦，乔！屋子里的人会看见我们！"

她意识到的下一件事情，就是他们已经在她的小木屋里了。她永远不知道他们是怎么进去的，但过后想想，她得出了结论，他肯定是把她抱了进去。这时发生了另一件让她担心的事情。如果不乱动，在胸部上方用一个紧结扎起来的纱笼可以整天都保持在合适的地方，但它抵挡不住活力四射的男性力量。她可以感觉到它渐渐松开并往下掉。她身上没穿任何其他衣服。

她仍然顺从地站在他的手臂中，被他的吻窒息，她想，这就是它了。然后她想，这件事情总有一天要发生的，我很开心对方是乔。然后她想，它不是他的错，是我引诱他的。然后她想，我必须坐下来，或者怎么样，要不然就会一丝不挂了。想到这里，她往后一撤，从他的手臂里逃了出来，坐到床上。

他跟着她坐下，笑着，她一边试图把纱笼拉起来，并用手遮着双乳，一边含笑望着他。然后她又落入了他的双臂，他不让她把纱笼穿上。然后他很直白地说："你介意吗？"

她伸出右臂，环着他的肩膀，温柔地说："亲爱的乔，如果你想要的话，我不介意。但如果你**能够**等到我们结了婚再说，我会更加乐意。但不管你现在做什么，我都一样爱你。"

他俯视着她，看进她的双眸："再说一遍。"

她把他的头拉到自己面前，吻他。"亲爱的乔。我当然爱你。你以为我来澳大利亚是为了什么？"

"你愿意嫁给我吗？"

"我当然愿意嫁给你。"她抬起头看着他，眼里充满深情和笑意，"所有看见我们现在这副样子的人都会说我们已经是夫妻了。"

他咧嘴而笑。他现在更加温柔地抱着她。"不知道在你眼里我是个什么样的人。"

"我要告诉你吗？"她拿起他一只受过伤的手，轻抚巨大的伤疤，

"在我眼里，你就是那个我想嫁给他，并且为他生小孩的男人。"纱笼似乎已经滑落到她的腰部，但现在那已经不重要了。"我倒更情愿等几个月，把我们的生活先安排一下，乔。婚姻是一件大事。在我们结婚之前，是有很多事情需要做的。但如果你说我们等不了了，那我明天就跟你结婚，或者今天晚上。"

他温柔地把她拉过来，吻她的指尖。"我可以等。我都为这一刻等了六年了，我可以再等一阵子。"

她轻柔地说："可怜的乔。我会试着把事情弄得容易一些。我不会把你逗急的。我今天这样做真不应该。"她从他的手臂中抽出身来，把纱笼拉上，裹住身体。"请出去等一会儿，我要多穿点衣服。"

他说："你不需要那样做。我不会做任何事情，除了不时吻吻你。今晚就这样吧，就当这儿是马来亚。"

"只限今天晚上。"她说。他们不久走到沙滩上，站在明亮的月光下，紧紧拥抱着对方。"我从来不知道一个男人可以如此开心。"他说。

半小时后，她说："乔，我们现在都很累了，是时候上床睡觉了。我们有太多东西要谈了，但最好留到明早再谈。今晚我只想跟你说一件事。只要你觉得你一刻也不能等，你来告诉我，好不好？如果你那样来找我，我保证我们马上就结婚，或者更快。"

他温柔地说："我可以为你等很久很久，在这之后。"

"亲爱的乔。我会尽我所能不让你久等的。"

她太累了，所以回到小屋后没有点蜡烛，而是倒在床上，像个马来人一样松开纱笼，几乎马上就睡着了。第二天，她在晨光中醒来，躺着回忆昨晚发生的事情，感到出奇地高兴。最后，她觉得他们两人之间的事终于走上了正轨。太阳升起时，她起床跑去小心翼翼地窥探乔的小屋和餐厅。到处都没有一点人的动静，所以她穿上泳衣，到海里洗了个澡。太阳升起后，她躺在浅水中，发现身上有一些瘀痕。她回忆起自己是如何惊险逃脱了比死亡更可怕的命运。

她蹑手蹑脚地回到小屋，穿上连衣裙，走去餐厅。餐厅开着门，但里面没有人。她把水壶放到油炉上，泡了一壶茶。她拿着一杯茶去乔的小屋，小心地往里窥探。

他穿着一条短裤躺在床上，还未睡醒。她在那里站了几分钟，看着他睡觉的模样。因困扰而生的皱纹已经从他脸上消失，他安稳合目而睡，像个小男孩儿。他背上的疤痕凶狠地凸出来，与这张恬静的脸形成了鲜明的对比。她深情地看了他一段时间，知道自己在未来几乎每一个早晨都会看见他现在这个样子，这个想法令她很高兴。

她挪了一下位置，放下杯子。当她再去看他的时候，他已经睁开了眼，也在看着她。“早，乔，”她说，一边想她是不是应该像只兔子一样逃之夭夭，“我给你泡了一杯茶。”

他用一只手臂撑起身来。“请告诉我，”他说，“我以为昨天发生过的事情真的发生了吗？”

“我想是的，乔，”她说，“我想那肯定发生了。我浑身上下都是瘀痕。”

他伸出一只手。“过来，让我吻吻你。”

她后撤了。“想都别想。你先起来洗个澡，穿好衣服，到时我会给你一个吻。”

他笑道：“你不去洗澡吗？”

“我洗过了，”她说，“你还在睡觉的时候我就已经起来了，磨蹭了差不多有一个小时。我下去看着你洗。”

他问道：“你睡得好吗？”

她点点头。“像根木头一样。”

“我也是。”他们心有灵犀地一笑。“给我几分钟，我马上去沙滩。”

她坐在沙子上，在他洗澡时和他聊天。然后他上来去刮胡子，不久就穿上一件干净的衬衣和干净的卡其色休闲裤来到琴跟前。她走进他的双臂，给了他一个吻。然后，既然不见有任何早饭的动静，他们紧紧偎依着，一起坐在沙滩上，在清爽的晨风中绵绵不绝地谈着话。他们现在找起话题来毫无困难，即使相对无言，也觉亲密无间。

吃过早饭后，他们坐着喝最后一杯咖啡，一边抽烟，他说：“我一直在想，一等斯皮尔斯太太找到另外一个经理，我就离开米德赫斯特。”她愕然地听着。接下来是什么？“如果我们可以找到一个用于育肥的牧场，在阿德莱德北边，在马拉拉、哈姆利布里奇、巴拉克拉瓦，或者其他类似的地方，在爱丽丝斯普利斯的铁路沿线上，离屠宰场不是很远，那就符合我的理想了。我想我们能找到那样一个地方，离城市大约五十英里，以便随时进城。”

她默默地坐了一会儿。这需要慎重应对。“你为什么想这样做，乔？米德赫斯特有什么不好？”

“它离任何一个地方都太远了，”他说，“也许对一个单身汉来讲没问题，但对一对夫妇来讲就不行。阿德莱德现在是一个很棒的城市。我是昆士兰人，但我喜欢阿德莱德多于布里斯班。我没去过悉尼和墨尔本，但阿德莱德是一个很棒的城市，哦，老天。有一条又一条的商业街，还有有轨电车、电影院和舞厅，它也是一个漂亮的地方，背后有山脉，还有葡萄园，里面种的葡萄用来酿酒。如果我们能在阿德莱德附近找到一个农场，就能过上很棒的生活。”

“但是，乔，”她说，“那是你想要的工作吗？只是从内地把牛买来进行育肥？我听着觉得太无聊了。你是不是受够内地了？”

他把烟头扔到地上，用脚后跟碾灭。“有些地方适合单身汉，有些地方适合已婚的人。”他说，“结婚后，人必须做出一些改变。”

他们中间隔着早餐桌，对于这一份新建立的亲密关系而言，这个距离太远了。她无法在不触碰他的情况下处理一件这么严肃的事情。“让我们出去谈。”她说。于是他们走出餐厅，在沙滩边缘的树荫下找到一块满是沙子的草地，在那里一起坐下。“我不认为那是对的，乔，”她慢慢地说，“我认为你不应该只是为了要娶我就离开内地。”

他向她笑道：“海湾地区没有适合女人住的地方，”他说，“除非她是在内地出生并长大的，有时候这样也不行。我见过一些从英国来的已婚夫妇试着适应内地的生活，但从来没听过有成功的。内地的生活跟英国太不一样，太艰苦了。”

她慢慢地说：“我知道不一样，也很艰苦。我在威尔斯镇住了三周，乔，对它有一些了解。”她捧起他的手，在自己双手间轻抚那巨大的伤疤。“我知道你害怕什么。你害怕像我这样一个直接从英国来的女孩儿在内地会过得不开心，乔。你害怕我会焦躁不安，开始找借口离开，住在城市里，为着牙医，为着商店，还有那一类东西。你害怕，如果我们在米德赫斯特开始我们的婚姻，你会把我逼得太苦，然后我们的婚姻就会出问题。”

她抬起双眼望着他。“你害怕的就是这个，是不是，乔？”

他看着她的眼睛。“没错，”他说，“一个男人没有权力让一位英国姑娘住在像威尔斯镇那么糟糕的地方。”

她笑道：“不仅是英国姑娘，乔。就连澳大利亚姑娘，生在威尔斯镇的姑娘们，也不惜背井离乡地逃离它。”

他咧嘴而笑。“没错，如果连她们都不能忍受它，你又怎么能呢？”

“我不知道我能不能。”她思考着说，做人要诚实。“所有海湾地区的镇子都一样吗？”

他点点头。“诺曼顿大一点，有三个酒吧，而不是一个，还有一个教堂。”

接下来是一段长长的沉默。“我有一点恐惧。”她最后说。

他执起她的手。他们的新生活仿佛触手可及，她却心怀畏惧，真让人发疯。她昨天晚上真是勇气可嘉。“恐惧什么？”他温柔地问。

她说：“我害怕你换工作。”她顿了顿，说，“我觉得你的想法完全行不通。一个男人怎么能因为自己的妻子无法忍受他能忍受的生活，就嚷嚷着要换工作呢？你习惯了在一块大约两千平方英里的土地上工作，乔，时不时赶着驮马消失三个礼拜，但从不离开你自己的土地。像你这样的男人，在一千英亩地上能做什么？”

他虚弱地咧嘴而笑。她点到了他的痛处。“我相信我会很快适应的。”

“我知道你行，”她轻轻地说，“你甚至可以做得非常好。但离开了海湾地区之后，你永远不会真正感到满足。电影院，或者一条又一条的商业街，又或者是舞厅，都无法弥补这种落差。当我们偶尔吵起架来——我们会吵架的，乔——你就会想起过去在海湾地区的生活，想到你是怎样为了我而放弃了它，我知道你会怪在我的身上，那我们之间就会一直心存芥蒂。那才是我害怕的事情，乔。我想我们应该留在海湾地区，你工作的地方。”

“你刚刚才说你不能忍受威尔斯镇。”他抗议道，“伯克敦和克罗伊登——嗯，它们都一样的。”

“我知道，”她体贴地说，“我有点前言不搭后语，是不是？开始我说我不能忍受在那样一个地方生活，然后又说你不应该有去任何其他地方生活的念头。”

“没错，”他既困扰又苦恼，“我们要试着想办法解决它，看看怎样对我们两人都合适。”

“只有一个办法，乔。”

“是什么？”

她向他微笑道：“我们要做点什么来改变威尔斯镇。”

第八章

他们度过了很特别的一天，时而卿卿我我，时而讨论生意问题。“你说一个降雨量三倍于北领地的地区，无法发展出一个和爱丽丝一样好的镇子，那是不合逻辑的。”期间她有一次说，“我知道爱丽丝有铁路，威尔斯镇有雨，我还知道我自己更情愿在哪个地方养牛。如果你还说要换工作，乔，我就自己坐开去。我们还没结婚呢。”她把他的手拉过来，吻了一下。

“养牛需要的不单是雨水，”他说，“不过当然，饲料越多，就有更多小牛能挺过旱季，也有更多牛可以拿去卖。但除此之外，还有很多其他事情，哦，老天。”

“还有其他什么？告诉我，乔。”她紧紧握住他的手。

“其中一件是，”他说，“下雨的时候，你必须想办法蓄水。米德赫斯特确实有很多雨水，但转眼间就全部流走了。我们的降水从十二月中旬持续到二月底，那时你就会看到小河都涨得满满的，简直要泛滥成灾。但三周后，到三月底，它们就又全部重新变干了，整个地区又变得像往常一样干燥。”

“这就是你要在袋鼠溪和干树胶河上修建水坝的原因？”

“没错。”他说，“我想开始的时候先修建一些小型拦河坝来储水。从每条小溪的源头开始，一点一点慢慢往下修。沿着那些小溪，每隔两三英里储备出一个小水池，直到它们流入吉尔伯特河。当然了，旱季时无法蓄水，因为太阳太猛烈了。但如果米德赫斯特有那样的水坝，饲料数量就会大大增加。哦，老天，肯定会的。”

她放开他的手。“乔，米德赫斯特有多大？”

“一千一百平方英里。”

“上面养了多少头牛？”

“大概九千头吧。应该还可以养更多，但牛场的北部边界很干，非常干。”

“假设你所想象的这些小水坝全都可以建起来，那时可以养多少头？”

他想了一会儿。“我不明白为什么不能养现在的两倍。那大概是每平方英里养十六头。有那么多的雨水，我们应该能做到。”

“今年你们卖了一千四百头，是不是？”

“没错。”

“每头卖多少钱？”

“四镑十六先令。”

她又抓住他的手，把它紧紧攥在自己手里。“乔，我在想，如果你在牛场上多养一倍的牛，每年就能多卖一千四百头。那就是——那就是每年能多卖六七千镑。那样你每年就能卖出价值一万两三千镑的牛了，乔。投点成本在水坝上，就能使营业额增加那么多，如此良机绝对不能错过，是不是？”

他对她另眼相看。“嗯，我就是那样想的。我告诉过斯皮尔斯太太，说我想聘请一个由三个男员工和一些土著组成的固定团队来专门负责这件事。从源头开始，每年修一点。一年差不多要花一千五百镑。第一年的利润会低一些，但那之后利润就会稳步上升，直到接近翻番。我就是那样跟她说的。”

“她同意了吧？”

“她同意出钱。但这只是开头，让她出钱倒不难，问题是我可能要花很多年才能雇到这些人。”

她难以置信地看着他。“很多年？”

“太对了，”他沉重地说，“要想出这个计划来很容易，但真正将它付诸实践要费很大工夫。可能要等五年才能开工。在米德赫斯特只有我们三个人——我是指白人——我、吉姆·伦农和戴夫·霍普。我们必须再找三个人，他们必须整个礼拜都在距离牧场住宅四十英里的偏远地区工作，差不多天天用鹤嘴锄和铁铲干活。他们还必须负责可靠，这样我们只需每周或每两周去跟进一次。嗯，根本就雇不到那样的人。海湾地区的人口每年都在减少。如果没有土著牧工，我都不知道要怎么办。”

“真的只有你们三个白人在经营米德赫斯特吗？”

他用手臂环着她的肩膀。“你来了之后就有四个了。”

她想可能很快就有五六个了，但忍住没把这个想法说出来。“你们的理想人数是多少？”

“你是说，未来养一万八千头牛的时候？”她点点头。“我认为那样一个牛场需要二十人。”他说，“如果我们把经过驯服的公牛都赶进畜栏来改良牲口质量，就不需要太多人。到时将要修建篱笆和畜栏，还有其他杂七杂八的东西。我可能需要二十个白人牧工，此外再请一些别的帮手。”

她慢慢地说：“彼特·弗莱彻说有五十个牧工去了威尔斯镇，在那里成家立业。”

“差不多吧。”他说。

“如果所有的牛场都像你说的那样发展起来，”她说，“那意味着牧工数量要增加到现在的七倍，因为现在你们只有三个人。这个地区将会有三四百个牧工，还有他们的妻子和家庭，这些人需要商店、酒吧、车库、无线电台和电影院。威尔斯镇可以发展成两三千人的小镇，乔。”

他微微一笑。“下一步你就要把它发展得跟布里斯班一样大了。”

她严肃地说：“乔。在马来亚当战俘的时候，我们当中有一位叫作弗里思太太的老妇，她觉得你肯定是耶稣托世，因为你曾经为我们受难。我尝试告诉她，你不是。如果她看见你现在的所作所为，就很可能会相信我。”

他们谈论了一会儿弗里思太太，然后把话题转到更加世俗的事务上。“乔，”她说，“听我说。如果我说我想在威尔斯镇创业，你会不会觉得我很愚蠢？”

他盯着她。“创业？你能在威尔斯镇做什么生意？”

“你知道我在英国的工作吗？”她问道。

“速记打字员，是不是？”他问。

她拿起他的手，在自己双手间摩挲着。“你太不了解我了，”她说，“我有太多事情要告诉你。”她先告诉他帕克和利维公司，然后说到帕克先生、短吻鳄鱼皮鞋，还有阿姬·托普。半小时后，她说：“那就是我想要做的事情，乔。你会觉得这有点疯狂吗？”

“我不知道。”然后，他很有点出人意料地说，“我去逛过邦德街的商店。”

她转向他，一脸惊讶。“真的吗，乔？”

他点点头。“我问斯特拉坎先生应该去伦敦什么地方参观，他问我知道多少伦敦的历史，我告诉他我没上过多少学。所以他就让我去参观圣保罗大教堂和威斯敏斯特教堂，然后坐公共汽车去皮卡迪利广场，往北走上摄政街，沿着牛津街走到邦德街，再沿着皮卡迪利广场走回来。他说走那条路线的话我就能看见所有最好的商店。”

她点点头。伦敦仿佛远隔万水千山之外。海洋的微风拂面而来，只听见头顶上椰子树低低的沙沙声。

“我看到了很多鳄鱼皮鞋，”他说，“还有一些化妆箱。”他转向她，“我看见它们的时候，心想也许它们的皮就来自老杰夫·波科克捕获的那些鳄鱼，真是有趣。那让我感到挺亲切的。它们都制作得非常漂亮，手工很好。但价钱——哦，老天。它们几乎都不带价签，但其中有一个很小的女用鳄鱼皮箱，里面装了一些银白色的小玩意儿，这样一个箱子竟然要卖一百基尼。”

她很兴奋。“乔，我敢打赌那是帕克和利维公司制作的。我们做的全是那一类生意。”

“你不是在想，在威尔斯镇也能生产那些东西吧？”

“不做皮箱，乔。只做鞋——至少以做鞋开始。一间小工厂，雇用六七个姑娘制作鳄鱼皮鞋。成本不会很高，乔——万一出了问题，也不会超出我所能承受的范围。但我不知道——也许不出问题呢？如果进展顺利，有利可图，对于小镇来讲是一件好事。”

“六七个姑娘，全都在威尔斯镇工作挣钱？”他若有所思地说，“你留不住她们的。最多六周，她们就会全部嫁出去——哦，老天，她们会的。”

她笑道：“那我就再找六七个。”她站起身来，“我们去游泳吧，不然一会儿就太热了。”

他们换好衣服，躺在干净的银白色海水中，身下是幼细的珊瑚沙。“看看这些瘀痕，”她说，“你真会欺负人。下次欺负一个跟你一样健壮的人试试看。”过了一会儿她又说，“我还有一个疯狂的主意。现在就告诉你——可别晕倒在水里。我想开一间冰室。”

“哦，老天。”

“我要付给这些姑娘很高的薪水，乔，”她严肃地说，“我要把它们挣回来。”

他看着她，不能确定她是否在开玩笑。“在威尔斯镇开一间冰室？”他说，“那挣不了钱的。”

“且看我每个冰淇淋卖多少钱。”她说，“我不仅要卖冰淇淋，乔——以后还要卖蔬果、速冻食品、女士杂志、化妆品和所有其他女士想要的小玩意儿。有一个很漂亮的姑娘想来帮我打理这间冰室，名叫露丝·索耶，现在住在爱丽丝。”

他慢慢地说：“如果店里有那样一个女孩儿，女士们就挤不进去。牧工会把它挤得满满当当。”

“那也没关系，”她说，“只要他们买我的冰淇淋。”她转向他，“乔，你有没有去过爱丽丝过周日？”

他摇摇头。“我想没有。至少开战以来没有。”

“我也知道原因，”她说，“周日所有酒吧都不开门。”

他咧嘴笑道：“太对了。”

“威尔斯镇的酒吧周日也不开门。”

“酒吧是关了，”他说，“但你通常可以从康纳老妈那儿买到酒，从旅馆后面。”

她在水里翻了一个身。“我必须向海恩斯中士通风报信，乔。星期天是爱丽丝的冰室生意最好的日子。泡了一个礼拜酒吧的男人会带着妻子和小孩去冰室，大口大口喝冰淇淋汽水和可口可乐。那个地方周日的生意兴隆得不得了。”

“确实如此，”他思考着说，“不然人们也没别的事情可做。”

不久他们从海里上来，坐到树荫里。他不允许她在太阳底下坐太久，以免晒伤。他们一起在树底下抽烟的时候，他说：“你想做的这一切将会花掉一大笔钱。我看要三四千镑吧，甚至更多。”

“我有足够的钱。”她说。

他转向她。“斯特拉坎先生告诉我，你是一个有钱的姑娘。”他轻轻地说，“那确实让我非常担心，不过后来我慢慢接受了这个现实。你有多少钱？别告诉我你情愿保守秘密。如果我知道你有多少身家，就能帮你出更好的主意。”

“我当然会告诉你。”她说。经过昨晚之后，他们之间已经没有隔阂。“斯特拉坎先生说我有大概五万三千英镑。但这笔钱全部被托管，托管期要到我三十五岁才结束。如果我想在那之前使用这笔钱，就必须先经他同意。”

“哦，老天。”

“那真是很大一笔钱，是不是？”她说，“从某种意义上说，我很高兴它被托管了，因为我现在根本不知道拿它来干什么。而且诺尔又是如此可亲可爱。”她顿了顿，“我想拿它来做点有意义的事情，”她说，“但我不知道真正做起生意来是怎么样的。我唯一懂行的也就只有高档皮制品生意了。我想，如果我们可以开办一个类似的工厂，和一个售卖女士用品的商店——嗯，即使不能财源滚滚，那也是把钱花在了该花的地方上，在像威尔斯镇那样的地方。”

他弯下腰来吻她。“还有一件事，乔。”她说，“我不知道，但我有一种感觉，雇用这些姑娘可能会带来连锁效应。你说牧工都要离开海湾地区，外面的男人也不愿意来内地。嗯，他们当然不愿意，如果在内地找不到姑娘结婚的话。并且，所有的姑娘都因为找不到工作而离开内地。我每给一个姑娘提供一份工作，就能同时给你招来一个愿意在米德赫斯特工作的男人。你觉得是不是这样？”

“不知道。”他的视线越过大海，落到高原暗淡的灰蓝线条上，“如果那儿能有一群姑娘，自然好多了。住在内地的人，常常会感到孤独寂寞，哦，老天。”

体会到这种深不见底的孤寂，她猛然一阵心酸。那些牧场住宅里没有尽头的漫漫长夜，使得“在内地，没有狗就熬不下去”。她想起那张敏感睿智的脸，想起卡莱尔牛场的埃迪·佩吉，想到他跟那个没有文化又不善言辞的土著女人结了婚。她马上理解了他的话，并对他生出无限同情。她转向他。“我真不忍心让你继续等我。”她说。他执起她的手，紧紧握了一下。“但我确实很想在我们结婚之前，开始尝试做这些生意，乔。”她说。她向他微笑道：“你是一个精力充沛的爱人，我相信我们很快就会迎来第一个孩子。”

他咧嘴笑道：“我不会催迫你的。”

“我也想尽快生儿育女，”她说，把他的头拉到自己面前吻他，“但那意味着我们结婚后，我只有六个月时间来打理生意，然后就不得不开始考虑其他事情。乔，你们什么时候开始集合？”

“雨季后。”他说，“今年是三月集合，因为雨季来迟了。往常我们都是二月中旬开始集合。”

“要集合多长时间？”

“大概三周或者一个月。之后就要给小牛打烙印并把牛赶到朱利亚克里克。”

“我们可以等集合结束后再结婚吗，乔？比如说四月上旬？”

“当然可以。”

她思考着说：“那意味着从现在开始，我有大约一年的时间，把生意发展到可以离开我一两个月的阶段，好让我能专心生孩子。我认为时间很充裕。如果这些生意离开了我，连一个月也经营不下去，那它们也没什么前途，最好直接关门大吉。”

他说：“我当然也可以帮你照看一段时间。”

她笑道:“让你向年轻姑娘递雪糕和卖唇膏吗?我不会叫你做这种事情的,乔。”

他思考这个计划。“吉姆可以独自把牲口赶到朱利亚克里克,”他说,“在我们忙着操办婚礼的时候。我会派布尔纳维尔和其他土著跟他一起去。婚礼结束后,我们可以开越野车追他,应该能在他差不多到达的时候赶上他,和他一起把牛赶上火车。就当是度蜜月了。”

她微微一笑。“我喜欢你这个度蜜月的主意。”他咧嘴笑了。“在朱利亚克里克,除了喝啤酒,还有其他事情可做吗?”

“哦,老天,”他说,“在朱利亚克里克可做的事情多着呢。”

“有什么呀?”

“把一万五千头牛赶上火车,”他向她咧嘴一笑,“没多少英国姑娘能有机会度一个这么特别的蜜月呢。”他说。

他们回去换衣服吃午饭。吃饭时他说:“关于晒干和加工鳄鱼皮的工作,我希望能把它承包出去。”他对于在威尔斯镇做这件工作很反感。那是一件邋里邋遢的工作,不适合女孩儿干,又找不到男人来干。他告诉她,凯恩斯有皮革厂,可以加工她送去的皮革。“是一个叫作戈登的家伙经营的,”他说,“他去年离开了海湾地区。如果你愿意,我们下午就可以去见他。”

“你觉得他那里有白色小山羊皮吗?”

“可能有。即使没有,他也很可能有办法搞到手。”

他有丰富的牛场管理知识,提出的建议对她的开厂计划大有帮助。“我觉得,既然你决定要建一个厂房,就应该把它修得又大又好。”他说,“把木材运到威尔斯镇才是花钱最多的地方。”他想了想,“如果一切顺利的话,将有三个新姑娘到威尔斯镇来生活,”他说,“你、露丝·索耶和阿姬·托普。为什么不把工厂修得大一些,在其中一头隔出三个坐卧室?可以用墙将它们和其他地方隔开来,设一个单独的出入口。那样你们就不必住在旅馆里,自己住得舒舒服服。然后,如果生意越做越大,你们可以把墙拆掉,把坐卧室和生产车间打通。”这在她听来真是一个非常好的主意。

午饭后，他们找来纸和铅笔，草草写下他们回到凯恩斯后要办的几件事情和需要订购的东西。然后他们回到各自的小屋，在白天热气蒸腾时呼呼大睡。乔在屋子外面叫醒了她。“来游泳吧，”他在说，“差不多五点了。”

她迅速把床单拉起来遮住身体。“我马上就来。你没偷看吧？”

“我不会做那种事的。”

“希望我能相信你。”她把窗帘拉严，换上泳衣去沙滩找他，和他一起躺在蔚蓝的银白色海水中。海水很温暖，身子底下是细滑的沙子。她说：“乔，你想不想我们现在就订婚，用一个戒指或者随便别的什么东西？”

“你想这么做吗？”

她摇摇头。“不，除非那能让你安下心来。我四月上旬就嫁给你，乔——绝不骗你。”他微微一笑。“但就目前来说，我相信如果我们不正式订婚会相处得更好。”她转向他，“回到威尔斯镇后，我将做出一系列标新立异的举动，威尔斯镇的人肯定会认为这些举动很疯狂。其中一些确实会很疯狂，因为总会出点问题。我不想只是因为我们订了婚就把你牵扯进来。你最好置身事外。”

“如果人们认为，不管你做什么，我总是和你并肩作战，那不是很好吗？”

她微笑着，翻了一个身，吻他。“你真可爱。你要是每个周六晚上都和酒吧里面的人打起来，只是因为有人对你的未婚妻骂了粗口，对我的生意又有什么帮助呢？”他咧嘴而笑。“他们肯定会说些不中听的话。他们肯定会觉得我疯了。”

过了一会儿，他们从海里上来，坐在树荫里，绵绵不绝地谈论未来。“乔，”她说，“如果一个土著走进冰室买汽水，我该怎么办？一个土著牧工？我就在这个冰室里卖给他，还是要另给他们开一家店？”

他挠挠头。“我不知道那种事情在威尔斯镇有没有发生过。他们会去比尔·邓肯的商店买东西。我想你不能在冰室里招待他们，因为柜台后面站的是一个白人姑娘。”

她坚定地说："那我就给他们另开一家店，请个土著姑娘来招待他们。那里有很多土著牧工，乔——我们不能把他们排除在外。我们要开两家冰室，厨房就修在两家冰室之间，冷冻柜也共用。"她用手指在白沙上画了一幅小小的布局图。"就像这样。"

"哦，老天，"他说，"你会在威尔斯镇引起很多议论的。"

她点点头。"我知道。那就是我不想那么早订婚的缘故。"

晚上，他们在两人的小屋之间互吻晚安时，她说："回到威尔斯镇后，我们将要保持距离了。我会终生铭记这个格林岛的，乔。"

他咧嘴而笑："如果你喜欢的话，我们四月再来。在去朱利亚克里克之前。"

第二天早上艾迪开摩托艇来带他们离开格林岛，下午一早就在凯恩斯上了岸。他们把提包拿回旅馆后，就直接去制革厂见戈登先生，花了一个小时和他讨论鳄鱼皮和其他制鞋材料的问题。他建议他们放弃用山羊皮做衬里的想法。"任何可以用山羊皮做的东西，我们都会给你换成沙袋鼠皮来做，"他说，"你们那儿有很多沙袋鼠，而且沙袋鼠皮和山羊皮一样好——手感、外观、漂白、磨光——任何方面。"哈曼做好安排，等下一辆卡车从威尔斯镇去凯恩斯时，顺道给他送去半打皮革作样品处理。"稍微控制沙袋鼠的数量是件好事，"他说，"它们在牛场上吃掉的饲料实在是太多了。它们的数量太多。"

他们下午剩下的时间都花在购物和订购上，黄昏时精疲力竭地回到旅馆。他们已经订好了早晨回威尔斯镇的机票。琴说："乔，我有一件事情必须今晚完成，赶在离开凯恩斯之前。我必须写信给诺尔·斯特拉坎，告诉他所发生的一切。"

昆士兰海边初夏的夜晚温暖恬适，花香袅袅。饭后，她坐在门廊上给我写了一封长信。她写信的时候，乔·哈曼坐在她身旁安静地抽烟，一脸平和。

她很会写信，直到现在仍然如此。她依旧每周给我写信。我记得很清楚，我是在十一月上旬收到那封信的。那是一个雾蒙蒙的阴天，烟雨茫茫。我不得不开着电灯吃早饭，对面的皇家马厩几乎消失在浓雾中。出租车经过楼下的街道，把泥水溅到潮湿的木墙上。

那是一封长信，写信人是一个沉浸在幸福中的姑娘，满纸都是她和乔的爱情。我读到这个消息当然很高兴。我坐着读这封信，把早餐晾在面前，又把信从头到尾看了一遍，然后读了第三遍。等我回到现实中时，咖啡已经冷了，荷包蛋在我面前的盘子里冻成又冷又硬的油膏状，但我太过沉迷于她的消息，对早餐失去了兴趣。我进卧室去穿鞋和大衣，准备去办公室。当我打开衣橱拿大衣时，看见她的靴子和溜冰刀，那是我一直在为她保存，等她回来取走的。老人家有时候会变得非常愚蠢。我不得不说，在看见它们的那一瞬间，我仿佛挨了重重的一击——因为她不会回来取走它们了。她永远也不会再回英国了。

我走到前门。我的保姆在公寓里，正好从餐厅走出来。“有一个好消息，尚贝太太。”我说，“你还记得佩吉特小姐吗？时不时来这里做客的那位。她订婚了，马上就要结婚了，跟一位澳大利亚人，在昆士兰。”

“哦，真让人高兴，”她说，“她真是个不错的女士呢。”

“是啊，”我重复道，“真是个不错的女士。”

她说：“您还没吃早饭，先生。早餐没什么问题吧？”

“嗯，没什么问题，谢谢，尚贝太太。”我说，“我今儿早上什么都不想吃。”

街上阴冷生寒，那些灰黄色的早晨总是沉雾迷蒙，冰冷中带着臭味，让人止不住咳嗽。我一直往前走去办公室，半梦半醒地，想着沙袋鼠和带着笑脸的土著牧工，想着流过白色珊瑚沙的蓝色海水，想着琴·佩吉特，以及在那个所有衣服都是负担的热带国家里，纱笼带给她的麻烦。然后我的头顶上方猛然传来一阵撕心裂肺的尖叫声，我感到右臂上重重挨了一下，踉跄了几步，差不多跌倒了。我发现自己正站在蓓尔美尔街正中央，一辆出租车横在我面前。那一刹那，我不知道自己身在何方，然后我听到一脸煞白的司机说：“看在上帝的分上，你还活着就真是谢天谢地了！”

“我很抱歉，”我说，“我没看路。”

“你怎么能没头没脑地横冲到马路上！”他愤怒地说，“都这么大年纪了，走路还不带眼睛！我撞伤你了吗？”

周围开始聚集起一圈小小的人。“只是撞到了手臂。”我说。我动动它，好像没什么问题。“没事儿。”

“哼，那可真是个奇迹。”他说，“下次好好看路！”他挂上挡，发动出租车开走了。我继续向办公室走去。

秘书像往常一样把信拿给我过目，但我把它们放到一边，满心只想着我胸前口袋里的另一封信。我想，那天早上我接待了一两个客户，我通常都会接待这么多。我想我给他们提供了一些建议，但我的灵魂似乎飞到了一万两千英里外。有一次列斯特·罗宾逊进来跟我商量一些工作上的事情，或者别的事情，我对他说：“你记得我的佩吉特姑娘吗——麦法登先生的遗产继承人？她订婚了，并打算嫁给一个澳大利亚人。他似乎是一个很不错的小伙子。”

他嘟哝着说：“我忘记了。那会终止我们的托管吗？”

“不，”我说，“还要等一段时间，直到她三十五岁。”

“真遗憾，”他说，“这个托管条款给你增添了很多工作。真希望托管期尽快结束。”

“我不觉得麻烦，真的。”我说。那天快要结束的时候，我想我已经把她的信都记在脑子里了，尽管它有八张四开纸那么长，但我还是把它带去了俱乐部。我在酒吧里喝了一杯雪利酒，告诉莫尔她订婚了，因为他稍微了解她的故事。晚饭后我跟丹尼森、斯特里克兰和卡拉汉一起坐下来打了几局桥牌，每天晚上都是我们四个一起玩儿。我把她的事情告诉了他们。

大约十一点，我从桌子旁站起身来，走进图书馆，在步行穿过公园回公寓之前抽最后一根烟。那个空荡荡的大房间里只有我和怀特两个人，他曾经在马来警察局工作，知道她的故事。我在他旁边的一张椅子上坐下来，说：“你还记得那个佩吉特姑娘吗？我想以前我跟你提过几次。”

他微微一笑：“是的。”

“她订婚了，马上要结婚了，”我告诉他，“和一个牛场的经理，在北昆士兰。”

“真的？”他说，“他怎么样？”

“我见过他，”我说，“他是一个很好的小伙子。她很爱他，我想他们会过得非常幸福。”

“她结婚前会回英格兰吗？”他问。

我坐在那里，盯着墙上的一排排书和天花板角落凸着花纹的金饰。“不，”我说，“我想她再也不会回英国了，再也不了。”

他不言语。

“太远了，”我说，“我想她现在会选择在昆士兰安居乐业。”

接下来是一阵长长的沉默。“无论如何，她没有任何回英国的理由，”我终于说道，“她回来干什么呢？她在这里又没有牵绊。”

然后他说了一句很愚蠢的话。他也许是出于好意，但说那样的话确实愚蠢之极。我站起来离开他，回到我那幽暗空荡的公寓。那之后有一段时间我都躲着他。我那个秋天已经七十三岁了，年纪大得足以当她的祖父，怎么可能爱上了她？

第九章

那年的十一和十二月，琴·佩吉特比以往任何时候都工作得更加卖力。

露丝·索耶两周后在威尔斯镇与她会合，阿姬·托普十一月初登上了驶往澳大利亚的船。我请帕克先生让阿姬在离开英国之前来见我。她是一个古板的女人，干枯消瘦，但我马上就看出来帕克先生说得挺对的：如果要找人监督姑娘们工作，她是最合适的人选。我把她的票给她，还有一份打印好的路线说明，告诉她如何从悉尼坐飞机到威尔斯镇。随后我跟她谈起她的工作。“这是一件非常、非常艰苦的工作。”我说，“那个地方又艰苦又热，而且佩吉特小姐的生意完全从零开始。她有很多钱，但在那里经商的过程将自始至终困难重重。您能理解我的意思吗，托普太太？”

她说：“我收到两封来自佩吉特小姐的信，她寄了一张那个地方的照片给我，拍的是主街道。我必须说，那里看起来没什么地方好去。”

“去那儿你还挺高兴的，是不是？”

她说：“哦，我以前去过艰苦的地方。反正也就只去一年。”然后她说，“我一向很喜欢佩吉特小姐。”

我还有一件事情要托付给阿姬·托普。琴非常焦急地想买到一台空调，跟一个小冰柜差不多大小，可以放在房间里吸收热空气并喷出大量冷气。这对她而言似乎很重要，因为必须防止姑娘们在工作时满手是汗，在精致的皮鞋上留下汗渍。她在澳大利亚买不到，就给我发电报。我找到一家生产空调的公司，好不容易才买到一台，还暗地里花了一点钱。德里克·哈里斯非常善于应付这一类谈判。我让他们把空调送到我们办公室，存放在楼梯脚下。我带托普太太去看了一眼，安排好让她带上它去悉尼。她要带着它从悉尼飞去凯恩斯和威尔斯镇，所费不菲，但我觉得那是值得的，因为一年最热的时候即将来临。

在琴交代给我的任务中，这是最重要的一项，也是我个人对这笔投资能做出的最大贡献。她余下的电报都是关于一些毫不麻烦的琐事。阿姬·托普也从帕克和利维带走了很多东西：三大箱工具、鞋楦、样板和其他各种东西。运费总共一百四十六镑，我在英国替琴支付了账单。

一回到威尔斯镇，她就在乔·哈曼的帮助下开始修建工厂和冰室。他们在陈列着棺材的木匠车间里跟蒂姆·惠兰和他两个儿子开会。他们已经从凯恩斯预订了两卡车的木材。男士们站着，或以牧工姿势坐在地面上，面前摆满了画着楼房的布局图。先修建附带三个卧室的工厂，再在旁边修冰室，一头留出扩建工厂的空间，另一头留出扩建冰室的空间。在威尔斯镇建筑物最密集之处，扩建也并不困难。

不久，他们派蒂姆·惠兰去找郡文书卡特先生，请他批准新建楼房的计划，并批准他们在主街道上租一块地。“那儿应该没问题。”他思考着说，“1905 年的时候，那儿有一整排的房子——我有一张照片，但在我任职期间，从未收到过那块地的租金。”琴问他要收多少租金，但考虑到没有可供参照的价格，而且她尚未确定要租多大面积，数目一时难以确定。“那是一个镇自治区，”卡特先生说，“在镇自治区内，不以土地面积为基础收取租金。如果你想通过修建房子来发展该地皮，租金就是每一百英尺临街宽度每年大约一先令。我指的是主街道。如果你想用这块地来养鸡或者做诸如此类的事情，我要收你五先令。”

他们转移至旅馆的酒吧签订合同。琴端着柠檬水坐在外面的台阶上，那对于一个需要在威尔斯镇保持良好声望的女士来讲是很得体的。

她一周后去布里斯班。先飞去凯恩斯，再坐同一天的班机去布里斯班。她在那里住了三天，返程时已经预订好一个发电机组、一个很大的冰柜、两个冷藏箱、一个不锈钢柜台、八张玻璃面桌子、三十二张椅子、两个洗涤台，以及大量商店零碎杂项用品，如玻璃杯、盘子、餐具和装饰品，还有一大堆小电器和电线。她和公司商定，将所有这些东西装箱并运送至福赛斯。在凯恩斯，她安排好用卡车将这些商品从福赛斯运到威尔斯镇。我给她准备了充足的信用额度，好让她能够为这一切支付现金。

她一周后回到威尔斯镇时，已经初步安排好冰室的存货供应事宜。她发现工厂的框架已经搭建起来了。木制房屋建得很快。这件事情在威尔斯镇轰动一时，老人们常常站在旁边看，惊讶于一个英国姑娘这种疯狂的行为。她是海湾地区的一个陌生人，提出要在那里做鞋并大老远送到英国去卖。他们都太善良了，并没有恶语相向，也没有嘲笑如此一件怪事，但大家对她的投资都抱着一种怀疑的态度，这种令人窒息的气氛，让她在开始几周里倍感孤单。

她很快就去拜访了米德赫斯特。周日不施工，她便找了一个周日去。黎明时分，乔·哈曼开他的大型越野车来接她，把她带回米德赫斯特，刚好赶得上吃早饭。越野车一开到看不见小镇的地方，他们就停下来接吻交谈。

过了一会儿，他们谈完情，继续上路。琴这时已经接受了一个事实：郊区连一条碎石子路都没有。她迄今尚未坐车离开过这个镇子。她很快发现，根本就没有固定的道路，所谓的路只是车子穿过郊区时经过的地方。土地被夏天的热气烤得焦干，上面薄薄地覆盖着一丛丛萎蔫的小草。这个地区稀疏地分布着细长而扭曲的桉树，平均高度有二十到三十英尺。树与树之间有相当大的空间，驶过郊区的轿车或者卡车可以在它们之间穿行。这就是他们的路，土地表面如果凹下去一个深坑，或者被来往车辆碾轧得坑坑洼洼，轿车和卡车就绕路走。车辙的方向大致相同，在浅滩处会聚在一起，因为汽车必须从那里过河。小河现在都是干枯的，河床上满是石头。经过浅滩后，车辙又呈扇形散开。

每走二十英里她就看到半打牛，它们一听到越野车颠簸时的噪声，马上就害怕得四处狂奔，在崎岖的地面上疾驰。她问乔，那些牛到底能找到什么可吃的，因为这块土地在她看来寸草难生。“它们过得挺好的，”他说，“这里有很多好吃的，老天。草丛里这些干巴巴的东西就跟干草一样呢。”他告诉她，在他们走的这条路附近就有一个水潭。“它们顶多离开水源三四英里，”他说，“而马呢——你会发现它们在离水源足足二十英里远的地方吃草。”

途中她看见三个毛茸茸的褐色身影在桉树间跳来跳去，大喊道：“快看，乔——袋鼠！”

他纠正了她。“那是沙袋鼠。这些地区没有袋鼠。”

她入迷地盯着那些飞速远去的影子。“沙袋鼠和袋鼠有什么区别，乔？”

“沙袋鼠个头比较小，”他说，“大个头的雄袋鼠站起来有六英尺高，但沙袋鼠不会超过四英尺。袋鼠的脸像鹿，沙袋鼠的脸像兔子或者老鼠。我在牧场住宅养了一只沙袋鼠，待会儿给你看。”

“野生的？”

“现在已经被驯化了。它长大后会变得很野，到时就会跑掉，去找同伴。”他告诉她，他们帮她射杀沙袋鼠以剥下样皮送去凯恩斯时，不慎射死了一只带着幼崽的母兽。与其放任这个毫无防御能力的小家伙死去，不如把它带回家抚养。“我喜欢在身边养一只沙袋鼠。”他说。

他们不久抵达米德赫斯特。用钢丝索做成的篱笆钉在树上，树木间距太大的地方有时会竖起一根柱子。横跨入口小路的篱笆上开了一扇铁门，门后面的小路看起来跟马路差不多。她下车开门让他开进去。“这是家用围场，”他说，“主要是用于把马围起来的。”她看见有很多马站在树下，都是瘦削的乘用马，长长的黑尾巴摇来摇去。“我像这样在房子四周大约围出了三平方英里的地方。”

路拐了一个大弯，她看见了米德赫斯特的牧场住宅。它很漂亮，坐落在一个矮山丘上，一条小河在山丘脚下蜿蜒而过。这条小河没有流水，但河道上有一连串的小水洼。“当然了，现在是它一年中最难看的时候。”他说。她意识到他的焦虑不安。“冬天的时候，它是一条很漂亮的小河，哦，老天。但即使是在旱季最糟糕的时候，像现在，河里也一直有水。”

牧场住宅是一座非常大的单层楼房，用柱子支撑着，高高地离开地面，必须爬八英尺高的楼梯才能踏上门廊和房子的地板。它是木建筑，毫无疑问也是用瓦楞铁做的屋顶。它有四个房间，三个卧室和一个起居室，房子四面都围着深十二英尺的门廊。门廊外缘有很多蕨类植物和其他各种青葱的花草，种在花盆中，或者摆在架子上，阻挡了大部分阳光的直射。在房子的一头附带建了一个厨房，另一头则有一个浴室。厕所是一个独立的小屋子，建在围场内的一个坑上，离房子有一段距离。显然，这座楼房里的大部分生活是在门廊上开展的，房间好像几乎没人使用。乔的床和蚊帐都放在门廊里，另外还有几张简易藤椅、一张餐桌和一些餐椅。椽上挂着一个大帆布水袋，在风里晾着，还绑了一根绳子，垂下来一个搪瓷马克杯。

越野车停在楼梯前，五六条狗兴高采烈地出来迎接他们。他把它们赶到一边，但指出一条蓝黄相间的大母狗给琴看。琴从未见过长成那样的狗。“那是莉莉，”他满怀感情地说，“她生了一窝很棒的小狗，哦，老天。”

他把莉莉抱起来放到门廊的阴凉处。她转向他：“哦，乔！好可爱！”

“喜欢吗？”小狗涌到他们身旁，趴着舔他们的手。它们都是蓝黄相间的，模样古怪。在门廊边上，有一只小动物直挺挺地站在一张椅子后面，躲在角落里窥视他们。乔把小狗一只只拾起来，扔进角落的一个铁丝围栏里。“今天早上我开车去接你之前把它们放出来了。”他说，“它们很快就会长大到能够走下楼梯到院子里去了。”

“乔，这些植物由谁来打理？是你吗？”

他摇摇头。“斯皮尔斯太太以前住在这里时自己负责打理。她搬走后，我就任它们继续长。土著早晚给它们浇水。”他告诉她，他有三个土著女仆，是他三个土著牧工的妻子，分担牧场住宅的家务活，并给他做饭。

他四处张望。“那只幼崽应该就在附近。”他们在门廊另一头找到了那只蹦蹦跳跳的小沙袋鼠。它站着的样子像一只小型袋鼠，大约有十八英寸高，一点儿也不害怕他们。琴向它弯下腰去，它轻啃她的手指。“你喂它吃什么，乔？”

“面包和牛奶。它吃得挺好。”

“小狗不会伤害它吗？”

“它们有时会追着它玩儿，但它会把它们踢开。一只成年沙袋鼠可以杀死一条狗，把它撕成碎片。”他顿了顿，定定地看着她轻抚这只小生物，觉得她迷人之极。“我只是在开玩笑，”他说，“其实它们相处得很好。等它和狗都渐渐长大一点后，它们可能会惹怒它，到时它就会逃回树林里去。”

一个肥胖的中年土著出来摆桌子。她肤色很黑，容貌怪异。过了一会儿她又端来两盘毫不意外的双蛋盖牛排和一壶浓茶。琴此时已经适应了内地的早餐，但这块牛排比平时吃的都要硬。她一边挣扎着想把它吃下去，一边暗暗记住，一定要好好研究一番怎样在米德赫斯特做饭。最后她索性放弃了，笑着往后一坐。“对不起，乔，”她说，“我想也许因为我是英国人吧。”

他郑重其事地说：“多吃几个煎鸡蛋。你还什么都没吃呢。”

“我已经比在英国时多吃了五倍的早饭，乔。早饭是谁做的？”

“今天是棕榄做的，”他说，“她今天当值。玛丽比她做得好多了，但今天玛丽休息。”

“她们是谁，乔？”

“我有一个叫月光的牧工，”他说，“棕榄是他老婆。我的土著首领叫布尔内维尔，他是个了不起的牧工。玛丽是他老婆。玛丽的饭做得不错。”

“告诉我，乔，”她说，“你有过消化不良吗？”

他咧嘴笑道：“不经常，只是偶尔一两次。”

“如果我住进来之后要改变烹饪方式，你不会介意吧？”

“只要不是你一个人把活儿都干完了就好。”他说。

“你不喜欢由我来做饭？”

他摇摇头。“我情愿看见你把更多时间留出来做自己喜欢的事情，像做鞋和开冰室之类的。”

她把手放在他的手上。“我想把时间留出来给你。”

他趁白天热浪来袭之前带她出去，在牧场上转悠。尽管这个牧场占地一千平方英里，牧场住宅周围的楼房并不多，她之前在英国见过一个四百英亩的农场，上面的房子也不比这儿少。她看见三四座给牧工住的小木屋，每座顶多只有两个房间；两座单身木工的简易住房，白人和土著混住；一个用于停放卡车和越野车的棚子，里面堆放了很多机器零件；一个能容纳六匹马的空马厩；一个放马鞍的房间；还有一个屠宰间。她还看见一个用于驱动发电机和从小河泵水的柴油引擎。就只有这么多东西。

途中他说：“你会骑马吗？”

她摇摇头。“恐怕不会，乔。在英国，普通人很少骑马。”

“哦，老天，”他说，“你应该能学会骑马。”

“我可以学吗？”

“太对了。”

他把手指摁在嘴唇上，像个学生那样吹了一个尖锐的口哨，一颗黑色的脑袋随之从一座独房小屋的窗户里伸了出来。“布尔内维尔！”他喊道，“出去把伯母和罗宾牵来，备好鞍。我马上下去帮你们。”

他转向她，检查她的棉布连衣裙。“我不知道你该穿什么。你可以穿我的裤子。不会觉得难为情吧？”

她笑道：“哦，乔，它们足足可以绕我两圈！”

“我不是总是这么胖的。”他说，“我有一条战前穿的裤子，现在穿不进去了。不贴身没关系，我们只是坐在马上慢慢走，让你体会一下那种感觉。”

他把她带回牧场住宅，找出一件干净的男士衬衫、一条褪了色的骑马裤和一条皮带给她。她笑着从他那儿把衣物接过来，走进他的空房间穿上，还穿上了一双用松紧带绑边的薄底骑马靴。那靴子也是他的，穿在她的脚上太大了。全身上下都穿着他的衣服，感觉怪怪的，好像她成了他的私有财产。她小心翼翼地走下楼梯到院子里，感觉所有东西都要从她身上掉落。她想起了某个难忘的场合。

他扶她跨上马鞍。十四岁大的伯母脾气温顺，琴一坐好，不安全感马上烟消云散。他们为她调整好马镫，告诉她放脚的位置。一切到位后，她感到非常安全。那时的她几乎对马和马具一无所知，但这个马鞍跟她在英国见到的完全不同，甚至不曾在电影里见过。它呈弧形，座位前后都拱起来，坐上去就像坐在一个吊床里。马鞍从每条大腿上下方各伸出来一条长长的角状物，把她夹在适当的位置。“我相信任何人都不可能从这样一个马鞍上掉下去。”她说。

“你掉不下来。”他说。

他们骑着马走出院子，沿着小路走到小河边。一边走，他一边教她如何抓稳缰绳和使用脚后跟。他带她沿着小河往北走了一英里左右，绕了一个大弯穿过树林，尽量在树荫里蜿蜒行进。途中她看见四个毛茸茸的黑影消失在树丛中，他告诉她那是野猪。他们经过一片铺满了睡莲的宽广水域时，一条短吻鳄看见了他们，匆忙潜入水中，搅起了猛烈的漩涡。她看见几只沙袋鼠从马的跟前跳开去。

一个多小时后，他们回到牧场住宅。尽管一路骑着马，酷热的太阳还是把琴晒得大汗淋漓，口渴难耐。她在门廊里喝了好几马克杯水，然后去浴室冲了个澡，换回自己凉快的衣服。

他们在门廊上吃午饭，牛排和面包果酱，如果再加上鸡蛋，就和早饭一模一样。“棕榄在做饭方面没有什么想象力。”他抱歉地说。

“她看起来很疲倦，”琴说，“眼底下有大大的黑眼圈儿。乔，下午让她休息吧，我来给你做晚饭。”

饭后，他让她到空房间的床上小憩，但他们过去两周都没怎么见面，把宝贵的相处时间用来睡觉似乎太浪费了。“让我们就在这里坐着吧，”她说，“如果我睡着了，乔，那也没办法。”于是他们把两张长长的藤椅拉到微风习习的门廊角落，紧紧依偎在一起，十指紧扣。“只有这两个月才热得这么难受。到一月份就开始凉快起来，然后就该下雨了。”

“还不算太难受，”她说，“我记得在马来亚的时候，有时也跟这里差不多一样热。”

她引他讲牛场上的工作。当天早上她对该地区的地势稍微有所了解，现在能够更好地理解他曾经跟她说过的一些话。“每年这个时候都没什么活，”他说，“这个时候，如果可以的话，我会每两周去一次牛场的北部边界，以防‘盗夫[①]’。还要在那儿找一两个地方暗藏食物。看见那些矮小的牛时，就把它们射死。它们最不中用了。”

“‘盗夫’是什么，乔？”

“哦，‘盗夫’就是指偷牛贼。今年他们不太猖狂。牧工有时候把牛群从约克角的牛场赶到朱利亚克里克——他们经过牛场的时候，会顺手牵走几头，混进自己的牛群里。当然了，那意味着要伪造烙印。在朱利亚有警察，在牛群上火车时会留心注意带有新烙印的牲口。他们两年前抓到了一个家伙，判了他六年。从那时起贼就少多了。嗯，现在麻烦的是‘迷盗小牛’。”

“什么是‘迷盗小牛’，乔？”她开始打瞌睡，但她想尽量了解更多事情。

“哦，小牛是指还没打烙印的幼崽，都是每次集合之后才出生的。牛场上有一些家伙，甚至包括你最好的朋友，会潜入你的牛场，围捕小牛后，把它们赶到自己的土地上。没有任何东西能证明那是你的牛。那就是‘迷盗小牛’。真是下作。当然了，由于没有篱笆，总是会有小牛越过边界，所以去集合的时候总会有一些混淆的。但在一些我工作过的牛场，在集合的季节，未打烙印的小牛几乎都不见了，都被其他牧场上的家伙偷走了。”

她说：“但那些小牛愿意留在新的土地上吗？它们不会设法回到母亲身边吗？”

他瞥了她一眼，很理解她为什么问这个问题。“没错——如果你放它们走，它们就会回到母亲身边。它们会马上回到自己的家园，找到原来的牛群，即使隔着五十英里远。但这些家伙这么做：他们在自己的土地上找个不起眼的地方修一个小畜栏，把你的小牛赶进去，把

---

① 乔说的是“duffer”，在普通英语里表示“傻瓜”。

小牛关在里面四五天，不给吃不给喝——什么都不给它们。嗯，那样做的话，小牛就变得有点神智错乱了，忘掉原来的牛群和自己的母亲。它们只想喝一口水，跟你我一样。然后他们把小牛放出来，让小牛在一个水坑里喝个够。小牛口渴怕了，好几个月都不会离开那个水坑，把自己的家园忘得一干二净，只守着新家。”

她闭上眼，睡着了。醒来的时候，夕阳西下，乔已经不在身边。她起身去浴室用海绵擦脸，看见他在外面修理卡车引擎。她把自己收拾整齐，看看表，然后去察看厨房。

她想，用简陋来形容这个厨房再贴切不过了。里面有一个烧柴的炉子，幸好没有生火；还有一个点棉芯的油炉，就这些炊具。还有一个小小的煤油冰箱。一大堆煮熟的肉被存放在一个带金属网纱的食品橱里，里头的苍蝇和外头差不多一样多。厨房用具都是老式的，又脏又少。这个厨房简直是一个噩梦。琴觉得，正确的做法是把它烧掉后重新修建一个。她想知道这样做是不是连带着会把整座房子都烧掉。储存柜里也没什么东西，只有像面粉之类的主食，以及盐和肥皂。

她把水壶放到炉子上，烧水泡茶，然后东翻西找，看看除了肉之外还有没有什么东西可以拿来做晚饭。米德赫斯特不缺鸡蛋，她还找到一些变质奶酪。她去咨询了一下乔，然后回到厨房，用了八个鸡蛋给他做了一个奶酪卷蛋饼。他洗干净手，看着她做饭。“哦，老天，”他说，“你在哪儿学的做饭？”

“在伊令。”她说。那似乎离她非常遥远：灰色的天空，高大的红色公共汽车，还有地铁的喧闹声。“我有一个小厨房，里面有一个电磁炉。我总是给自己烧一顿有两道菜的晚饭。”

他窘迫地咧嘴笑道：“恐怕在内地找不到电磁炉。”

她轻握他的手。“我知道呀，乔。但在这里，我们有很多办法使做饭变得容易一些。”他们一边吃晚饭一边谈论厨房和房子。“只有厨房需要重新布置，”她说，“其他地方都已经很漂亮了。”

“在你住进来之前，我会在屋子里修一个厕所。”他向她承诺，“我到外头去上厕所没问题，但对你来讲不太好。”

她笑道："我不介意的，只要你能一直给我订《星期六晚报》。"他咧嘴一笑，但她发现他正坐在这份报纸上。"有些地方有化粪池，"他说，"他们在奥古斯塔斯修了一个，公爵和公爵夫人住在那里的时候。我想我们要等一阵子才能有一个。"

太阳下山时，他们坐着在门廊上吃晚饭，欣赏外面的风景，俯瞰小河和树林，安静地抽着烟谈话。"你们下周干什么？"她问道，"会去镇里吗，乔？"

他点点头。"我周四的时候会去，最迟周五去。我明天会去北部边界巡视几天，看看有没有什么特别情况。"

她笑道："去看住你的小牛？"

他咧嘴笑道："没错。现在是旱季，小牛的脚印不太好找。我的牛场上有一个叫金块的牧工，他可会找脚印了，哦，老天。我会带上他一起去。我总觉得温德米尔农场的唐·柯蒂斯对我的小牛虎视眈眈。"

"如果你发现了小牛的脚印一直从你的土地延伸至他的土地，那怎么办？"

他咧嘴而笑。"追踪它们，找到它们，把它们赶回去。"他说，"希望唐在我们这样做的时候不会出现。"

当天晚上大约九点的时候，他开车送她回威尔斯镇。他们在小镇外面停了一会儿，以恰到好处的方式道别。他用手臂环着她，她依偎在他肩头，听树林里的各种声响——蛙声、蛩鸣和夜莺的歌声。"你住的这个地方真迷人，乔，"她说，"只差一个新厨房了。我很喜欢它，你不必担心。"

他吻她。"你搬进来的时候一切都会准备就绪的。"

"四月，"她说，"四月初，乔。"

十二月第一周，她的工厂开张了。三四天后，阿姬·托普抵达威尔斯镇。开始的时候，她请了五个姑娘：茱迪·斯莫尔和她的朋友洛伊丝·斯特朗，由于肚子越来越明显而被旅馆开除了的安妮和两个刚毕业的十五岁姑娘。琴要求她们工作时必须穿着绿色制服外套，一方面可以让她们看起来干净整洁，另一方面也能表明这是一份固定工作。

琴还在墙上挂了一面镜子，让她们可以看到自己的模样。

她从一开始就发现那些十五岁的姑娘是最好的雇员。刚从学校毕业的姑娘能适应固定的工作时间，但来自内地家庭的女孩很难静下心来工作，适应能力不如她们。有些姑娘已经离开学校好几年了，有些甚至连学都没上过，她们非常厌烦这种单调乏味的工作。她从凯恩斯预订了一个带有自动更换唱片功能的留声机和一些唱片，试图给她们的工作增添一些乐趣。这些音乐自然激发了整个威尔斯镇的兴趣，给小镇带来了不少欢乐，并可能对年纪大一些的姑娘有一点帮助，尽管帮助不大。但工厂的主要吸引力来自空调。

空调是最好的招聘广告。夏季炎热潮湿，午间气温高达一百到一百一十度。她设法把工厂的室内温度保持在七十度左右，这样姑娘们工作起来不会满手是汗。对于姑娘们来说，在工厂工作意味着能够暂时逃离阵阵热浪，穿上时髦的制服，舒舒服服地边工作边听音乐，以及在周末领到工资。工厂打从一开始就备受青睐，琴丝毫不必为招不满人而发愁。不过，在开头几个月，五个就很足够了。

工厂开业后，她花了两周时间，紧张忙碌地装修冰室和购进存货。她决心要赶在圣诞前开始营业，并成功地在12月20日实现了目标。她接受了乔的建议，先将一半计划付诸实践，专供土著消费的冰室暂缓开张，等他们确有这方面的需求再说。这省却了她雇用一个非白人姑娘的工资和装潢冰室的费用。实际上，差不多一年之后，土著对冰淇淋的需求量才上升了。土著牧工开始挤在厨房门后购买冰淇淋汽水。第二年九月，土著冰室开张了。

第一家冰室开张那天下午，她和乔一起头顶烈日站在大街上，欣赏她的工作成果。冰室和工厂在主街道上几乎并排而立。工厂门窗紧闭，以免走漏冷气，但他们仍然可以听到姑娘们边做鞋边唱歌。圣诞节临近，她们在唱颂歌——《神圣夜》、《仁君温瑟拉》和《冬雪里的风景》。衬衫黏住了她的背部，她挪动肩头透气。“嗯，该建的都建好了，”她说，“现在就要看它们能不能挣钱了。”

“来，我请你喝杯汽水，”他说，“给你捧捧场。”他们走进冰室，从柜台后面的露丝·索耶那儿买了一杯汽水。“冰室肯定能挣钱。”他说，“我不知道工厂怎么样，但冰室应该没问题。我之前和乔治·康纳在旅馆谈话，你的冰室开张后，他非常担心酒吧的生意。”

“我不明白他有什么好担心的，”她说，“我又不打算卖啤酒。”

“但你打算向牧工卖饮料。”他说，“如果别人也开一个冰室跟你抢生意，你肯定会生气吧？”

她笑道：“我想我会气个半死。但我觉得我不会抢光酒吧的生意，乔。”

“不管怎样，我觉得你会做得不错。”他们坐在铬玻璃顶小桌子旁边，彼特·弗莱彻扭扭捏捏地走进来，不声不响地到柜台前点了一个冰淇淋，并开始和露丝·索耶搭话。乔说：“可怜的老乔治·康纳。”两人会心一笑，他接着说：“我敢打赌露丝顶多能在这儿干六个月。”

琴上个月经常和露丝·索耶见面。“我跟你打赌，”她说，“赌一英镑，她从现在起一年之内还会在这儿，乔。”他们按照当地规矩握手成交。“如果你赢了，”他说，“就真是奇迹。”

现在生意已经顺利开张，她却累坏了。烈日炎炎，她无精打采，精疲力竭。她想晚上跟乔去米德赫斯特，在那里安安静静地住一两天，睡睡觉，骑骑马，和小沙袋鼠一起玩耍。但一种审慎的本能警告她，千万别以此等孟浪行为触犯当地的乡下道德准则。如果她希望自己已经着手为当地女性所做的一切取得成功，她自己的行为一定要在道德上无可指责。她知道，如果内地的母亲们知道她在米德赫斯特和乔·哈曼过夜，她们是不会愿意把女儿交到她手里的。如果老板娘言行有失检点，已婚男人也不会愿意把自己的妻子和女儿带去她的冰室消费。

那是一个周三，但周日对琴来说已经不再是一个休息日，因为周日很可能是冰淇淋和软饮料最畅销的日子。她跟乔说好，黎明时分他去旅馆接她，带她去米德赫斯特玩一天。她向他道别，一等工厂下班马上回到自己的房间，中途只停下来看了一眼从工厂出来去冰室吃甜点的姑娘们。她一进房间就一头倒在床上，精疲力竭，累得连晚饭都没吃。工厂里的空气清新凉爽，因为空调整天开着。她换上睡衣，在凉快的房间里蒙头大睡。她就这样睡了十二个小时。

自从那个周日之后，她又到米德赫斯特玩了几次，在邓肯先生的商店给自己买了一条牧工骑马裤，打算骑马的时候穿，还买了一双用松紧带绑边的牧工骑马靴来配它。她一大早出来跟乔会合，胳膊底下夹着一小捆骑马用具，和他一起上了越野车。像往常一样，他们把车开到镇子外面后就停下来谈情说爱。他抱着她问道："你今早感觉怎么样？"

她笑道："我现在好多了，乔。我想，终于顺利开张了，可以暂时松一口气。我一离开你就上床睡觉了，睡死过去，睡了整整十二个小时。我现在感觉很好。"

"今天好好放松一下。"他说。

她轻抚他的头发。"亲爱的乔。从现在开始，一切都会越来越顺利。"

"这种鬼天气很快就会结束，"他说，"这周之内就会开始下雨，然后就开始凉快了。"

过了一会儿，他们驾车继续前进。"乔，"她说，"我这周和银行经理吵了一大架——沃特金斯先生。你听说了吗？"

他咧嘴一笑。"我确实听到了一些传言，"他承认，"但到底发生了什么事？"

"都怪那些苍蝇，"她说，"周五那天太热了，我又太累了。我走进那个令人痛苦的小银行，想兑现工资支票。你也知道，那里总是飞满了苍蝇，我又必须等一会儿才能办事。苍蝇在我全身上下爬来爬去，在我的头发里、嘴巴里和眼睛里。我想我当时汗流浃背，没控制住自己的脾气，乔。我错了。"

"那个银行真是糟糕透顶。"他说，"真是的，怎么会有那么多苍蝇呢？你说什么了？"

"什么都说了，"她坦白道，"我告诉他，我要取消账户，因为我无法忍受他那些该死的苍蝇；我说我要去凯恩斯的银行开户，每周坐空中列车去凯恩斯取现金。我说我要写信到他的悉尼总部，告诉他们为什么我要这么做；我说我要写信到新南威尔士银行，如果他们在这里开一个没有苍蝇的支行，我就在他们银行开户；我说我用敌敌畏喷雾，我的工厂里就没有苍蝇，我也无法容忍在我的银行里有苍蝇。我说他应该给威尔斯镇树立一个榜样，而不是……”她停住了。

“而不是什么？”他问。

她虚弱地说：“我忘记自己说什么了。”

他直直盯着前方的路。“我确实在酒吧里听到别人说，你告诉他，他应该树立起一个好榜样，而不是傻坐在那儿挠屁股。”

“哦，乔，我不可能说了那样的话！”

他咧嘴笑道：“威尔斯镇的人就是这么跟我说的。”

“哦……”他们默默地往前开了一段路。“我周五去找他道歉，”她说，“在那种地方吵架可不太好。”

“我不明白你为什么要道歉，”他反对道，“应该是他向你道歉才对。毕竟你才是客户啊。”他顿了顿，“我周五先去那儿看看他怎么样，”他建议道，“我知道周六的时候他买了十加仑的敌敌畏喷雾，阿尔·伯恩斯告诉我的。”

他们到达米德赫斯特后，他马上让她坐在门廊角落的一张长凳上，并用冰箱里的冷水给她做了一杯柠檬茶。他命令她定定地坐在原地吃早饭，亲自用托盘端了一杯茶、一个水煮鸡蛋和一些黄油面包给她。她坐在那里，身心放松，任倦意肆意扩散，任他体贴地在身边为自己忙前忙后，感到心满意足。天变热时，他提议她去空房间的床上躺下，把房间两头的双层门打开通风。他咧嘴笑着向她承诺，他经过门廊时保证不往里偷看。她相信了他，在空房间里几乎脱得一丝不挂，躺倒在床上，在炎热的中午昏昏睡去。

她醒来时已经差不多四点了，她感到凉快清新，轻松自在，精力充沛。她继续躺了一会儿，疑心他也许偷窥了。然后她起来套上连衣裙去洗澡，在温暖的水流下洗了很久。不久，她容光焕发地到门廊上寻找他，对他的宽容大度充满感激。她发现他坐在地板上，用棕榈叶、针和蜡线修补一个马勒。她俯身吻他，说：“多谢你所做的一切，乔。我睡得很舒服。”然后她说，“我们吃完饭可以去骑马吗？”

"还是有点儿热，"他说，"你想去骑马吗？"

"我想去，"她说，"我想学会骑马的正确方法。"

他说："你上一次骑得挺好的。"她这次的坐骑升级了，从十四岁的伯母变成精力更加充沛的萨利。她开始慢慢学会如何骑马小跑。她发现，在那种气候里骑马小跑，人流的汗比马还要多，并且令她肌肉酸疼，第二天弯腰坐下来都困难。但她知道这种锻炼对她有好处。在这个年纪才开始学习骑马，她永远成不了一个好骑师。但她还是决心要具备骑马的能力，因为马在这个地区是很重要的交通工具。

他们那晚骑了一个半小时，暮色初降时回到米德赫斯特。他不允许她继续留在外面，尽管她并不急着回去。"我现在一点儿也不累，"她说，"我好像找到了窍门，乔。骑萨利比骑伯母轻松多了。"

"是的，"他说，"马越好，骑手就越轻松，只要你能驾驭它。"

"我希望有一天能跟你去北部边界，"她说，"不过我想要等我们结婚之后。"

他咧嘴笑道："如果你结婚之前就跟我去，威尔斯镇那些老古板肯定会说个没完。"

"以我现在的水平，可以跟你去了吗？"

"哦，是的，"他说，"只要你放松下来，就能舒舒服服地坐在萨利背上。我白天从来不会骑行超过二十英里，即使有特别的理由也不会。"

他开越野车送她回威尔斯镇。他们互吻晚安时，他说他下周会进镇一趟。她那晚上床时，但觉神清气爽，清静的一天使她彻底恢复了精神。

她周五照常去银行兑现工资支票。她发现人们正在重新粉刷墙壁，银行里连一只苍蝇也看不见。沃特金斯先生在一旁忙自己的事情，没理会她。年轻的银行办事员莱恩·詹士把钱递给她，笑得合不拢嘴，还向她使眼色。她周六下午又看见了莱恩，他带多丽丝·纳什进冰室买冰淇淋汽水。他向她露齿而笑，说："银行焕然一新了吧，佩吉特小姐？"

"我昨天去那里了，"她说，"你们正在重新粉刷墙壁。"

“没错，”他说，“多得你仗义执言。”

“他是不是很生气？”

“实际上并没有，”那男孩儿说，“他早就想把银行重新装饰一番了，但又担心总部有意见。银行在这种地方没什么生意。嗯，现在他终于付诸行动了。”

“我很抱歉，我太鲁莽了。”她说，“有机会的话，请代我向他道歉。”

“我会的。”他向她承诺，“你说得真好，我们好久没笑得那么痛快了。其实我也讨厌那些苍蝇。”

冰室开张的第一个周日，她和露丝·索耶一起一直从早上九点工作到晚上十点。她们售出了一百八十二个冰淇淋，每个一先令，以及三百四十一杯软饮料，每杯六便士。打烊后，精疲力竭的琴在收银机旁数钱。“十七镑十三先令，”她说，一边有点不敢相信地望着露丝，“对于一个一共只有一百四十六人的小镇来说还真不少。人均花了多少钱？”

“大概两先令六便士吧，是不是？”

“你觉得生意会一直这么兴隆吗？”

“为什么不呢？今天还有很多人没来呢。今天的客人几乎都光顾了两到三次，茱迪肯定花了有十先令。”

“她会消化不良的。”她说，“她会生病，那样就没人来光顾我们了。走，回去睡觉吧。”

圣诞节那天，冰室在午饭时间后开始营业，下午和晚上一共赚了二十镑。那天晚上，她把留声机从工厂搬到冰室，播放舞曲，音乐和彩光从冰室的木缝里流淌而出，驱散了主街道的荒寂和黑暗。在居民眼中，就仿佛曼利海滩[①]的一块碎片蓦然掉落在威尔斯镇。一些年老色衰的女人被音乐和彩光吸引，突然冒了出来，带着同样衰老的男人一起走进冰室喝冰淇淋汽水。尽管冰室仍然挤满了人，她于十点准时打烊。她认为最好从一开始就坚决执行原定的打烊时间，不要让这个

① 澳大利亚著名海滩。

乡村社区沾染上熬夜的坏习惯。

工厂在阿姬的监督下运作平稳。圣诞刚结束，她们就运送了两木箱皮鞋去福赛斯，通过铁路运到布里斯班，再通过轮船运往英国。她之前已经用航空邮件给帕克和利维公司寄去了一些样本。

雨季在节礼日[1]那天降临。之前有过一两次短时阵雨，但那天大块大块的云聚集起来，形成高高的积雨云山峰，覆满了整个天空，以致天昏地暗。然后下起了瓢泼大雨，银河倒泻一般下个不停。刚开始的时候，气温并没有下降，湿度却变得非常大，感觉比旱季更糟糕。工厂里即使只有七十度，姑娘们依然汗流如注，阿姬·托普不得不推迟最后的工序，集中精力完成制鞋初期那些精密程度较低的工序。

新年后不久，琴跟乔去米德赫斯特玩了一天。像往常一样，他破晓时分就来接她。这是一个风雨如晦的黎明，非常炎热。她迅速从房间门口跑上越野车的驾驶室。到那个时候，她已经习惯了一会儿浑身湿透，一会儿又干透，如此反复。雨水的温度和体温差不多，患伤风的机会微乎其微。她上车时说："小河现在都变成什么样了，乔？"

"正在上涨，"他说，"现在还没有什么好担心的。"不久就无法从米德赫斯特开车去威尔斯镇了。这种状况要持续几周，如果他们一定要见面，他只能骑马去。他过去一两周一直在给牧场住宅储备食物。

威尔斯镇和米德赫斯特之间有两条小河，河底很宽，满是沙子和大石块。旱季时，干枯的河道又热又荒芜，现在却变成了两条宽阔的黄色河流，奔流的河水浑浊不堪，让她心生恐惧。车子开到第一条小河的岸边时，她说："我们能过去吗，乔？"

"没问题，"他说，"只有一英尺深。你看见那儿那棵树了吗？有一根树枝垂下来的那棵。那根树枝被淹没时，水就有点儿深了。"

他们开着越野车艰难地涉水而行，在另一边上了岸。他们以同样的方式涉水经过了第二条小溪。他们像往常一样按时抵达牧场住宅吃早饭。依旧大雨滂沱，无法开展任何户外活动。他们早饭后开始设计

① 圣诞节后第一个工作日。

新厨房和他决心一定要修好的厕所。

那天早晨，在他们西边四百英里处的凯恩斯，杰奎琳·培根小心翼翼地在雨中走过人行道，从家去凯恩斯急救中心和消防站。她匆忙从消防车中穿过，把伞上的雨水抖掉。她向其中一个当值的消防员说："老天，这雨下的。"

他吮吸着空烟斗，盯着外面的雨。"对鸭子们来讲，还真是好天气啊。"

闪闪发亮的消防车停放在主楼里，她走进她在主楼外面的小办公室。她扫了一眼挂钟，还有三分钟时间。那个房间有一张桌子，桌上摆着一个麦克风和一叠小书写纸。屋子里还有两台高高的无线电装置。书写纸前面放着一组操作仪器。她把无线电装置的三个开关打开，启动机器，脱下湿答答的大衣和帽子。然后她拿起铅笔，把书写纸拉到面前，再拉过来一张卡片，卡片上面有一长串通信呼号和牛场名字。她坐下来，开始每日的常规工作。

她转动一个在她面前的旋钮，说："第八区泰尔面包师[①]，第八区泰尔面包师，第八区查理女王呼叫第八区泰尔面包师。第八区泰尔面包师，第八区泰尔面包师，第八区查理女王呼叫第八区泰尔面包师。第八区泰尔面包师，如果你听到第八区查理女王的呼叫，请回话。报文完，请回复！"她又转动了一下旋钮。

她面前的扬声器发出一个女人的声音。"第八区查理女王，第八区查理女王，这是第八区泰尔面包师。你能听到吗，杰姬[②]？"

培根小姐转动了一下旋钮，然后说："第八区泰尔面包师，这是第八区查理女王。我能听得很清楚，音量大概为四。你们那边的天气怎么样，科比特太太？报文完，请回复！"

"哦，天啊，"扬声器说，"这里简直是倾盆大雨。这雨太可爱了，吉姆说我们可把它盼来了。我相信天气已经开始变凉了。报文完，请

① 这个名称，以及下面一系列以"第八区"开头的名称，都是牛场居民的呼号，用于无线电广播通信，非真实姓名。

② 杰奎琳的昵称。

回复！”

“第八区泰尔面包师，”培根小姐说，“这是第八区查理女王。我们这里的雨也不小。我没有任何新消息要告诉你，科比特太太，但如果你那边有人要来乔治城，请帮忙捎话给卡特太太，说她儿子罗尼昨晚从麦基坐火车来凯恩斯，并将继续坐火车去福赛斯。他将于周四上午抵达福赛斯，所以周四晚上能到家。收文悉否，科比特太太？报文完，请回复！”

扬声器说：“收文悉，杰姬。我们的一个牧工或者吉姆今天晚些时候会去乔治城，我保证把消息转达给卡特太太。报文完！”

“第八区泰尔面包师，”培根小姐说，“这是第八区查理女王，科比特太太。通话到此为止。请继续收听广播。第八区轻松维克多，第八区轻松维克多，第八区查理女王呼叫第八区轻松维克多。如果你能听到的话，请回话，马歇尔太太。报文完，请回复！”

毫无回音。培根小姐继续呼叫了一会儿第八区轻松维克多。但她知道马歇尔太太习惯在早晨广播时段喂鸡，一般都等晚间广播时段再回话。她发出了规定次数的呼叫，便继续呼叫下一个。“第八区豪奶奶，这是第八区查理女王，”然后重复了一遍自己的话，“如果你能听见，第八区豪奶奶，请回话。报文完，请回复！”

一个男人的声音说：“第八区查理女王，这是第八区豪奶奶。报文完！”

培根小姐说：“第八区豪奶奶，这是第八区查理女王。我有一封你的电报，格斯林先生。你有铅笔和纸吗？我只能等一分钟。注意，只有一分钟，你准备好后，请呼叫我。报文完！”

她等他再次呼叫她时说：“第八区豪奶奶，这是第八区查理女王。你的电报来自汤斯维尔，提道莫莉昨晚七点产子，重八镑四盎司，母子平安。署名是：伯特。收到了吗，格斯林先生？报文完，请回复！”

扬声器说：“我收到了。又是一个男孩儿。报文完！”

培根小姐说：“如此顺利真是**太**让人高兴了。你给莫莉写信的时候，请转达我的祝福，好不好，格斯林先生？请问还有别的事情吗？

报文完！”

扬声器说：“我会好好想想怎么回电，杰姬，并在晚间广播时段告诉你。报文完，请回复！”

她说：“好的，格斯林先生，我将等候你的消息。通话到此为止。第八区尤克条款，第八区查理女王呼叫第八区尤克条款。”她继续工作。

二十分钟后，她仍然在收发消息。“第八区能人乔治，第八区能人乔治，如果你能听到第八区查理女王，请回话。报文完！”

扬声器传来一连串带着抽泣声的话语。说话人身处三百英里之外，声音受到静电的严重干扰。“哦，杰姬，收到你的呼叫我太高兴了。我们这里出了大事。唐的马昨晚回来了。两点时我听到马回来的声音，觉得很奇怪。唐从来不在夜间赶路，因为路上有很多树。然后我又想了想，觉得不对劲儿，因为只听到一匹马的声音，而唐去的时候带着萨姆逊一起。于是我起床望向窗外。我看不见马，哦，天啊，于是我就拿起手电筒，穿上大衣走进雨里。哦，天啊，我看见了唐骑走的那匹马朱比利，上好了鞍，装备齐全，但唐没回来。我太害怕了。”声音逐渐变成一连串抽泣声。

培根小姐呆呆地坐在麦克风前，一只手放在旋钮上，听着通过载波从另一头传来的低泣声，纵使饱受静电干扰仍然声声刺耳。在海伦·柯蒂斯平静下来并记起把旋钮旋至“接收”之前，她什么都做不了。她迅速扫了一眼面前的单子，犹豫了一会儿，然后从椅子上起身，开门向当值的消防员说：“弗雷德，请打电话给巴尔内斯先生，如果可以的话请让他下来。温德米尔出事儿了。”

她回到椅子上。此时，扬声器里传出一个尖锐的外差尖叫声，淹没了抽泣声，似乎是某个表示同情的愚蠢女人试图在相同的波段上回话，但声音含混不清。她耐心地坐着，等待干扰消失，在她们记起来进行常规操作之前，她什么都做不了。外差停止了，海伦·柯蒂斯仍然在三百英里外的麦克风前抽泣着，头顶上方挂着一幅彩画，画着身披加冕长袍的国王和王后，收音机上放着他们女儿的婚纱照。然后她说："杰姬，杰姬，你在吗？哦，我忘了。报文完！"

培根小姐转动旋钮，说："好的，海伦，这是杰姬。请各位注意，第八区查理女王正在和能人乔治通话。请所有人停止通话，不要插话。你们可以守听，但不要插话。如果有人能帮得上忙，我会呼叫他。柯蒂斯太太，我让弗雷德打电话给巴尔内斯先生，请他下来。现在请你保持冷静，告诉我事情的经过，我会记下来。请记住你的操作规程，如果你想听到我的回复，请转动旋钮。请别太担心，海伦，请冷静地告诉我具体情况。报文完，请回复！"

扬声器说："哦，杰姬。能听到你的声音**实在是**太好了。我身边只剩下土著了。戴夫放假了，彼特去了诺曼顿。事情是这样的。唐三天前带着萨姆逊一起去牛场上的失望溪，说自己会离开两天。他们没有按期回来，我并不担心，因为下雨了。我想他们要绕远路，因为小溪涨满了。然后，昨晚只有唐的马自己回来了，萨姆逊也失踪了。萨姆逊是我们新请的土著牧工。我这儿有一个名叫庄尼·沃克的牧工很擅长跟踪脚印，他一大早就出门了，骑着马沿脚印原路返回。但他一个小时前返回牧场住宅，报告说情况很糟糕，因为雨水把脚印都冲走了，他只能跟踪到三英里远。现在我不知道该怎么办了。"接下来是一阵沉默，然后她说："哦，报文完！"

培根小姐的书写纸上写满了潦草的笔记。她转动旋钮，说："这是杰姬，海伦。请告诉我，你们南北边上都有什么牛场？报文完。"

"北方是卡莱尔农场，杰姬——那是埃迪·佩吉的农场。南方是米德赫斯特农场，东方是派力肯农场。米德赫斯特的经理是乔·哈曼，派力肯是莱恩·德赖弗。不过我想米德赫斯特没有广播。报文完。"

培根小姐说："好的，海伦，我会尝试呼叫他们。请在座位上守听，因为巴尔内斯先生来了后要跟你说话。现在我要接通卡莱尔农场。我有第八区小狗糖果给第八区吉格舞威廉的电报，等我一有空就转达给他们。第八区查理彼特，第八区查理彼特，这是第八区查理女王。如果你听到我的呼叫，第八区查理彼特，请回话。报文完。"

她转动旋钮，听到埃迪·佩吉不紧不慢的声音，松了一口气。"第八区查理女王，这是第八区查理彼特。我听到了你和杰姬的所有通话。弗雷德·道森和我在一起，我们会尽快去温德米尔了解情况。请告诉海伦我们大约四小时后到达她家，到时再见机行事。你会保持守听吗？报文完。”

她说：“没问题，佩吉先生。我们会一直在原地守听，直至进入值班时间。值班时间内从整点到整点过十分都会有人守听。收文悉否？报文完。”

他说：“好的，杰姬，收文悉。我现在停止通话去备鞍。你今天不会再听到我的声音了，奥利弗不会操作机器。我走了。”

她接下来呼叫派力肯，但没有回音。她随后呼叫第八区爱麦克，即威尔斯镇骑警局，并马上接通了海恩斯中士。他说：“好的，杰姬，我都听见了。我会派菲尔·邓肯和一个善于寻找脚印的手下处理此事，并尽量派一个牧工跟着他们。我会让路过米德赫斯特的人把这件事情告诉乔·哈曼。请告诉巴尔内斯先生，邓肯警员将于今天下午三四点钟到达温德米尔。关于守听的信息已收悉。你真是个好姑娘。完毕。”

尽管出了这么大一件事情，那天余下的常规工作仍然要完成。培根小姐说：“第八区小狗糖果，这是第八区查理女王。我有一封给第八区小狗糖果的电报，如果第八区小狗糖果听到第八区查理女王的呼叫，请回话。完毕。”她继续工作。

大约中午时分，琴正在米德赫斯特和乔·哈曼一起测量厨房，在书写纸上做计划，突然听到了马蹄声。外面还在下着雨，但是雨势稍小。他们走到房子的另一头，看见彼特·弗莱彻把马交给月光并走上门廊。他头戴宽松的牧工帽，淋成落汤鸡。上楼梯时，他的靴子发出吧唧吧唧的声音。

他说：“你们收听广播了吗？”

“没有。怎么了？”

“温德米尔那边出了点状况，”牧工说，“三天前唐·柯蒂斯带着一个土著牧工去牧场的北部边界，现在只有马自己回来了。”

“有没有引马沿路返回？”乔马上问。

“试过了，但找不到路。所有脚印都被冲掉了。”牧工坐在门廊边缘上，脱掉靴子，把里面的水倒掉，很快就倒出来一摊水。“杰姬·培根，在凯恩斯广播站工作的女孩儿，在早晨广播时段收到这个消息。她呼叫了海恩斯中士，中士派了菲尔·邓肯去温德米尔。菲尔正在去那儿的路上，和阿尔·伯恩斯一起。我说我会路过这边并顺道告诉你。埃迪·佩吉和弗雷德·道森已经一起出发从卡莱尔去温德米尔了。”

乔问：“唐带着哪个土著牧工去的？”

“一个叫作萨姆逊的小伙儿，来自米切尔里弗。他跟着唐工作有大约一个月了。”

“他们知道他去牛场的什么地方吗？”

“北边，失望溪那儿。”

“看在基督的分上，”乔说，“那我知道他去那儿干什么了。”琴看着他，他嘴唇紧绷。

“去干什么？”彼特问。

“他又在打我的小牛的主意，”乔说，“那个强盗在那儿修了一个小牛畜栏。”

“你怎么知道的？”彼特问。

“被我发现了，”他说，“我来告诉你畜栏在哪儿。你知道失望溪从哪儿流入菲什里弗吗？”牧工点点头。“嗯，从那儿沿失望溪往上游走大约四英里，就会看见一个小岛，小岛旁边有一条从北面流进来的小溪。嗯，继续往前走大约一英里，就会看见失望溪北面有一大片茂密的树林，后面有一个小小的荒山。你不可能搞错的。小牛畜栏就在那片树林后面，在荒山脚下。如果你爬到那个山上——它只有十五英尺高——就会看见南面的小牛畜栏。”他顿了顿，“如果你跟搜索救援队一起去，我建议你们先去那儿找找。”

“谢谢你，乔，”彼特说，“我到温德米尔就告诉他们。”

“是的，你最好告诉他们。我想柯蒂斯太太对此一无所知。”

琴一直在犹豫，不知道是否应该加入这个谈话，因为他们谈论的事情对她而言非常陌生。但现在她说：“你是怎么知道这件事的，乔？”

他转向她：“圣诞刚结束时，我和布尔内维尔一起去了一次北部边界，我发现小牛好像变少了。于是我让布尔内维尔跟踪小牛的脚印。那时基本还没开始下雨，所以脚印很清晰。卡特赖特河就在那儿，我们把它当作牛场边界。我们跟踪脚印过了河，一直去到温德米尔。那儿有两匹马，还有很多小牛。就像我之前说的，我找到了畜栏，小牛都被关在畜栏里，关了有两三天了。当然了，我把它们放了出来，并把它们赶了回去。好不容易才把它们从第一个水坑边上赶走了，哦，老天。”

彼特问道：“畜栏里有多少头小牛，乔？”

“四十七头。”

“都是未打烙印的？”

“哦，是的。”乔听出了他的弦外之音，深感震惊。

“唐不会做那种事的。”他说。

牧工穿上鞋子并站起身来。“你打算怎么做？跟我一起去吗？”

“不。”乔慢慢地回答道，“我想我会直接去米德赫斯特的北部边界，他是从那儿把小牛偷走的。也许他还想再偷一些，结果在那儿出了意外。那在卡特赖特河南面，我们修的新钻头往东。如果我在我的土地上没发现他的踪迹，我会跟踪他把小牛赶去畜栏时留下的脚印。说不定我明天或者后天的时候会在那儿附近跟你会合。”

彼特点点头：“我会转达给菲尔的。”

“请告诉他，我会带上布尔内维尔一起去。我开越野车把佩吉特小姐送回威尔斯镇后就马上出发。”

在那种大雨滂沱的天气下，开越野车跑四十英里需要花差不多三个小时。琴说：“乔，不用管我。我留在这里等你回来。你马上跟彼特走吧。”

他犹豫了。“我可能会离开好几天。”

“嗯，那我就骑萨利回去。我可以带上一个土著，让他把萨利骑回来。”

“这样也行，”他慢慢地说，“月光会留在这儿，可以让他跟你一起回去。我带着布尔内维尔。”

“好的，”她说，“那完全没问题。戴夫什么时候回来？”

“应该是这个下午吧。”他说。他转向彼特。“我让吉姆·伦农放假了，戴夫去诺曼顿找一个年轻女护士，但他今天就会回来。”

琴说：“我会留在这里等戴夫回来，以防万一，乔。”

他向她微笑。“嗯，那可帮了大忙了。我不想只留下牧工。我会告诉月光，让他领你进镇，你想什么时候走都可以。”他转向彼特。“要不要换一匹马？”

“不用了吧。这儿离温德米尔大概有四十英里远？”

“没错。过了这条河，你就能找到一条直达那儿的小路。最近没什么人走那条路，如果你找不着它，就往北骑去吉尔伯特河。沿河骑一两英里就会见到一座小木屋，杰夫·波科克捕猎鳄鱼时就住在那座屋子里。从那儿往北骑大概两英里，有一个可以骑马横穿的浅滩。从那儿往北骑大约十英里，就能找到他们从牧场住宅去威尔斯镇的路。你不可能搞错的。”

“好的。”

“要不要带点食物？”

牧工摇摇头。“我还是尽快上路吧。”

他们走下楼梯到院子里去，看着他装好马鞍后离开。雨实际已经停了，但依然天色阴沉，乌云密布。乔转向她。“很抱歉，”他轻轻地说，“今儿我们什么都干不了了。你确定和月光一起骑马进镇没问题吗？”

“当然没问题，”她说，“你必须赶紧出发。”

她匆忙进屋催促棕榄给他们做一点午饭和食物，好让他们能带着在路上吃。男人们正在院子里备鞍。他们准备带上各自的乘用马和一匹驮马，让驮马背着一个帐篷和露营装备。乔认为只需带上少量质量极差的食物，她感到心疼万分。他从食品橱里拿出一大块煮过了头的肉，把这块黑得可怖的东西连同三条面包一起扔进一个袋子里，抓了几把茶叶放进一个可可罐里，再抓了几把糖放进另一个罐子里。那就是他的全部食物，但他却不知道要在旅途上耽搁多久。她在一旁看着他埋头作准备，没有干涉，因为不想打扰到他。但她把这一切记在心里，也许将来能派上用场。

他在门廊上和她吻别，她和他一起走下楼梯到院子里。“照顾好自己，乔。”她说。

他咧嘴一笑。“下周在威尔斯镇见。”然后他骑马小跑着出了大门，布尔内维尔在他旁边，后面牵着驮马。然后她就孤零零地跟土著一起留在了米德赫斯特。

雨又开始下。她走上门廊。乔走了，棕榄又回到了自己的房间，门廊上空荡荡静悄悄的。雨不断地打在铁屋顶上，叮叮咚咚作响。她突然想到，可能整件事情都已经结束了。唐·柯蒂斯可能已经回到了温德米尔，乔可能白跑了一趟。米德赫斯特居然没有无线电收发机，真是太不可思议了。确实，他们离医院只有二十英里，如果是他们自己发生意外，并不需要使用收发机。但如果遇到像现在这种让人牵肠挂肚的情况，没有收发机就太不方便了。她打定主意，等他们结婚后，一定要在米德赫斯特买一台发报机。这年头，没有收发机的牛场太落伍了。

她之前从未试过孤身一人留在米德赫斯特。她一个一个地走遍了所有房间，步履缓慢，左思右想。沙袋鼠蹦蹦跳跳地跟在后面。她时不时把手放下来爱抚它，它轻轻地啃她的手指头。她在他的房间里停留了很长时间，手指划过粗糙的装备和衣服，它们就是乔的全部家当。他的生活太简陋了。然而，就是在这个房间里，他梦想并计划了去英国追寻她的伟大旅程。这个旅程在诺尔·斯特拉坎的办公室里戛然而止。最后一次去赞善里似乎已经是上辈子的事情了。

大概三点的时候，戴夫·霍普回来了。彼特·弗莱彻早上过来的时候，他正骑着马冒雨从威尔斯镇往回赶。他在途中遇到一辆从诺曼顿开来的卡车，搭了一程便车。他在威尔斯镇听说了所有关于温德米尔的事情。他临近中午才离开威尔斯镇，知道很多广播上没说的新消息。他告诉她，那个土著牧工萨姆逊已经回到牧场住宅了。

“他们好像正在找一些小牛，”他说，“在牛场北面的失望溪附近。他们出于某种原因各走各路。他们离开营地时约好晚上回去会合。唐那晚没回营地，土著在黑暗中也无法找到他的脚印。第二天早晨，整个地方都被水淹了，土著压根无法找到他的脚印。就是这样了。”

他们在门廊上谈论了一会儿此事。在离他们三四十英里外的某个地方，肯定有一个男人躺在地上，身受重伤。只能确定他身处一个方圆三十英里的地区内。他可能躺在一个树丛底下，并且很可能那时已经失去了意识。要找到他无异于大海捞针。

“你最好去帮他们，戴夫，”琴最后说，“这里没什么事情。我留下来料理家务。”

他起了点疑心。“哈曼先生给我分派任务了吗？”

“他什么也没说。我跟他说我会留在这里等你回来。如果牛场上只剩下土著的话，他觉得不太妥当。我会留在这里，戴夫，直到有其他白人过来。你去温德米尔加入他们吧，那样做最好了。”

“留在这儿无所事事确实是很不仗义。”他承认。

下午晚些时候，她打发他走了。那时离天黑还有两个小时，他很高兴能在夜色中赶路，因为他很熟悉温德米尔牛场。现在又剩下她自己一个人了，琴继续设计厨房，满怀憧憬地把它设计成理想中的模样。她要让乔把旧厨房全部拆掉，从头修起。过了一会儿，棕榄走进厨房给她做晚饭吃的鸡蛋，给各种动物喂食，并给门廊上的植物浇水。

棕榄离开后，她独自一人在米德赫斯特过夜，只有小狗和沙袋鼠陪伴她。窗外，夜雨潇潇，漆黑阴森，乔·哈曼正在马不停蹄地赶往牧场的北部边界，人马俱湿，小心翼翼地在黑暗中寻路前行。她除了干坐着等待消息，什么忙都帮不上。

那天晚上，她忽然明白了很多事情。她稍稍意识到一个生活在牧场上的妻子必须变得多么坚强。她不无严肃地想，即使是一个有五万三千英镑的妻子也不例外。她意识到无线电收发装置对于这样一个妻子而言几乎是不可或缺的。即使在头一个晚上，她也渴望和凯恩斯的杰姬·培根说上一两句话。她意识到，一个孤独的人有多么依赖动物。很奇怪地，她想起了奥利弗，那个皮肤棕黑的土著女孩儿，即使只是去威尔斯镇的旅馆小住，也无法离开那只小猫。到她上床准备睡觉的时候，她已经能够更好地体会奥利弗的心情了。

她九点左右上床睡觉。床头有几本破旧的英美杂志。乔肯定经常翻阅它们，翻得七零八落的，另一个世界里的悲欢故事，他读了一遍又一遍。她拿起一本在床上看，但那些小说并不能引起她的兴趣，或者消除她的焦虑。雨停了，过了一会儿又开始下，然后又停了。她昏昏沉沉地睡着了。

她睡得不深，夜里频频醒来，又频频睡去。她黎明前就被院子里的马蹄声吵醒了。她立刻起床，穿上连衣裙走到门廊上，打开灯喊道："谁？"

一个男人走到楼梯脚的灯光下，说："是我，小姐，布尔内维尔。霍普先生回来了吗？"

他口音浓重，她无法听懂他在说什么。她说："上来，布尔内维尔。怎么了？"

他走上门廊，来到她的跟前。他是一个五十岁上下的男人，很黑，脸上布满了皱纹，头发灰白。他又说了一遍："霍普先生，他回来了吗？"

这次她听懂了。"他去温德米尔了。他回来了，又去了温德米尔。哈曼先生怎么样了，布尔内维尔？"

他说："哈曼先生，他到北面边界了。他找到柯蒂斯先生，他脚断了。哈曼先生，他让我回来接霍普先生，他开越野车去北部边界，带柯蒂斯先生回来。"

她完全听不懂他在说什么，很生自己的气。问题在她，一个海湾地区的女人立刻就能听懂这个人的话，而此时此刻，听懂他说的话简直就是一件生死攸关的事情。她轻轻地说："对不起，布尔内维尔。请再慢慢说一遍。"

这一遍她听明白了。“霍普先生不在这里，”她说，“他去温德米尔了。”

他沉默了一会儿，然后说：“这里没有白人，可以开越野车吗？”

她摇摇头。“你会开越野车吗，布尔内维尔？”

“不，小姐。”

“有会开越野车的土著吗？”

“没有，小姐。”

她突然萌生了一个想法。她可以让布尔内维尔带路，自己开越野车去找乔。但那可不是一件轻松的任务。她从未有过自己的汽车，虽然开过几次属于不同年轻小伙子的车，知道怎样驾驶，但驾龄不超过五个小时。她再度为自己的无能感到生气和羞愧。

她点起一根烟，陷入沉思。如果她贸然尝试驾驶越野车并把它撞坏了，对谁都没有好处。它可是一个大家伙，个头比任何一辆普通的汽车都要大，甚至比她驾驶过的任何东西都要大。还有一个办法，就是让布尔内维尔骑马去威尔斯镇，也许去警察局，请他们派一个司机开一辆卡车或者一辆越野车去北部边界。从米德赫斯特到威尔斯镇来回程有四十英里，卡车开到米德赫斯特就要六个小时，然后才能出发去北部边界。

她问：“哈曼先生离这里有多远，布尔内维尔？”

他想了想。“过了钻头四英里。”

乔曾经告诉过她，新钻头距离牧场住宅二十二英里。那就是说事故现场距离这里二十六英里。她说：“路况怎么样？能开越野车到那里吗？”

“路很棒，干的，一直到钻头那儿。”他说。她点点头。这话可信度很高，因为钻头刚刚在几个月前才完工，之前肯定一直有卡车开去那儿。即使下着雨，那条路也非常有可能是通的。天空已经开始变灰，应该不久就会放晴了。

她问道：“需要过河吗？”

他举起三根指头。“树。[1]”

“河水深吗？越野车可以通过吗？”

“能通过，小姐。小河不太深。”

如果布尔内维尔骑马在越野车旁边给她指路，她觉得自己应该能够完成这个任务。无论如何，那值得一试。最糟糕的结果就是她半路绊在坑里，不得不让布尔内维尔带着一张便条回到威尔斯镇，请他们派一个更能干的人过来。只要他骑着他的马，就不会造成重大延误。她说：“好吧，布尔内维尔，我来开越野车。你骑马跟我一起走。”

“换一匹马，小姐。它累了。”

“没问题，换一匹。”布尔内维尔肯定也累了，但那爬满皱纹的黑脸庞对她而言太陌生，她察觉不出他的倦容。“你带点食物，”她说，“我也带一点。我们半小时后出发。”

他走开了，她烧了一壶开水，喝了一杯茶，然后去换上她的骑马衬衫和马裤。她昨晚发现乔的房间里有一个半满的旧锡箱，装着绷带、夹板和各种药物。她想它是锡制的，可以防水，于是把毯子装进去，再装进去一些从储藏柜里拿出来的食物罐头和一小包面粉。她只能想到要带这么多东西。万一半路陷入深坑，她将不得不在越野车里过一两个晚上。

她喝了一杯茶，吃了一顿包含肉、面包和果酱的早饭。然后走下楼梯到院子里检查那辆越野车。巨大的汽油箱里有二十加仑汽油，机油箱里满满都是油。她从大水箱里舀水灌满了引擎冷却器，并把从车灯架上吊下来的水袋装满。然后她爬上驾驶舱。让她松了一口气的是，变速器上的标识非常清楚。她转动开关，摁下发动键，拉起加速器。引擎发动时，她感到既害怕又高兴。她小心翼翼地挂了倒挡，把越野车驶出了后院。

箱子被放在驾驶室后面。布尔内维尔在前面骑马带路。她一方面

---

① 布尔内维尔说的是“tree”，跟英语里的“三（three）”音近，但他口音很重，发音不正确。

考虑到布尔内维尔骑着马，另一方面也完全不相信自己的能力，所以一路上她从未挂满挡，时速也不曾超过十英里。她驶过三条小溪，每次都沿着布尔内维尔指示的路线通过，跟着步履蹒跚的马往前走。在马的脚下，黄色的流水形成漩涡，令它焦躁不安。途中，水位一度升到驾驶舱的地板处，她非常害怕。但她继续往前开，设计者早就预料到此种情况，把汽车的点火系统置于汽缸之上。越野车一蹦一跳地驶过一块又一块岩石，水从每个洞口和每条裂缝里喷涌而出。

在钻头以北四英里处，乔·哈曼坐在他那个小帐篷的开口处。在一个小山谷的底部有一片茂密的树林，有人清出来一块空地，帐篷就扎在这块空地上。空地上有一排坚固的木栅栏，或者说是一个畜栏，就在帐篷后面。做门的木头都是可以移动的，此时被拆掉了，畜栏是空的。乔在帐篷前生了火，正在烧水。

帐篷里有一张用灌木做的床，上面铺着防水床单。一个男人躺在床上，身上盖着一张毯子。乔转过头去，说："发生了什么事，唐？它们把门冲破的时候是不是把你撞倒了？"

那个男人从帐篷里说："真该死。它们把柱子撞到我的身上，把我击倒了。然后有差不多六头牛从我身上踩过。"

乔说："活该。让你在其他人的土地上到处偷牛。"

他顿了顿，然后说："你去年偷了我多少头牛，唐？"

"大概三百头。"

哈曼先生笑了。"我从你那儿偷了三百五十头。"

帐篷里的柯蒂斯先生说了一句非常粗鲁的话。

第十章

越野车慢慢在帐篷前停了下来，布尔内维尔骑着马跟在旁边。她挂了停车挡，把车停下来，大大松了一口气。她坐在驾驶室里，乔走向她。“戴夫呢？”他问，“他没回来吗？”

她把情况告诉他。“我想我最好试着自己开车来。”她说，“我之前只开过大概三次车。我肯定把它开坏了，乔。”

他后撤几步。“看起来没问题。”他说，“你撞到什么了吗？”

“什么都没撞到。但有时候我挂不上挡，它就发出可怕的声音。”

“它还走得动吗？”

“哦，我想可以。”

“那就没问题。小河怎么样？”

“水挺深的，”她说，“都漫过驾驶室的地板了。”

他嘟囔了一声。“赶紧回去。希望这该死的雨快点停。”

她问：“柯蒂斯先生在这里吗，乔？”

他点点头。“在帐篷里。”

“他怎么了？”

“腿断了，”他说，“有创骨折——你们把断骨刺穿皮肤的骨折叫作有创骨折吧？我想他的脚踝也断了。”

她惊讶地噘起嘴唇。“我把你那个装着夹板和绷带的箱子带来了。”

他问：“你知道怎样处理骨折吗？从前有没有当过护士什么的？”

她摇摇头。“没当过。”

“我看了一眼并清洗了伤口。”他说，“我已经尽力了，但它实在是太糟糕了。我今早做了一块长条形的夹板，把它绑在伤腿上。我们要把他送去医院，越快越好。已经两天了。”

他们开始撤营，把帐篷从伤员上方移开。唐第一次见到琴。“你好，佩吉特小姐，”他说，“你不记得我了吧？我在威尔斯镇见过你，在你抵达那天。”

她向他微笑。“你很快就会回到威尔斯镇。我们要把你送进医院。”

她忙活的时候，突然满脸困惑地转向乔。“我们这是在谁的土地上，乔？”

“米德赫斯特啊，”他说，“为什么这么问？”

她扫了一眼畜栏。“那是用来做什么的？”

“那个东西？”他说，“哦，没什么特别用途，我们偶尔会把牛赶进去打烙印什么的。”

她没有再说话，继续低头干活。她的嘴唇几度漾起一丝微笑。他们把唐放在地上，在灌木床底下放了一条毯子，再放下越野车的车尾板。然后，他们用尽力气，小心万分地把他搬到床上，再把床搬到越野车的车身上。躺在车身上的男人脸色煞白，汗流如注。他把嘴唇都咬破了，但他们没有办法舒缓他的疼痛。

大约九点钟，他们开车返回。乔负责开越野车，琴在后面陪伴伤员，布尔内维尔骑马跟在车后，牵着两匹马。他们路过钻头，往前走了大约五英里，来到第一条小河的岸边。跟琴几小时前经过的时候相比，水位上涨了很多。

他们顺利涉过了这条河，不过河水已经漫进了越野车的驾驶室，差一点就漫上车身的底板，而伤员就躺在底板上。过了河之后，他们继续往前走。第二条河的水位更高。乔停在河边，向琴和布尔内维尔咨询他们之前过河的情况。琴当时经过的地方似乎比现在浅五十码，那应该是水位比较低的地方了。乔让布尔内维尔骑马走进水里，听人和马在水里行走时发出的声音。看来没什么问题，于是他把越野车开进河里。

河水很快就变深了，他加速保持前行。黄色的洪水快速旋流，水底下的河床非常崎岖。巨大的汽车在河床的大石头上颠簸着前进。突然间，车子重重地撞到某个东西上，发出一阵金属的嘎吱声，一动不动。

乔说："天啊。"他使劲儿摁发动键，但引擎毫无反应。油迹开始渗上水面，顺着旋流的黄色河水流走，拖出黄黑色的尾巴。他盯着这些油，大惊失色。

琴说："怎么了，乔？"

"我把该死的机油箱撞破了。"他简短地说。

他从驾驶室上下来，在河水里小心翼翼地探路。水已经漫过他的膝盖，差不多深及腰部了。他喊来布尔内维尔，并让琴从卡车背后递给他一卷绳子。越野车只离岸十码远。他们制作了一个串联式的套索，把一头套在三匹马的前鞍上，另一头系在越野车的后轴上。这一切都在水底下摸索着进行，两人一边干活一边气急败坏地向对方喊话。十分钟后，汽车已经被拉上了岸，其效率之高，令琴惊叹不已。

她从车身上下来，走向躺在前轴下的乔。她俯下身去，和他一起查看情况，发现用生铁制成的汽油箱被撞碎了。"情况严重吗，乔？"她轻声说。

他向她咧嘴笑道："这下惨了。"他从破洞里把生铁碎片掏出来，从车底下抽出身来，从驾驶室里找来启动曲柄，小心地转动引擎。他松了一口气。"曲轴轴承没问题，"他说，"只是机油箱坏了。"

他手里拿着启动曲柄，站着深思了一会儿。倾盆大雨扑在他们身上。她问道："我们现在去哪里？"

"我能补好它，"他说，"开回家没问题。但现在也没油了。以河流现在的上涨速度，去把卡车叫来也没用。"他站着观察了几分钟河水。"卡车到这儿的时候也过不了河。"他最后说，"现在只有一个办法。用飞机把他送走。"

周围满是岩石和茂密的树林。"这里有给飞机降落的地方吗？"她问。

"我知道一个可以降落的地方，"他说，"飞机需要一条五百码长的平整跑道。"

他骑马去南边。琴和布尔内维尔在河边打开帐篷，支起来遮住唐·柯蒂斯，给他挡雨。伤员一度虚弱地说："乔·哈曼的驾驶技术真差，开着车肯定偷不到牛。不过他的偷牛技术还真不赖。"琴笑道："你们这对穷凶极恶的罪犯。我要跟柯蒂斯太太好好谈谈。"

"千万别，"他说，"她对此一无所知。"

她说："好好躺着，别说话。乔出去找一个能给飞机降落的地方，让飞机来接你走。"

"希望他这次的表现比开那辆破车时好一些。"柯蒂斯先生说。

三刻钟后乔回来了。"我想我们可以清理出一条跑道。"他说，"离这儿只有一英里。"他和布尔内维尔一起，用套索把由三匹马组成的马队套在卡车的前轴上，启程穿越树林。琴负责控制方向盘，马队拉着越野车在绿树之间迂回行进。

不久他们来到一块空地上，那儿有一块狭长的草地，上面稀疏地长着一些矮灌木。这块草地超过五百码长，但两头都有树木。他们可以把它清理成一条跑道。"把这些灌木砍掉，"乔说，"再砍掉两头的树。我见过他们在比这儿糟糕得多的地方降落。"

斧头和铲子是越野车的常规装备。他们不缺工具，但以两人的力气无法完成这项体力劳动。"我们必须把米德赫斯特的牧工都叫来，"他说，"并派人去威尔斯镇请求他们派一辆飞机过来。"

她说："让我和布尔内维尔一起骑马回牧场住宅吧，乔。他可以把牧工都带回来，我继续骑马去威尔斯镇。"

他盯着她："你骑不了那么远。"

"有多远？"

"从这儿到威尔斯镇有四十英里。"

"至少我可以骑回米德赫斯特。"她说，"如果我到时骑不动了，就派月光捎一张便条给海恩斯中士。我们最好找中士，是不是？"

"没错。这样的话，你就不必自己一个人骑马上路了。如果你要继续从米德赫斯特骑到威尔斯镇，一定要带上月光或者其他牧工。我不允许你自己一个人骑马过河。"

她把手放在他的手臂上。"没问题，乔。我会带人和我一起去。"

她顿了顿，“我可以从威尔斯镇发送广播消息，”她说，“那样就可以从温德米尔找人来帮你了，是不是？”

“没错。”他说，“要是米德赫斯特有无线电收发机就好多了。”他顿了顿，“他们肯定想知道一件事情，”他说，“就是这个地方的准确位置。我们距离新钻头大约六英里，西—南—西方向。记住了吗？”

“记住了，乔，”她说，“距离新钻头大约六英里，西—南—西方向。”她顿了顿，“你接下来打算怎么做？”她问。

“我会在这儿扎营。”他环视四周，“搭起帐篷来挡住越野车的车身，”他说，“在找到担架之前，尽量不要再次移动他。搭好帐篷后，我就开始砍树，给飞机开道。”

“你的后背行吗？”她问。

“没问题。”

她想象双手挥舞斧子砍树的动作。“你之前砍过树吗，乔？”

“没有，但没问题的。”

她说：“如果你要砍树，我就要收回我的话。我要自己骑马去威尔斯镇，让月光和其他牧工一起来这里帮你。”

“你别这样，”他说，“你一个人过河不安全。”

“你挥斧头砍树也不安全。”她说，“如果你在这里把后背弄坏了，对谁都没有好处，乔。”她又把手放在他的手臂上，“我们都要理智一点，”她说，“你那点活儿，土著们来了以后一个小时就干完了。没必要冒险，乔。”

他向她微笑。“好吧。但你不能自己一个人骑马。”

“我保证不。”她说。

大约十点半的时候，他们扶她骑上乔的马罗宾。罗宾的个头比她之前骑过的马都要大得多，她非常害怕它。跨上罗宾并不比跨上其他马困难多少。乔的马鞍比她之前所用的休闲马鞍大得多，又软又破，因为长期使用而变得柔顺服帖，但仍然很好用，维护得也很好。他们替她调整好马镫后，她发现坐在上面非常舒服。

她和布尔内维尔一起出发，小跑着穿过树丛。一个艰苦卓绝的壮举就这样开始了。此后许多年里，她每次想起此事都心有余悸。罗宾脾气温顺，反应迅速，精力充沛，小跑起来的时候，步履矫健从容。不过，不能否认的是，此前她只骑过六次马，每次不超过一个半小时。

他们来到河边时雨停了。他们涉过翻腾不已的黄色河水，布尔内维尔从旁保护。过河后，他们继续前行，一会儿慢走，一会儿小跑。一个小时后，他们来到第二条河的岸边。这条河很宽，布尔内维尔帮助她把脚从马镫里抽出来，作好抓住鬃毛游泳过河的准备。但实际上并不需要游泳，他们从容不迫地过了河。再也没有小河阻碍余下的行程了。

“这两条河太深了，越野车肯定开不过去。”她说。

“是的，小姐。它太深了，现在。”

他们和米德赫斯特之间已经没有河流的阻隔了。雨又开始下，雨水混进涌流而出的汗水，使她浑身湿透。她的臀部和大腿不断和马鞍摩擦，很快开始蹭伤，她感到越来越痛苦，但一筹莫展。她拍过胸脯保证自己会骑马的，所以必须咬牙坚持。

她发现，当道路通畅时，她能骑得比布尔内维尔还要快。她骑乘的马精神充足，也更加强壮，而他的马已经跟着越野车跑了一程，疲惫不堪。在罗宾可以小跑前进的时候，她不得不频频放慢速度，边走边等他。这有助于缓解她的疲劳。

他们大约两点半回到米德赫斯特的牧场住宅。她口渴难耐，疲劳不堪。月光和另外几个牧工跑出来，拿过她的缰绳，帮助她下马。她的腿伸展不开了，无法自己从马镫上下来。她说：“布尔内维尔，请让月光备好鞍，准备和我一起去威尔斯镇。我喝完茶和吃完东西就出发。你带上全部牧工回去找哈曼先生，好吗？”

他说：“好的，小姐。”她猛然意识到，如果连她都觉得劳累不堪，那他肯定已经精疲力竭。他一直坐在马鞍上，马不停蹄地赶了二十四小时的路。她看着那张皱纹密布的黑脸，说：“布尔内维尔，你能行吗？累坏了吧？”

他露齿而笑。“我不累，小姐。吃完东西后和牧工们一起回去哈曼先生那里。”他边走开边喊道：“棕榄，棕榄。你去厨房，给小姐泡茶和做饭。你去厨房，快。”

她疲倦地瘫坐在门廊的椅子上，棕榄很快就给她端来了一壶茶和一块盖着两个鸡蛋的牛排。那块牛排简直无从下口。她吃了鸡蛋，在牛排边上啃了一口，喝下去六大杯茶。她不敢换衣服或者检查疼痛的地方，因为她知道，一旦开始做那种事情，就会彻底打消继续上路的念头。吃完东西后，她把月光唤来，下去院子里。那些深色皮肤的牧工正在那里给自己的马备鞍，在雨中扎好包裹，绑在驮马背上。他们扶她上马，她再次启程，在月光的陪伴下朝威尔斯镇前进。

短暂的休息使她浑身僵硬，她鼓起所有的勇气才敢面对前头的二十英里。她身上每一块肌肉都拉伤了，疼痛不已。她几乎无法靠自己的双腿稳坐在马鞍上，但位于大腿上下方的角状物开始起作用，把她牢牢地固定住。

他们涉过现在对于汽车而言太深的小河，继续前行。他们沿着车道骑行，一路通畅。她现在成为落后的一方，因为月光的马很精神，而罗宾已经累了。最后十英里，她眼冒金星，骑着罗宾疲倦地慢走或者小跑。最后五英里，皮肤棕黑的牧工紧挨着她前进，好让自己能在她掉下来的时候接住她。但她挺住了。大约七点钟，她骑着马踏进了夜色茫茫的威尔斯镇。那时的她，是一个疲劳困顿的姑娘，骑着一匹同样疲劳困顿的马，旁边跟着一个棕色皮肤的牧工。她骑过旅馆和渗着彩光的冰室，来到海恩斯中士的警察局和住所外面，在一个小摊前停下。她已经连续在马背上度过了大约八个小时。

月光下了马，抓住罗宾的头。她鼓起最后一丝力量，抬起右脚，跨过马鞍，滑到地上。刚下马的时候，她连站都站不稳，只好扶着罗宾的马鞍。海恩斯中士已经出来了。

“你怎么来了，佩吉特小姐？”他拖着慢悠悠的昆士兰腔调说，“从哪儿来的？”

“从乔·哈曼那儿。”她说，“他在米德赫斯特的北部边界找到唐·柯蒂斯了，唐断了一条腿。中士，请告诉月光怎样处置这两匹马，然后扶我进去详细说。”

他让月光把马牵进警察局的畜栏，晚上和负责跟踪脚印的警察一起住在宿舍里，然后转向琴。“进屋吧。”他说，“这儿，扶着我的手臂。你骑了多远？”

“四十英里。”她说。终于走完了这么长的路，尽管累得虚脱，她还是感到一丝自豪。“乔·哈曼留下来陪伴柯蒂斯先生。米德赫斯特的其他牧工都去那里了，他们要清理出一条跑道来。乔说只能用飞机把他接走。越野车过不了河。”

他扶她在安有防蚊网的门廊上坐下，海恩斯太太端来一杯茶。他扫了一眼挂钟，不紧不慢地坐下来听她讲。他错过了凯恩斯救护站七点钟的值班守听时间，现在必须要等三刻钟才能采取下一步行动。“距离新钻头大约六英里，西—南—西方向。”他思考着说，“我知道了，那附近有一块开阔的空地。我一会儿在广播上发送消息，吩咐飞机明早出发。”

“乔在想，如果你在广播上发送消息，是否可以请一些温德米尔的牧工过去帮他清理跑道？”她说，“让他们去帮他砍树。我不许他亲自上阵，因为他后背有伤。”

他点点头。“我会同时通知温德米尔。”然后他说，“我从不知道你是个骑手，佩吉特小姐。”

“我不是的，”她说，“我之前只骑过六次马。”

他微微一笑，然后说：“哦，老天，你觉得疼吗？”

她疲惫地站起身来。“我要回家睡觉。”她扶着椅背说，“如果我继续留在这里，这双腿就该残废了。”

“坐着别动，”他说，“我去开越野车把你送到医院。”

“我不想去医院。”

“我不管你想不想去，”他说，“但你必须去。你最好在那儿过夜，道格拉斯护士会把你照顾得好好的。”

半个小时后，她被清洗得干干净净，乖乖地躺在病床上，身上涂满了青霉素药膏，感觉自己像个幼童。海恩斯中士回到办公室，在无线电收发机前坐下来。

“第八区查理女王，第八区查理女王，”他说，“这是第八区爱麦克呼叫第八区查理女王。第八区查理女王，如果你听到第八区爱麦克的呼叫，请回话。报文完，请回复！”

他转动旋钮，机器上方的扬声器传来一个姑娘的声音：“第八区爱麦克，这是第八区查理女王，我能听见你说话，音量为三。请告诉我你的消息。完毕。”

他说：“第八区查理女王，我们发现唐·柯蒂斯了。乔·哈曼在米德赫斯特北部边界找到了他。他的伤情是有创骨折，左腿，两天半，很可能左脚踝也骨折了。扎营地点距离哈曼的新钻头大约六英里，西—南—西方向。收信悉否？完毕。”

扬声器里的女声说：“哦——我**真是**太高兴了，我们这边都担心死了。收信悉，但我会重复一遍。”她重复了一遍。“报文完，请回复！”

他说：“好的，杰姬。现在请向巴尔内斯先生转达一条信息。内容是：请求救护飞机从威尔斯镇尽快准备丛林降落。请复述一遍。完毕。”

她向他复述了一遍。

“好的，杰姬，”他说，“现在请替我呼叫温德米尔，我要跟他们说话。完毕。”

她说：“第八区能人乔治，第八区能人乔治，第八区查理女王呼叫第八区能人乔治。如果你能听见我的呼叫，第八区能人乔治，请回话。报文完，请回复！”

从三十个牧场住宅的三十个扬声器中传出一个战栗的女声。“第八区查理女王，这是第八区能人乔治。我都听到了，杰姬。上帝回答祈祷者的方式真是奇妙啊！哦，我的天啊，我高兴得不知道说什么好。我确定我们今晚都应该下跪，感谢上帝的仁慈。我确定我们都应该那样做。哦——完毕。”

培根小姐转动她的旋钮。“我确定大家今晚都会感谢上帝，海伦。现在海恩斯中士正等着跟你说话呢。请注意守听，把开关旋到‘接收’

上，海伦。第八区爱麦克，请回话，完毕。”

在威尔斯镇，海恩斯中士说：“第八区爱麦克呼叫第八区能人乔治。柯蒂斯太太，你已经听说了乔·哈曼目前在米德赫斯特北部边界陪伴你丈夫。他必须清理出一条能让救护飞机降落的跑道，并已经命令米德赫斯特的全体牧工都去帮忙。你能把目前留在温德米尔的所有人员派去帮忙吗？我会把位置告诉你，请用铅笔和纸记下来。”他顿了顿，“跑道距离他的新钻头六英里，西—南—西方向。距离他的新钻头六英里，西—南—西方向。我希望你能派目前留在温德米尔的所有人员去帮助他，并把该信息传达给邓肯警员，如果他在你身边。柯蒂斯太太，收文悉否？完毕。”

那个震颤着的声音说：“收文悉，中士。距离乔的新钻头六英里，西—南—西方向。我写下来了。埃迪·佩吉在这里，我想菲尔·邓肯今晚就能回来。我会把所有的人都派去那儿。上帝能给予我们的帮助实在是太神奇了。每当我想到上帝对我们这些受苦受难的罪人是多么仁慈，我就会双膝跪地并哭泣。”她顿了顿，然后说，“哦，我又忘了。完毕。”

他转动旋钮，说：“你要感谢的不仅仅是上帝，柯蒂斯太太。”他非常清楚，海湾地区方圆十万英尺以内的几乎所有家庭主妇都在收听广播，而且他也相信好人应该有好报。“佩吉特小姐骑马赶了四十英里路，从米德赫斯特北部边界赶到威尔斯镇，带来了唐的消息。你认识琴·佩吉特吗？她就是那个开办了工厂和冰室的英国姑娘。我们听说唐失踪的那天，她正好在米德赫斯特，她骑了四十英里来告诉我跑道的位置。她之前只骑过六次马，可怜的姑娘浑身疼得连站都站不起来。道格拉斯护士正在医院照顾她，让她安心休息。她过几天就会好起来。完毕。”

她说：“哦，老天。我不知道说什么来感谢她。请向她转达我最深的爱，希望她尽快康复。”她顿了顿，然后说，“她开的那间冰室让我很纠结。在威尔斯镇开一个那样的店铺似乎不太合适，而且它连周日和圣诞节都开门，从不消停。我在《圣经》里找不到任何支持或者反对它的内容，但我一直深感困惑。不过，现在那似乎也是上帝的安排，就像其他一切一样。我真的觉得那间冰室很棒。完毕。”

“没错。”海恩斯中士态度暧昧地说。他自己也一直对于冰室的关门时间心存疑虑，并曾写信到总部请求指导。他已经很久没有萌生勒令一间店铺关门停业的想法了。“我现在必须结束通话，柯蒂斯太太。第八区查理女王，这是第八区爱麦克。我的事情已经处理完毕，你今晚不必再值班了，杰姬。请你从明天七点开始保持日间守听。收文悉否？完毕。”

培根小姐说：“收文悉，中士。我会告诉巴尔内斯先生。如果你没别的事情要跟我说，我就结束广播。完毕。”

“没有了，杰姬。晚安。通话结束。”

“晚安，中士。通话结束。”

培根小姐满心感激地关掉了她的机器。凯恩斯救护中心并没有要求员工保持二十四小时守听，但现在情况如此紧急，人人都应该尽己所能伸出援手。她前一天就从早晨八点守听到午夜，今天早上又从八点守听到现在。巴尔内斯先生昨晚守夜，并已经准备好今晚再守一夜。她懊恼地想，她错过了亨弗莱·鲍嘉和劳伦·巴考尔[①]，电影已经演了一半了。不过明天晚上还有一场，如果这件事情到那时已经了结，她还能幸运地赶上。她去打电话给巴尔内斯先生。

巴尔内斯先生打电话给澳洲国家航空公司的斯迈思先生，斯迈思先生打电话给他的预备飞行员吉米·科普。科普先生说：“见鬼，希望明早的天气变得好一些，今天飞机绝对飞不过阿瑟顿高原。我看最好六点出发，我会准时抵达飞机库。”

他第二天一大早抵达机场的时候，老飞龙号的两个引擎都已经开动了。它无疑是内地有史以来制作最精良的急救飞机。此时细雨潇潇，云层低压，大约五百英尺高，把机场后面的大山遮盖得严严实实。威尔斯镇大约距离乔所在地点西—北—西方向四百英里。这次飞行的

① 亨弗莱·鲍嘉和劳伦·巴考尔都是著名的美国演员，亨弗莱曾获得奥斯卡最佳男主角奖。两人于 1945 年结婚。

头七十英里要飞越阿瑟顿高原，那里的山脉高达三千五百英尺。没有广播导航的帮助，他将不得不一直用肉眼探路，尽他所能在云层和树顶之间勉强飞行。

他向机场的控制官员说了几句晦气话，便沿跑道起飞。同去的还有一个救护员。一飞上天，他就发现情况糟糕透顶。他在三百英尺的高度飞行，沿着贝伦河北上，向着大山飞去，希望能在低云[1]中找到一个缺口，使他可以在库兰达峡谷内爬升，飞越阿瑟顿高原。灰色的蒸汽紧紧包围着他，机翼擦过覆满森林的峡谷边缘。前面没有任何缺口的迹象，他向右舷方向侧移，在峡谷里勉强拐了一个很危险的弯，最近的时候离峡谷的峭壁只有一百英尺。他随后飞回海边，抬起麦克风说："凯恩斯发射塔，这是胜利者超能麦克面包师[2]。我无法从库兰达飞往目的地。我将往北飞往海边的库克镇，尝试从那儿飞往目的地。请告诉库克镇，我将在大约一个小时之后在那儿降落，并需要加二十加仑的七十三号汽油。"

他往北飞过昆士兰的热带海岸，飞行高度大约为三百英尺，一个小时后飞抵库克镇。库克镇很小，人口大约三百，但他抵达时，小镇笼罩在乌云中，雨横风狂。他在机场降落并加了油。"我要尝试从这儿飞去威尔斯镇，"他说，"路上不会有太高的障碍。如果状况太糟糕，我就飞回来。我会从这儿直线飞往威尔斯镇。"他这么说，是为了万一他遭遇意外，救援队能找到他。

加完油后，他马上启程，依照罗盘指示方向往内陆飞去。在整个飞行过程中，他从未飞离树顶超过两百英尺。他勉强飞越了大分水岭，离山顶只有五十英尺的距离，总是眼看就要回头了，就看见前面有一个模糊的缺口，迫使他往前飞，逐渐进入北部地区。护理员坐在他身后，紧紧抓住座位，被吓得魂飞魄散，却什么都做不了。他们就这样一直飞了三个小时。靠近卡奔塔利亚湾的时候，飞行员开始发现他认

---

① 低云的高度一般在2500米以下，大部分会产生降水。

② 科普先生的代号。

识的地标：一个河湾，一片被烧毁的树林，一弯形似香蕉的沙荒。他飞抵威尔斯镇，在零零落落的房屋上空一百英尺处盘旋，通知他们自己已经抵达，然后在机场降落。他滑行至等候他的卡车前，精神紧张，筋疲力尽。雨仍在下。

在卡车旁边，他、海恩斯中士、道格拉斯护士和阿尔·伯恩斯一起开了一个小会。“我会尝试把他接回来。”他说，“如果下午情况没有好转，他就只能在这儿的医院过夜。在这种天气里我无法把他送到凯恩斯去。明儿的天气很可能会好一些。”他们给他一幅徒手画的铅笔地图，是中士给他准备的，上面标示着小河和米德赫斯特牧场住宅的位置，还有新钻头和跑道的大概位置。大约十一点，他再度启程。

按照地图，他没费多大工夫就找到了目的地。降落地点很明显，因为他们把一块狭长地带清理了出来，还把一小块草地上的灌木都砍光了。他能看到十个人，有的在埋头工作，有的抬起头来望着飞机。他看见一辆越野车停在那儿，上面有一个帐篷。他在低云下盘旋，计算风险。他们清理出来的跑道即使对于一架飞龙号飞机而言也短得可怜。然而，事态紧急，那个男人已经受伤三天了，脓毒病、坏疽或一切其他疾病都可能降临。他咬紧牙关，将飞龙号对准跑道，尝试降落。

他用尽全部勇气，慢慢越过树顶下降，离它们仅有五英尺，小心翼翼地调整速度。他在被砍掉的树木上方减速，向草地俯冲，希望草地是光滑的。眼看就要成功了……不行，他绝对无法及时把飞机停住。轮子离地面不到两英尺的时候，他加大油门，保持高度飞行了片刻，重又攀升离开。

他让飞机在低云下盘旋，使跑道保持在视线范围之内，然后转向身后的护理员。“有铅笔和纸吗？我说你写。”他想了一会儿，“抱歉我无法降落。你们必须把跑道延长一百码，如果可以的话一百五十码。我下午四点再回来。”他们把纸条放进带有彩色饰带的邮袋里，从跑道上空飞过，把邮袋扔到跑道中央。

回到威尔斯镇后，他向他们讲述了事情经过。“他们时间不够，”中士说，“下午应该就没问题了。”中士开车送他去旅馆，阿尔·伯恩斯带他去酒吧，但他除了柠檬水之外什么都不肯喝，因为下午还有一趟困难重重的飞行。

他在旅馆吃完午饭，闲步走进冰室。他上次来威尔斯镇时这间冰室还没开张。他既兴奋又好奇地东看看西瞧瞧，点了一份冰淇淋。露丝·索耶催他赶快吃掉它，因为马上就要打烊了。他问她是不是每天下午都关门，她说她要去医院看望佩吉特小姐。然后，顺理成章地，他听闻了她的英勇举动。

四点钟，他回到米德赫斯特北部边界。雨已经停了，他能够以八百英尺的高度接近跑道。他在上方盘旋了一会儿，仔细观察地面情况。他们把跑道延长了许多，这次的降落很顺利。飞机向下俯冲，在近端降落，在不平整的跑道上蹦蹦跳跳地落了地，颠簸着滑行，渐渐停了下来。

他熄灭引擎并爬出机舱。他们把担架从机舱里抬出来，护理员把唐·柯蒂斯抬上担架，在牧工的帮助下把担架搬上机舱。飞行员点起一根烟，递给哈曼一根。

乔问："你在威尔斯镇听到任何关于佩吉特小姐的消息了吗？"

飞行员说："她在医院里。他们说没什么大碍，只是又累又疼。她肯定是个了不起的女孩儿。"

乔说："太对了。如果你看见任何从医院来的人，请帮我给佩吉特小姐捎个信儿，好吗？请告诉她我明天下午进镇。"

"我会的，"飞行员说，"我今晚会在那儿过夜。现在去凯恩斯太晚了。我无法在这种天气里进行夜间飞行，这架飞机不行。"

护理员和牧工已经把唐搬上了飞机。科普先生回到驾驶座上，护理员转起螺旋桨，他们滑行回跑道的远端。跑道很短，但他能起飞。他发动引擎，沿跑道起飞，以十五英尺的距离呼啸着擦过远端的树顶。半小时后，他在威尔斯镇落地，帮忙把担架搬上卡车，卡车将唐·柯蒂斯送到医院。

当天下午，琴·佩吉特在医院里给露丝·索耶看她的伤口。有些地方皮都蹭掉了，伤口长达六英寸。"多么光荣的伤疤啊，"露丝说，

“可惜你不能把它们露出来给别人看。”

“那是因为所有东西都太湿了。”琴说，“但我想我不可能找到一条完全合身的骑马裤。骑马裤是专门针对牧工的皮肤而设计的。”

“换了是我，就再也不想骑马了。”

“短期内我都无法再骑了。”琴说。

过了一会儿，露丝说：“请告诉我，琴，你认为承包商能在这里揽到工程吗？”

琴盯着她。“做什么工程的承包商？”

“修路之类的。建房子也行。”

“你是给爱丽丝的比利·韦克林问的吗？”

露丝点点头。“他给我写信。”她淡淡地道。琴觉得，她如此描述每周三由空中列车送来的七封信，实在是太过于轻描淡写。“他父亲是纽卡斯尔[①]的承包商——有平路机、推土机、蒸汽挖土机和所有那一类的东西。战后他让比利在爱丽丝创业，因为他说爱丽丝正在发展扩大，而那意味着承包商有许多工程可做。但比利说他已经受够了爱丽丝。

“雨季一结束，他就会来威尔斯镇一趟。”她就事论事地添上一句。

“他在这里揽不到任何修路或者建房工程，”琴说，“没人会愿意出钱。不过我知道这里有什么工程可做。乔·哈曼想在米德赫斯特修建一些小水坝。我不知道那是不是在比利的经营范围内。”

“我想应该是吧，”露丝慢慢地说，“反正比利干的就是这种脏活累活。旱季的时候用推土机就能修起来吧，是不是？”

“我对此一窍不通。”琴说，“他能找到推土机吗？”

“他的老爷子在纽卡斯尔有大概四十台呢，”露丝说，“我想应该能腾出一台来给比利吧。”

“不过只是修小型水坝。”琴说。

“嗯，做什么生意都总要有个开头嘛。我想比利也不会期望一个

---

① 指澳大利亚的纽卡斯尔。

像悉尼海港大桥[1]那样的合同，这才第一年。”

琴问：“能不能用推土机挖一个坑来修游泳池呢？”

“我想可以吧。哦，我想起来了，肯定可以。我有一次和他出去约会，我们去看推土机是怎么工作的。他让我试着开了一下，实在是好玩极了。可以先用推土机把土挖出来，在坑里铺上木头，他们把那叫作构模，然后用混凝土做池壁。”

“这些比利都能做吗？”

“哦，比利都能做。为什么这么问呢，你想修一个游泳池吗？”

琴盯着漆成白色的墙壁。“那只是一个想法。就在钻孔旁边修一个漂亮的大泳池，池边有跳水板和其他一切，大得足够让所有人都跳进去嬉戏。主街道上就水源充足。我们要先修一个木制的东西，好像是叫冷却塔吧，让水流进去冷却后再流进游泳池。还要在旁边修一个草坪，让人们躺在上面晒日光浴。请一个老人家在门口收钱，游一次泳收一先令……”

露丝盯着她。“你都计划好了。你真的要这么做吗，琴？”

“不知道。一个游泳池能增添很多欢乐，而且我相信它就像其他生意一样能挣钱。当然了，我说的是混合游泳池。”

露丝笑道：“老古板们都会站在围栏后面偷看的。”

“那要收他们六便士。”琴说。她转向露丝。“请让比利准备好工程计划和工具，”她说，“雨季结束后把价钱告诉我们。我相信整个海湾地区连一个游泳池也没有。开一个肯定很有趣。”

“我问问他。还有别的吗？”

琴在床上舒展身体。“一个漂亮的美发沙龙兼美容院。”她说，“我要请一个漂亮的法国黑发姑娘来打理它。这个姑娘一定要是个行家，能够把顾客打扮得像丽塔·海华丝[2]那么漂亮。我时不时就想起这个计划来。但我不知道那是不是比利的经营范围。”

---

① 位于悉尼，建成于1932年，被誉为世界第一单孔桥，是悉尼的标志性建筑之一。

② 二十世纪四十年代红极一时的美国女星，以性感美艳著称。

“最好不是。”露丝说。

琴第二天起床出院，一瘸一拐地走到工厂。帕克先生寄来了一封航空邮件，内容是关于他从她们那儿收到的空运皮鞋。他故作平淡地指出它们的瑕疵和毛病，提醒她们在进行批量生产时必须予以改正，这一次他们就先替她们处理好了。在信的结尾，他说他会尝试把这批鞋卖掉。琴和阿姬·托普非常了解帕克先生，把这句话理解成对她们的表扬。

“下一批会让他更满意的。”阿姬说。然后她说：“你不在的时候，有两个姑娘来应聘。一个是弗雷德·道森的女儿，弗雷德好像是一个叫作卡莱尔农场的牧工领班什么的。她十五岁，由母亲带着来的。她有点太年轻了，但挺有前途。还有一个十九岁的姑娘，之前在诺曼顿的商店工作。我不是很喜欢她。”

“我不想在售出第一批鞋子之前招聘新员工。”琴说，“如果道森太太再来，就说我们会在雨季结束后答复她。如果可以的话我想聘用这个小姑娘。我想我们就不聘另一个了，你说呢？”

“我想还是不要了。她看起来有点懒。”

她们就工作的细节问题谈论了一个小时。“我们还没把制服拿回来，”阿姬说，“我去找哈里森太太了，但她的背病又犯了。我们必须找另一家帮忙洗。”她们已经向姑娘们作出保证，每周都能让她们穿着干净的制服干活。这些制服的清洗工作对她们来讲是一个问题。

“我们需要的，”琴说，“是一台洗衣机，自己洗制服。我们可以把它接在发电机组上……当然了，还需要热水。”她想了一会儿，“要不这样，”她说，“我们可以把它租给人们洗衣服。不过，目前还是要先找到另一个哈里森太太。”

阿姬说：“所有人都在谈论你骑马的事情，佩吉特小姐。”

“真的？”

她点点头。“就连那个从诺曼顿来的女孩儿也听说了。”

“她到底是从哪儿听来的？”

“就是他们在牛场上使用的那些无线电收发机。”阿姬说，“这里的牧工告诉我，他们每天都收听广播——电报内容什么的他们都知道。他们反正闲着也是闲着。在这个地区，秘密都藏不住。”然后她说，“我今早听见飞机起飞了。那个男人的伤势很严重吗？”

“不太好，”琴说，“护士认为那条腿应该能保住。我们真应该请个医生过来。”

“医生在这个地方没什么活干。”阿姬说，“他们要把他送去哪儿？”

“凯恩斯。凯恩斯有一个很好的医院。”她转向门口，顿了顿，“阿姬，”她说，“你觉得在威尔斯镇修一个游泳池怎么样？人们会去游泳吗？”

乔·哈曼当天下午和彼特·弗莱彻一起骑马进镇。他把马牵进澳大利亚旅馆后面的马厩，然后来找琴。他穿着骑马服，湿淋淋脏兮兮的，因为小河都涨满了。虽然他离开米德赫斯特时打扮得很整洁，对于一个去镇上见女朋友的男士而言非常得体，但路上他必须抓住马的鬃毛和马鞍游过一两条小河，使得他精心打扮的成果付诸东流。他抵达威尔斯镇时，身上已经干了一半。他梳了梳头，把靴子里的水倒干，去冰室问露丝琴在哪里。

他在卧室里找到了正在给我写一封长信的琴。他敲了敲门，她出来迎接他。“我们不能在这里谈话，乔。如果你走进来，人们肯定要没完没了地嚼舌根。我们去冰室吃客冰淇淋吧。”她确信，这是威尔斯镇唯一一个可以让青年男女光明正大地见面聊天的地方。如果是在雨季，他们还可以走进马厩或者谷仓。他们挑了一张靠墙的桌子坐下。她东张西望，看着方方正正的四面墙，邻桌的人对她很有意见。“这不行，”她说，“我要隔出一些雅座，让顾客可以在小角落里说悄悄话。”

“你要吃什么？”他问。

“我要香蕉船，”她说，“我要补充营养。我不知道你是否知道，但我一直都觉得很不舒服。别给钱，乔——冰室请客啦。”

他咧嘴而笑。“你觉得我是那种带女孩儿出去却让她请客的男人吗？”

“如果你那样想，我就来两份。香蕉明天就要变质了。”她请空中列车每周三送来少量水果，很容易就能售罄，价格足以支付航空运费。但问题是它们通常不到一个星期就变质了。

他端着冰冻的甜品回来，和她一起坐下。“好了，乔，”她说，“小牛畜栏是怎么回事？”

他不好意思地露齿而笑，回头看了看。“那是骗人的，”他说，“米德赫斯特没有小牛畜栏。”

“好像有一个吧，”她笑道，“你老实交代。唐·柯蒂斯到底是怎么受的伤？”

“他在我的土地上偷偷摸摸地瞎溜达，他是没有权利这么做的。”乔小心地说，“他找到我用来围住小牛的畜栏——注意，是我的小牛。我把它们关在那儿，让它们冷静一下，因为它们离群了。嗯，唐想把它们偷走。他拿掉上门闩，但那些小牛可野了，它们已经有大概四天没喝水了，只能靠雨水解渴。我猜他弄松第二条门闩的时候，它们把门冲破了，木柱砸在他后背上，把他击倒了。然后它们都从他身上跑过，踩碎了他的脚。它们还向马冲去。唐用缰绳把马系在不知道什么东西上，那些小牛冲向那匹马，把缰绳撞断了，马就跑了。唐就这样倒在那儿，直到我发现他。真是活该，让他乱跑。”

“这些小牛是谁的？老实告诉我，乔。”

“我的。”他坚定地回答。

她微微一笑。“你在哪里发现它们离群了？”

他咧嘴而笑。“温德米尔。但它们是我的小牛。他从我那儿偷走的。我告诉过彼特他在温德米尔有一个小牛畜栏，你也听见了。”

“你畜栏里那些小牛，是不是就是你从他的畜栏里放出来的那些？”她问。她似乎已经开始介入此事了。

“差不多吧，”他说，“你可以说有几头是我顺手牵走作为补偿的。”他顿了顿，“有时候会混在一起分不清。”他说。

“现在小牛在哪儿？”她问，“我是指唐放出来的那些。”

“它们会在米德赫斯特，”他说，“我想是在钻头附近。它们绝对不会离开第一个水源，甚至在雨季时也不会。”

她默默地吃了几口香蕉船，然后说：“嗯，至少你在他住院期间不能去偷他的小牛，乔。那不公平。那样他出院时就会发现所有小牛都被偷光了。”

“我不会做那种事。”

“我敢打赌说你会。我不懂这个游戏的玩法，乔，但我肯定那是违反规则的。”

他咧嘴而笑。“好吧，但他一出院就会来偷我的牛。那肯定错不了。”

“你们为什么不能放过其他人的小牛？”

“即使我放过他的小牛，他也不会放过我的小牛。”他简单地说，“去年我多偷了他五十头。”

琴感觉这个对话不会有成果。在小牛的问题上，乔似乎毫无道德操守可言。她换了一个话题，说：“乔，我想跟你谈谈你在格林岛上提到的那些小水坝。你找到人来修了吗？”

他摇摇头。“等旱季来了再说吧。”

“用推土机能修起来吗？”

“哦，老天，”他说，“如果有人有辆推土机，一个月内就会建起来很多东西。但克里一带没有推土机。”

“可能会有一辆。”她说。她告诉乔露丝·索耶和比利·韦克林的事情。“反正他也要来见她，”她说，“而且她说他想在这里承包工程。我想他和露丝的感情会稳定下来。他来的时候，你最好带他到米德赫斯特去谈一谈。”

“老天，”他说，“如果在威尔斯镇有一个会开推土机的家伙，周边的牛场将会发生很大的变化。”

“威尔斯镇也会改头换面。”她说，“乔，如果我们就在钻头附近修一个相当不错的游泳池，配上跳水板、换装的小屋和可以晒日光浴的草坪，再请一位老人家负责修剪并打理草坪——人们会去游泳吗，乔？如果我们收一先令的入场费？”

他们就游泳池的话题讨论了一段时间，如果一个小镇只有一百五十个居民，修一个游泳池是无利可图的。“只是发展速度的问题，”他说，“游泳池和其他东西一样，也能促进它的发展。整个海湾地区没有一个镇有游泳池。”

“冰室绝对能挣钱。”琴说，“如果能保持食物的质量，应该很快就会上轨道。要是我能从诺尔·斯特拉坎那儿预支一笔钱，下一步我想试试游泳池。”

他微笑着，好奇地问道：“游泳池之后是什么？”

她的目光落在外面一大片潮湿泥泞的土地上，威尔斯镇的街道荒凉寂寞。“他们游泳时会把头发弄湿，所以我要开一间美容院。”她说，“我想那是下一步。之后是一间露天影院，然后是水洗洗衣房，再然后是一间漂亮的服装店。”她转向他，“别笑我，乔。我知道那听起来有点疯狂，但看看我的成绩。我开了一间冰室给露丝打理，年轻的韦克林就冲着她来到了威尔斯镇，还带来了一辆推土机，这样你的水坝也修好了。”

“你说早了，”他说，“还没开始修呢。”

“很快就会开始了。”

他环视冰室。“如果你的所有计划都像这个冰室一样顺利，”他慢慢地说，“威尔斯镇很快就会变得跟爱丽丝斯普林斯一样棒了。”

“那就是我想要的，”她说，“一个像爱丽丝的小镇。”

第十一章

转眼间，差不多三年过去了。

我无法否认，当时她的每一封信都给我带来了无穷的乐趣。我的生活寂静空虚，不知不觉间，它们成为了我的精神寄托。我想，在经历了柯蒂斯先生和“迷盗小牛”事件之后，她终于融入了海湾地区的生活。甚至还在结婚之前，她给我写来的信就已经发生了微妙的变化。她的口吻不再像一个流落他乡的英国女子，那片土地对她而言，似乎不再陌生，也不再荆棘满布。渐渐地，她笔下的人物不再是异乡人，她描画的地方也变成了她的家园。当然，这可能仅仅是我的幻觉。也许是因为我太沉迷于她的信，每一封都反复细读了，并用专门的文件夹把它们珍藏在公寓里，所以才能察觉出它们的微妙差别。这些差别是如此细微，一个马虎的读者可能根本不会注意到。

四月的集合结束后，她兑现了自己的诺言，和乔·哈曼结了婚。布什修士会的一位英国巡回牧师为他们主婚。碰巧的是，这位牧师曾经在金士顿的圣约翰教堂当过教区牧师，这个教堂距离我之前在温布顿的住所还不到十英里。他们在郡政厅成婚，因为威尔斯镇当时没有教堂，尽管人们正在计划第二年修一个。所有乡下居民都参加了婚礼。他们去格林岛度蜜月，或者蜜月的一部分。我猜她一定带上了纱笼，尽管她没有告诉我。

婚后头两年，她透支了相当大一部分财产。她精通投资之道，在同时开办冰室和工厂之后，总是步步为营，等一桩生意上了轨道再开始下一桩。她会把所有的账目表都寄给我，它们都是由一位年轻的银行职员莱恩·詹士制作的。尽管如此，她还是每隔半年就会问我要三四千镑，直到她第二个儿子出生。她用我的名字给他命名。到那时她已经透支了一万八千英镑来开办各种当地生意了。尽管它们似乎都有盈利，列斯特和我还是越来越担心自己未能恪尽托管义务，虽然麦法登先生的遗嘱给予了我们充分的裁量权。我们的职责是在她满三十五周岁的时候把财产完好无损地交到她手中。我开始担心澳大利亚陷入经济萧条，或者横遭某种未知的灾难，使得我们预支给她的三成遗产血本无归。她多少有点孤注一掷，而且她的投资虽然成绩斐然，却不能被视为托管股票。

今年二月，她生下诺尔后不久，从威尔斯镇给我写来一封长信，请求我给她预支一笔空前的巨款。她问我是否愿意当诺尔的教父，那当然让我非常高兴，尽管以我的年纪，已经不太可能对他恪尽教父的义务了。她打算请韦克林做第二位教父。既然他大约六个月前已经和露丝·索耶成婚，并似乎要在那个地区成家立业，她多给孩子找一个住在世界另一边的老教父，对孩子也没任何坏处。当然了，我马上对我的遗嘱作了相应的修改。

她接着在信里谈到米德赫斯特的事务。“乔现在是唯一的经理，”她写道，“他做得相当出色。他刚到这个牛场的时候，这里有大约八千头牛，但现在已经增长到一万两千或一万三千头。我们今年将会卖出超过两千头牛，无法一趟全部赶到朱利亚克里克，所以乔要跑两趟。接下来两年应该还会稳步增长，因为每年旱季比尔[①]·韦克林都会给我们新修一些水坝，牧草的数量连年增长。”

她继续向我介绍牧场主人斯皮尔斯太太的情况。“她丈夫大约十年前去世，她随后离开了海湾地区，”她说，“现在住在布里斯班。去年十月，乔和我去她家里住了几个晚上。我那时没告诉你这件事，因为我想先把它考虑清楚，还要先确定能不能贷到款。”

她告诉我，斯皮尔斯太太年事已高，想把套在米德赫斯特的资本卖掉变现。她很可能打算在有生之年将财产转移出去，以规避遗产税。“她问我们是否可以购买牧场的一半股份，”她说，“这样我们就能获

① 比利的昵称。

得剩下一半股份的期权，在她临终时以估算价值购入，不论那将是何年何月。那意味着我们现在要筹集大约三万镑的资金，即一半股份的价值。当然了，土地是向国家租借的，根据现在的租约，还有十七年租期。那意味着要更改租约，把乔的名字加进去，和她联名。”

她告诉我他们已经去过银行了。银行可以贷给他们两万镑。“他们派了一个熟悉牧牛业的检查员来米德赫斯特，”她写道，“乔在海湾地区的名声很好，我想检查员认为我们经营颇为得法。我们现在只差一万镑现金，这就是我的请求。”

她岔开了话题。“米德赫斯特很好，”她说，“我们在此生活愉快。如果我们无法接管它，斯皮尔斯太太很可能会把它卖掉，我们就不得不另寻一个新地方重新开始。那对乔而言太残忍了，因为他在米德赫斯特上倾注了那么多心血。现在让我离开威尔斯镇的话，我将感到痛苦万分，因为它已经逐渐发展为一个颇具规模的地方，镇上的生活也充满了欢乐。如果可以的话，我确实很想留在这里。”

她继续写道：“我知道牛场不属于托管投资，诺尔，跟我的其他投资一样。请你认真考虑此事，并把决定告诉我。如果不行的话，我就要重新想办法，也许就要把我的生意卖掉或者抵押出去。我真不想那样做，因为它们可能落入庸人之手，从此一蹶不振。这个小镇就像一个初生的婴儿——我知道当母亲的感受，诺尔！在它变强壮之前，需要受到细心的呵护。”

这意味着我们要允许她把一半的遗产都投进极具投机性的行业里，并且集中在一个地区。这绝对违反麦法登先生立遗嘱时的意愿。从法律上说，我们几无风险，我悄然加进遗嘱中的自由裁量条款措辞模糊，能保护任何违反托管义务的行为。在把她的信拿给列斯特看之前，我花了几天时间来思考此事。最后，我认为我们的职责是尽量揣测麦法登先生的心意，做出他本人在相同情况下会做出的决定。

那位隐居在埃尔的古怪先生会做出什么决定呢？他虽然身患残疾，但我不觉得他冷酷无情或者蛮不讲理。他并不是因为不信任琴·佩吉特而规定了那么长的托管年限，他根本就不认识她。他这么做完全是为她好，因为他觉得一个二十来岁的未婚姑娘一旦一夜暴富，极容易上当受骗。在这一点上，他很可能是对的。但琴·佩吉特是一个三十岁的已婚女人，已经是两个小孩的母亲，并和一个又明智又可靠的男士结了婚——不管他在“迷盗小牛”上持什么观点。麦法登先生在此种情况下是否还会坚持原定托管办法？

我想不会。他是一个仁慈的人——我很确定——既然那是她的家，也是她情之所钟，他肯定也希望她能得到米德赫斯特。然而，他是一个谨慎的苏格兰人，我想他更加关心的是这笔投资的细节，确保这一万镑能带来丰厚的回报。就此而论，我认为必须解决租期问题。十七年太短，无法让乔收回在水坝和其他新建设施上投入的成本。如果不经过谈判延长租期，他将很可能无法继续进行资本改良。

然后我把她的信拿给我的合伙人看，并就此谈了很长时间。他的观点和我一样，认为租期是这件事情的核心问题。“我觉得，在托管这件事情上，我们不能太死板。”他说，“我想你的做法是对的，尝试把自己代入立遗嘱人的角色。他妹夫在世的时候，他并没有提任何托管的事情，因为他觉得妹夫可以帮助妹妹妥善处理这笔财产。他在妹夫去世后才想到要把财产托管。嗯，现在他外甥女已经结婚了。如果让他现在处理这笔钱，很可能不会费心将它托管了。”

“你的看法挺有道理的，”我说，“我没想到这一点。”

“我不认为我们应该无视托管义务。”他说，“我们应该以此为契机，帮她获得一个合乎理想的新租约。我们可以放话，必须修改租约，在我们对所作修改感到满意之前，不会解冻一分钱。我觉得这样她就能达成所有目标。”

我微微一笑。“我不会把这点告诉**她**。”

第二天，我坐下来起草了一封回信。“我认为我们可以考虑你的请求，”我写道，“但非常抱歉，我们对目前的租约非常不满意，你们必须先修改它。根据目前的租约，很可能你们十七年后就会无家可归，你们和斯皮尔斯太太在牛场上投入的资本也会血本无归。根据我目前所得到的信息，所有新建设施都要无偿收归国有。”后来我才知道事实并非如此。

接下来，我亮出这封信的主要观点："毫无疑问，你已经有一个值得信赖的律师，但如果我能帮助你处理此事，我将很愿意去拜访你，在昆士兰住几周，确保在你将此笔巨资投进米德赫斯特之前，租期一事得到妥善解决。我多年不曾离开英国，深感后悔。我已到了风烛残年之时，可以用来周游世界的时间已经不多了。我想给自己放一个长假，在变得老朽无能之前出去走走。如果我能帮助你处理租约一事，将不胜欣喜，并马上付诸行动。"我添了一句话，"赘言一句，我将自费出行。"

大约十天后，琴通过夜间电报给我回复。她催促我尽快去拜访他们，并建议我四月底坐飞机去，因为那时昆士兰即将入冬，天气就跟英国的夏天一样。她正在给我列一张单子，写上我要带去的衣物、药品和旅途所需物品。我有点感动。

第二天，我去温坡街的诊所拜访我的医生肯尼迪。"有没有什么特别的理由阻止我飞去昆士兰？"我问。

他一脸疑惑地看着我。"准确地说，我不应该建议你这么做。你非去昆士兰不可吗？"

"我非常想去，"我说，"我想在那里住一个月左右，处理一点私事。"

"你最近走路怎么样？"

向他撒谎没有任何意义。"早上我一般步行至特拉法尔加广场，"我说，"从那里打车去办公室。"

"你无法全程走路上班？"

"不，"我说，"我有一些日子没那么做了。"

"如果中间不停歇，你能爬俱乐部的楼梯上二层吗？"

我摇摇头。"我总是坐电梯上去。但我在昆士兰不用爬楼梯，所有的房子都是平房。"

他微笑道："请脱掉外套和衬衫，让我给你检查一下。"

检查结束后，他说："嗯。你打算自己一个人去吗？"

我点点头。"我会跟朋友们住在一起，他们会去机场接我。"

“你真的觉得非去不可？”

我们四目相迎。“我想去。真的很想。”

“好吧，”他说，“你也很了解自己的情况。没有什么新问题——只是一些正常的退化。战争期间你减了十年寿。总的来说，我想你坐飞机去是明智的。我想你飞越红海时会感到非常劳累。”他继续告诉我可以做的事和绝对不能做的事，都是些老生常谈。

我回到办公室，跟列斯特说了我的计划。“我将给自己放三个月左右的假，”我说，“从四月底开始。我会坐飞机去，不知道要去多久。如果我去程时觉得坐飞机太辛苦，回程就坐船。”我顿了顿，“总之你就当我要放长假吧。反正我也很快退休了。”

“你真的觉得有必要亲自去吗？”他问。

“是的。”

“好吧，诺尔。我只是希望你不要在这件事情上消耗太多精力。这毕竟是件小事。”

“我不能同意这句话，”我说，“我开始觉得，在我这辈子处理过的所有案子之中，这才是最重要的。”

我在一个周一早上离开了伦敦，坐同一班机一直飞到悉尼，落地时已经是周三深夜。这趟飞机经停开罗、卡拉奇、加尔各答、新加坡和达尔文。我必须说，这架飞机很舒适，空姐也相当善解人意，温柔体贴。当然了，在躺椅上睡两个晚上让人疲倦不堪，落地时我倍感轻松高兴。我在悉尼休息了两晚，下午租了一辆汽车进城兜风。第二天，我坐飞机去凯恩斯，一路上风景秀美宜人，布里斯班以北的昆士兰海岸线尤其漂亮。临近降落的时候，飞机沿着凯恩斯和汤斯维尔之间的欣钦布鲁克海峡北上，那一定是世界上最迷人的海岸线之一。

我们晚上在凯恩斯降落。我收到了一个很大的惊喜，因为乔·哈曼在机场迎接我。他说，空中列车现在每周往海湾地区飞两趟，部分是由于威尔斯镇发展迅速。他是坐周五的飞机来的，打算周一带我去威尔斯镇。“我要在这儿处理几件小事情，”他说，“我的律师本·霍普也在凯恩斯。我想，您可能愿意利用这个周末了解一下米德赫斯特的基本情况，并与他会面。”

自从他三年前离开伦敦之后，我至今不曾听到过慢悠悠的昆士兰腔调。他开车送我去旅馆。那是一座形状古怪的楼房，坐落在一个相当漂亮的地方。旅馆内的酒吧规模巨大，似乎是人们的活动中心。我们正好在开饭前到达——这里的人把晚饭称作“茶”——下了车就走进餐厅坐下。他问我要喝茶、啤酒还是普朗克[①]。

“廉价酒？”我问。

“普朗克是一种红酒，”他说，“我自己很少喝，但那些懂酒的家伙说它还不错。”

我从酒水单上选了亨特河酒，喝起来相当不错。“琴不能亲自来接您，她觉得很抱歉。”他说，“我们可以托人照顾小乔，但她还在给诺尔喂奶，所以来不了。她周一开车去威尔斯镇接您。”

“她最近怎么样？”我问。

“她很好。”他说，“生小孩对她有好处，她变得越来越漂亮了。”

饭后，我们在卧室外面的门廊上坐下来，开始讨论米德赫斯特的事情。他带来了牛场过去三年的账目表，打印得很整洁，字迹清晰可辨。我对它们作出了评论，他说：“我在这方面不怎么在行。琴住院前就把它们做好了，她负责管账。我告诉她我想在牛场上做什么，她就让我知道我还剩多少钱可以花。她受的教育比我多。”

然而，我发现他是一个很精明的男人。在租期和资本改良方面有一些很复杂的问题，但他理解起来毫不费力。我们那个晚上聊了好几个小时，谈到他的牛场和琴在镇上开办的各种生意。他对那些生意非常感兴趣。

“她请了二十二个姑娘在工厂工作，”他说，“她们现在制作皮鞋、公文包和女士手提包。工厂和其他生意相比要差一些。”他把账目表翻给我看。“今年挣钱了，但去年损失了两百多镑——两百二十七镑。

---

① 乔说的是“plonk”，在英式英语里指廉价酒，所以诺尔感到很奇怪。

但所有其他生意——哦，老天。”他给我看冰室、美容院、游泳池、电影院、洗衣房和服装店的数字，“它们都很好。蔬果店也不错。”我们把数字加总，发现去年这七项一共带来了两千六百七十三镑的净利润。“即使工厂亏损，她照样挣钱，”他说，“姑娘们要把自己在牧工面前打扮得漂漂亮亮的，牧工也要带姑娘们出去消费，钱又回到她腰包里了。”

我为工厂感到一丝担忧。“能否通过扩大生产规模来降低日常管理开支水平？”我问。

他对此抱着怀疑的态度。“她已经把杰夫·波科克和另外两个人送过来的所有皮都用上了，”他说，“沙袋鼠的数量也减少了。我认为她的工厂没什么拓展空间，她也不想这么做。她有一种预感，可能再过几年就可以把这间工厂关掉。威尔斯镇会变得很大，到时一间只聘请二十个姑娘的工厂就会变得无关紧要了。”

“我知道了。”我思考着说，“威尔斯镇现在有多大？”

“现在有大约四百五十人住在威尔斯镇，”他说，“不包括土著，也不包括住在牛场上的人。人口在过去三年里增加了两倍。”

“全部归功于工厂吗？”我问。

他慢慢地说：“我想一定是——仔细想想，所有东西都跟它有关。不仅是工厂。她请了两个姑娘来打理冰室，还有一个土著姑娘。美容院请了两个，服装店三个，蔬果店两个，电影院三个。她可请了不少人呢。”

我感到困惑不解。“但工厂里只有二十个姑娘，她们能给这么多其他姑娘创造工作机会吗？”

“好像没那么简单。”他说，“前几天我们算了一笔总账。在任何一个时点上，她聘请的姑娘从未超过三十五个。但自从她开办工厂以来，已经有四十二个姑娘结了婚并辞职。她们基本上都嫁给了牧工。嗯，威尔斯镇多了四十二个新家庭，就意味着有四十二个女士需要电影院、美容院和新鲜蔬菜，再加上她正在雇用的那三十五个姑娘，就像滚雪球一样。”他顿了顿，“比如说银行。那儿前所未有地请了两个女职员，都是因为业务量增加了。澳大利亚互济公司[1]在我们这儿开设了一个办事处，请了一个姑娘。比尔·韦克林的办公室也请了一个姑娘。”他转向我，“实际上，威尔斯镇现在有大约一百个二十五岁以下的未婚姑娘或者已婚少妇。”他说，“琴来的时候只有两个。”

“还有婴儿！”他说，“婴儿多得数不清。他们派了一个助产士过来。那又是一个女孩儿。她上个月和菲尔·邓肯警员订婚了，所以还会再派一个过来。”

我微笑道：“有足够的男士来满足需求吗？”

“哦，老天，”他说，“现在很容易就能请到小伙子来威尔斯镇工作。我现在请的牧工来自昆士兰各地，还有从北领地来的，他们都想在威尔斯镇附近找一份工作。有一个小伙儿从西澳大利亚的马布尔巴远道而来，走了大约两千英里路呢。现在的劳动力情况和三年前大不一样了。”

那晚我很早就上床休息，躺着思考了很多事情。第二天早上，我去霍普律师的办公室找他，写了一封信给昆士兰土地管理局，提议召开一个会议来讨论米德赫斯特的租期问题。那天下午，我们在凯恩斯四处兜风观光。我觉得凯恩斯是一个怡人的热带小镇，环镇景色清新秀美。周日我们开车北上去阿瑟顿高原，看见许多高高的丘陵农田，耕作方式颇有点英国化。

我们周一上午坐空中列车飞往威尔斯镇，沿途在名叫乔治敦、克罗伊登等地方降落，在每个机场上停留大约二十分钟，接送乘客和装卸货物。我们在乔治敦上空盘旋准备降落的时候，我得以观察这个地方。它很有点凄凉，从天空上能看到四四方方的街道布局。这些街道都很宽阔，也曾繁荣一时，边上有过鳞次栉比的楼房，但现在芳草丛生，雨痕密布。几座寥落的房子站在曾经的街道交会处，大部分都紧紧挨着旅馆。在乔治敦和克罗伊登，旅馆都是唯一一座两层楼房。这

---

① 澳大利亚的一家人寿保险服务机构和互助协会，初成立时为非营利组织，1998 年变为营利机构并上市。

两个破败的地方都是被抛弃了的黄金镇。

坐卡车来接机的人们都被晒成了古铜色，健康风趣。男士们几乎都皮肤黝黑、高大健壮，看起来非常能干，女士们则是又朴实又顺从的家庭主妇。

我靠窗坐着，起飞时细细观察克罗伊登，直到它被我们抛在身后。“您能看到这些小镇，我还挺开心的。”我身旁的乔说，“威尔斯镇原来也这样，比它们还要糟糕一点。当然了，它现在还算不上特别出色，但比克罗伊登好。哦，老天。”

我们在威尔斯镇上空盘旋，准备降落。它位于一条大河旁边，布局跟另外两个小镇出奇地相似。宽阔的街道同样构成一个四方形，但这个四方形上盖满了房子。从飞机上俯视小镇，只见每一个瓦楞铁屋顶上都洒满了耀目的阳光，所以当飞机背对太阳盘旋的时候，我必须闭上眼睛以防眩晕。这些房子似乎全部都是簇新的，街道上还有相当多尚未完工的房子。我看见了一座两层高的楼房，大概也是旅馆，对面是主街道，路中央有一条灌木带，把宽阔的牛道隔成双行线，边上还修了柏油人行道。旅馆对面是一个带跳水板的游泳池，周围有一些小木屋，池边还有一块草坪，恰如琴在信中的描述。然后镇子从视线中消失了，我们开始降落，在一条崭新的跑道上滑行，停下。

她坐在一辆福特越野车上等我。那是她的私人座驾，她经常开着它进出威尔斯镇打理生意。现在的她已经成长为一个非常迷人的女人，比我记忆中那个年轻的姑娘成熟多了。她说：“哦，诺尔，见到你真是太高兴了。累坏了吧？”

“我不累，”我说，“只是因为又老了三四岁。你看起来神采飞扬。”

“我很好，”她说，“好得不得了。诺尔，你能来看我们真是太好了。我想请你来，但又觉得这个要求太过分。实在是太远了。快上车，让乔帮你拿包。”

他们马上驾车送我去米德赫斯特。越野车驶过威尔斯镇的主街道，我想下车看看她的生意，但他们不允许。“明天或后天再慢慢看吧，有的是时间，”她说，“我们现在去米德赫斯特，你先稍微休息一下。”

读了那么多她的信，我深知沿途将会看到何等景象。跟我的预想丝毫不差。并没有我们通常所说的道路，她小心翼翼地寻路穿过郊区，沿着重重叠叠的车辙前进，遇到深坑便绕过去。我们来到第一条小河的河边，我惊讶地看到他们修了一条横穿河床的混凝土堤道。河流两岸立了两条巨大的木桩，用于标示堤道的位置。“我们还没发展到修建桥梁的地步，”她说，“但雨季时这条堤道简直就是上帝的恩赐，再也不用担心撞上水底的大石头了。”

牧场住宅跟我想象中相去不远，但前面多了一座花园，里面繁花盛放，鲜艳夺目。还多了一大排我没听说过的木栅栏或者牛栏。“我们现在有三头瘤牛[①]，开始育种后，我们需要更多畜栏。”他的瘤牛是印度瘤牛和英国赫尔福德牛的杂交种。他告诉我，他还养了一小群奶牛，所以还需要修建更多畜栏。

“你现在有多少人手？”我问。

“十一个牧工，”他说，“十个土著。现在这个地区白人差不多比土著还好请。”

他们那天不允许我走路，只让我端着冷饮坐在门廊的一张长椅上。人们在院子里忙活各种工作的时候，我静坐欣赏。这幅景象非常迷人，白人牧工、土著牧工、牛、狗和马，还有一只半大的沙袋鼠到处跳来跳去，一群小狗追着它的尾巴逗它。我可以无休止地坐在那里一直欣赏下去，顺带欣赏琴优雅地在房子里走来走去，照顾孩子并使唤她的土著女仆。我在那里足足坐了三天。

一天早上，她带我进镇，向我展示她的所有杰作。她先是带我去看工厂。进去之前，她先让我围上一条围巾，因为里面很冷。室内温度其实并不低，但比炎热的室外低很多，突然走进去很容易着凉，因为她让空调一年到头都开着。“姑娘们确实也喜欢让它开着，”她说，“就因为有空调，前来应聘的人数总是超过空缺数。”这些姑娘都穿着绿色的制服，正在埋头生产皮制品，看起来又聪明又漂亮。车间一头

---

① 原产印度，因脖子背后有一巨大牛峰而得名。

挂着一面长镜子，墙上钉着几幅从画报上剪下来的图片，都是时下流行的发型和连衣裙图样。“我们经常更换它们，”她说，“我希望她们能把自己最漂亮的一面展示出来。”

工厂是独门独户的，但她把其他店铺修成一排，看上去像一条小小的商业街。她在宽阔的柏油人行道上方修了一个木门廊，给逛街的人遮阳挡雨。她请了一个中年爱沙尼亚女士负责打理美容院，这位漂亮的女士有着深色的皮肤，妆容精致，手下有两个澳大利亚姑娘。店内有四个独立隔间、一个玻璃柜台和一个摆满女士用品的展示柜，雅致干净。美容院旁边是一个小店面，店里有四台家用洗衣机，三个年轻的已婚女士坐在一旁，等洗衣机洗衣服，一边说着家长里短。洗衣店旁边是卖种子、园林工具和水果蔬菜的蔬果店。再旁边就是服装店。这里地方很大，有很多柜台和穿着夏天连衣裙的假人模特。我对于一个被单独隔开的小角落很感兴趣，里面有一个中年店员，老人家可以在这里买到他们惯常所穿的衣服，例如黑裙子、法兰绒衬裙和做工粗糙的厨房围裙。

她带我穿过马路去看电影院和游泳池。那会儿正是酷热难耐的大白天，我有点熬不住了，于是她带我去冰室喝了杯冷饮。她中途离开半小时去处理一些生意上的事情，我便自己一人坐着，观察走进冰室或者路过人行道的人。女人比男人多得多。女士们看起来都很漂亮，似乎至少一半怀有身孕。

过了一会儿，她回来和我一起坐在冰室里。“下一步打算做什么？”我问，“什么时候是个头？”

她笑着把手放在我的手上。“没完没了。”她说，“我会一直缠着你，管你要钱，是不是？事实上，我想我已经攒起足够的利润来实施下一步计划了。”

“是什么计划？”

“开一个自选杂货铺，”她回答，“需求在变化，诺尔。开始的时候，威尔斯镇需要的是娱乐，因为那时所有人都还年轻，都还没结婚。他们不需要那些实在、理智的东西，他们需要的是冰淇淋、游泳池、美容院和电影院。他们现在仍然需要这些东西，但这方面的需求没有太大的增长空间。现在威尔斯镇需要满足年轻家庭的需求。我要开一间合乎理想的杂货店，以尽量低的价格出售种类丰富的优质食品。紧接着我还要开一间日用品商店。你知道在威尔斯镇，连给婴儿做饭用的锅都买不到吗？”

我向对门的商店点点头。“邓肯先生的商店没有卖吗？”

“他毫无想象力。他卖的那些锅大得能把整个婴儿都放进去。”

过了一会儿，我问她：“你的商品是怎样运过来的？肯定不是都走空运吧？”

她摇摇头。“从凯恩斯到福赛斯走铁路，再用卡车把它们从福赛斯运过来。当然了，没有一条像样的路，导致运费出奇地高，因为一辆卡车最多只能开两年。比尔·韦克林说路政委员会正在酝酿一条从威尔斯镇通往马里巴和凯恩斯的路——一条像样的柏油路。当然了，他想承包这个工程。他认为这条路两年内就能修好，因为威尔斯镇发展得这么快。我必须说，这条路将是上帝的恩赐。开车去凯恩斯只需要一天的时间，真是难以想象！”

土地管理局那周晚些时候回复了我们。考虑到飞往威尔斯镇的班机时间，他们建议于下周二或周三召开一个会议。我和乔·哈曼一起飞往布里斯班，在凯恩斯捎上他的律师，和土地管理局的官员开了一个会。会议持续了差不多一天，我们在会上敲定了框架协议。会后，哈曼返回牛场，霍普先生和我则继续留在布里斯班，与土地管理局反复来回交换最终协议的草案，用红色、绿色、蓝色和紫色的墨水进行修改。此外，我还与斯皮尔斯太太的律师保持着联系，洽谈全盘购买米德赫斯特的期权合约。所有这些事务让我在布里斯班忙活了差不多两个星期。在和列斯特交换电报之后，我终于把两份合同都敲定，并把它们带回凯恩斯。乔·哈曼在合同上签名后，我们把它们寄了出去。至此，我在昆士兰的任务已经完成。

我和乔一起回到威尔斯镇，又和他们住了一个星期。我并不是非要多留一个星期不可，只是出于一种老年人的情感。我和琴一起坐在门廊上，她把自选杂货店的布局画了出来，征求我的意见。我们讨论能否把它和五金店合并起来，并去威尔斯镇为杂货店选址。我去找郡文书卡特先生，讨论这块土地的租期。她带我去看游泳池，我们讨论在混凝土上铺瓷砖的成本。我在冰室坐了许多个小时，看年轻漂亮的女士推着婴儿车穿梭于商店之间。

有一次我问她是否会回英国度假。她犹豫了，然后轻轻地说："绝对不会，诺尔。乔和我打算明年出国度假，但我们想去美国。我们想去旧金山，买一辆旧汽车，沿着西海岸驶往亚利桑那州和得克萨斯州。那样的话，我们肯定能学到很多在威尔斯镇派得上用场的东西。他们肯定也遇到过和我们一样的问题，并且比我们更早着手解决。"

一天晚上，琴建议我留下来跟他们一起住，让我非常感动。"你在英国也没有什么牵挂了，诺尔，"她说，"你实际上已经退休了。为什么不放弃赞善里，放弃伦敦，留在这里和我们一起生活呢？你也知道我们很想和你住在一起。"

这当然是不可能的。老人家和年轻人都需要有自己的独立空间。"谢谢你的邀请，"我说，"我希望可以留下。但你也知道我有儿子和孙子。哈利明年会来伦敦，我们都希望他能回到岸上工作。我想他在海军部的任期已经结束了。"

她说："那真是太可惜了。乔和我详细谈论过此事，我们希望你能和我们一起长住，和我们一起在这里安家。"

我轻轻地说："多谢你们的厚意，琴，但我必须回去。"

他们自然亲自开车送我去机场，和我告别。告别是愚蠢的事情，忘得越快越好。我甚至都不记得她说了什么，反正那也不重要。我只能记得自己感激万分，因为那趟空中列车上连一个空中小姐也没有。飞机起飞后，在威尔斯镇上空盘旋，准备进入航线，我最后一次看见那个海湾小镇上簇新的楼房，还有那些耀眼的屋顶。幸好没有人能看见我当时脸上的表情。

现在是冬天，距离我最后一次出门去办公室或者俱乐部已经差不多三个月了。我的儿媳妇，马丁的妻子伊芙一直在照顾我的生活起居。正是因为她的坚持，我聘请了一位护士住在公寓看护我。他们想让我进养老院，但我是不会去的。

这个冬天，我一直在写这个故事。我想，老人家总是喜欢沉溺于回忆之中，而我又有把回忆写下来的癖好。故事写完后，我发现自己已经在不知不觉间深陷其中，难以自拔。在一个新城市拔地而起的时候，从旁协助并非小事一桩。当我坐在这里，看进伦敦沉沉的浓雾，有时不禁会想，琴所作的努力到底意味着什么？她这些成就的重要性，时人能否意识到呢？

我前几天写信给她，告诉她我萌生了一个奇怪的想法。她的财产最初是由詹士·麦法登挣来的。上世纪最后几年，他曾经在西澳大利亚的霍尔斯克里克淘金，并因此一夜暴富。我想，霍尔斯克里克现在已经被抛弃了，就像另一个伯克敦和另一个克罗伊登。我觉得，金子被从这些地方挖走，变成了资本，冥冥之中又回到了家乡，使这些荒凉的土地重又繁荣起来，也不枉这一路上的辗转漂泊。想到这一点，我认为自己对这笔财产的处理非常得当，詹士·麦法登肯定也会赞同我的做法，尽管这跟他儿子那份严格的遗嘱南辕北辙。但毕竟这笔钱是詹士挣来的，并把它从一个像威尔斯镇那样的地方带到了英国。我想，如果他知道自己的甥孙女[①]又把它带回了澳大利亚，一定会倍感欣慰。

我想，也许正是因为我的生活圈子太过狭窄，才会如此喜欢回忆这些勇敢的人和陌生的场景。这几年来，我一直牵挂着这些人和事，感慨良多。这个冬天，我日复一日地坐在这里，终日在椅子里沉睡，几乎分不清自己身在伦敦还是海湾地区，总是梦见炫目的阳光，“迷盗小牛”和土著牧工，梦见凯恩斯和格林岛，梦见一个迟到了四十年的姑娘，梦见她在那个小镇上的生活。那个让我魂牵梦萦的小镇啊，今生无缘再见了！

---

① 原文为 great-niece，译为侄孙女或甥孙女，但按前文所述，琴实则为詹士·麦法登的外孙女。此处许是作者笔误。

作者附言

该书出版之时，我已做好准备遭受他人指责，说我篡改历史，尤其是关于无家可归的女战俘们长途步行和纷纷死亡那一段。我想人们一定会说，在马来亚，此等事情纯属子虚乌有。但事实上，在苏门答腊岛，确曾发生过一件类似的事情。

日军于 1942 年攻占马来亚后，迅速入侵苏门答腊岛并占领全岛。大约八十位荷兰女士和孩子在巴东附近被俘。当地的日本指挥官勉为其难地承担起对这群战俘的责任。为了摆脱这一负累，他迫使他们步行离开他的管辖区域。就这样，他们开始了一段持续两年半的旅程，几乎徒步走遍了苏门答腊岛。这段漫长的旅程终于结束时，只有三十名成员幸存了下来。

1949 年，我去印尼苏门答腊岛拜访住在巴邻旁的 J. G. 基瑟尔 – 冯克夫妇。基瑟尔太太就是该批战俘中的一员。被俘时她才二十一岁，刚刚结婚，纤细漂亮，为人风趣，有一个六个月大的婴儿。随后几年，基瑟尔太太被迫背着婴儿步行了超过一千二百英里。当时的情况跟我在书中所描写的非常相似。她和婴儿挺过了这个可怕的劫难，顽强地活了下来。

我想，此前我从未以现实生活中的事件为基础构思小说情节。但这次我破戒了，因为这个鲜活的故事是如此动人，我无法抵挡它的魅力，同时也因为我想尽我所能向这位女士致敬——在我遇到过的所有女士中，她是最勇敢的一位。

内维尔 · 舒特

双语译林　壹力文库
丛书书目

第一辑

动物庄园
一九八四
雾都孤儿
傲慢与偏见
简·爱
呼啸山庄
包法利夫人
茶花女
红字
嘉莉妹妹
小妇人
契诃夫中短篇小说选
莫泊桑中短篇小说选
马克·吐温中短篇小说选
欧·亨利中短篇小说选
泰戈尔诗选
勃朗宁夫人十四行诗
莎士比亚十四行诗
哈姆雷特
奥赛罗
李尔王
麦克白
威尼斯商人
仲夏夜之梦
无事生非
第十二夜
沉思录
世界简史
君主论
瓦尔登湖
社会契约论
假如给我三天光明
人性的弱点
人性的优点
致加西亚的信
教子书
安徒生童话
爱的教育
原来如此
爱丽丝漫游奇境记
小王子

第二辑

白夜
鲁滨孙漂流记
格列佛游记
红与黑
都柏林人
理智与情感
双城记
儿子与情人
野性的呼唤
海狼
消失的地平线
蝴蝶梦
了不起的盖茨比
小人物日记
最后一课
爱伦·坡短篇小说选
里柯克幽默小品选
一个已婚男人的自述
忏悔录
罗马十二帝王传
培根论说文集
文化和价值
菊与刀
中国人的气质
富兰克林自传
金银岛
八十天环游地球
时间机器
克雷洛夫寓言选
伊索寓言
永别了，武器
太阳照常升起
海底两万里
神秘岛
恋爱中的女人
夜莺与玫瑰
老人与海
罗密欧与朱丽叶
巴黎伦敦落魄记
走出非洲

第三辑

道林·格雷的画像
美丽新世界
我们
上来透口气
田园交响曲
窄门
背德者
汤姆·索亚历险记
哈克贝利·费恩历险记
王子与贫儿
绿山墙的安妮
秘密花园
柳林风声
小熊维尼
小鹿斑比
彼得·潘
木偶奇遇记
奥兹国历险记
昆虫记
蒙田随笔
爱默生随笔
伊利亚随笔
懒人懒思录
宽容
房龙地理
音乐的故事
论人类不平等的起源和基础
理想国
论自由
中国人的精神

第四辑

浮生六记
老残游记
猎人笔记
一个陌生女人的来信
少年维特的烦恼
一个青年艺术家的画像
吉姆老爷
黑暗的心
劝导
查泰莱夫人的情人
虹
失乐园
菲茨杰拉德短篇小说选
曼殊菲尔经典小说集
阴谋与爱情
莎乐美
泪与笑
先知·沙与沫
小公主
格林童话
怪医杜立德
列那狐的故事
丛林故事
黑骏马
长腿叔叔
海蒂
地心游记
化身博士
007 原著之金手指
伍尔夫读书随笔
我们内心的冲突
我们时代的神经症人格
像爱丽丝的小镇

第五辑

到灯塔去
墙上的斑点
达洛维夫人
父与子
乞力马扎罗的雪
流动的盛宴
爱德华·巴纳德的堕落
月亮与六便士
刀锋
面纱
诺桑觉寺
失落的世界
睡谷的传说
波莉安娜
彼得兔的故事
西顿动物记
大草原上的小木屋
狮子、女巫和魔衣柜
鹅妈妈的故事
水孩子
如何享受人生，享受工作
名人名言录
物种起源
演讲的艺术
掌控领导力

图书在版编目（CIP）数据

像爱丽丝的小镇 /（英）舒特（Shute，N.）著；叶雷译.
—南京：译林出版社，2015.12
（双语译林. 壹力文库）
ISBN 978-7-5447-5925-0

Ⅰ.①像… Ⅱ.①舒… ②叶… Ⅲ.①英语－汉语－对照读物
②长篇小说－英国－现代 Ⅳ.①H319.4：I

中国版本图书馆CIP数据核字（2015）第256529号

书　　名　像爱丽丝的小镇
作　　者　〔英国〕内维尔 · 舒特
译　　者　叶　雷
责任编辑　王振华
特约编辑　邓　敏
出版发行　凤凰出版传媒股份有限公司
　　　　　　译林出版社
出版社地址　南京市湖南路1号A楼，邮编：210009
电子信箱　yilin@yilin.com
出版社网址　http://www.yilin.com
印　　刷　三河市尚艺印装有限公司
开　　本　640×960毫米　1/16
印　　张　19.5
字　　数　260千字
版　　次　2015年12月第1版　2015年12月第1次印刷
书　　号　ISBN 978-7-5447-5925-0
定　　价　45.00元

译林版图书若有印装错误可向承印厂调换